Une passion irlandaise

BRENDA JOYCE

Une passion irlandaise

Sylvie C
Larigné

BestSellers

Titre original : THE STOLEN BRIDE

Traduction française de MARIE-JOSÉ LAMORLETTE

HARLEQUIN®
est une marque déposée par le Groupe Harlequin

BEST-SELLERS®
est une marque déposée par Harlequin S.A.

Photos de couverture
Femme : © VALERIE SIMMONS / MASTERFILE
Château : © DIGITAL VISION \ ROYALTY FREE / GETTY IMAGES
Coucher de soleil : © ROYALTY FREE / MASTERFILE

83/85 boulevard Vincent-Auriol 75646 PARIS CEDEX 13.
Service Lectrices — Tél. : 01 45 82 47 47

ISBN 978-2-2808-4476-5 — ISSN 1248-511X

À cette époque…

Le héros de ce roman situé en Irlande en 1818 est poursuivi par les troupes royales anglaises et risque la pendaison pour s'être enrôlé dans la rébellion irlandaise.

Depuis le XIIe siècle, en effet, l'Irlande fait l'objet d'une véritable guerre de conquête à laquelle elle résiste farouchement. Après s'être limitée à l'est de l'île, en 1494, la Couronne anglaise déclare sa domination sur toute l'île, et moins d'un siècle plus tard, en 1541, Henri VIII se proclame roi d'Irlande. La colonisation se développe alors par les confiscations de terres. En 1641, une grande révolte éclate, brisée en 1649 par Oliver Cromwell. Les Irlandais profitent alors de cette première révolution anglaise pour tenter de recouvrer leur indépendance. Mais Cromwell débarque à Dublin avec ses soldats et organise un véritable massacre. La moitié de la population de l'île est tuée. Après sa défaite, l'Irlande se retrouve soumise au joug de l'Angleterre, et les terres du nord du pays sont confisquées et attribuées à des colons venus d'Ecosse et d'Angleterre. Le sort de l'Irlande s'aggrave encore quand, en 1704, Guillaume III promulgue des lois pénales anticatholiques. Un nouveau soulèvement a lieu en 1798, nourri aussi bien par l'émancipation des Etats-Unis que par l'exemple de la Révolution française. La répression est terrible et, le 1er août 1800, l'Angleterre proclame un « acte d'union » intégrant d'autorité l'Irlande au Royaume-Uni. Une démonstration de force qui n'empêchera pas de nombreux rebelles, comme notre héros, de continuer à lutter pour l'indépendance.

Je dédicace ce roman à ma nouvelle équipe :
Cissy Hartley, Laurel Letherby, Dorie Hensley,
Theresa Myers et Miranda Stecyk.
Sans vous, je n'aurais pas réussi. Merci beaucoup !

Prologue

Askeaton, Irlande, juin 1814

L'appel de l'inconnu. Il était là, autour de lui, en lui, une impatience pressante, l'attrait de l'aventure. Il n'avait jamais été plus fort, et il était impossible de l'ignorer un seul moment de plus.

Sean O'Neill s'arrêta dans la cour du manoir qui appartenait à sa famille depuis près de quatre cents ans. De ses propres mains, il avait rebâti les murs de pierre qui lui faisaient face. De ses propres mains, il avait aidé les ouvriers de la ville à remplacer les vitres des fenêtres, jadis des vitraux somptueusement colorés. Il s'était agenouillé sur les sols anciens, à l'intérieur, pour remplacer les pierres cassées au côté des maçons de Limerick. Avec une armée de femmes de chambre, il avait nettoyé avec soin les épées brûlées de la grand-salle, un héritage familial. Toutefois, l'immense tapisserie n'avait pu être sauvée.

Et il avait labouré les champs incendiés et noircis avec les fermiers des O'Neill, jour après jour, semaine après semaine, jusqu'à ce que la terre redevienne brune et fertile. Il avait supervisé la sélection, l'achat et le transport du bétail et des moutons qui avaient remplacé les troupeaux détruits par les troupes britanniques lors de ce fatal été 1798. Maintenant, alors qu'il se tenait près de sa monture, ses sacoches pleines, un petit sac accroché à sa selle, des agneaux gambadaient près de leur mère dans les collines derrière la maison, dans la lumière rouge de l'aurore.

Il avait rebâti le domaine avec sa sueur, son sang et parfois même ses larmes. Il avait rebâti Askeaton pour son frère aîné pendant les années où Devlin avait été en mer, capitaine de la Marine royale, en guerre avec les Français. Devlin était rentré quelques jours plus tôt avec sa jeune femme américaine et leurs deux enfants. Il avait résilié sa commission et était à Askeaton pour y rester, Sean le savait. Et c'était ainsi que cela devait être.

L'agitation, alors, le domina. Il n'était pas sûr de ce qu'il voulait, mais il savait que sa tâche ici était terminée. Quelque chose l'attendait au-dehors, quelque chose de grandiose, et l'appelait comme les sirènes appellent les marins perdus en mer. Il n'avait que vingt-quatre ans et il sourit au soleil qui se levait, ravi, prêt pour n'importe quelle aventure que le destin lui réservait.

— Sean ! Attendez !

Il fut un instant incrédule en entendant la voix d'Eleanor de Warenne. Mais il aurait dû savoir qu'elle serait debout à cette heure et qu'elle le rattraperait alors qu'il se préparait à partir. Elle avait été son ombre depuis le jour où sa mère à lui avait épousé son père à elle, alors qu'elle était une exigeante et indomptable petite fille de deux ans et lui un sombre jeune garçon de huit ans. Enfant, elle le suivait partout comme un chiot son nouveau maître, l'amusant parfois et l'ennuyant d'autres fois. Et quand il avait entamé la restauration de son domaine familial, elle avait été à son côté, à genoux, taillant des pierres cassées avec lui. Lorsqu'elle avait eu seize ans, on l'avait envoyée en Angleterre. Depuis, elle ne ressemblait plus vraiment à la petite Ellie. Mal à l'aise, il se tourna pour lui faire face.

Elle s'empressa de venir vers lui. Elle avait toujours eu une foulée longue et décidée, jamais l'allure gracieuse d'une dame convenable. Cela demeurait, mais tout le reste avait changé. Il se raidit, car elle se précipitait vers lui les pieds nus et uniquement vêtue d'une chemise de nuit en coton blanc.

Et en l'instant d'un battement de cœur, il ne reconnut tout simplement pas la femme qui l'appelait. La chemise de nuit moulait son corps comme un gant de soie, plaquée contre elle par la brise de l'aube, révélant des courbes qui lui étaient étrangères.

— Où allez-vous ? Pourquoi ne m'avez-vous pas réveillée ? Je vais monter à cheval avec vous ! Nous pouvons faire la course jusqu'à la chapelle et revenir.

Elle s'arrêta brusquement, ses yeux s'élargissant tandis qu'elle fixait les sacoches et le sac. Son sourire avait disparu.

Sean vit son choc, suivi par la compréhension de ce qui se passait, mais il était encore en train de lutter avec sa propre surprise. Il penserait toujours à Ellie comme à une enfant maladroite, grande et maigre quel que soit son âge, le visage mince et anguleux, ses tresses blondes lui tombant jusqu'à la taille. Que lui était-il arrivé ces deux dernières années ? Il n'aurait su dire quand son corps s'était épanoui en courbes si immodestes et si féminines, ou quand son visage s'était rempli en un ovale parfait.

Il écarta les yeux de son décolleté, qui lui paraissait indécent. Puis il détacha son regard de ses hanches, des hanches qui ne pouvaient tout simplement pas être à elle. Il avait les joues brûlantes.

— Vous ne pouvez vous promener en vêtements de nuit. Quelqu'un pourrait vous voir ! s'exclama-t-il.

Il avait été assis face à elle au souper, la veille. Mais il avait été mal à l'aise, également, parce que chaque fois qu'il lui jetait un coup d'œil elle lui souriait, essayant de soutenir son regard. Il avait fait de son mieux pour l'éviter.

— Vous m'avez vue cent fois en chemise de nuit, dit-elle lentement. Où allez-vous ?

Il la regarda dans les yeux. Ses yeux ambrés, en amande, n'avaient pas changé, et il en était soulagé. Il avait toujours pu y lire chacune de ses humeurs, chacune de ses pensées, chacune de ses expressions et de ses émotions. Il vit qu'elle était effrayée. Sa réaction fut immédiate, et il lui sourit d'un air rassurant. D'une certaine manière, son rôle avait toujours été d'écarter ses peurs, n'importe quand.

— Je dois partir, dit-il tranquillement. Mais je reviendrai.

— Que voulez-vous dire ? s'exclama-t-elle, incrédule.

La Ellie de son enfance avait toujours été capable de déchiffrer toutes ses pensées et toutes ses humeurs, aussi. Elle avait grandi, mais elle le comprenait encore, sans qu'il ait besoin de s'expliquer.

Il répondit prudemment :

— Ellie, il y a quelque chose qui m'attend quelque part et je dois le trouver.

— *Quoi ?*

Ses yeux s'emplirent d'une horreur grandissante.

— Non ! Il n'y a rien à chercher ailleurs. Je suis *ici* !

Il s'immobilisa, leurs regards joints. Il savait, comme tout le monde dans leurs deux familles, qu'elle éprouvait pour lui un penchant aussi vif qu'irréfléchi, depuis aussi longtemps que l'on pouvait s'en souvenir. Personne n'aurait su dire exactement quand, mais alors qu'elle était une enfant elle avait décidé qu'elle l'aimait et qu'elle l'épouserait un jour. Sean avait été amusé par ses prétentions. Il avait toujours su qu'elle finirait par oublier cette folie. Ils ne partageaient pas une goutte de sang, mais il la considérait comme une sœur. Elle était la fille d'un comte — elle épouserait un homme titré ou fortuné, ou les deux.

— Ellie.

Il parla calmement et choisit d'ignorer sa remarque. Elle ne s'accrochait sûrement plus à de telles sottises.

— Askeaton appartient à Devlin. Il est rentré, à présent. J'ai le sentiment que quelque chose de plus m'attend. J'ai besoin de partir. Je veux partir.

Elle était pâle.

— Non ! Vous ne pouvez pas partir ! Il n'y a rien qui vous attend — de quoi parlez-vous ? Votre vie est ici ! Nous sommes ici, votre famille, moi ! Et Askeaton est à vous autant qu'à Devlin !

Il décida de ne pas la contredire, bien que Devlin ait acheté Askeaton au comte huit ans plus tôt. Il hésita, essayant de trouver les mots justes, des mots qu'elle pourrait comprendre.

— Je dois partir. En outre, vous n'avez plus besoin de moi. Vous avez grandi.

Il ne parvint pas à sourire.

— On va bientôt vous renvoyer en Angleterre et vous ne penserez pas à moi, alors. Pas avec tous vos prétendants.

Cette idée lui parut étrange et déplaisante.

— Retournez vous coucher.

Une expression déterminée passa sur le visage d'Eleanor et il se raidit. Quand Ellie avait un objectif, rien ne pouvait l'empêcher de l'atteindre.

— Je viens avec vous, déclara-t-elle.

— Absolument pas !

— Ne vous avisez pas de partir sans moi ! Je vais

m'habiller. Faites-moi seller un cheval ! cria-t-elle en pirouettant pour rentrer en hâte dans la maison.

Il la saisit par le bras et la fit se retourner. A l'instant où il sentit son corps doux et plein contre le sien, sa raison lui manqua. Il s'écarta aussitôt d'elle.

— Je sais que vous êtes toujours arrivée à vos fins avec tout le monde, y compris moi. Mais pas cette fois.

— Vous vous êtes comporté comme un sot depuis que je suis arrivée hier soir ! Vous m'avez évitée ! N'essayez pas de le nier. Vous ne vouliez même pas me regarder ! s'exclama-t-elle. Et maintenant vous dites que vous me quittez ?

Elle était si bouleversée et si furieuse qu'elle avait le souffle court.

Sean croisa les bras sur sa poitrine et abaissa son regard sur le haut de sa chemise de nuit, où il pouvait voir clairement la forme de ses seins ronds. Il fut choqué par sa propre attitude et releva vivement les yeux vers son visage.

— Je ne vous quitte pas, je m'en vais, tout simplement.

— Je ne comprends pas, protesta-t-elle, des larmes lui montant aux yeux. Emmenez-moi avec vous !

— Vous allez retourner en Angleterre.

— Je déteste l'Angleterre !

Bien sûr qu'elle la détestait. Elle était une fleur sauvage, pas une rose de serre. Elle avait été élevée avec cinq garçons et elle était née pour chevaucher dans les collines d'Irlande, pas pour danser le quadrille dans une salle de bal londonienne. Elle se tenait là, l'air dévasté, et en cet instant le temps recula et elle parut avoir huit ans, pas dix-huit, terrassée par la déception et terriblement vulnérable. Des larmes roulaient sur ses joues.

Alors, Sean la prit dans ses bras, comme il l'avait fait mille fois auparavant.

— Tout va bien, commença-t-il.

Mais quand il sentit ses seins entre eux, au lieu de sa maigre poitrine, il s'écarta. Il avait les joues en feu.

— Reviendrez-vous jamais ? demanda-t-elle en s'accrochant à ses bras.

— Bien sûr que oui, répondit-il d'un ton crispé, en essayant de reculer.

— Quand ?

— Je n'en suis pas sûr. Dans un an ou deux.

— Un an ou deux ?

Elle se mit à pleurer pour de bon.

— Comment pouvez-vous faire cela ? Comment pouvez-vous me quitter si longtemps ? Vous me manquez déjà ! Vous êtes mon meilleur ami ! Je suis votre meilleure amie ! Ne vous manquerai-je pas ?

Il céda et lui prit la main.

— Bien sûr que vous me manquerez, dit-il calmement.

C'était la vérité.

Leurs regards se joignirent de nouveau.

— Promettez-moi. Promettez-moi que vous reviendrez pour moi.

— Je le promets.

Et Sean s'avisa que pendant qu'ils se dévisageaient, pendant que les larmes d'Ellie roulaient sur son visage, leurs mains restaient étroitement serrées. Doucement, il se dégagea. Il était temps qu'il s'en aille. Il fit face à son cheval et attrapa son étrier.

— Attendez !

Il se tourna à moitié et, avant qu'il puisse réagir, elle jeta ses bras autour de lui et pressa sa bouche sur la sienne.

Il prit conscience de ce qui se passait : Ellie, la petite

Ellie maigre et dégingandée, assez intrépide pour sauter de la tour en ruine derrière le manoir et rire en le faisant, l'embrassait sur la bouche. Mais c'était impossible, car il y avait une femme dans ses bras, une femme au corps doux et chaud et aux lèvres ouvertes et brûlantes.

Il s'écarta d'un bond, atterré.

— Qu'est-ce que c'était que cela ?

— Un baiser, sot que vous êtes ! lui cria-t-elle.

Il s'essuya la bouche d'un revers de main, encore abasourdi.

— Il ne vous a pas plu ? demanda-t-elle, incrédule.

— Non, il ne m'a pas plu, cria-t-il presque à son tour.

Furieux, à présent, contre elle et contre lui-même, il sauta sur son cheval. Puis il baissa les yeux vers elle. Elle sanglotait sans bruit, les mains pressées sur sa bouche.

Il ne supportait pas de la voir pleurer.

— Ne pleurez pas, supplia-t-il. S'il vous plaît.

Elle hocha la tête, le teint cendreux, et combattit ses larmes jusqu'à ce qu'elles s'arrêtent.

— Promettez-moi encore.

Il prit une inspiration.

— Je promets.

Elle lui adressa un sourire mouillé.

Il lui sourit en retour et constata qu'il avait étrangement envie de pleurer, lui aussi. Puis il saisit sa bride et mit son cheval au galop. Il n'avait pas eu l'intention de partir à toute allure, mais la détresse d'Ellie, qu'il avait provoquée, était trop dure à supporter. Quand il se sentit en sécurité, il jeta un coup d'œil derrière lui.

Elle n'avait pas bougé. Elle se tenait près des grilles en fer dans sa chemise de nuit blanche et le regardait partir. Elle leva une main et, même à distance, il sentit sa tristesse et sa peur.

Il répondit à son geste. Peut-être que c'était pour le mieux, pensa-t-il, ébranlé jusqu'au fond de son être. Puis il se détourna, trottant le long de la route, pas vers Limerick mais vers l'est.

Lorsqu'il arriva au sommet de la première colline, il s'arrêta une dernière fois. Son cœur battait fort et vite, et le dérangeait. Il fit volter sa monture pour contempler sa maison. Le manoir était aussi petit qu'un jouet. Une mince silhouette en blanc flanquait toujours les grilles. Ellie n'avait pas bougé.

Et Sean se demanda si ce qu'il cherchait n'était pas déjà à sa portée.

1

7 octobre 1818, Adare, Irlande

Dans trois jours, elle allait se marier. *Comment était-ce arrivé ?*

Dans trois jours, elle allait épouser le gentleman que tout le monde pensait parfait pour elle. Dans trois courtes journées, elle serait la femme de Peter Sinclair. Eleanor de Warenne était effrayée.

Elle se penchait si bas sur l'encolure de son cheval au galop qu'elle ne voyait rien d'autre que sa robe noire et sa crinière. Elle l'éperonna, le poussant à aller encore plus vite, plus dangereusement. Elle voulait dépasser sa nervosité — et sa terreur.

Et pendant un bref instant, elle y parvint. La sensation de vitesse prenait possession d'elle ; il ne pouvait y avoir d'autre sentiment, d'autre pensée. Le sol se brouillait sous les sabots de sa monture. Enfin, le présent avait disparu. La jubilation s'empara d'elle.

L'aube pointait dans le ciel pâle au-dessus d'elle. Finalement, Eleanor se fatigua et son cheval aussi. Elle se redressa, il ralentit, et aussitôt elle se remit à penser à son mariage imminent.

Elle mit l'étalon bai au pas. Elle avait atteint un point

élevé de la crête et elle regarda sa maison, en bas. Adare était le siège du comté de son père, un domaine qui s'étendait sur trois comtés et comprenait une centaine de villages, des milliers de fermes, une mine de charbon très lucrative et plusieurs carrières. Au-dessous, la crête disparaissait dans une épaisse forêt, puis dans les riches pelouses vertes et les luxuriants jardins entourant l'immense manoir en pierre qui était son foyer, avec une rivière traversant les terrains. Bien que le manoir ait été bâti à l'époque élisabéthaine, il restait fort peu de sa structure originelle. Il avait été rénové cent ans plus tôt et sa façade était un long rectangle de trois étages, avec une douzaine de colonnes qui supportaient le toit et le fronton triangulaire qui le surmontait. Deux ailes plus courtes s'élevaient à l'arrière de la façade, l'une réservée à la famille, l'autre aux invités.

La maison était emplie de parents et d'invités, en ce moment. Trois cents personnes avaient été conviées au mariage et cinquante hôtes, pour la plupart de la famille de Peter, avaient été logés dans l'aile est. Le reste séjournait dans des auberges de villages et au Grand Hôtel de Limerick.

Eleanor contempla la propriété, hors d'haleine et en nage, ses longs cheveux couleur de miel s'étant échappés de sa natte. Elle portait un pantalon qu'elle avait volé longtemps auparavant à un de ses frères. Après sa présentation dans le monde deux ans plus tôt, on lui avait demandé de monter en amazone, dans un costume convenant à une dame. Mais ayant été élevée avec trois frères et deux beaux-frères, elle avait décidé que c'était absurde. Depuis, elle chevauchait à l'aube, pour pouvoir monter à califourchon et sauter des barrières, ce qui était impossible en jupe. La société trouverait sa conduite choquante — et son fiancé aussi, s'il découvrait un jour qu'elle aimait à monter à cheval et à s'habiller comme un homme.

Bien sûr, elle n'avait pas l'intention de laisser cela se produire. Elle désirait épouser Peter Sinclair, non ?

Alors, Eleanor ne put plus le supporter. Elle avait cru son chagrin et sa tristesse disparus depuis longtemps, mais maintenant son cœur se brisait. Elle avait souhaité épouser Peter, mais avec son mariage à trois jours de là, elle devait affronter la terrible et effrayante réalité. Elle n'en était plus sûre. Et surtout, elle devait savoir si Sean était vivant ou mort.

Eleanor descendit la colline au pas. Son cœur battait précipitamment et douloureusement, réveillant des sentiments qu'elle n'aurait plus jamais voulu éprouver. Sean l'avait quittée quatre ans plus tôt. L'année précédente, elle avait enfin réussi à accepter sa disparition. Après avoir attendu son retour pendant trois ans interminables, après avoir refusé de croire la conclusion que sa famille avait tirée, elle s'était réveillée un matin avec une horrible prise de conscience. Sean avait disparu. Il ne reviendrait pas. Ils avaient raison : comme il n'avait pas donné de nouvelles, il devait être mort.

Elle s'était enfermée dans sa chambre pendant plusieurs jours, pleurant la perte de son meilleur ami, du garçon avec qui elle avait passé sa vie — de l'homme qu'elle aimait. Le quatrième matin, elle était sortie et était allée trouver son père.

— Je suis prête à me marier, père. J'aimerais que vous arrangiez une union convenable.

Le comte, seul dans la salle à manger du matin, l'avait regardée bouche bée, sous le choc.

— Quelqu'un de titré et de fortuné, qui aime la chasse autant que moi, et qui soit assez attrayant, avait-elle dit.

Il ne lui restait plus d'émotions. Mais elle avait ajouté d'un ton sombre :

— De fait, il doit être un superbe cavalier ou nous ne nous entendrons jamais.

Le comte avait bondi sur ses pieds.

— Eleanor, vous prenez la bonne décision.

Elle l'avait écarté d'un signe de main.

— Oui, je sais.

Puis elle était partie avant qu'il puisse la questionner sur ce subit changement. Elle n'avait pas envie de discuter de ses sentiments personnels, avec personne.

Une présentation avait été faite un mois plus tard. Peter Sinclair était l'héritier d'un comté, le domaine se trouvant à Chatton, en Angleterre, et sa famille était riche. Il avait l'âge d'Eleanor, il était beau et charmant. C'était un cavalier accompli, qui élevait des pur-sang pour la course. Eleanor s'était d'abord méfiée de ses origines anglaises, car elle avait été poursuivie de façon importune par quelques vauriens anglais pendant ses deux saisons, mais quand elle l'avait rencontré, il lui avait plu aussitôt. Et lui s'était montré sincère dès le début. Ce même soir, elle avait décidé qu'il lui conviendrait. Le mariage avait été arrangé peu de temps après, en raison de son âge avancé.

Soudain, Eleanor avait l'impression d'être sur un cheval emballé qu'elle ne pouvait arrêter. Cavalière toute sa vie, elle savait que la meilleure solution était de sauter en route.

Mais elle n'avait jamais sauté d'un cheval emballé, pas une fois en ses vingt-deux ans. A la place, elle avait usé de sa volonté et de son adresse sur l'animal, le soumettant à son contrôle. Elle essaya de se rappeler que toutes les futures jeunes mariées étaient nerveuses et que ce n'était pas inhabituel. Après tout, sa vie allait changer pour toujours. Non seulement elle épouserait Peter Sinclair, mais elle irait s'installer à Chatton, vivre en Angleterre, mener sa maison et, bientôt, porter ses enfants. Juste ciel, pouvait-elle vraiment le faire ?

Si seulement elle savait ce qui était arrivé à Sean.

Mais elle ignorait son sort, et elle ne le connaîtrait probablement jamais. Son père et Devlin avaient passé des années à le chercher, utilisant des enquêteurs de Bow Street. Mais il avait un nom courant, et toutes les pistes s'étaient révélées fausses. Son Sean O'Neill s'était volatilisé dans les airs.

Une fois de plus, elle se reprocha de l'avoir laissé partir. Elle avait essayé de l'arrêter ; elle aurait dû se montrer plus ferme encore.

Brusquement, Eleanor arrêta son cheval et crispa les paupières. Peter serait un mari parfait, et elle l'aimait beaucoup. Sean avait disparu. Non seulement cela, mais il ne l'avait jamais regardée une seule fois comme Peter la regardait. C'était un superbe mariage. Son fiancé était aimable, amusant, charmant, blond et beau. Il avait la passion des chevaux, comme elle. Comme le diraient les débutantes anglaises qu'elle avait été forcée de fréquenter, c'était une prise de premier choix.

Eleanor poussa l'étalon en avant. A cette heure tardive, elle se mentait à elle-même. Peter lui était cher, mais comment pourrait-elle l'épouser quand il y avait la moindre chance que Sean soit encore en vie ? D'un autre côté, elle ne pouvait rompre les contrats maintenant !

Soudain, elle fut prise d'une vraie panique. Elle n'avait pas réussi ses séjours à Londres. Elle avait détesté chaque bal, où on l'avait snobée parce qu'elle était irlandaise, grande et qu'elle préférait les chevaux aux soirées. Les Anglais avaient été terriblement condescendants. Elle n'allait pas réussir à Chatton, non plus — elle en était certaine. Même si Peter n'avait jamais remis son passé en cause, une fois qu'il la connaîtrait mieux il serait condescendant, lui aussi.

Parce qu'elle n'était pas assez convenable pour être son épouse anglaise. Les dames convenables ne songeraient jamais à monter à cheval en pantalon, et encore moins à le faire seule. Et alors que quelques-unes étaient assez hardies pour chasser au renard, elles ne tiraient pas à la carabine et ne pratiquaient pas l'escrime avec des maîtres ; les dames aimaient faire des emplettes et jaser, ce qu'elle détestait. Peter ne la connaissait pas vraiment — il ne la connaissait pas du tout.

Les dames ne mentent pas.

C'était comme si Sean était à côté d'elle, ses yeux argentés étrangement accusateurs. Si seulement il ne l'avait pas quittée. Comment cela pouvait-il encore la faire souffrir, à la veille de son mariage, quand elle avait investi toute la dernière année de sa vie dans sa relation avec Peter ?

Et Eleanor sut qu'elle était de nouveau sur ce cheval emballé. Son mariage était dans trois jours et, jusqu'à récemment, elle avait été contente. En fait, elle avait été très prise par les préparatifs et aussi excitée que sa mère. Ce serait le scandale de la décennie si elle rompait maintenant. Elle avait ses nerfs comme une jeune mariée, rien de plus. Peter était *parfait* pour elle.

A dessein, Eleanor s'arrêta et ferma les yeux, essayant d'évoquer une image qui chasserait une fois pour toutes ses craintes et ses doutes. Elle se vit dans sa robe de mariée, le corselet garni de perles et de dentelle, la large jupe en satin ornée des mêmes incrustations, la traîne assortie d'une incroyable longueur. Peter était debout à son côté, blond et beau dans son costume solennel. Ils échangeaient leurs vœux et il soulevait son voile pour pouvoir l'embrasser.

Le voile fut écarté de ses yeux. Peter n'était plus là. Devant elle se tenait un grand homme brun à l'incroyable regard argenté.

Les dames ne mentent pas, Ellie.

Eleanor ne put supporter cette nouvelle bouffée de chagrin. Elle n'avait pas besoin de cela maintenant. Elle ne voulait pas de cela maintenant.

Elle pleura presque.

— Allez-vous-en ! Laissez-moi tranquille, s'il vous plaît !

Mais le dommage était fait, pensa-t-elle misérablement. Elle avait osé le laisser revenir dans son esprit et à présent, à quelques jours de son mariage, il ne s'en irait pas. Elle avait connu Sean O'Neill depuis qu'elle était toute petite. La mère de Sean s'était retrouvée veuve à la suite d'un terrible massacre par les Anglais, et son père à elle, veuf à cette époque, avait épousé Mary O'Neill et pris Sean et son frère Devlin chez lui. Bien qu'il n'ait jamais adopté légalement les petits O'Neill, il les avait élevés avec ses trois fils et Eleanor, les traitant comme ses propres enfants.

Il y avait tant de souvenirs, maintenant. Même toute petite, elle se rappelait avoir vu Sean comme un prince, bien que sa famille ait été de la petite noblesse irlandaise et catholique, sans fortune. Trottinant derrière lui, criant son nom, elle essayait de le suivre partout. Au début il avait été gentil, lui permettant de monter sur ses épaules ou la ramenant par la main à sa nourrice. Mais sa gentillesse avait viré à l'irritation quand Eleanor avait grandi. Elle se cachait dans la salle d'étude pour l'observer pendant ses leçons, puis lui donner des conseils pour mieux réussir. Sean appelait le précepteur pour qu'il la fasse sortir et lui disait de s'occuper de ses affaires. Malheureusement, même à six ans, elle était plus forte en calcul que lui. S'il voulait manquer ses leçons, elle le savait et le suivait à la mare, décidée à pêcher avec lui. Il avait essayé de l'effrayer avec des vers de terre, mais au lieu de cela elle l'avait aidé à garnir ses hameçons. Elle était meilleure que lui pour cela, aussi.

— C'est bon, mauvaise herbe, tu peux rester, avait-il grommelé en lui cédant.

Il chevauchait à travers les terres d'Adare avec ses frères, presque chaque jour. Eleanor avait un gros et vieux poney gallois et elle les suivait, refusant d'être renvoyée à la maison. Bien souvent, plus qu'agacé, Sean lui permettait de renvoyer le poney et la prenait en selle derrière lui.

Mais les tours préférés d'Ellie étaient de l'espionner et de le voler. Parfois, elle se cachait dans un placard pour écouter Sean, surprenant les fascinantes conversations de jeunes gens — dont elle ne comprenait pas la plupart. D'autres fois, elle lui prenait un objet qu'il aimait — son livre favori, son couteau à tailler les plumes, une chaussure — juste pour s'assurer qu'il ne l'avait pas oubliée. Quand il s'en rendait compte, il la pourchassait furieusement dans la maison ou dans les jardins, exigeant qu'elle lui rende son bien. Ellie riait, adorant la poursuite et sachant qu'il ne pourrait la rattraper sans qu'elle le veuille, car elle était trop rapide pour lui.

Une douleur ancienne l'assaillait, mais elle s'aperçut qu'elle souriait. Elle se retrouva debout à quelque distance des écuries, son étalon paissant tranquillement, et des larmes lui piquèrent les yeux. Sean n'était plus là. Elle pouvait aspirer à son retour dans son cœur, et il pouvait encore lui manquer terriblement, mais à quoi bon ? Une logique irréfutable disait que, s'il avait la possibilité de rentrer — ou s'il le voulait —, il serait revenu, à présent. Le bon sens pointait aussi un fait très douloureux : pas une fois au cours de leur vie, il n'avait indiqué qu'il éprouvait pour elle autre chose qu'une affection fraternelle.

Eleanor se rendit compte qu'un homme approchait, sorti par une des nombreuses portes de la maison. Elle reconnut aussitôt son frère aîné, Tyrell. Il était tellement occupé par des affaires d'Etat, le comté et la famille qu'ils ne passaient pas beaucoup de temps ensemble, mais il n'y avait personne de plus solide et de plus aimable que lui. Un jour, il serait le patriarche de la famille et tous les problèmes et les crises, soit personnels soit d'une autre nature, lui seraient soumis pour qu'il les résolve. Elle l'admirait énormément ; c'était son frère préféré.

Tyrell s'arrêta devant elle et elle fut très heureuse de le voir. Grand, brun et musclé, il lui sourit.

— Je suis soulagé que tu ailles bien. Je t'ai vue d'une fenêtre, et quand tu as démonté j'ai craint que quelque chose n'aille pas.

Eleanor se força à sourire. Son sourire lui parut triste et fragile.

— Je vais bien. J'ai décidé de laisser paître Apollon, c'est tout.

Les yeux bleu foncé de Tyrell la scrutaient.

— Tu n'as jamais été du genre à traîner au lit, mais je croyais que nous avions un accord : que tu ne devais pas monter de cette façon pendant que nous avons de si nombreux invités.

Eleanor essaya de continuer à sourire, mais elle évita son regard.

— Il fallait que je galope, ce matin.

Tyrell fut direct.

— Qu'est-ce qui ne va pas ?

Elle se raidit, l'image de Sean emplissant son esprit. Etrangement, elle avait l'impression de pouvoir le sentir près d'elle. Ebranlée, elle regarda autour d'elle, mais seuls un jardinier et son fils traversaient la pelouse derrière elle.

Tyrell prit sa main libre.

— La plupart des fiancées aimeraient dormir davantage pour être plus belles encore, mon cœur, dit-il gentiment.

— Du sommeil supplémentaire ne me rendra pas plus petite, rétorqua-t-elle. Les vraies beautés ne sont pas aussi grandes que la plupart des hommes — et plus grandes que leur propre mari.

Il eut un bref sourire.

— As-tu décidé que tu veux un mari plus grand ? C'est un peu tard pour changer de jeune marié.

Maudite soit-elle. Sa première pensée fut que sa tête atteignait à peine le menton de Sean — même lorsqu'elle portait ses bottes. Troublée, elle se mordit la lèvre.

— J'aime beaucoup Peter, parvint-elle à dire. Je me moque que nous soyons de la même taille quand je suis pieds nus.

— J'en suis heureux, car il est très épris de toi, déclara Tyrell d'un ton sérieux. Hier soir, pendant le bal, il ne pouvait détacher les yeux de toi. Et il t'a fait danser trois fois. Une quatrième aurait été scandaleuse.

Il rit.

Eleanor ne rit pas.

— Je suis une horrible danseuse, je manque un pas sur deux.

Elle le regarda dans les yeux.

— Penses-tu vraiment qu'il est épris de moi ? J'apporte une fortune, dans ce mariage.

— Il est évident qu'il est amoureux, Eleanor. Pourquoi pleures-tu ?

Eleanor se crispa. Elle était prête à tout dire à Tyrell, s'avisa-t-elle. Elle avait tellement besoin d'un confident.

— Tyrell, je suis en proie à la confusion, s'entendit-elle murmurer.

Il lui désigna un banc de pierre, avec une expression aimable. Elle lui tendit la bride du cheval et alla s'asseoir, cet étrange désespoir la submergeant.

— Je suis attachée à Peter. Il est si spirituel et si attentionné, et j'ai apprécié le temps que nous avons passé ensemble. Tu sais que je déteste les bals, mais ces derniers mois, avec Peter s'occupant de moi, je les ai bien supportés.

— Il a été bon pour toi, Eleanor, dit Tyrell. Toute la famille est d'accord là-dessus. Il te change en une dame plus convenable et plus conventionnelle.

— J'ai vraiment essayé de me conduire en dame.

Les dames ne mentent pas, elles ne volent pas et n'espionnent pas, Ellie.

La panique la saisit et elle se leva.

— Tyrell ! Sean me hante. Je ne peux faire cela. Je ne le peux pas. Nous devrions annuler le mariage — je me moque de rester vieille fille !

Il élargit les yeux.

— Eleanor, qu'est-ce qui a provoqué ce revirement ? demanda-t-il d'un ton méfiant.

— Je ne sais pas ! s'écria-t-elle. Si seulement nous savions où est Sean — si seulement nous savions ce qui lui est arrivé !

Tyrell se tut. Elle meubla le silence.

— Je sais que tu penses qu'il est mort. Je sais ce que les enquêteurs ont dit. Il me manque toujours, murmura-t-elle, et, choquée, elle se rendit compte qu'il lui manquait tellement que c'était comme un couteau planté dans son cœur.

Tyrell passa un bras autour d'elle.

— Tu l'as aimé toute ta vie et il est parti depuis quatre ans. Je suis sûr qu'une partie de toi le regrettera toujours. Mais Peter est un magnifique parti pour toi, Eleanor, de toutes les façons possibles, et je ne puis te dire combien je suis heureux qu'il t'aime sincèrement.

Eleanor l'entendit à peine.

— Mais comment puis-je me marier quand j'éprouve ces sentiments ? Je suis si perturbée ! J'ai presque l'impression que Sean est ici pour m'empêcher d'aller plus loin ! Je vais être *l'épouse* de Peter Sinclair. Je vais porter *ses enfants*. Je vais vivre à *Chatton*.

Elle jeta un regard implorant à son frère.

— Même si Sean était ici, ce qu'il n'est pas, cela ferait-il vraiment une différence ? demanda Tyrell.

— Bien sûr !

Eleanor rougit.

— Je comprends ton point de vue. Il ne m'a jamais aimée comme Peter m'aime. Je le sais, Ty. Pourquoi faut-il que je pense à lui maintenant, précisément ?

— Toutes les futures mariées deviennent excessivement nerveuses avant leurs noces, à ce que l'on m'a dit.

Tyrell lui sourit d'un air rassurant.

— Peut-être que tu cherches des excuses pour retarder l'événement, ou même pour y échapper ?

Elle l'étudia.

— Peut-être que tu as raison. Que dois-je faire ?

Il la toucha.

— Eleanor. Tu l'as attendu pendant près de quatre ans. Que penses-tu faire ? Attendre son retour quatre ans de plus ?

C'était ce que son cœur souhaitait.

— Il n'est pas mort, Ty, dit-elle enfin. Je le sais. Je le sens. Il est bien vivant. Il m'a fait terriblement mal, mais un jour il va revenir et nous dire ce qui s'est passé, et pourquoi.

— J'espère que tu dis vrai, déclara Tyrell d'un air sombre.

Il l'enlaça de nouveau.

— Une personne fort sage a dit un jour que nous ne choisissons pas l'amour. Il nous choisit. Le véritable amour ne meurt jamais, Eleanor.

— Que vais-je faire ? demanda-t-elle d'un ton suppliant.

Tyrell réfléchit un instant avant de répondre.

— Franchement, je ne suis pas surpris qu'à la veille de ton mariage tu sois tourmentée par des pensées de lui. Etant donné le passé, il serait étrange que tu ne songes pas à lui en ce moment. Mais cela ne veut pas dire nécessairement que tu doives renoncer à ton mariage avec Sinclair.

Eleanor sursauta.

— Que veux-tu dire ?

Il hésita. Elle le saisit par la manche.

— Ty, tu peux être franc.

Il serrait les mâchoires.

— Je souhaite que tu aies une vie à toi. Une maison et une famille à toi, un avenir avec la joie d'enfants. Sean ne t'a jamais rendu tes sentiments, et nous ne savons pas où il est ni s'il reviendra un jour. Sinclair t'offre un vrai futur. Je pense que ce serait une erreur de ta part de rompre avec lui maintenant. Tu ne retrouveras pas une telle occasion. Pas à cause de ton âge, même si cela compte, mais parce que Sinclair est un parti parfait pour toi.

Eleanor s'avisa qu'elle ne se souciait pas de ce qu'il pensait. Elle s'affala sur le banc de pierre, consumée par le désespoir et le doute.

Tyrell reprit la parole, avec grand soin.

— Sinclair est un homme honorable. Par sa naissance, par sa nature, par son éducation et son caractère, c'est un vrai gentleman. Je crois, si tu l'épouses, qu'il aura du mal à faire la loi. Mais je ne pense pas qu'il s'en soucie ! Il est tombé amoureux de toi, Eleanor, et j'approuve entièrement cela. Envisages-tu sérieusement de rompre votre contrat pour la chance douteuse que Sean revienne bientôt et que, d'une manière plus improbable encore, il se rende compte qu'il t'aime ?

Eleanor était si bouleversée qu'elle pouvait à peine penser. Tyrell avait raison. Elle était absurde. Et elle avait donné sa parole à Peter Sinclair.

— Bien sûr, si tu ne tenais pas du tout à Sinclair, je ne voudrais pas que tu l'épouses, dit doucement Tyrell. Mais à ce que j'ai vu, tu sembles sincèrement attachée à lui. J'ai été heureux de te revoir rire, Eleanor. Et je n'aurais jamais pensé te voir sourire pendant un quadrille.

Eleanor inspira et prit sa décision.

— J'ai tellement de chance.

Ce n'était pas ce qu'elle ressentait.

— Quelle femme est autorisée à faire un choix aussi important ? Quel choix y a-t-il à faire ? Peter est titré, riche et beau, il est aimable et il m'aime. Je dois être la plus grande sotte du pays pour songer ne fût-ce qu'un instant à rompre mon mariage pour un homme qui ne veut pas de moi — un homme qui n'est même pas là, un homme que tout le monde croit mort.

— Tu n'as jamais été sotte, observa Tyrell avec un sourire. Mais je suis soulagé que tu veuilles te marier. Je ne puis te décrire la joie que te donnera une famille à toi.

Elle se contenta de le regarder, se rappelant une fois de plus combien elle était fortunée et essayant d'écarter la sombre image de Sean de son esprit. Elle ne devait plus jamais s'y attacher, pas plus qu'à ses doutes.

— Tu as scandalisé la société en choisissant Lizzie avant ton devoir, Ty. Tu t'es marié par amour — le véritable amour —, aussi, je ne suis pas sûre que j'aurai tout ce que tu as.

— Tu ne le sauras pas si tu n'essaies pas. Je n'encouragerais jamais cette union si je ne nourrissais pas de grands espoirs pour elle. Je veux que tu sois aimée et heureuse, Eleanor. Nous le voulons tous.

Elle jeta ses bras autour de lui.

— Tu es mon frère préféré ! Te l'ai-je déjà dit ?

Il rit.

— Je crois que oui, répondit-il avec un sourire affectueux. Et Eleanor ? Je t'en prie, ne deviens pas trop convenable !

Elle finit par sourire.

— Comme il s'agit d'une ruse totale, tu n'as pas à craindre une transformation choquante de mon caractère ! Ma tenue présente n'en est-elle pas la preuve ?

Elle désigna son pantalon.

Tyrell ne baissa pas les yeux.

— Sur ce point, j'ai des objections à faire. De grâce, Eleanor, promets-moi de mettre ta tenue d'amazone si tu dois galoper à l'aube. Au moins jusqu'après le mariage et la lune de miel. Ensuite, je te conseillerais de demander humblement la permission à Peter de monter comme un homme. Je ne doute pas que tu pourras le convaincre de t'accorder tout ce que tu désires vraiment.

Elle soupira.

— J'essaierai d'être humble, Ty. Et tu as raison. Je n'ai pas besoin de causer un scandale maintenant. Je vais me faufiler dans la maison sans que personne ne me voie. Est-ce que les messieurs sont levés ?

— Une bonne partie compte aller à la pêche aujourd'hui, aussi oui, ils sont dans la salle du petit déjeuner. Je suggère que tu passes par la salle de bal. Les dames dorment encore, bien sûr, à l'exception de ma femme.

Il sourit immédiatement, avec douceur.

Eleanor envisagea rapidement comment elle allait rentrer, et cela la calma.

— Merci, Ty. Merci pour ta sagesse.

Elle se leva.

— Tu m'as apaisée. J'ai retrouvé mes esprits. Je me sens beaucoup mieux.

Tyrell l'embrassa sur la joue.

— Je crois que tu prends la bonne décision. Je pense qu'avec le temps ton amour pour Peter grandira. Je suis convaincu qu'une fois que tu porteras ses enfants tu n'auras pas de regrets. Tu mérites tout ce que la vie a à offrir. Sinclair peut te le donner.

— Oui, tu as raison. Tu as toujours raison, de fait.

Elle lui décocha un large sourire. Cela ne faisait jamais de mal de flatter l'héritier du domaine.

Il rit.

— Ma femme ne serait pas d'accord. Tu n'as pas besoin d'être obséquieuse, mon chou.

— Mais tu es le plus sage de tous mes frères ! Peux-tu ramener Apollon aux écuries pour moi ? demanda-t-elle d'une seule traite.

— Bien sûr.

Eleanor l'étreignit et marcha à grandes enjambées vers la maison, faisant un détour devant l'aile ouest pour gagner la terrasse et la salle de bal.

Tyrell resta immobile, la suivant des yeux. Son sourire s'évanouit. Il avait été terriblement chanceux dans sa propre vie d'éviter un mariage arrangé et de se marier par amour. Eleanor restait aussi profondément amoureuse de Sean O'Neill qu'elle l'avait toujours été — cela n'avait jamais été plus évident. Ces derniers mois, elle avait joué la comédie. Il ne put s'empêcher de formuler des souhaits, car sa femme avait fait de lui un romantique. Il souhaita que les circonstances soient différentes, que sa petite sœur puisse se marier selon son cœur. Mais cela ne devait pas être, et Sinclair lui offrait un avenir. Même si Sean revenait, il ne pourrait rien lui offrir, à présent.

Il se tendit. Il venait de cacher la vérité à sa sœur et il espérait avec ferveur qu'il avait bien fait.

Car la nuit dernière, bien après la fin du souper, le capitaine Brawley, qui commandait un régiment stationné au sud de Limerick, avait demandé à être reçu en privé par le comte. Tyrell avait assisté à l'entretien, comme c'était son droit. Et le jeune capitaine les avait informés que l'on avait retrouvé la trace de Sean O'Neill.

Choqués, ils avaient appris que Sean avait été incarcéré dans une prison militaire de Dublin pendant les deux dernières années. Alors que leur incrédulité et leur horreur grandissaient, ils avaient appris aussi qu'il avait été accusé de trahison et jugé à ce titre. Il n'y avait pas d'explication à sa longue détention et au fait que les autorités ne l'avaient pas fait pendre, et n'avaient pas prévenu la famille. Puis Brawley avait ajouté la pire nouvelle de toutes : trois jours plus tôt, Sean avait pris le geôlier en otage et s'était échappé.

Sean O'Neill était un fugitif, à présent, recherché par les autorités, sa tête mise à prix.

Et à tout moment, Tyrell s'attendait à le voir apparaître à Adare.

2

Tout le monde pensait que l'enfer était un feu ardent. Tout le monde se trompait.

L'enfer était l'obscurité. C'était l'obscurité, le silence, l'isolement. Il le savait — il venait de passer deux ans dans ces conditions. Trois jours plus tôt, il s'était échappé.

Et parce que la lumière du jour blessait ses yeux, parce que les bruits quotidiens le faisaient sursauter et l'effrayaient, parce qu'il était poursuivi par les Anglais et qu'il n'avait pas l'intention d'être pendu, il s'était caché dans les bois la journée et avait marché vers le sud la nuit. On lui avait dit qu'il y avait des hommes à Cork qui l'aideraient à fuir le pays. Des hommes radicaux, des hommes qui étaient des traîtres, aussi, des hommes qui n'avaient rien à perdre à part leur vie.

C'était presque l'aube. Il était couvert de sueur, ayant fait le trajet de la prison de Dublin aux abords de Cork en trois nuits, à pied. Lorsqu'il s'était avisé qu'il ne sortirait peut-être jamais du trou noir qui était sa cellule, il s'était mis à entraîner son corps pour le garder fort, en commençant à planifier son évasion. Faire des exercices avait été simple — il avait trouvé une saillie dans le mur et l'avait utilisée pour s'y suspendre ou pour se hausser à la force des bras. Il s'était servi du sol de la même manière, poussant dessus jusqu'à ce que ses épaules et ses bras lui fassent mal. Il avait essayé de garder ses jambes musclées en pratiquant des mouvements d'escrime, se concentrant sur des bonds et des flexions, mais son corps n'était plus habitué à marcher, à courir ou à couvrir quelque distance que ce soit. Les muscles qu'il n'avait pas sollicités pendant deux ans protestaient violemment et étaient douloureux. Ses pieds, surtout, le faisaient souffrir.

Entretenir son cerveau avait été terriblement difficile. Il s'était concentré sur des problèmes mathématiques, de la géographie, de la philosophie et des poèmes. Il s'était vite rendu compte qu'il devait tenir son esprit occupé à tout moment — sinon les pensées surgissaient. Les pensées menaient à la mémoire et la mémoire menait au désespoir et, pire encore, à la peur. Il fallait éviter à tout prix de penser.

Dans sa main, il portait une torche allumée. Cette torche était son plus grand trésor. Comme il avait été immergé dans une obscurité presque totale pendant deux ans, une source de lumière était aussi importante pour lui que l'air qu'il respirait, ou que sa liberté. La torche pesait dans sa main comme une rançon de roi. Sean O'Neill regarda le ciel qui devenait d'un gris sombre et morne. Il n'avait plus besoin de la lumière s'il continuait. Le seul autre survivant du village de Kilvore lui avait recommandé de se rendre dans une certaine ferme le plus rapidement possible et il savait qu'il devait aller de l'avant, en dominant sa peur. Il éteignit soigneusement sa torche.

La route de Blarney qu'il longeait était faite de terre battue, pleine d'ornières, et menait au centre de la ville. Un peu plus loin, il y avait la ferme Connelly. On lui avait assuré qu'il y trouverait asile et aide.

Son cœur battait fort et lourdement tandis qu'il marchait à travers bois, n'osant pas emprunter la route mais gardant un itinéraire parallèle. D'après la largeur de la chaussée et les traces de roues, il constatait qu'elle était très fréquentée. Au cours des trois longues nuits où il avait fui, il avait évité toutes les routes et même les sentiers, restant dans les collines et la forêt. Il avait entendu des troupes, une fois, mais c'était à cent milles au nord de là où il se trouvait maintenant. A quelques heures seulement de Dublin, il avait perçu le bruit d'une cavalcade et avait regardé, caché derrière des rochers au sommet d'une colline. Au-dessous de lui, il avait vu les uniformes bleus d'un régiment de cavalerie. La dernière fois qu'il avait vu la cavalerie, deux douzaines d'hommes étaient morts — ainsi que des femmes et des enfants innocents. Terrifié, il était retourné dans les bois.

Le ciel commençait à devenir rose pâle. Aujourd'hui, apparemment, il ne pleuvrait pas. Il sentit la tension le gagner, une compagne à la fois familière et méprisée. Mais il était trop près du but pour s'arrêter. Il supporterait la lumière du jour, quoi qu'il lui en coûte. Déjà, les bruits de la forêt qui s'éveillait le faisaient sursauter, avec les oiseaux qui se mettaient à chanter gaiement dans les branches au-dessus de sa tête. Comme cela avait été le cas chaque matin depuis son évasion, leur chant lui mettait les larmes aux yeux. Il était aussi précieux, aussi inestimable, que la torche éteinte qu'il portait.

La route décrivit une courbe et un cottage apparut avec un toit de chaume, des murs blancs, deux truies qui se vautraient dans la boue dans la cour près du puits. Il y avait un champ de blé derrière la maison, avec une petite cahute.

Sean s'arrêta derrière un arbre, le souffle court, mais pas à cause de la fatigue. Il avait beau être en alerte, il avait du mal à distinguer l'autre côté de la route, le cottage et la cabane. Ses yeux étaient devenus si faibles. Il finit par apercevoir un mouvement entre la maison et le champ — c'était un homme, ou du moins il le pensait. Il espéra que c'était Connelly.

Il regarda la route dans les deux sens, mais ne vit rien ni personne. Se méfiant de sa vision, il tendit l'oreille pour écouter. Le seul bruit qu'il entendit fut celui d'une myriade d'oiseaux et, au bout d'un moment, un doux frôlement de feuilles, le murmure de la brise d'automne.

Il pensa qu'il était très seul.

Il transpira de plus belle.

Son cœur battait avec une force douloureuse, à présent. Il sortit des bois et émergea sur la route, s'attendant presque à ce qu'une colonne de soldats lui passe dessus sans pitié. Mais aucun soldat n'apparut, et encore moins une colonne. Il essaya de respirer plus aisément, mais n'y parvint pas. Il avait trop peur.

Il cligna des paupières sous le ciel qui s'éclaircissait et traversa la route.

L'homme le vit et s'arrêta.

Sean maudit sa vision et continua. Il s'efforça de retrouver sa voix, au prix d'un énorme effort. Juste avant qu'il soit enfermé tout seul, il y avait eu un meurtre dans la prison et beaucoup de désordre avait suivi. Il avait été méchamment battu et, dans l'émeute, on lui avait coupé la gorge. Aucun médecin ne l'avait soigné et, pendant un moment, il avait été aux portes de la mort. Il avait guéri, mais pas complètement. Il ne pouvait plus parler facilement ; de fait, former chaque mot lui coûtait une peine terrible. Bien sûr, il n'avait eu personne à qui parler pendant deux ans, et quand il s'était aperçu qu'il pouvait à peine émettre un son, il avait renoncé à essayer.

Maintenant, il força le mot à sortir de sa gorge et de sa bouche.

— Con… nelly ?

Il entendit comme cela sonnait rauque et désagréable.

L'homme s'empressa de venir vers lui.

— Vous êtes O'Neill, dit-il en lui prenant le bras.

Sean fut choqué par ce contact, et alarmé de constater qu'il avait été attendu. Il tressaillit et se dégagea d'un geste brusque.

— Comment… ?

Il s'arrêta et lutta pour trouver les mots qu'un enfant pouvait si aisément prononcer.

— Comment… le… savez-vous ?

— Nous avons nos antennes secrètes, si vous voyez ce que je veux dire, déclara le fermier.

C'était un grand homme corpulent au long nez rouge et aux yeux d'un bleu vif.

— J'ai été prévenu. Vous feriez mieux de rentrer.

Une flopée de messages avait dû être envoyée, annonçant son évasion et de quoi il aurait besoin en avant de lui. Sean suivit le fermier dans la maison, s'autorisant à éprouver un léger soulagement quand la porte fut solidement fermée, barrant le monde extérieur.

— Ma femme est déjà avec les poules, dit Connelly. Vous êtes John Collins, à présent.

Il parlait rapidement et, ce faisant, il considérait l'apparence de Sean avec une inquiétude croissante.

— Vous avez l'air d'un squelette, mon garçon. Je vais vous nourrir et vous donner un rasoir pour votre visage. Maudits soient ces satanés Anglais !

Sean hocha simplement la tête, et toucha sa barbe épaisse. Il ne s'était pas rasé depuis deux ans.

Connelly hésita, puis déclara :

— Je suis désolé de ce qui s'est passé à Kilvore. Je suis désolé pour tout, et je suis désolé pour votre femme et votre fils.

Sean se raidit. Une image se forma dans son esprit, brouillée, un doux visage aux yeux gentils et pleins d'espoir. Peg s'était évanouie en un souvenir indistinct et douloureux, sans couleurs, même s'il savait que ses cheveux étaient rouge feu. Ses entrailles se nouèrent.

Au début il avait eu du chagrin, pendant de nombreux mois ; à présent il n'y avait plus que de la culpabilité. *Ils étaient morts à cause de lui.*

— Vous n'avez pas d'autre choix que de quitter le pays. Vous le savez, n'est-ce pas ?

Sean acquiesça, heureux que ses pensées soient interrompues. Il avait appris comment éviter tout souvenir de son bref mariage, sauf aux petites heures de la nuit.

— Oui.

— Bon. Vous suivrez la route de Blarney jusqu'à Blarney Street. Vous pourrez traverser la rivière au premier pont. En suivant la rivière, vous arriverez au quai Anderson. Le cordonnier O'Dell se chargera de vous.

Sean hocha de nouveau la tête. Il avait des questions, en particulier il voulait savoir quand il pourrait trouver un passage sur un bateau et comment celui-ci serait payé, mais il était soudain épuisé et il mourait de faim. Il n'avait mangé qu'une miche de pain rassis en trois jours. Pire, parler était une terrible épreuve. Il essaya de trouver et de former les mots.

— Quand ? Quand… quitterai-je… le pays ?

— Asseyez-vous, mon gars, dit Connelly, l'expression sombre. Je ne sais pas. Chaque jour à midi, vous irez dans Oliver Street. Il y a là un pub, juste au coin de la rue d'O'Dell. Vous guetterez un gentleman avec une fleur blanche à la boutonnière. Il pourra vous dire tout ce que vous aurez besoin de savoir. Je ne suis qu'un fermier, Sean.

Sean lutta.

— A midi.

Il tenta de s'éclaircir la gorge. Même sa mâchoire lui semblait faible et rouillée.

— Aujourd'hui ? Je dois… y aller… aujourd'hui ?

— Je ne sais pas si le gentleman sera là aujourd'hui, demain ou après-demain. Mais il est habile. Il est vraiment bon pour aider les patriotes. Son nom est McBane. Il ne faut pas le manquer.

McBane, pensa Sean. Il hocha encore la tête.

Connelly se tourna et alla dans le cellier. Il revint avec un plat de pommes de terre bouillies et un gros morceau de pain et de fromage. Sean sentit l'eau lui monter à la bouche.

La table du souper était couverte d'une nappe blanche, avec des verres à vin en cristal, de la porcelaine importée et des couverts dorés. D'énormes candélabres étaient accrochés au-dessus, des bougies éclairaient la table et des valets en livrée apportaient du gibier, de l'agneau et du saumon sur des plats en argent. Les femmes portaient des robes de soie et des bijoux, les hommes étaient en habit noir, avec une chemise et une cravate blanches. Des parfums flottaient dans l'air…

Sean sursauta, choqué par un souvenir qu'il n'avait pas le droit d'avoir. Il refusa de l'identifier, comme l'homme à qui il appartenait.

A la place, il brisa des morceaux de pain et de fromage et les dévora presque sur-le-champ. Le seul passé qu'il voulait se rappeler était le passé récent — sa vie à la ferme Boyle. Autrement, il ne serait jamais capable de payer pour ce qu'il leur avait fait.

Le bruit était assourdissant.

Sean s'arrêta lorsqu'il eut franchi la porte du bar,

submergé par la cacophonie. Il eut du mal à résister à l'instinct de plaquer ses mains sur ses oreilles pour diminuer le son. Les conversations bruyantes et les rires, le raclement des chaises de bois, le tintement du fer-blanc formaient un barrage qui menaçait de l'immobiliser. Il était rigide sous la tension que cela provoquait en lui. Et les lumières étaient aveuglantes.

Il avait quitté la ferme dans l'heure qui avait suivi son arrivée et s'était conformé aux instructions de Connelly. Il avait été facile de trouver le cordonnier, qui l'avait installé dans une petite pièce au-dessus de son échoppe. Mais il avait été très pénible pour lui de se frayer un chemin dans la ville animée, qui se réveillait. Il avait été affolé par la vue de tant de gens, à la fois à pied, à cheval ou dans des voitures et des chariots. Il y avait un si grand nombre de piétons et de véhicules. Il avait vu des cabriolets à un cheval, des calèches et des coupés à deux chevaux et même des attelages plus grands. Et puis toutes ces barques sur la rivière. Il y avait eu simplement tant d'agitation, tant de personnes, tant de discussions et de bruit. Et tant de boue, de suie, de fumée et de déchets. Il se sentait perdu et étranger, comme un fermier du nord-est qui ne serait jamais venu dans une ville.

Pendant les brèves heures où il avait été dans la cité, ses sens ne s'étaient pas habitués au surcroît de sensations. Maintenant, dans le pub, il devait tenir une main au-dessus de ses yeux. Il éprouva une bouffée de panique et ce n'était pas la première fois. Il y avait trop de gens bruyants dans une seule pièce, pensa-t-il, et il eut envie de fuir.

Mais sa raison l'emporta. Son esprit savait que la salle surpeuplée était bien préférable au petit réduit qui avait été sa cellule. Et il se dit qu'il finirait par s'accoutumer au bruit et à la foule.

Quelqu'un entra dans le bar et le frôla en passant.

Sean ne réfléchit pas. La dague apparut dans sa main, un réflexe destiné à assurer sa survie, si rapidement qu'aucun observateur n'aurait pu distinguer un mouvement. Mais à l'instant où il empoigna le manche sculpté au-dessus de la lame mortelle, à l'instant où il leva la dague à hauteur de poitrine pour trancher la gorge de l'intrus, un peu de bon sens et d'humanité lui revint. Il s'arrêta. Il appuya fortement les bras contre le mur, hors d'haleine, réprimant le besoin de se défendre et de tuer pour le faire, se rappelant qu'il n'était pas une bête, même s'il avait été enfermé et nourri comme telle pendant deux ans. Il était un homme, même s'il était le seul à le penser.

Il appuya la tête contre le mur. En vérité, il ne savait plus qui il était ou ce qu'il était. Peut-être qu'il était vraiment devenu cette créature de la nuit, un homme prêt à tuer sans provocation, John Collins.

Le désespoir enfonça soudain ses serres en lui, mais il avait déjà assez de griffes dans la chair et il l'écarta sauvagement.

— Hé, mon gars, je vous demande pardon, dit l'homme ivre en lui jetant un coup d'œil.

Sean avait volé la dague au geôlier quand il l'avait pris en otage. Il cacha son arme, la retournant prestement pour que la lame soit contre son bras et sa manche de chemise, la poignée usée dans sa main. Il savait qu'il devait sourire — c'était la chose polie à faire, la façon dont un gentleman se conduirait —, mais il n'y parvint pas. Tout à coup, il souhaita désespérément y arriver. Il ordonna aux muscles de son visage de bouger, mais ils étaient si rouillés que cette brève tentative ne modifia pas son expression. Il renonça, fixant l'ivrogne inopportun.

Les yeux de l'homme s'élargirent de peur. Il s'empressa de s'éloigner.

Sean resta immobile, le souffle court, les bruits désagréables de la foule ivre continuant à le submerger de l'extérieur et de l'intérieur, des ondes dérangeantes résonnant dans sa tête. Peut-être cela irait-il mieux lorsqu'il serait sur un bateau, en pleine mer.

Il se fraya un chemin parmi les clients, évitant avec soin tout contact physique. Il avait aperçu une petite table en coin au fond, dans l'ombre, contre un mur, et il se dirigea vers elle. Quand il l'atteignit, il se sentit soulagé et plus en sécurité. Il y avait deux chaises branlantes, mais leur place ne lui plaisait pas. Du pied, il en poussa une contre le mur et s'assit à ce moment-là seulement. Son dos était protégé et il pouvait voir toute la salle, et tous les gens qui s'y trouvaient.

Il regarda les trente ou quarante hommes présents, qui buvaient, riaient, parlaient, certains jouant aux cartes ou aux dés, et il se sentit de nouveau comme un exclus. Ces hommes étaient des Irlandais, comme lui. Jadis, il avait été prêt à donner sa vie pour les défendre contre la tyrannie et l'injustice, et il l'avait presque fait. Maintenant, il ne ressentait plus de lien avec eux. A part la confusion et l'étonnement, il ne ressentait plus rien.

C'est alors qu'il vit l'homme à la belle redingote de drap bleu qui approchait, une fleur à la boutonnière, un petit sac à la main. Parce qu'il craignait un piège, Sean retourna la dague dans sa main et la posa sur sa cuisse, sous la table.

Le gentleman le vit et s'arrêta devant la table.

— Collins ?

Sean hocha la tête, répondant à son faux nom. Puis il indiqua une chaise. L'homme s'assit.

— On m'a donné votre description, dit-il. Malheureusement, vous ressemblez exactement à un dangereux criminel échappé.

Il avait l'air lugubre. Sean ignora la remarque. L'homme

était grand, avec des cheveux châtains. Sa redingote était bien coupée, son pantalon fauve taillé dans une belle étoffe. Sean nota ses souliers cirés. Il appartenait visiblement à une classe privilégiée. Il s'agissait bien du gentleman que Connelly avait décrit, un certain Rory McBane.

Il lui fallut un moment pour parler. Cela lui parut plus facile que le matin.

— Etes-vous… seul ?

— Je n'ai pas été suivi, répondit McBane, l'étudiant d'un air tout aussi méfiant. J'ai été très prudent. Et vous ?

Il se pencha en avant, comme s'il n'avait pu entendre Sean clairement quand il avait parlé.

Sean secoua la tête. L'homme continua à le fixer, de beaucoup trop près, comme s'il essayait de décider qui il aidait. Peut-être savait-il que Sean était recherché pour meurtre — peut-être savait-il qu'il *était* un meurtrier —, peut-être avait-il peur.

— Tout ce dont vous avez besoin est dans ce sac, dit McBane en brisant le silence tendu.

Du pied, il poussa le sac vers Sean.

— Il y a un peu d'argent et des vêtements de rechange. Un passage a été réservé pour Hampton, Virginie, sur un navire de commerce américain, le *U.S. Hero*. Il part après-demain à la première marée.

Il serait bientôt libre. Dans quelques jours il voguerait sur l'océan, loin des Anglais, loin de l'Irlande, le pays où il était né, le pays où il avait passé la majeure partie de sa vie. Il savait qu'il devait remercier McBane, mais à la place son cœur se contractait d'une façon déplaisante, comme pour lui dire quelque chose.

Quoi que ce soit, il ne voulait pas l'entendre. Dans quelques jours, il ne serait plus pourchassé. Il pourrait bientôt regarder le soleil, sans se servir de sa main pour se protéger, il l'espérait, et il n'aurait jamais plus à se cacher dans le noir. Il ne serait plus entouré par de froids murs de pierre et par une porte en fer. Il ne dormirait plus sur un sol dur avec seulement les haillons qu'il avait sur le dos pour se tenir chaud et s'allonger dessus. Il n'aurait plus à manger des pelures de pommes de terre nageant dans de l'eau et du pain grouillant de vers. Il allait en Amérique et il serait libre. On ne le retrouverait pas, là-bas.

Il aurait dû être enchanté ou soulagé, mais il n'était ni l'un ni l'autre.

Du cristal tintait. Des parfums flottaient. De douces conversations résonnaient. Et des yeux ambrés, brillants de rire, soutenaient les siens.

Sean se raidit, choqué que son esprit lui joue de nouveau ce tour-là. Il se sentait malade, comme s'il avait le mal de mer. Peut-être perdait-il la raison, une fois pour toutes. Il ne pouvait simplement pas aller là où son esprit voulait l'entraîner. Le retour à cette ancienne vie était impossible ! La panique le saisit.

— Vous avez besoin d'un bon rasoir, dit McBane, interrompant ses pensées d'une façon qu'il apprécia. J'ai vu un avis de recherche avec votre portrait. Vous y ressemblez trop. Il faut vous débarrasser de cette barbe.

Sean se contenta de le fixer. Il avait utilisé la lame de Connelly, mais elle n'était pas de bonne qualité. McBane avait raison. Il avait besoin d'un vrai rasoir, d'un blaireau, de savon à barbe moussant.

Et son esprit faisait encore des siennes.

Des yeux argentés, brillants et agréables, le fixaient depuis un miroir. Un bel homme brun s'y reflétait, se rasant le matin. Dans ce reflet, des draperies en velours étaient écartées. Dehors, le ciel était d'un bleu éclatant et les pelouses d'un vert incroyable. Par la fenêtre, on apercevait juste les ruines d'une tour, et la mer.

— Sean ! Est-ce que tu vas traîner encore longtemps, ou est-ce qu'on va à cheval jusqu'au Rocher ?

— Est-ce que ça va ? demanda McBane.

Sean se tendit. Il ne comprenait pas la question. Que lui arrivait-il ? Il ne pouvait pas penser au passé révolu. Quand il avait épousé Peg Boyle, en espérant l'aimer un jour et déterminé à être un père pour son fils, ainsi que pour l'enfant qu'elle portait, il avait pris sa décision. La seule femme dont il devait se souvenir était Peg. Alors il se la rappela délibérément gisant dans ses bras, meurtrie, blessée et saignant à mort.

— Ecoutez, Collins, je comprends que vous avez traversé l'enfer. Nous sommes du même côté. Je suis un Irlandais, comme vous. J'ai entendu chuchoter que vous êtes de noble naissance, ce qui nous unit. Vous ne paraissez pas bien. Puis-je vous aider de quelque manière ?

McBane semblait perplexe et soucieux.

Sean ne pouvait espérer de soulagement dans le présent, maintenant. Il trouva sa voix, mais n'essaya pas de la hausser.

— Pourquoi… faites-vous cela ?

Il fallait qu'il sache pourquoi un gentleman risquait sa vie pour lui.

McBane sursauta.

— Je vous l'ai dit. Nous sommes du même pays, et je suis un patriote. Vous vous êtes battu pour la liberté d'une façon, je me bats pour elle d'une autre — en général avec ma plume —, mais quelquefois j'aide des hommes comme vous.

Sean se força à montrer les dents, essayant de sourire, mais McBane tressaillit.

— Merci, s'entendit-il dire d'un ton rauque.

— Avez-vous besoin d'autre chose ?

Sean secoua la tête. Tout ce dont il avait besoin était de

partir vers un autre pays, une autre vie. Une fois qu'il le ferait, son esprit cesserait peut-être de le torturer avec des bribes d'une existence qu'il avait peur de se remémorer.

McBane se pencha par-dessus la table.

— Soyez discret jusqu'à ce que le *Hero* s'en aille. Je quitte Cork ce soir, mais on peut me joindre à Adare. Ce n'est qu'à une demi-journée de cheval et nos amis mutuels peuvent me prévenir là-bas.

Sean savait que son corps restait parfaitement immobile, mais son cœur bondissait avec une force douloureuse. Il avait l'impression que McBane venait de le poignarder. Etait-ce un mauvais tour, finalement ? Ou est-ce que son esprit se jouait encore cruellement de lui ? McBane avait-il mentionné *Adare* ?

McBane se leva.

— Bonne chance, dit-il.

Sean, anéanti, ne répondit pas.

McBane émit un son, et quelque chose comme de la pitié passa dans ses yeux. Puis il s'éloigna parmi la foule. Sean resta assis, paralysé. Il devait laisser partir McBane, sinon il savait qu'il perdrait le reste de sa volonté de fer. Mais si McBane faisait partie d'un piège élaboré ?

Il ne retournerait pas en prison et on ne le pendrait pas.

Il suivit le gentleman des yeux. Il attendit qu'il soit presque à la porte. Il avait eu raison de supposer que McBane ne regarderait pas en arrière. Il se leva d'un bond, attrapa le sac et atteignit la porte un instant après McBane. Puis il lui emboîta le pas.

McBane longeait la rue étroite et sale à longues enjambées désinvoltes. S'assurant d'être silencieux et invisible, Sean le suivit, ses enjambées plus longues encore le rapprochant de plus en plus de sa proie qui ne se doutait de rien. Puis il tendit la main, attrapa McBane par-derrière, le fit se retourner et le plaqua contre le mur le plus proche. McBane s'immobilisa, comprenant clairement qu'une lutte serait inutile.

— Vous… n'allez pas… à Adare, lâcha Sean, la fureur se déployant en lui. C'est… une plaisanterie… ou un piège.

— Collins ! s'exclama McBane. Etes-vous fou ? Par tous les diables, que faites-vous ?

Sean lui secoua le bras, près de le briser.

— Qu'est-ce que… vous projetez ? Quelle sorte… de manigance est-ce là ?

— Ce que je projette ? se récria McBane. J'essaie de vous aider à fuir le pays, insensé que vous êtes ! Il ne faut pas qu'on nous voie ensemble. Mes opinions antibritanniques sont bien connues. Sapristi ! Il y a des soldats partout en ville !

Sean le poussa plus fort contre le mur.

— Vous ne pouvez pas aller à Adare ! C'est un mauvais tour !

Prononcer une phrase entière sans s'arrêter le mit en nage.

— Un mauvais tour ? Vous êtes ridicule ! J'ai entendu dire qu'on vous a tenu à l'isolement pendant deux ans. Vous avez perdu l'esprit ! Je vais à Adare comme un ami de la mariée et de sa famille.

Alors Sean perdit tout contrôle.

Adare était son foyer.

Les pelouses vertes et les jardins luxuriants d'Adare étaient si spectaculaires que des groupes d'Anglais en excursion demandaient l'autorisation de les visiter. Souvent, ils demandaient aussi la permission de visiter la maison, immense et imposante, et on la leur accordait généralement si le comte ou la comtesse était présent.

Il tremblait. Non, c'était Sean O'Neill qui avait été élevé là. Il était John Collins, à présent.

— Vous êtes blanc comme un linge, dit McBane. Voudriez-vous me relâcher ?

Mais Sean ne l'entendit pas.

Le matin, il y avait les leçons de sciences et d'humanités avec le précepteur, M. Godfrey. Les après-midi se passaient à pratiquer l'escrime avec un maître italien, à répéter pas et figures avec le maître de danse et à se perfectionner dans l'art de l'équitation. Ils étaient cinq garçons, tous jeunes, beaux, forts, intelligents, privilégiés et arrogants. Et puis il y avait Ellie.

— Collins.

Il revint au présent, dans la rue de Cork où il continuait à tenir McBane contre le mur en briques d'une maison. Le dommage était fait. Il s'était accordé le luxe de se rappeler une partie du passé auquel il n'avait plus droit. Il relâcha son emprise sur McBane et s'humecta les lèvres. Il devait faire demi-tour et retourner à sa chambre au-dessus de l'échoppe du cordonnier. Il ne le fit pas.

— Il y a… un mariage ?

— Oui. Un très grand mariage, de fait.

Sean ferma les yeux. Il ne voulait pas se remémorer une époque chaleureuse et riche où il faisait partie d'une famille, une époque de sécurité et de paix, mais il était trop tard.

Il avait un frère, une belle-sœur et des neveux ; il avait une mère, un beau-père et des beaux-frères, et il y avait aussi Ellie. Il ne pouvait pas respirer, combattant le flot de souvenirs, luttant pour l'arrêter. S'il laissait filtrer un souvenir, un millier suivrait et il ne parviendrait jamais à esquiver les Anglais, à quitter le pays, à survivre.

Il était submergé par la nostalgie.

Des visages prenaient forme dans son esprit, brumeux

et brouillés. Son fier et dangereux frère, capitaine se battant sur les mers, ses beaux-frères libertins et pleins de charme, le puissant comte, son élégante mère. Et une enfant avec deux nattes, toute en longues jambes…

Il s'écarta de McBane, la sueur ruisselant sur son corps. McBane parut terriblement agacé tandis qu'il arrangeait sa redingote, puis l'inquiétude se peignit sur ses traits.

— Allez-vous bien ?

McBane avait mentionné *une mariée*. Sean le dévisagea.

— Qui… se marie ?

McBane eut un sursaut de surprise. Puis il répondit lentement :

— Eleanor de Warenne. Connaissez-vous la famille ?

Sean fut si stupéfait qu'il resta figé, le choc abattant toutes les barrières qu'il avait dressées pour s'empêcher de retourner dans le passé. Et Ellie se tint soudain sur le seuil de sa chambre à Askeaton, ses cheveux blonds ramassés en une longue natte, habillée pour monter à cheval avec une de ses chemises et un pantalon pris à Cliff. *C'était impossible.*

— *Qu'est-ce qui te retient si longtemps ? demandait-elle. Nous partons pour la journée ! Tu as dit que nous pouvions aller jusqu'au Rocher de Dolan. La cuisinière a préparé un pique-nique et les chiens sont déjà dehors.*

Il essaya de se rappeler quel âge elle avait. C'était bien avant sa première saison à Londres. Elle avait peut-être treize ou quatorze ans, car elle était grande et maigre. Il fut impuissant à arrêter le déroulement de la scène.

Il souriait.

— *Les dames ne s'introduisent pas dans la chambre d'un gentleman, Ellie.*

Il était torse nu. Il s'écarta du miroir et prit une douce chemise blanche.

— Mais tu n'es pas un gentleman, n'est-ce pas ? rétorqua-t-elle avec un grand sourire.

Il boutonna calmement sa chemise.

— Non, c'est toi qui n'es pas une dame.

— Grâce à Dieu !

Il essaya de ne pas rire.

— N'évoque pas ainsi le nom de Dieu.

— Pourquoi ? Tu fais bien pire, je t'ai entendu jurer quand tu es en colère. Les garçons ont le droit de jurer, mais les dames doivent tortiller des hanches quand elles marchent — et porter d'abominables corsets !

Il considéra sa mince silhouette.

— Tu n'auras jamais à porter un corset.

— Heureusement !

Le visage d'Ellie s'assombrit. Elle passa devant lui et s'assit sur son lit défait.

— Je sais que je ne suis pas convenable !

Elle soupira.

— Je fais un régime pour grossir. Je mange deux desserts par jour. Rien n'y fait. Je suis maudite.

Il ne put s'empêcher de rire. Furieuse, elle lui lança un oreiller.

— Ellie, il y a des choses pires que d'être maigre. Tu te rempliras probablement un jour.

Il ne pouvait l'imaginer autrement qu'osseuse et trop grande.

Elle se leva du lit.

— Tu dis cela pour me faire plaisir. Tu m'as dit que je cesserais de grandir il y a deux ans, aussi.

— J'essaie de faire que tu te sentes mieux. Viens. Si tu arrives avant moi au Rocher, tu pourras rester ici un jour de plus.

Les yeux d'Ellie brillèrent.

— Vraiment ?

— Vraiment.

Il lui rendit son sourire.

— Le dernier au Rocher rentre aujourd'hui, déclara-t-il en se dirigeant vers la porte.

Elle poussa un cri et passa en courant devant lui, dévalant l'escalier.

Il riait, et quand il se mit en selle elle avait déjà un champ d'avance sur lui.

Sean se détourna de McBane, tremblant. Il ne pouvait faire cela. Il ne pouvait se tenir là, dans le froid après-midi d'automne, et laisser son esprit vagabonder. Il fallait qu'il prenne ce bateau et parte loin d'ici, en Amérique.

Quel âge avait-elle, à présent ?

La dernière fois qu'il l'avait vue, elle avait dix-huit ans. Il voulait désespérément clore son esprit, mais c'était trop tard. L'image inoubliable s'était formée. Ellie se tenait près des grilles d'Askeaton dans sa chemise de nuit blanche, petite silhouette perdue tandis qu'il la regardait depuis le haut de la colline. Elle ne bougeait pas. Il n'avait pas besoin d'être près d'elle pour savoir qu'elle pleurait.

— Promettez-moi de revenir pour moi.

Depuis qu'elle était allée à Londres, ils se vouvoyaient.

Il se sentait très mal, maintenant, et pouvait à peine respirer.

— Qui… épouse-t-elle ?

Etait-elle tombée amoureuse ?

— Qu'est-ce que cela signifie ? demanda McBane. La connaissez-vous ?

Sean le regarda, le voyant enfin. Il fallait qu'il sache.

— Qui épouse-t-elle ?

McBane semblait déconcerté.

— Le jeune marié est le fils d'un comte, Peter Sinclair.

Quand Sean comprit qu'elle épousait un Anglais, il fut incrédule.

— Un maudit Anglais !

— Il a un titre, de la fortune, il paraît qu'il est beau, et j'ai entendu dire que c'est une très bonne union, dit McBane avec précaution. De fait, ma femme m'a rapporté que Sinclair est épris et qu'elle est très heureuse, aussi. Ecoutez, Collins, je vois que vous êtes troublé. Mais vous le serez plus encore si une patrouille nous trouve en train de discuter dans la rue. Il faut que vous rejoigniez votre cachette jusqu'à ce que vous partiez pour l'Amérique.

Il avait raison. Sean lutta pour revenir à ses sens. Il partait le surlendemain pour l'Amérique. C'était une question de vie ou de mort. Ce qu'Eleanor faisait et qui elle épousait n'était pas son affaire. Autrefois, il l'aurait protégée de sa vie. Mais il était un autre homme, alors, et c'était une autre existence. Sean O'Neill était mort, tué peu après cette terrible nuit à Kilvore. Il était un meurtrier, maintenant, sa tête mise à prix.

Même s'il le voulait, il n'y avait pas de retour en arrière possible, car Sean O'Neill n'existait plus.

Il n'était plus que l'ombre pathétique d'un homme, plus bestial qu'humain, et son nom était John Collins.

Il regarda McBane.

— Vous avez raison.

— Bonne chance, Collins. Bonne chance.

3

— Avant que les messieurs se retirent pour prendre un cognac, je voudrais porter un toast, annonça le comte d'Adare.

Tout le monde se tut. La longue table recouverte d'une nappe blanche était flanquée des cinquante invités, de toute la famille de Warenne — à l'exception de Cliff, qui devait encore arriver —, et de Devlin et Virginia O'Neill. Elle était garnie des plus beaux verres en cristal et de la plus belle porcelaine d'Adare, avec des couverts en vermeil de Hollande. Deux superbes arrangements floraux ornaient le centre, provenant de l'orangerie de la comtesse. Le comte était assis à la tête de la table, la comtesse au pied. Eleanor vit que son père souriait.

C'était un bel homme aux cheveux gris, au début de la cinquantaine, avec la prestance d'un homme né pour les privilèges et le pouvoir. Il avait consacré toute sa vie à servir le comté, son pays et sa famille. Ses yeux bleus étaient chauds et aimables quand il parcourut la longue table du regard, contemplant d'abord ses proches, puis les invités. Enfin, il la regarda, elle.

Eleanor eut du mal à rencontrer son regard. Il était si heureux qu'elle épouse Peter, et elle ne voulait pas qu'il devine qu'elle avait été nerveuse toute la journée — comme les débutantes écervelées qu'elle méprisait. Sa précédente conversation avec Ty n'avait pas eu d'effet durable. Peter était assis à côté d'elle. Il avait été attentif toute la soirée et il était très beau, dans son habit de dîner. Au début, il avait été si difficile de sourire, de rire et de prétendre que tout allait bien alors qu'elle était encore si mal à l'aise. Eleanor n'avait pas de goût pour le vin et moins encore pour son effet sur son esprit, mais ce soir-là elle avait bu deux verres entiers de vin rouge. Miraculeusement, cela l'avait calmée.

Elle avait aussitôt apprécié les moindres paroles de Peter et avait ri pendant tout le repas. Elle n'avait pas mesuré combien il était amusant. Et elle se demanda pourquoi elle ne s'était jamais avisée qu'il était *extrêmement* beau, en outre.

Ces débutantes ridicules et folles de mariage avec qui elle avait dû passer tant de temps pendant ses deux saisons penseraient que Peter était plus qu'une prise de premier choix — il était *la prise* de tous les temps. Pourquoi n'avait-elle pas invité lady Margaret Howard et lady Jane Nettles à son mariage ? Elles seraient vertes d'envie, vertes comme des petits pois. Elle avait entendu dire que leurs maris étaient gros.

Si on ne la remarquait pas, elle prendrait bien un autre verre de vin, même si le dîner était terminé. Alors elle flotterait simplement à travers le reste de la soirée.

Peter lui murmura, pour ne pas être entendu des autres :

— Allez-vous bien ?

Elle lui sourit.

— Cela a été une soirée *délicieuse*.

Il haussa les sourcils.

— Toutes les soirées sont délicieuses, quand je les passe avec vous.

Elle se sentit fondre, si agréablement. Avait-elle vraiment eu des doutes sur leur union ?

— Vous êtes un romantique, Peter.

Elle rit et lui tapota le bras d'un geste joueur.

Il sursauta.

— J'ai toujours été romantique à vos côtés.

Elle battit des cils en le regardant. A quel point pouvait-on être fortuné ? Pourquoi avait-elle été si bouleversée, un peu plus tôt ? Elle ne s'en souvenait pas.

Au pied de la table, la comtesse avait à sa droite lord Henredon, le père de Peter. Elle déclara doucement :

— Chéri ? Nous attendons tous.

Le comte s'éclaircit la gorge et porta son regard de sa fille sur les visages des convives impatients.

— Je ne puis dire combien je suis heureux que ma chère et si magnifique fille ait enfin décidé de se marier. Je suis encore plus heureux qu'elle épouse le jeune Sinclair. Manifestement, son cœur attendait de rencontrer l'homme qu'il lui fallait. Je ne pense pas l'avoir jamais vue plus heureuse. Aux futurs jeunes mariés. Que votre avenir soit empli d'amour, de paix, de joie et de rires.

Il leva son verre.

Eleanor sourit à son père, incapable de comprendre de quoi il parlait. Elle regarda Peter, qui la contemplait comme si elle était une déesse descendue de l'Olympe. Il avait les yeux brillants. Ou est-ce que sa vision était troublée ? Peut-être Tyrell avait-il raison. Peut-être cet homme l'aimait-il et finirait-elle un jour par l'aimer. Elle sourit à son fiancé. Peut-être était-elle en train de tomber amoureuse, en ce moment même. Peut-être était-elle déjà amoureuse. N'avait-elle pas accepté de l'épouser parce qu'il était l'homme qui lui convenait ?

Son père avait parlé de son cœur, qui attendait de rencontrer l'homme qu'il lui fallait. Elle fronça les sourcils. Son cœur avait-il pu changer ? Mais apparemment elle avait trouvé l'homme juste — même s'il n'avait pas les yeux gris.

Elle se sentit troublée. Les yeux de Peter étaient bleus, pas gris. Peut-être avait-elle besoin de plus de vin. Si elle n'était pas déjà amoureuse, un autre verre ferait certainement l'affaire.

— Je voudrais aussi remercier lord et lady Henredon pour leur aide dans la préparation de ce grandiose mariage, et je veux remercier tous nos hôtes d'être ici. Je veux remercier tout particulièrement M. et Mme McBane, lord et lady Houghton, lord et lady Barton d'être avec nous ce soir, pour ce premier événement familial qui, je l'espère, sera suivi de nombreux autres aussi joyeux. Et pour finir, je veux remercier le jeune Sinclair. Merci, Peter, de rendre ma fille si heureuse.

Il s'assit, regardant de nouveau Eleanor avec un sourire affectueux.

— J'aimerais faire suivre ce toast d'un des miens, déclara Tyrell en se levant, souriant. A l'homme qui ose épouser ma sœur. Gardez-la heureuse, ou vous devrez rendre des comptes à ses cinq frères.

Sinclair sourit.

— Je vivrai pour faire le bonheur d'Eleanor, déclara-t-il galamment.

Puis il prit un air perplexe.

— Je vous demande pardon… Eleanor a quatre frères, non ?

Eleanor sentit son sourire s'évanouir. Elle avait trois frères et deux beaux-frères, tout le monde le savait. Peter ne le savait-il pas aussi ? Mais Sean était parti, disparu — et c'était lui qui avait les yeux gris.

— Ai-je dit quelque chose de travers ? demanda

Sinclair, étonné. Cliff n'est pas encore arrivé, mais avec lui cela fera quatre.

Eleanor fixa la nappe blanche, soudain triste en dépit du vin. Où était Sean ? Pourquoi n'était-il pas ici ? Ne voulait-il pas rentrer à la maison ?

Le vin lui avait troublé l'esprit. Sean n'était pas là, alors comment pouvait-elle se marier ? Il ne pouvait pas y avoir de mariage sans Sean, car il était celui qu'elle était censée épouser. Tout à coup, elle éprouva une bouffée de panique.

— Je suis désolé, Eleanor, murmura Tyrell.

Elle le regarda, les effets du vin dissipés instantanément, comme si elle avait été plongée dans une baignoire d'eau glacée. Elle épousait *Peter,* pas Sean. Elle aimait *Peter* — ou presque — et il fallait qu'elle boive un troisième verre de vin avant que la soirée soit gâchée.

Devlin O'Neill prit la parole. Autrefois fougueux capitaine de la Marine royale, il restait bronzé, ses cheveux éclaircis par le soleil.

— Je suis sûr que vous avez entendu les rumeurs, Peter. J'ai un jeune frère, mais il a disparu il y a quatre ans. Personne ne l'a vu ou n'a eu de ses nouvelles depuis.

Sinclair sursauta.

— Non, je ne le savais pas. Par Dieu, je suis terriblement désolé, capitaine !

Il ne restait plus de vin dans son verre. Eleanor le contempla fixement, souhaitant presque n'avoir jamais connu Sean, car il gâchait ce qui était censé être le jour le plus heureux de sa vie. Et elle était heureuse, non ? Elle aimait la façon dont Peter la regardait et la façon dont il souriait. Elle avait été heureuse un moment plus tôt ! Sean lui manquerait toujours — il lui manquait en cet instant —, mais elle épousait un homme merveilleux, un homme parfait, même s'il était anglais.

Elle fut submergée par la confusion. Elle aimait beaucoup Peter ; parfois, elle pensait qu'elle était amoureuse de lui. Le fait que Sean lui manquait, avec ses yeux gris, n'avait rien à voir avec son mariage. *Rien du tout*.

— Peter ?

Elle lui sourit.

— J'aimerais beaucoup avoir un autre verre de vin.

Il n'eut pas le temps de lui répondre.

— A Sinclair, dit Rex de Warenne.

Il avait perdu la jambe droite à la guerre et il prit sa béquille, s'appuyant sur son pied gauche.

— Le mari parfait pour notre sœur, puisqu'il lui consacrera sa vie. Eleanor, aucune jeune mariée ne pourrait être aussi fortunée.

Eleanor dévisagea Rex, se demandant s'il se moquait d'elle. Il avait tellement changé depuis qu'il était rentré de la guerre.

— Je suis la femme la plus fortunée d'Irlande, dit-elle avec la force de la conviction.

Tout le monde la regarda.

Elle se demanda, affolée, si sa voix était ralentie par l'alcool.

Rex haussa ses sourcils noirs d'un air sceptique.

— Vraiment ?

Eleanor croisa son regard sombre et pénétrant et se dit qu'il savait peut-être exactement ce qu'elle ressentait. Mais il avait un penchant pour le vin — et le cognac —, surtout depuis qu'il avait perdu sa jambe. Peut-être lui servirait-il un autre verre de vin, *discrètement*, juste pour le cas où elle aurait commis le terrible faux pas de s'enivrer en bonne société.

Les dames ne s'enivrent pas, Ellie.

Eleanor bondit sur sa chaise, se tournant vivement pour trouver Sean. Mais il n'y avait personne derrière elle.

— Eleanor ? Qu'y a-t-il ? demanda Peter, l'air soucieux.

— Est-il ici ? parvint-elle à dire, les mains crispées sur le dossier de sa chaise.

Le comte se leva d'un geste décidé.

— Je pense que nous devrions aller prendre notre cognac. Eleanor ?

Elle se rendit compte qu'elle avait été sur le point de s'asseoir à l'envers. Sean n'était pas là. Elle était si déçue qu'elle eut du mal à se retourner pendant que les hommes se levaient. Elle sentait bien trop de regards curieux dirigés vers elle.

Peter resta assis à côté d'elle. Tandis que les hommes sortaient, Rex vint vers eux en boitant, appuyé sur sa béquille. Il était très brun et très musclé et ressemblait énormément à Tyrell, sauf que ses yeux étaient marron et pas bleus.

— Je suis désolé, Eleanor. Je ne devrais pas t'imposer mon humeur maussade lors de cette occasion si joyeuse pour toi.

Elle avait cessé de le comprendre des années auparavant, quand il était revenu de la guerre amer et blessé, mais elle ne voyait vraiment pas ce qu'il voulait dire par là. Elle sourit.

— Oh, Rex.

Elle fit un geste de la main.

— Tu es mon frère préféré et tu ne peux rien faire de mal. Tu le sais, n'est-ce pas ?

Il jeta un coup d'œil à Peter.

— Je vous demande pardon.

Il la prit par le bras et la tira à l'écart de la table, ce qu'il réussit à faire bien qu'il doive s'appuyer sur sa béquille.

— Tu es ivre ! s'exclama-t-il à voix basse.

— Je le suis.

Elle lui décocha un sourire rayonnant.

— Je commence à comprendre pourquoi tu aimes tant boire. Voudrais-tu me servir un autre verre de vin ? Rex, s'il te plaît !

— Je ne le ferai pas, assura-t-il, semblant partagé entre l'amusement et l'horreur. Penses-tu saboter ton mariage à dessein ?

Eleanor décida d'analyser le mot *saboter.*

— Hum. Saboter signifie ruiner, n'est-ce pas ? Mais dans un sens politique ? Le sabotage est-il un acte politique ? Pourquoi parlons-nous de sabotage ?

— Tu devrais aller dans ta chambre, dit fermement Rex, mais sa bouche frémissait comme s'il se retenait difficilement de sourire.

— Pas avant d'avoir été embrassée — et fortement, qui plus est.

Elle s'éloigna de lui et sourit à son fiancé.

Les dames s'étaient retirées dans un salon. Peter attendait tout seul à la table.

— Est-ce que tout va bien ? demanda-t-il.

Elle fut surprise par sa question.

— Bien sûr.

Elle glissa son bras sous le sien.

— Je suis avec vous, ajouta-t-elle.

Il rougit.

— Eleanor, vous ne buvez jamais. Je devrais peut-être appeler une de vos belles-sœurs et vous souhaiter une bonne nuit.

— C'est une très mauvaise idée !

Elle se pressa contre lui.

— Nous n'avons pas eu un moment de solitude de toute la journée, dit-elle doucement. Ne voulez-vous pas aller contempler les étoiles avec moi ?

Elle se demanda si elle devrait lui dire qu'elle adorerait un baiser.

Il rougit de plus belle.

— J'allais justement vous le suggérer. Vous m'avez battu.

— Je suis bonne à battre les garçons — et les hommes, déclara-t-elle franchement. Je monte à cheval et tire à la carabine mieux que personne.

Il sursauta, ses yeux s'élargissant de surprise.

— Ouille, murmura-t-elle.

Les dames ne montent pas à cheval comme un homme et ne tirent pas, pensa-t-elle. *Les dames ne jurent pas et ne mentent pas.*

— Les dames ne mentent pas, dit-elle à voix haute.

— Je vous demande pardon ?

Peut-être que converser n'était pas la meilleure idée. Elle sourit et l'entraîna vers les portes de la terrasse. Il se détendit, se laissant guider.

Sean gravit en bondissant les marches de la terrasse. Elle était déserte et pas éclairée, et avant même qu'il la traverse il put voir l'intérieur de la maison, où une réunion avait lieu. Il se précipita vers une des immenses fenêtres et regarda dans la salle à manger.

Debout à la tête de la table se tenait l'homme qui l'avait recueilli après le meurtre de son propre père, qui l'avait élevé comme son fils, qui l'avait nourri et habillé, qui lui avait appris la noblesse et l'honneur, qui l'avait aimé comme s'il était son propre enfant. Sean se cramponna au mur de pierre, les genoux flageolants.

Puis il vit son frère.

Devlin se leva, un grand homme puissamment bâti à la crinière léonine, sa femme à son côté. Sean avait rebâti

Askeaton pour Devlin et le referait aussitôt s'il le devait — tout comme il donnerait sa vie pour son frère aîné.

Il déglutit péniblement. La ravissante femme de Devlin, Virginia, semblait très heureuse et il était farouchement content pour elle et pour eux. Elle avait sauvé l'âme de son frère des années auparavant, et pour cela il l'aimerait toujours.

Ses beaux-frères se levaient aussi et il pouvait vaguement les entendre parler. L'humeur était à la fête, chaude, légère.

Et il était presque impossible de ne pas se rappeler chaque moment passé dans cette pièce avec son père, ses frères, sa mère et Ellie. Telles les marées montantes de la mer d'Irlande, les souvenirs et les sentiments le balayaient, le submergeaient, exigeant son attention. Il combattit le souvenir d'un matin de Noël, d'un sombre après-midi d'hiver, de plaisantes soirées devant le feu, de la famille, de la camaraderie virile, du cognac. Il dut se secouer durement pour se libérer du passé.

Pourquoi faisait-il cela ? Se remémorer l'existence qu'il avait laissée derrière lui n'allait pas l'aider à éviter les Anglais et à fuir le pays. Dans quelques minutes, il volerait un cheval frais dans les écuries et retournerait à Cork. Il y serait avant l'aube, et quand son bateau quitterait Cobh il serait dessus.

Mais il ne partirait pas tout de suite.

Il faisait cela parce qu'Ellie se mariait, se rappela-t-il.

Il pressa son visage contre la vitre froide, regardant Tyrell qui prenait l'épaule de Devlin. Les deux hommes riaient de quelque chose tandis qu'ils suivaient les autres hommes hors de la pièce, et Sean ne put plus nier son envie d'entrer et de faire partie une fois encore de cette famille. Il le désirait si fort qu'il pouvait en sentir le goût dans sa bouche, mais il ne le fit pas. Il était recherché pour trahison et il n'avait pas l'intention d'entraîner le comte, son frère et ses beaux-frères avec lui.

Les femmes se levaient, à présent, et se préparaient à sortir. Il reconnut Virginia, et Tyrell enlaçait une dame aux cheveux blond-roux. Le reste du groupe n'avait pas d'importance pour lui, à part sa mère. Elle souriait en conduisant les dames hors de la pièce. La comtesse demeurait aussi gracieuse et élégante que toujours, mais il vit qu'elle paraissait plus âgée. Il ne s'abusa pas — sa disparition avait dû la dévaster.

Puis Sean s'aperçut qu'une femme s'était écartée avec Rex. Son regard se riva sur elle — et son cœur s'arrêta.

Durant un instant, il fut paralysé. Elle avait changé, mais il l'aurait reconnue n'importe où. Et il éprouva un soulagement si énorme qu'il faillit s'affaler contre la fenêtre. *Ellie*.

Il ne restait rien de l'enfant dégingandée et intrépide — mais après tout, s'il osait se rappeler sa dernière nuit à la maison, la jeune fille en fleur qu'il avait quittée quatre ans plus tôt n'était déjà plus une enfant. Il n'avait pas oublié comme elle était grande, mais les angles et les replats de son visage, comme ceux de son corps, avaient disparu. Elle était devenue sensuelle et voluptueuse. L'enfant gauche et maladroite était maintenant une femme magnifique, capable de subjuguer un homme.

En la regardant charmer son frère, il sentit son monde chavirer.

Il fut saisi de panique. Que faisait-il là ? Il s'était attendu à retrouver une mince jeune femme qui n'avait jamais été embrassée, une jeune femme qu'il ne considérait que comme une amie et une sœur. Maintenant elle riait en regardant Rex, son sourire éblouissant, et il pouvait presque l'entendre.

— T'ai-je déjà dit que tu es mon frère préféré ?

Elle avait dit ces mots à chacun de ses frères et à Devlin, à tous sauf à lui.

La prise de conscience le frappa avec la force d'un éclair, le faisant vaciller. Il fixait Ellie avec un besoin et une faim farouches.

C'était impossible, pensa-t-il, incrédule et affolé. Il ne pouvait désirer la femme qu'il avait considérée comme une sœur durant la majeure partie de sa vie. Son corps réagissait à elle comme il le ferait à n'importe quelle belle femme, à la suite de deux ans de privations.

Elle s'écartait de Rex et souriait à un gentleman blond, passant son bras sous le sien. Il regarda brièvement son compagnon, s'avisant que c'était son fiancé, Sinclair. Le jeune homme était beau et visiblement privilégié, avec le port d'un aristocrate né. Sean le méprisa à première vue.

Il se rendit compte qu'il tremblait et qu'il était désespéré. Il était furieux contre elle, contre Sinclair, contre lui-même. Bien sûr qu'Ellie avait grandi. Il avait tous les droits d'être surpris par la beauté qu'elle était devenue, mais il n'avait aucun droit d'avoir d'autres sentiments. Et où allait-elle avec Sinclair, par tous les diables ? Il refit face à la fenêtre et constata que la salle à manger était vide.

Au moment où il entendit la porte de la terrasse s'ouvrir, il entendit aussi le rire d'Eleanor, et alors que ce son était familier il était également étrange et nouveau. Son rire avait changé. Il était devenu enjôleur ; il était *charmeur.*

Il pressa le dos contre le mur, attendant qu'ils apparaissent, et tandis qu'il attendait il se rendit compte qu'il était raide et gonflé de désir. Mais il eut à peine le temps d'enregistrer ce fait choquant lorsqu'ils sortirent, allant lentement vers la balustrade. Ils étaient si absorbés l'un par l'autre qu'il ne pensa pas qu'ils le remarqueraient dans l'ombre de la maison. Eleanor se mouvait aussi d'une manière différente, maintenant. Son pas était toujours long, mais il y avait une qualité sensuelle dans le balancement de ses hanches — quelque chose qu'il détesta aussitôt. Elle bougeait comme une femme qui sait qu'elle est appréciée et admirée, recherchée et observée.

— Vous ai-je dit combien vous êtes ravissante, ce soir ? demanda Sinclair, prenant ses mains dans les siennes.

Sean eut envie de l'étrangler pour le faire taire.

— Je ne pense pas, répondit Eleanor, un sourire dans la voix. Mais si vous l'avez fait, vous pouvez toujours recommencer.

Elle flirtait ! Depuis quand Ellie avait-elle appris à flirter ?

— Vous êtes si belle, dit Sinclair d'un ton rauque, et Sean détesta son intonation.

Ils n'auraient pas dû être seuls sur la terrasse, de nuit. Où diable étaient les autres ? Elle avait quatre frères pour la chaperonner. Pourquoi personne ne le faisait-il ?

— Et vous, sir, êtes bien trop galant et bien trop charmant, déclara doucement Ellie. Je suis si fortunée d'épouser un tel homme !

— Un homme ne peut être trop galant ou trop charmant en ce qui vous concerne, murmura Sinclair.

Savait-il que sa bien-aimée était un trublion ? Ou est-ce qu'Ellie avait renoncé à ses galops emportés, à ses combats aux poings, à ses jurons ? Pêchait-elle et chassait-elle encore ? Ou était-elle maintenant une débutante et une coquette ?

— Il me plaît que vous soyez si charmant, murmura-t-elle en retour. Je vous trouve vraiment très charmant, même si vos yeux sont bleus.

Sean n'eut aucune idée de ce qu'elle voulait dire, et Sinclair non plus, apparemment.

Il y eut alors un silence tendu.

Sean eut envie de donner un coup de poing dans le mur, car il savait que Sinclair se préparait à l'embrasser.

— Puis-je ? Puis-je vous embrasser, Eleanor ? demanda-t-il.

— Je pensais que vous ne le demanderiez jamais, répondit-elle en riant.

Incrédule, Sean vit Sinclair la prendre dans ses bras et abaisser lentement son visage vers le sien. La lune choisit ce moment pour sortir de derrière un nuage, éclairant crûment les amoureux. Sinclair avait joint sa bouche à la sienne et elle lui répondait passionnément, s'accrochant à ses épaules.

Sean s'adossa au mur, furieux et paralysé, le souffle court, mais il se refusa à détourner les yeux. Il ne pouvait reconnaître la femme sensuelle dans les bras de cet homme — Ellie, qui l'embrassait et émettait de petits bruits de plaisir et de ravissement. Il tira sur son pantalon. Elle était peut-être une femme, maintenant, une femme très désirable, mais ils avaient grandi ensemble et il n'avait pas le droit d'éprouver de la concupiscence pour elle.

— *J'ai été embrassée, Sean !*

Il sursauta, les mots qu'elle avait prononcés des années auparavant lui revenant brusquement à l'esprit. Et ce fut comme si elle avait encore onze ans et lui dix-sept, dans les écuries d'Adare, parmi la paille et les chevaux, et elle lui souriait largement, malicieusement.

Il avait passé des semaines à poursuivre la fille d'un fermier — une blonde bien en chair avec un joli sourire et deux fossettes. Soudain il était dans la paille avec elle, ses mains sous ses jupes, et elle pleurait de plaisir. Il était tout près de déboutonner son pantalon et de la pénétrer.

Il commença à le faire, prenant sa main et la guidant vers son sexe durci. Et il entendit un gloussement.

Il sut aussitôt qu'Ellie les espionnait — une fois de plus. Son désir s'évanouit. Furieux, il bondit sur ses pieds en remontant son pantalon — pour la découvrir perchée sur le mur d'une stalle, souriant largement. Comprenant qu'elle avait tout vu, il sentit ses joues s'enflammer et sa colère fusa. Elle s'en rendit compte, car elle sauta à terre, alarmée.

Il ouvrit le verrou et courut derrière elle. Mais au lieu de s'enfuir, elle resta plantée au milieu des écuries, l'attendant avec méfiance. Il s'arrêta brusquement, tout aussi méfiant.

— Tu es en danger, maintenant, l'avertit-il, en le pensant.

Elle lui tira la langue.

— Je vais te tirer les oreilles — très fort — et dire à père ce que tu as fait.

Elle sautilla, juste un peu.

— Tu ne peux pas m'attraper.

Elle avait raison — elle était aussi rapide et agile qu'un daim.

— Je n'aime pas qu'on m'espionne.

— Tu l'aimes ? demanda-t-elle soudain.

— Non !

A l'instant où il répondit, il le regretta, car cela ne la regardait pas.

— Viens ici, Ellie.

Il fit un pas vers elle.

Elle secoua la tête en reculant. Puis elle sourit largement.

— J'ai été embrassée.

Il sentit son monde se figer étrangement.

— J'espère que tu mens, Ellie.

Son sourire s'élargit encore.

— Non. Jack O'Connor m'a embrassée la semaine dernière derrière la chapelle.

Sean fut choqué. Puis il tournoya sur lui-même, appelant un valet d'écurie et demandant un cheval.

Eleanor courut derrière lui.

— Où vas-tu ?

— Je vais tuer Jack O'Connor.

Il le pensait. Il n'avait jamais été aussi furieux — Ellie n'était qu'une enfant !

Elle lui attrapa le bras.

— Attends ! Non ! C'était ma faute !

Sean lui fit face, l'air sinistre.

— Il t'a embrassée, ou non ?

Elle se mordit la lèvre.

— C'est moi qui l'ai embrassé. Comme ceci.

Elle jeta ses bras autour de Sean, sautant pour l'embrasser sur les lèvres.

Il se dégagea.

— Tu t'es jetée à la tête de ce garçon ?

— Pourquoi pas ? Tu embrasses toutes les filles ! Et toutes les dames ! Tu es un débauché ! Père le dit.

Récemment, ses frères et lui avaient battu la campagne, mus par des désirs de conquête. Il rougit.

— Tu ne peux plus m'espionner ! Je ne suis plus un jeune garçon, Ellie ! Tu verras des choses que tu ne dois pas voir.

Il était vraiment affolé.

— Comme quand tu mets les mains dans son corsage, ou que tu la touches entre les jambes ?

Elle sourit d'un air espiègle et mima :

— Oh, oh, OOHH !

Il en avait assez, lui tirer les oreilles ne suffirait pas. Il tendit les mains vers elle, mais elle détala vivement.

Il la prit en chasse, déterminé à la coincer pour lui donner au moins une fessée. Elle se mit à rire, plaçant un arbre entre eux et dansant hors de sa portée chaque fois qu'il essayait de l'attraper. Elle était peut-être aussi rapide qu'un lièvre, mais il était endurant, et en effet, au bout d'un moment, elle commença à s'assombrir et à se lasser du jeu.

— C'est bon, j'abandonne, dit-il en se détournant.

Elle soupira et quitta l'abri de l'arbre, alors il pirouetta sur lui-même et l'attrapa par l'oreille.

— Aïe ! Aïe !

Il la secoua durement, pas une fois, mais deux.

— La prochaine fois que je te surprendrai à m'espionner, je te mettrai sur mon genou et je te fesserai, comme si tu avais cinq ou six ans.

— D'accord ! Je suis désolée ! Je le jure ! supplia-t-elle, les yeux terrifiés.

— Les dames ne jurent pas — mais après tout tu es un trublion, pas une dame. Allons-y.

Sans lui lâcher l'oreille, il l'entraîna loin des écuries.

— Je suis désolée — et je ne jurerai plus !

— Tu n'es pas désolée, et tu jureras probablement à ton mariage !

— Ne me conduis pas à père ! implora-t-elle, une larme roulant sur sa joue.

Il s'arrêta. Malgré ce qu'elle avait fait — et ce qu'elle avait vu — elle l'apitoyait. Il lâcha son oreille pour lui prendre le bras.

— As-tu vraiment embrassé Jack ?

Elle hésita.

— Oui, mais sur la joue, pas sur la bouche.

— C'est ce que je pensais.

Il soupira.

— Les dames ne mentent pas, Ellie. Elles n'embrassent pas les garçons et elles ne jurent pas.

— Je déteste être une dame, dit-elle avec une moue.

Il ne put s'empêcher de sourire — et elle sourit en retour.

— Eleanor, je vous aime.

La déclaration de Sinclair, faite d'une voix étouffée, ramena brutalement Sean au présent. Il ne voulait pas se remémorer le passé, mais il ne voulait pas non plus voir Ellie s'abandonner à un autre homme. Sinclair tenait son visage entre ses mains. Il tremblait visiblement et Ellie — maudite soit-elle — lui souriait, comme si elle était amoureuse.

— J'essaie fermement d'être un gentleman, chuchota-t-il, mais vous me rendez la tâche presque impossible.

— Il n'y a que nous deux, murmura Ellie. Personne ne saura jamais si vous vous conduisez ou non en gentleman, ce soir.

Sean commença à avancer pour intervenir, mais se retint de justesse. Suggérait-elle que Sinclair prenne encore plus de libertés ? Elle avait été une enfant si fougueuse et si obstinée, il savait qu'elle était une femme fougueuse et passionnée. Avait-elle déjà couché avec son fiancé ? Ellie ne se refusait jamais rien de ce qu'elle voulait et il la connaissait assez pour savoir qu'elle ne se soucierait pas de sa virginité, mais qu'elle apprécierait certainement les plaisirs du lit.

Et voilà qu'ils s'embrassaient de nouveau.

Sean frappa le mur de son poing, cette fois. Où diable étaient ses frères, sapristi ? Allait-il être obligé de la voir s'abandonner toute la nuit ? Il ne pensait pas pouvoir le supporter.

Ellie bondit hors des bras de Sinclair.

— Qu'est-ce que c'était ? s'écria-t-elle, regardant vivement autour d'eux.

Sean oublia son dilemme et se rendit invisible en se pressant le plus étroitement possible contre le mur.

— Quoi ? demanda Sinclair, la voix rauque.

— Vous n'avez pas entendu ? fit Ellie, paraissant inquiète. Est-ce qu'on nous observe ?

— Chérie, qui nous observerait ?

— Rex, c'est toi ? appela Eleanor, les sourcils froncés.

— Oh, Dieu ! s'exclama Sinclair. Vos frères sont très protecteurs à votre égard — ce qui est louable, bien sûr, mais chacun d'eux m'a indiqué clairement en privé que j'avais intérêt à être un parfait gentleman jusqu'à notre mariage… Peut-être devrions-nous rentrer.

Ellie secoua la tête.

— Oh, ne vous souciez pas d'eux. Ils aiment à plastronner et à donner des ordres. Je peux m'arranger de Ty, Rex et Cliff. Ne craignez rien ! J'apprécie d'être embrassée, Peter, ajouta-t-elle avec audace.

Sean eut envie de l'attraper par l'oreille comme si elle avait onze ans et de la secouer jusqu'à ce que le temps fasse marche arrière et qu'elle redevienne une enfant innocente, quoique agaçante.

Soudain, la porte de la terrasse s'ouvrit et un curieux bruit de pas retentit. Sean reconnut Rex — et s'avisa qu'il avait perdu la moitié de la jambe droite et qu'il utilisait une béquille. Il le fixa, anéanti.

Il ne l'avait pas su.

Mais il était parti depuis si longtemps, comment aurait-il pu savoir que son beau-frère avait subi une telle blessure ?

Rex boita jusqu'aux amoureux.

— J'ai pensé qu'il serait peut-être sage d'interrompre cette délicieuse idylle. Vous n'êtes pas encore mariés, tous les deux.

Il sourit, mais sans gaieté.

Et en cet instant Sean reconnut un esprit frère — Rex avait complètement changé. Bien qu'il n'ait jamais déploré la perte de son âme, il souffrit de la perte de celle de Rex.

— J'ai vingt-deux ans ! s'exclama Ellie.

Aucune autre femme ne se référerait ainsi à son âge avancé.

— Je n'ai pas besoin d'un chaperon.

— Oh, je pense que je peux aisément être en désaccord avec toi, dit Rex. Rentrons-nous ?

Ce n'était pas une question, c'était un ordre.

Ellie se montra agacée.

— Oh, j'oubliais, vous avez préséance sur moi, *sir Rex*, lança-t-elle d'un ton échauffé.

Ainsi Rex avait été fait chevalier, pensa Sean. Il avait sans doute gagné ce titre sur le champ de bataille et Sean fut content pour lui.

— Seulement jusqu'à ce que tu sois mariée, déclara calmement Rex, en leur faisant signe de rentrer.

Sean vit Ellie déployer son mauvais caractère, soufflant en passant devant lui, tandis que Sinclair suivait d'un air affligé. Sinclair ne serait jamais capable de tenir tête à Ellie, se dit-il, mais il n'en éprouva nulle satisfaction. Il pensait à présent que dans deux nuits, s'il avait bien compris, Ellie serait dans le lit de cet homme, avec tous les droits d'y être.

Soudain, Rex se raidit.

Sean retint son souffle, conscient que son demi-frère avait senti sa présence sur la terrasse.

Rex, prêt à entrer dans la maison, s'appuya sur sa béquille

et se tourna, promenant son regard sur toute la terrasse, y compris le mur contre lequel Sean se cachait.

Et pendant un instant Sean aurait juré qu'il l'avait vu, que leurs yeux s'étaient croisés.

Mais il se trompait, car Rex fit volte-face et entra en boitant dans la maison, le laissant seul dehors, à ravaler le goût amer de ce qu'il venait de voir et d'entendre.

4

C'était une nouvelle aube. Eleanor n'avait pas pu dormir plus d'une heure ou deux, luttant contre les effets du vin, et quand elle s'était endormie elle n'avait pas rêvé de Peter, mais de Sean. Dans ses rêves, Sean était revenu mais il avait changé, et il y avait eu en lui quelque chose de sombre et de dérangeant. Elle s'était réveillée, ébahie, croyant un moment que ses rêves étaient vrais. Et quand elle s'était avisée que ce n'étaient que des rêves, elle en avait éprouvé une terrible déception.

Ce matin-là, elle poussa son cheval aussi vite qu'il pouvait aller. Courbée sur l'encolure de l'étalon bai comme un jockey de Newmarket, elle lui fit prendre un virage particulièrement dangereux.

Un homme se plaça directement sur son chemin.

Eleanor tira rudement sur sa bride. L'homme se contenta de rester là, impassible, comme s'il était fait de pierre.

Le cheval se cabra et Eleanor réagit. Elle n'avait jamais été aussi furieuse.

— Sot ! cria-t-elle, levant sa cravache comme pour le frapper. Voulez-vous mourir ? Ne vous a-t-il pas traversé l'esprit de vous ôter de ma route, ou êtes-vous un fou cherchant le suicide ?

Elle poussa sa monture en avant, dans l'intention de le contourner, mais il saisit sa bride.

Sa fureur grimpa dangereusement, mais elle s'accompagna de peur. Personne ne l'avait jamais accostée sur les terres de son père. Elle éperonna l'étalon — et son regard rencontra celui de l'homme et le soutint.

Son cœur cessa de battre, puis se mit à tambouriner follement, d'incrédulité et de joie.

Sean se tenait devant elle sur le chemin. Sean était revenu.

Et elle sut, immédiatement, que quelque chose de terrible lui était arrivé. En l'espace d'un battement de cœur, elle vit qu'il était maigre et marqué. *Mais c'était Sean.* Avec un cri de joie, elle sauta à bas de son cheval. Elle se rua sur lui si rapidement qu'elle faillit le renverser. Jetant ses bras autour de lui, elle se cramponna.

Elle se mit à pleurer.

Il lui avait tant manqué. A ce moment-là seulement, elle se rendit complètement compte que cela avait été comme si son cœur avait été arraché de sa poitrine, alors qu'il continuait à battre.

Il ne bougea pas, mais il émit un son, rauque et âpre.

Ce son s'immisça dans sa jubilation, dans son soulagement. Elle s'avisa qu'elle s'accrochait à son corps mince et musclé aussi fort qu'elle le pouvait. Elle avait peur de le lâcher, craignant que si elle le faisait il se volatilise dans les airs. Il posait le menton sur sa tête et elle tenait son visage enfoui dans sa poitrine. Sean avait toujours été mince, mais à présent il n'était plus que muscles et os, sans une once de chair en trop. Et ce son rauque avait été empli de douleur et d'angoisse. *Qu'est-ce qui n'allait pas ?*

Mais il était revenu — il était revenu à elle, *pour* elle. Une énorme pression enflait en elle, la puissante combinaison de tous ses sentiments passés et présents, du fait qu'il lui avait tellement manqué et qu'elle avait besoin de lui maintenant. Elle l'aimait toujours ; elle n'avait jamais cessé. Elle lui sourit.

Il ne lui rendit pas son sourire. Son visage était circonspect et il s'écarta d'elle avec raideur.

Eleanor sursauta — il ne pouvait pas se méfier d'elle ? Elle voulut l'enlacer de nouveau.

— Je savais que vous reviendriez.

Mais il l'esquiva agilement.

— Non.

Eleanor parvint à respirer.

— Sean, non quoi ? Vous êtes revenu ! s'écria-t-elle.

Il ne répondit pas, mais son regard intense ne fléchit pas. Quand elle le regarda dans les yeux, essayant de comprendre son attitude, ils devinrent mornes et inexpressifs avant qu'il les détourne.

Elle était choquée. Ils n'avaient jamais eu de secrets l'un pour l'autre ; ses yeux vifs avaient toujours été ouverts à elle, sans barrière. Ses magnifiques prunelles grises pouvaient briller de rire, d'affection, de gentillesse, ou s'assombrir sous l'effet de la détermination, de la colère. Combien de fois avaient-ils échangé un regard en douce, chacun sachant exactement ce que l'autre pensait ?

Et son visage avait changé aussi, constata-t-elle. Il était tiré et creusé. Elle vit les cicatrices sur sa joue et sur sa gorge et elle frémit — quelqu'un l'avait coupé avec un couteau !

— Oh, Sean, commença-t-elle, tendant la main pour toucher le croissant blanc sur son visage, mais il se crispa.

Elle s'immobilisa. Son expression était réservée. Son premier instinct était juste — quelque chose n'allait pas du tout. Quoi qu'il ait subi, elle était là, maintenant, pour l'aider à le dépasser.

— Est-ce que vous allez bien ?

— Vous êtes fiancée, dit-il.

Il parlait en un murmure à peine audible et sa voix était enrouée, comme s'il venait de la perdre. Il la regardait avec une telle intensité qu'elle hésita.

— Quoi ? demanda-t-elle, troublée.

Mais il ne la regardait plus dans les yeux. Son regard avait glissé jusqu'à sa bouche, puis il descendit abruptement sur sa poitrine. De fait, elle portait une vieille chemise de Sean. Il contempla ensuite la ceinture en cuir nouée autour de sa taille — ou ses hanches. Tout à coup, Eleanor fut consciente de son apparence en pantalon. Elle portait des vêtements d'homme depuis des années — Sean l'avait vue habillée ainsi un millier de fois —, mais en cet instant elle se sentit immodeste, indécente, dénudée.

Son corps se creusa de l'intérieur.

Pour la première fois de sa vie, elle comprit le désir. Car les tréfonds de son être étaient si vides que c'en était douloureux, et elle éprouvait le besoin de prendre Sean en elle pour qu'il puisse combler ce vide.

Elle avait pensé avoir ressenti du désir auparavant. Elle avait certainement apprécié les baisers de Peter, et avant que Sean quitte Askeaton elle avait souhaité en le regardant être l'objet de ses flatteries, être prise dans ses bras, être embrassée par lui. Mais en ce moment elle s'avisait qu'elle avait joué la comédie, qu'elle n'avait fait que feindre et espérer ressentir ce qu'une femme était censée ressentir quand elle aimait un homme. Elle avait été trop jeune et trop innocente et elle n'avait pas éprouvé du tout ce qu'elle éprouvait maintenant. La pression qui l'habitait l'enflammait et la consumait.

Il était si difficile de parler.

— Vous êtes rentré à la maison, dit-elle lentement, en tremblant.

Maintenant, elle était prudente. Elle avait envie de lui prendre la main — comme elle avait l'habitude de le faire, légèrement et innocemment —, mais elle avait peur de le toucher. D'une certaine manière, le moment précédent, tout avait changé entre eux.

— Que s'est-il passé ? demanda-t-elle. Où étiez-vous ?

Les yeux de Sean se rivèrent sur les siens, juste un instant avant qu'il les détourne.

— J'ai appris que vous vous mariez, dit-il lentement, en espaçant ses mots sourds et rauques.

Puis il leva son regard argenté.

Elle se mordit la lèvre, déconcertée. N'avait-elle pas rêvé en secret qu'il reviendrait juste à temps pour l'empêcher d'épouser un autre homme ?

— Sean, je suis fiancée, commença-t-elle.

Mais elle n'avait pas envie de parler de Peter ou de son mariage maintenant.

— Le mariage… est dans deux jours, dit-il en s'arrêtant, comme s'il avait du mal à s'exprimer.

Elle ne réfléchit même pas à ce qu'elle allait dire. Elle lui dédia un sourire tremblant.

— C'est une erreur. Je n'épouserai pas Peter.

Le regard de Sean vacilla.

Et il fallut qu'elle le touche une autre fois, même si elle craignait d'accomplir un geste aussi simple. Elle tendit la main vers lui et effleura la sienne. Elle avait envie de la saisir et de ne plus jamais la lâcher.

— Cela a été si long ! Tout le monde pense que vous êtes mort, Sean. Je l'ai presque cru, moi aussi. Mais vous aviez promis. Vous m'aviez promis de revenir et vous l'avez fait !

Il ne la regarda pas.

— Je suis désolé. Je ne voulais… faire de mal à personne.

Il se comportait et parlait si étrangement. La situation était devenue embarrassante, comme s'ils étaient des étrangers, mais c'était impossible — ils étaient le meilleur ami l'un de l'autre.

— Que vous est-il arrivé ? Qu'est-il arrivé à votre voix ? Pourquoi êtes-vous si maigre ? Pourquoi n'avez-vous pas donné de vos nouvelles ? Sean… vous avez tellement changé !

— Je ne pouvais pas donner de mes nouvelles.

Il lui jeta un bref coup d'œil, dénué d'émotion. Ses yeux étaient devenus encore plus vides et plus sombres qu'auparavant.

— J'étais… en prison.

— En prison ? s'exclama-t-elle dans un souffle, n'en croyant pas ses oreilles. Est-ce là que vous avez reçu ces cicatrices ? Oh, mon Dieu ! Est-ce pour cela que vous êtes si maigre ? Mais pourquoi avez-vous été emprisonné ? Vous êtes l'homme le plus honnête que je connaisse !

Toutefois, cela expliquait sa longue absence et son terrible silence.

Il fixa le sol.

— Je ne devrais pas être ici.

Il releva les yeux, regardant à travers elle.

— Je me suis échappé.

Les implications de cette déclaration frappèrent Eleanor de plein fouet.

— On vous recherche ?

— Oui.

L'esprit d'Eleanor s'emballa, tandis que la peur s'emparait d'elle. Il ne retournerait pas en prison. Rien ne l'empêcherait de l'aider !

— Vous devez vous cacher ! Vous a-t-on suivi ?

— Non.

Elle fut soulagée.

— Les écuries ? Vous pourriez vous cacher dans une stalle vide.

Il ne répondit pas.

Elle était déconcertée. Que signifiait ce regard intense ?

— Nous sommes les meilleurs amis l'un de l'autre, mais je suis si nerveuse !

Elle rit, et ce son fut aigu et anxieux.

— Il faut que vous vous cachiez.

— Je… ne reste pas.

Elle avait mal entendu. Il venait juste de revenir ; il ne pouvait pas la quitter maintenant. Elle mit un moment à trouver sa voix.

— Que voulez-vous dire ? demanda-t-elle prudemment.

Il détourna les yeux, vers les branches au-dessus d'eux ou vers le ciel.

— Je quitte… le pays.

— Vous venez juste de rentrer ! s'écria-t-elle, désespérée et effrayée, et elle saisit sa main.

Elle était dure et calleuse et cela, au moins, était familier.

Il se dégagea et secoua la tête, sans parler.

Elle prenait conscience qu'il ne voulait pas la laisser le toucher. Mais ils avaient grandi ensemble et par le passé elle avait fait plus que lui prendre la main. Elle était montée sur son dos quand elle était petite, s'était glissée dans son lit après un cauchemar. Elle était montée à califourchon derrière lui. Même lorsqu'elle avait été plus grande, elle lui avait toujours pris la main quand elle le voulait, et il avait dû la saisir par l'épaule ou par le coude un million de fois.

Son murmure rauque lui fit lever les yeux vers les siens.

— Vous avez changé.

Bien sûr qu'elle avait changé. Et bien que ses mots aient été détachés et sans la moindre insinuation, cette intensité bouleversante était revenue. En réponse, elle se figea et reconnut aussitôt le coup de poing du désir qui la frappait.

Elle réussit à hocher la tête et parla avec soin.

— Je suis devenue adulte. Vous avez changé, aussi.

La tension semblait emplir la clairière. Elle crépitait comme du feu, dansant entre eux, brûlante et brillante. Se trompait-elle, ou Sean éprouvait-il le même besoin, le même désir qu'elle ? Jamais auparavant il ne l'avait regardée avec une telle intensité qu'à l'instant. Il n'y avait jamais eu entre eux un tel embarras et une telle nervosité. Par le passé, le lien qui les unissait était simple et léger — une affinité naturelle, de l'affection. Que pouvait signifier d'autre cette tension ?

Elle frémit.

— Combien de temps êtes-vous resté en prison ? Qu'avez-vous fait ?

Il la fixa, le regard vide.

— Deux ans.

Elle étouffa une exclamation.

— Il y avait un village. Il n'existe plus.

Elle avait été plongée dans l'histoire de son peuple, de son pays. Cette histoire était une histoire de saccage et de vols, de droits spoliés, de viols et de meurtres. Le père de Sean avait été tué dans l'un des pires massacres de l'histoire de l'Irlande. Elle n'avait pas besoin de connaître les détails pour le comprendre, maintenant. Il y avait eu un soulèvement ou une révolte et les troupes anglaises avaient été appelées. A tort ou à raison, la défense des paysans avait entraîné la destruction d'un village entier. Et Sean avait été impliqué.

Il avait passé toute sa vie d'adulte à prendre soin d'Askeaton, et cela avait inclus la préservation et la défense des droits de tous les fermiers irlandais du domaine. Elle n'avait pas besoin de demander de quel côté il avait été. Elle était presque paralysée par l'appréhension.

— Est-ce que des soldats anglais sont morts ? Etiez-vous armés ?

Porter des armes dans le comté de Limerick était un acte de trahison, comme contester l'autorité britannique ; le comté avait été placé sous l'Acte d'insurrection avant le départ de Sean.

Il hocha la tête.

— Oui, des soldats sont morts. Si nous étions armés ? releva-t-il avec colère. Nous avions des couteaux et des fourches.

S'il y avait eu une chaise, Eleanor se serait assise. Elle savait qu'elle avait pâli. Elle ne savait pas où le soulèvement dont il parlait s'était produit, mais cela n'avait pas d'importance. Si des soldats avaient été tués dans une confrontation violente, Sean courait un grave danger. Il pouvait même être considéré comme traître. Elle était terrifiée pour lui, à présent.

— L'avant-dernier hiver, on a pendu plus d'une douzaine d'hommes, Sean, et déporté des dizaines d'autres ! L'accusation était l'insurrection ! Père n'est plus le magistrat ici, il a choisi de donner sa démission. On l'a accusé de parti pris. Il avait osé défendre certains de nos gens ! Le capitaine Brawley est le commandant de la garnison du comté et il est devenu magistrat à sa place.

Elle s'avisa qu'elle était en larmes. Elle essuya son visage ; elle n'avait pas le temps de pleurer.

— Je suis désolé, dit Sean, l'air lugubre.

Elle secoua la tête.

— Devlin et lui se sont parjurés dans l'espoir de sauver quelques-uns des accusés. Il a donné sa démission parce qu'il ne pouvait pas garder le comté sous contrôle — parce qu'il ne pouvait plus protéger nos gens.

Elle se força à se reprendre. Elle avança vers lui, mais il recula, comme s'il savait qu'elle voulait le toucher. Sa détermination à garder une distance physique entre eux avait déjà affligé Eleanor, mais à présent elle commençait à l'effrayer, aussi. Que lui était-il arrivé pour le rendre si méfiant, si distant ?

— Sean, peu m'importe ce que vous avez fait, rien n'a changé pour nous. Vous êtes mon meilleur ami et je ferai n'importe quoi pour vous. N'importe quoi ! insista-t-elle avec ferveur. Sean, pourquoi ne me laissez-vous pas vous enlacer ?

— Tout a changé.

Elle souhaita pouvoir regarder dans ses yeux et saisir toutes ses pensées, comme autrefois. Elle était sûre qu'il était en colère, mais elle ne comprenait pas pourquoi. Et elle n'avait aucune idée de ce qu'il voulait dire.

— Vous avez traversé une terrible épreuve, c'est évident. Mes sentiments pour vous n'ont pas changé. Ma loyauté est toujours là. Je vous aiderai à vous cacher et ensuite nous irons trouver père pour résoudre cette affaire, afin que vous soyez libre de revenir à la maison.

Il élargit les yeux.

— Vous n'allez pas trouver le comte ! s'exclama-t-il d'une voix rauque. Voulez-vous… qu'il soit traité de conspirateur ? Voulez-vous… que le comté lui soit arraché ? Les traîtres ne conservent pas leur titre, ni leur domaine !

Il était si agité qu'il criait, mais de cette terrible voix sourde qu'il avait maintenant.

Eleanor était atterrée.

— Avez-vous été accusé de trahison ?

Il hocha sombrement la tête, les yeux étincelants.

— Mais on pend les traîtres ! s'écria-t-elle.

Les exécutions étaient sommaires et rapides.

Il agita la main, durement, pour la faire taire.

— Cessez.

Sa poitrine se soulevait et s'abaissait rapidement, un signe de sa tension.

— Je vais en Amérique.

Eleanor fut prise d'un vertige. L'Amérique était si loin ! Mais il avait raison sur le point que son père ne devait pas conspirer avec lui. L'histoire de l'Irlande était remplie de titres et de domaines enlevés à leurs propriétaires. Toutefois, il ne devait pas partir pour l'Amérique.

— Vous n'avez pas besoin de fuir en Amérique, dit-elle avec désespoir.

La panique la submergeait, maintenant.

— Devlin peut nous aider.

Il sursauta, et pendant un instant elle pensa qu'il allait la toucher. Mais sa main retomba sur son côté.

— Pas *nous*. Et il ne m'aidera pas.

Elle se crispa.

— Devlin voudra vous aider. C'est l'un des hommes les plus riches d'Irlande et il garde de bonnes relations avec le gouvernement. De fait, il a de nombreux soutiens à l'Amirauté…

— Non !

Sean la toisa soudain de sa hauteur. Son corps mince tremblait violemment, de façon incontrôlée.

— Pourquoi… ne voulez-vous pas comprendre ?

L'homme qui est parti… il y a quatre ans… ne va pas revenir !

Il semblait furieusement en colère, les yeux brillants, le visage enflammé.

Eleanor fut presque intimidée, mais elle était soulagée de le voir passionné pour quelque chose, n'importe quoi.

— Il est revenu. Il se tient devant moi !

— Il est mort, cria-t-il de cette terrible voix forcée. Sean O'Neill est mort.

Eleanor recula, horrifiée par ses paroles, et pire encore par le fait qu'il voulait qu'elle les croie.

— Je suis John Collins ! Je n'entraînerai pas Devlin… en enfer.

Son regard sombre étincelait sauvagement, presque comme s'il était fou.

Elle était terrifiée, mais pas par lui — elle était terrifiée par ce qui lui était arrivé.

— Si Sean était mort, je le saurais !

Elle le frappa rudement à la poitrine. Il bondit, les yeux s'élargissant sous le choc. Elle le frappa de nouveau, cette fois avec son poing.

— Si Sean était mort, il n'essaierait pas de protéger son frère ! Je ne sais pas qui est John Collins et je ne veux pas le savoir !

Elle essuya ses larmes d'un geste brusque.

Et elle vit alors qu'il essayait de reprendre le contrôle de lui-même. Mesurant l'énormité de la lutte, elle se calma. Elle passa une main sur sa joue, alors qu'il cessait de trembler. Il sursauta, son regard se rivant sur le sien. Il était mal rasé, mais elle n'en avait cure. *Elle l'aimait plus que jamais, et c'était impossible*. Le toucher, même d'une caresse aussi simple, provoqua aussitôt un véritable tourbillon en elle. *Il y avait tant d'amour, tant de peur et tant de besoin. Si seulement il la prenait dans ses bras, elle s'en contenterait, en dépit des aspirations pressantes de son corps.*

— Ne pleurez pas.

Elle ne s'était pas rendu compte que des larmes continuaient à lui monter aux yeux. La digue se rompit, et elles ruisselèrent sur son visage.

— Comment pouvez-vous me demander de ne pas pleurer quand vous êtes un fugitif, poursuivi par les Anglais ? Quand vous projetez de repartir ? Quand j'ai besoin de vous toucher et de vous tenir et que vous ne me laissez pas faire ? Reviendrez-vous jamais ? Et vous êtes si maigre !

Elle pleura de plus belle.

— Arrêtez, dit-il, la voix rauque. Ellie…

Ses larmes s'arrêtèrent. Il y avait si longtemps qu'il ne l'avait pas appelée par le surnom qu'il lui avait donné. Son cœur brûlait d'avoir ce qui soudain paraissait impossible — le voir lui sourire comme il le faisait toujours quand il n'était plus fâché contre elle. Elle ne bougea pas, car elle tenait toujours sa joue rêche dans sa main et ses yeux étrangement vides contenaient une lueur, à présent, ou était-ce l'éclat des larmes ?

Il changea de position et la main d'Eleanor retomba sur son côté.

— Le comte ne peut pas m'aider… Devlin ne peut pas m'aider…, dit-il calmement. Il faut que vous compreniez.

— Non ! Je comprends, mais Devlin *peut* vous aider. Il ne se détournerait jamais de cela, de vous, comme un lâche ! Vous lui avez manqué, Sean, presque autant qu'à moi.

Il l'interrompit.

— J'ai tué un soldat. Il y a eu un jugement. Je suis un

traître. Personne… ne peut m'aider. Je pars pour l'Amérique… demain.

S'il l'avait frappée de son poing, elle n'aurait pu être plus meurtrie. Il allait partir *demain* ? Elle eut le tournis et recula en chancelant. Instinctivement, il tendit la main pour la retenir.

Sa grande main, forte et dure, douloureusement familière, se referma sur la sienne comme d'innombrables fois auparavant. Mais son contact avait changé. Son contact traversait maintenant le corps entier d'Eleanor, parce que c'était celui d'un homme et qu'elle était devenue une femme, juste quelques instants plus tôt. Elle rencontra son regard. Il n'y avait pas de choix à faire. Elle partait avec lui.

— Asseyez-vous… avant de vous évanouir.

Il savait très bien qu'elle ne s'était jamais évanouie de sa vie. Elle l'ignora.

— Quand part votre bateau ?

Ses épais cils noirs s'abaissèrent, cachant ses yeux, et il la lâcha, lui tournant le dos.

— Quand part votre bateau ? répéta-t-elle en le contournant et en l'obligeant à la regarder en face.

— Demain soir, répondit-il lentement.

Et quand il croisa enfin son regard, elle y vit une lueur de culpabilité.

Il lui mentait. Eleanor était incrédule, Sean ne lui avait jamais menti. Tant de choses lui étaient arrivées, et tant de choses arrivaient encore maintenant. Mais deux faits étaient aveuglants : il devait se cacher jusqu'à son départ, et elle allait avec lui.

— Je vais avec vous.

Il tressaillit et la fixa, les yeux élargis.

— Vous allez vous marier.

— Je vais avec vous et ne songez pas à m'arrêter, dit-elle farouchement.

Il l'avait quittée une fois et elle ne le laisserait jamais la quitter une deuxième fois.

Leurs regards s'affrontèrent.

— Non, déclara-t-il fermement. Vous devez assister à un mariage. *Votre* mariage.

Et pour la première fois depuis que Sean avait surgi sur son chemin, Eleanor se confronta vraiment à cette réalité. Qu'allait-elle faire à propos de Peter ? Elle ne pouvait l'épouser, maintenant.

— Qu'est-ce qui ne va pas ?

— Pouvez-vous encore discerner chacune de mes humeurs et chacun de mes sentiments ?

Sa question était sincère.

Il hésita. Avec réticence, il répondit d'un ton sourd et âpre :

— Peut-être.

Elle scruta son regard, mais il était impossible de lire ses pensées.

— Alors vous devez savoir que je ne peux épouser Peter, maintenant.

Il resta immobile.

— Pourtant vous teniez à lui… hier soir.

Elle eut du mal à le comprendre, tant sa voix était rauque.

— De quoi parlez-vous ? commença-t-elle, et elle sentit ses joues s'enflammer. Vous étiez là ? Non, c'est impossible ! Vous n'étiez pas là hier soir ? Si ?

Elle se rappela tout à coup la soirée dans ses détails très humiliants. Elle avait été *ivre*. Elle avait parlé d'une voix pâteuse à table, devant la famille de Peter et cinquante autres invités.

Le visage de Sean ne bougea pas, à part ses lèvres. Il prit un ton étonné.

— Pourquoi n'aviez-vous pas de chaperon ?

Son attitude avait changé. Il écartait les jambes, sur la défensive, comme s'il était à bord d'un bateau de son frère.

Eleanor était stupéfaite — et horrifiée. Elle se voyait sur la terrasse avec son fiancé, embrassée et demandant d'autres baisers. Ses joues étaient brûlantes.

— Qu'avez-vous vu ? parvint-elle à demander.

Elle avait été pire qu'inconvenante. Elle avait été *effrontée*. Elle avait été *osée*.

— Tout, répondit-il en se tournant pour s'éloigner d'elle.

Ses pas étaient nerveux. Eleanor s'aperçut brusquement qu'il se mouvait différemment, comme s'il était raide et courbatu.

Elle trouva une pierre et s'assit. Devait-elle tenter de s'expliquer ? Que pouvait-elle dire ?

— J'aime beaucoup Peter…

— Je m'en moque, dit-il, la surprenant par la rapidité de sa repartie.

Il s'était empourpré, lui aussi.

— C'est mon fiancé, insista-t-elle.

— Alors vous allez devenir anglaise ? demanda-t-il d'un ton railleur.

Elle secoua la tête.

— Nous vivrons dans le Yorkshire, à Chatton, mais…

— Vous avez changé ! s'exclama-t-il, et pour la première fois il haussa la voix. Vous avez détesté ces deux saisons. Ellie ne quitterait jamais l'Irlande !

Il s'arrêta, mais Eleanor n'aurait su dire si c'était parce

qu'il était fatigué d'avoir parlé si vite et si fort ou parce qu'il avait dit tout ce qu'il voulait dire.

— Je ne veux pas quitter Adare ! s'écria-t-elle.

— Alors ne le faites pas ! rétorqua-t-il d'une voix encore plus enrouée.

Il toussa et parut irrité que sa voix lui manque.

— Sait-il… que vous êtes capable… d'ôter d'un coup de fusil les bois d'un cerf… qui court dans la forêt ?

Elle était dévastée.

— Sean, arrêtez. Je vois que cela vous fait mal de parler autant.

Elle se leva, tendant la main vers lui. Mais il secoua furieusement la tête.

— Vous a-t-il vue… habillée en homme ?

Il parlait d'un ton sarcastique et courroucé.

— Vous a-t-il vue… en pantalon et en bottes, une ceinture nouée autour de la taille ?

— Sean, assez !

— Il ne veut pas d'Ellie !

— Pourquoi faites-vous cela ? supplia-t-elle.

— Il veut cette femme… la coquette !

Elle secoua la tête.

— J'ai changé. Je suis une femme, maintenant, et vous n'aviez pas le droit de me regarder embrasser Peter. Et vous avez raison — il ne me connaît pas. Mais comment avez-vous pu disparaître pendant quatre ans ? *Comment ?* Et puis vous revenez pour m'espionner ? Et vous voulez repartir — sans moi !

— Oui !

Elle leva sa main ouverte. Il lui saisit le poignet avant qu'elle puisse le gifler.

Elle n'avait pas eu l'intention de le frapper, car il était affaibli et elle l'aimait. Mais il l'avait harcelée si cruellement à propos de Peter — et Peter ne les concernait plus. Elle voulait lui dire tout cela, mais la voix lui manqua.

Car elle le regarda dans les yeux, et ils étincelaient. Et elle se rendit compte que l'éclat qu'elle y voyait n'était pas seulement de la colère, mais de la jalousie. Il n'avait pas lâché son poignet ; de fait, en l'attrapant il l'avait attirée à lui et ses cuisses étaient pressées contre ses jambes. Son cœur battait déjà à toute allure, mais là il se mit à tressauter follement, tandis qu'elle mesurait combien il était musclé. Dur… et viril. D'instinct, elle bougea et ses seins frôlèrent son torse. Leur pointe se raidit, douloureuse, et elle sentit sa poitrine se gonfler. Elle pensa qu'elle allait exploser s'il l'attirait à lui d'un pouce supplémentaire.

Il devint complètement immobile, à part son souffle court. Et à ce moment-là Eleanor s'avisa qu'elle donnerait n'importe quoi pour être dans les bras de Sean et dans son lit, l'aimant sauvagement, passionnément, sans inhibition, touchant son corps dur et meurtri partout, avec ses mains et sa bouche, et le laissant la toucher et l'embrasser de la même manière. Et il le comprit, car son regard se posa abruptement sur sa bouche.

— Vous avez raison, dit-elle dans un souffle. Peter ne veut pas d'Ellie. Mais vous, si.

Il resserra son emprise et l'attira encore plus près. La pointe de ses seins s'imprima dans son torse à travers sa camisole et sa chemise. Il élargit les yeux et la lâcha.

— Non. Ellie était une enfant. Elle n'existe plus.

Eleanor le fixa, essayant de se reprendre, pendant qu'il arpentait le sentier, tendu et ébranlé.

— Sean. Je suis là. J'ai grandi, c'est tout.

Il émit un son rauque, une tentative de rire sans joie.

Elle alla lentement à lui. Son expression se crispa et il la fixa pendant si longtemps qu'elle crut qu'il n'allait pas parler. Puis elle se rendit compte qu'il cherchait ses mots.

— Vous… appartenez… à Sinclair.

— Non ! Je vous appartiens à vous !

Il sursauta, choqué, se tourna et commença à s'éloigner rapidement.

Eleanor lui courut après et se plaça devant lui.

— Vous devez vous cacher. Je peux vous aider.

— Je me cacherai dans les bois… pour cette nuit.

— Et puis vous partirez ? A l'aube ?

Il hésita.

— Oui.

La résolution d'Eleanor se renforça. Elle aurait fait ses bagages et serait prête à partir à l'aube, elle aussi. De fait, elle tenait le début d'une formidable idée.

— Non, pas dans les bois, c'est trop dangereux.

Il la regarda, le visage méfiant.

— Vous vous cacherez dans ma chambre.

5

Tout était en jeu à présent et Eleanor le savait — la vie de Sean et sa liberté, et son propre avenir avec lui. Elle refusait de penser qu'il n'avait pas accepté de la laisser partir pour l'Amérique avec lui. Elle refusait de penser aux années qu'ils avaient partagées, pendant lesquelles il n'avait pas suggéré une seule fois qu'il pourrait lui rendre son amour. A la place, elle penserait à la façon dont il l'avait regardée et au désir qu'elle avait senti vibrer entre eux. Elle n'avait pas pu se tromper là-dessus.

Ils étaient convenus qu'il resterait dans les bois pour la journée, étant donné qu'il ne pouvait se faufiler dans la maison sans être vu, selon toute probabilité. Maintenant qu'elle savait qu'il était de retour et recherché par les autorités, elle craignait l'arrivée imminente de troupes anglaises. Il paraissait remarquablement calme et dénué de peur, affirmant qu'il les entendrait approcher bien avant qu'elles puissent le trouver. Leur plan était qu'il rejoindrait la maison pendant le dîner, quand la famille, les invités et les domestiques seraient occupés.

Eleanor avait enfin eu un moment pour assimiler tout ce qui s'était passé. Elle ne cesserait jamais d'aimer Sean, mais il était un traître en fuite, à présent. Elle savait que tous les membres de sa famille se battraient pour sa liberté et sa réputation, s'ils en avaient l'occasion. Elle savait aussi que personne, ni son père, ni sa mère, ni ses frères, n'accepterait une union avec lui, désormais.

S'il était revenu avec la même position que lorsqu'il était parti, il n'aurait pas été difficile de convaincre son père de la laisser se marier par amour. La famille de Sean était ancienne et, autrefois, ses ancêtres avaient été de grands comtes, gouvernant la moitié de l'Irlande ; mais il était né fils cadet d'un noble catholique irlandais appauvri. Son père avait loué le domaine d'Askeaton à Adare, même si ces terres avaient jadis appartenu aux O'Neill. Néanmoins, le comte aurait accordé sa main à son beau-fils, et il leur aurait donné une petite propriété. Leur vie aurait été simple, mais Eleanor ne s'en serait pas souciée.

Le comte n'approuverait jamais un tel mariage maintenant, et d'ailleurs Sean ne lui avait pas fait de demande. Personne ne la laisserait non plus s'enfuir avec lui, s'ils se doutaient de ses plans. Cela l'attristait et la bouleversait que, si brusquement, sa merveilleuse famille soit déchirée.

Mais ils passeraient la nuit ensemble, et elle pouvait à peine attendre d'être de nouveau avec lui. Il fallait qu'elle sache tout ce qu'il avait traversé. Il était devenu si distant, tel un dangereux étranger. Sa méfiance envers elle s'estomperait sûrement. Et son insistance à affirmer que Sean O'Neill était mort était absurde. Sean O'Neill était bien vivant, même s'il était maigre et meurtri, sa voix rauque et tendue. Il avait été blessé, mais il n'était pas mort. Les blessés guérissaient et Sean guérirait aussi. Eleanor comptait bien s'en assurer.

Bien qu'il ne soit qu'à une faible distance dans les bois, il lui manquait terriblement. Elle voulait s'asseoir près de lui, son bras autour d'elle, comme autrefois. Elle voulait le voir sourire et l'entendre rire. Cela faisait si longtemps !

Savait-il même que Tyrell était marié et avait deux enfants ? Savait-il que Devlin avait maintenant un fils, en plus d'une fille ? Ils avaient tant de choses à partager. Et si elle était très audacieuse, elle l'encouragerait à l'embrasser.

La tension qui l'habitait tournoya comme une folle spirale. Malgré les terribles circonstances, malgré les changements survenus en Sean, elle était *heureuse*. Il était revenu et elle ne le laisserait plus jamais repartir sans elle.

Eleanor avait atteint la terrasse et elle ralentit, regardant prudemment autour d'elle. Ses chevauchées matinales étaient généralement terminées bien avant 7 heures, avant que le soleil ait le temps de dissiper la fraîcheur de la nuit. Mais il était plus de 7 heures, à présent, et le soleil était haut et chaud. S'il était près de 8 heures, son père, ses frères et un certain nombre de leurs invités masculins prendraient leur petit déjeuner dans la salle à manger du matin. Les dames descendaient rarement avant 10 heures ou 10 h 30.

Rex, qui était assis seul sur la terrasse, apparut devant elle. Elle sursauta nerveusement. Il sourit et la rejoignit en boitant.

— T'ai-je fait peur ? demanda-t-il curieusement.

— Oui, répondit-elle avec plus de nervosité encore.

Son expression était étrangement calme et impassible. Il la parcourut du regard.

— Il semble que tu rentres un peu plus tard que d'habitude.

Il avait des soupçons, pensa-t-elle, alarmée. Rex était aussi solide et fiable qu'un roc, malgré l'humour sardonique qui était le sien maintenant. Il avait toujours été proche de Sean — ils avaient exactement le même âge. Si elle n'avait pas été déterminée à être avec Sean, elle lui aurait demandé conseil. Mais elle réprima cette impulsion. Sean avait été très clair sur le fait qu'il ne voulait impliquer personne de la famille dans sa fuite, et Rex ne souhaiterait pas plus la voir s'enfuir avec lui que le comte ou ses autres frères.

Il sourit très légèrement.

— Tu es très rouge. Il ne fait pourtant pas si chaud.

Elle déglutit avec peine, pensant à Sean qui avait tant besoin d'aide.

— Y a-t-il quelque chose que tu veux me dire ?

Elle était presque certaine qu'il la soupçonnait. Elle parvint à sourire.

— Je suis en retard, et j'ai couru depuis les écuries. La dernière chose que je souhaite est que l'un des Sinclair me voie habillée ainsi.

— Veux-tu que je m'assure que la voie est libre ? demanda-t-il.

Elle hocha la tête et prit sa main gauche, la droite étant appuyée sur sa béquille.

— Ce serait merveilleux.

Les yeux de Rex s'adoucirent.

— Viens, dit-il. Je passe le premier.

Un instant plus tard, il lui signala que le salon était désert et elle le traversa en courant, avant de s'engouffrer dans le vestibule et dans l'escalier. Une femme de chambre passait. Aussitôt, Eleanor changea les plans qu'elle avait faits avec Sean.

— Beth !

La ronde servante s'arrêta et fit la révérence.

— Milady.

Elle ne cilla pas à la vue d'Eleanor habillée en homme et debout dans l'escalier à cette heure de la journée. Beth, quoique très agréable et très serviable, était peu bavarde et avait l'esprit assez lent, un fait qui avantageait Eleanor.

Tant des domestiques se livraient aux ragots qui couraient à l'étage inférieur.

— J'aimerais que vous alliez dans la cuisine et que vous emplissiez un sac avec une miche de pain, un gros morceau de fromage — n'importe lequel —, de la viande s'il y en a et une bouteille de vin. Elle n'a pas besoin d'être fraîche.

Sean lui avait dit qu'il pouvait attendre le soir pour manger, mais elle n'allait pas lui obéir.

Beth hocha la tête.

— Du pain, du vin et du fromage, répéta-t-elle.

— Dans un sac. Si le cuisinier pose des questions, vous lui direz que c'est pour moi. Vous le laisserez dehors, à la porte de derrière de la cuisine.

Eleanor espéra que ce n'était pas trop compliqué pour Beth.

— Et n'oubliez pas la viande, s'il y en a.

La servante s'éloigna pour obéir à ses ordres.

Eleanor prit une profonde inspiration afin de se calmer. Elle était si excitée par le retour inattendu de Sean qu'elle avait du mal à penser clairement. Il avait aussi besoin de vêtements. Elle s'empressa de longer le couloir et frappa à la porte de Cliff. En tant que corsaire qui passait le plus clair de son temps en mer, chassant une fortune après l'autre, il était rarement à la maison. Elle avait appris par une femme de chambre rougissante qu'il était arrivé tard la veille, bien après minuit, mais à temps pour faire quelques parties de whist avec des invités.

Elle n'eut pas de réponse et elle poussa la porte.

La chambre était grande et luxueusement meublée, avec des murs bleus, une cheminée en marbre et un grand lit à baldaquin au milieu. Comme il y avait beaucoup de couvertures sur le lit, il était difficile de dire si Cliff était au milieu, mais il semblait l'être.

— Cliff ! appela-t-elle en marchant vers le lit.

Il s'assit en sursaut, torse nu, paraissant stupéfait de la voir, et Eleanor constata qu'il n'était pas seul. Elle se sentit rougir quand la femme qui était à côté de lui se cacha sous les couvertures.

— Tu ne frappes jamais ? s'exclama-t-il.

Comme tous les hommes de Warenne, il était grand, bien bâti et très beau. Il avait des cheveux blond foncé, comme Eleanor, mais les siens étaient éclaircis par le soleil et des années en mer. Il était aussi bronzé que les pirates qu'il pourchassait.

— Tu viens de rentrer, dit-elle. Tu ne peux pas te tenir tranquille une seule nuit ?

De tous ses frères, c'était celui qui avait la plus solide réputation de débauché.

— Tu ne vois pas que je suis occupé ? gronda-t-il. Pourrais-tu partir ?

Il rougissait. Eleanor commença à apprécier cet instant. Cliff ne se montrait jamais déconfit et elle se demanda qui était la dame. Son regard se porta vers le tas sans nom. Cliff avait cessé de s'intéresser aux femmes de chambre à l'âge de quatorze ans — quand il s'était enfui de la maison pour sa première aventure. Donc sa compagne de lit devait être l'une des invitées. Et cela en faisait une parente de Peter ou la femme d'un de ses proches amis.

— C'est assez, dit-il.

Drapant un drap autour de sa taille comme s'il avait fait cela une centaine de fois, il sauta du lit.

Eleanor recula vivement pour lui échapper.

— J'ai besoin de quelques habits.

Elle lui tourna le dos et courut dans le couloir.

— Je m'en aperçois ! grommela-t-il.

Elle garda la porte de la chambre légèrement entrouverte. Elle l'entendit enfiler son pantalon.

— Non, Cliff, j'ai besoin d'une paire de culottes, d'une chemise et d'une veste.

Au moment où elle parla, elle mesura l'erreur qu'elle avait commise dans sa hâte de voir Sean correctement vêtu, et elle se détourna.

Il vint dans le couloir et la fixa. Soigneusement, il ferma la porte derrière eux.

Elle se mordit la lèvre, prête à fuir.

— Une autre fois.

Il l'attrapa par le bras.

— Tu es à demi nu, fit-elle remarquer.

Cela lui importait peu, mais une femme de chambre passant par là s'évanouirait sûrement.

— Qu'est-ce que tu mijotes ? demanda-t-il, ignorant sa remarque. Tu te maries demain après-midi. Si cela ne suffit pas pour faire de toi une dame convenable, je ne sais pas ce qu'il faut. Ton fiancé t'a-t-il vue habillée ainsi ?

Il la jugeait. Eleanor plongea les yeux dans les siens, d'un bleu vif, en prenant un air suave.

— La femme de chambre qui t'a ouvert hier soir a dit qu'elle a d'abord cru que tu étais un bandit de grand chemin, puis un pirate.

Il croisa ses bras forts et musclés sur son torse, également fort et musclé.

— Je peux choisir de m'habiller comme un barbare, mais toi tu n'as pas le choix. En outre, je suis venu directement de mon bateau.

Elle soupira.

— Cliff, donne-moi juste les habits. Je t'expliquerai, mais pas maintenant.

Il la scruta du regard.

— As-tu des ennuis ?

Elle s'immobilisa. Cliff était venu directement de son bateau.

— Es-tu ancré à Limerick ? demanda-t-elle lentement, son cœur se mettant à tambouriner dans sa poitrine.

— Et si je le suis ?

Elle se mordit la lèvre. Cliff était le maître de ses bateaux, faisant le tour du monde depuis quatre ou cinq ans maintenant, et il avait un palmarès qui parlait de lui-même. L'an dernier seulement, il avait fait onze prises, un record stupéfiant. A vingt-six ans, il était déjà reconnu comme un des grands corsaires de son temps. Sean ne voulait pas impliquer Devlin et il avait raison — Devlin avait une femme, deux enfants et sa maison ancestrale à transmettre à son fils. Mais Cliff était un aventurier de cœur. Il n'avait pas de femme — il resterait probablement célibataire jusqu'à sa mort. Et il avait assez de courage pour dix hommes.

Il pourrait les conduire vers la liberté, pensa-t-elle. Mais comment le convaincre de la laisser partir, quand elle devait encore convaincre Sean ?

— Eleanor, dans quels ennuis t'es-tu mise ? demanda-t-il d'un ton acéré.

Elle décida de lâcher un peu de lest.

— Peux-tu me donner les habits maintenant et me retrouver plus tard ? Je te dirai tout, alors.

— Quand ? s'enquit-il, soupçonneux.

— Retrouve-moi avant le dîner dans la galerie, dit-elle.

Elle essaya de lui sourire.

— Je t'expliquerai. Mais j'ai besoin des habits maintenant.

— Tu t'enfuis, n'est-ce pas ? Tu fuis Sinclair, déguisée en homme.

— Cliff ! protesta-t-elle.

— Eleanor, tu n'as pas besoin de t'enfuir. Par Dieu, où irais-tu ? Comment vivrais-tu ? Si tu ne veux pas épouser

Sinclair, nous allons trouver le comte ensemble et le lui dire. Je te soutiendrai.

Des larmes montèrent aux yeux d'Eleanor.

— Tu aurais été mon frère préféré si tu avais été ici un peu plus souvent, murmura-t-elle.

— Laisse-moi m'habiller. Puis nous irons parler à Edward, dit-il.

Etrangement, il n'appelait son père que « le comte » ou Edward.

Elle toucha son bras.

— Je ne m'enfuis pas, affirma-t-elle — et c'était vrai, du moins pas de la manière qu'il imaginait. Je veux tout te dire, vraiment, mais je ne peux pas. Pas tout de suite.

Il l'étudia.

— Je suis troublé, je le reconnais. As-tu l'intention d'épouser Sinclair ?

Elle secoua la tête.

— Non. Plus maintenant.

Le regard de Cliff se durcit.

— Alors tu vas le planter là à l'autel ?

— Je voudrais qu'il puisse en être autrement, mais c'est impossible ! s'écria-t-elle.

— Je n'attendrai pas l'heure du dîner pour découvrir ce qui se passe, déclara-t-il d'un ton échauffé. Et ne me dis pas que tu ne t'enfuis pas. Je le vois dans tes yeux. Tu ne m'as jamais menti, Eleanor.

— Tu n'étais jamais là ! s'exclama-t-elle. J'avais dix ans quand *tu* t'es enfui. Cliff, il me faut un peu de temps. S'il te plaît. J'ai vingt-deux ans, pas deux ou trois ans ! Je sais ce que je fais. Laisse-moi emprunter les habits et retrouve-moi ce soir à 6 heures. Et ne parle de cela à personne !

Son refus se lisait dans ses yeux bleus perçants.

— S'il te plaît ! supplia-t-elle.

Il finit par hocher la tête.

— Soit, dit-il. Mais je ne suis pas content.

Elle se détourna avant qu'il puisse la voir sourire. Il n'avait pas été facile à manipuler, mais à la fin, comme toujours, elle avait eu ce qu'elle voulait.

Lorsqu'elle chevaucha dans le vallon où elle avait laissé Sean, il n'y avait aucun signe de lui nulle part. Pendant un moment son cœur s'arrêta, et elle eut peur qu'il l'ait laissée de nouveau.

Il sortit des bois.

— Que faites-vous ici ? cria-t-il d'une voix rauque. Je vous ai dit... que je viendrai à la maison ce soir !

Elle glissa à bas de son cheval, vêtue maintenant d'une tenue d'amazone de couleur sombre et coiffée d'un chapeau.

— Je ne voulais pas vous laisser mourir de faim toute la journée.

Il était en colère. Il attrapa la bride tandis qu'elle prenait le sac de nourriture accroché à sa selle.

— Sapristi ! Ellie... avez-vous été suivie ?

— Non, j'ai été très prudente.

Elle se concentra sur le sac qu'elle tenait dans ses bras. Etre de nouveau avec Sean était tout simplement ahurissant, de toutes les façons possibles.

— Il est presque midi ! s'exclama-t-il. Quelqu'un... a dû vous voir !

Elle lui jeta un regard brillant.

— Je ne suis pas sotte. J'ai plaidé une migraine pour éviter les dames et je suis allée aux écuries toute seule. Voilà. Il y a du pain, du vin, du fromage et du jambon.

Elle lui tendit le sac.

Il la fixait, alors elle lui sourit.

— J'ai des vêtements de rechange dans ma sacoche, ajouta-t-elle.

— Merci, dit-il enfin, l'air sombre.

Il s'assit par terre et ouvrit le sac. Il jeta un coup d'œil à Eleanor, puis mordit dans le fromage. En cet instant, elle mesura combien il était affamé. Elle s'immobilisa, comprenant qu'elle avait eu raison de lui apporter de la nourriture maintenant. En quelques minutes, il eut tout dévoré.

L'avait-on laissé mourir de faim en prison ? se demanda-t-elle. Elle détourna les yeux pour qu'il ne voie pas combien elle était bouleversée.

Tout à coup, il dit :

— Ellie, je ne vous ai rien laissé.

Elle inspira et se tourna vers lui en souriant.

— Je n'ai pas faim.

Il rencontra son regard.

— Vous avez toujours faim, dit-il doucement.

Le présent s'estompa et elle sut qu'il le sentait aussi. Elle avait toujours eu un énorme appétit, pour une femme, et nul ne le savait mieux que Sean. Elle songea à ces longues journées à Askeaton, quand elle travaillait à ses côtés pour rebâtir le manoir de ses ruines calcinées ; ils prenaient leurs repas assis par terre, les jambes croisées, devant la cheminée.

— J'ai pris un gros petit déjeuner, mentit-elle.

— Voulez-vous du vin ? demanda-t-il en se levant.

Cette fois, il ne faisait pas de doute qu'il se mouvait avec raideur et gaucherie, comme s'il souffrait.

— Non, merci, répondit-elle.

Il déboucha la bouteille avec une dague très effrayante. Puis il hésita et la regarda. Elle comprit.

— Cela ne me fait rien — vous ne m'offenserez pas en buvant à la bouteille.

Il hocha la tête et leva la bouteille. Une expression de pur plaisir passa sur son visage et elle soupçonna qu'il n'avait pas bu une gorgée de vin depuis des années. Son cœur se fendit pour lui. Le gentleman était toujours là, dans le fugitif, et il essayait de réapparaître, que Sean le sache ou pas.

Elle saisit l'occasion pour profiter de le regarder, et savourer cet instant. Il était peut-être plus maigre qu'avant, mais il avait toujours été le plus bel homme qu'elle avait jamais vu, et cela n'avait pas changé. Les angles de son visage étaient peut-être plus durs et plus aigus, mais ses traits étaient toujours parfaits. Quand ils étaient enfants, il était si beau, alors qu'elle était si ordinaire, qu'on les taquinait à ce sujet.

Et d'une certaine façon, son corps était parfait, lui aussi. Comme il n'avait pas de graisse, chacun de ses mouvements provoquait une réaction captivante de ses muscles et de ses tendons sous sa peau mate. On ne pouvait se tromper sur la dureté et la force de son corps. Le regard d'Eleanor glissa jusqu'à ses hanches minces et elle se rappela les fois où elle l'avait si impudemment espionné pendant qu'il faisait l'amour aux filles du village. Sean avait été un vaurien, quand il était jeune homme, et elle avait aperçu bien plus de son corps nu qu'elle ne l'aurait dû. Elle leva les yeux, consciente qu'elle rougissait, songeant qu'il était extrêmement viril et se rendant vaguement compte qu'il s'était figé. Qu'est-ce que cela serait de le goûter ? Qu'est-ce que cela serait d'être embrassée par lui — vraiment embrassée ?

— Ne faites pas cela, l'avertit-il soudain.

Elle se tendit et leurs regards se joignirent.

— Je… je ne fais rien.

Elle s'éclaircit la gorge.

— Sean, êtes-vous blessé ? Vous boitez presque.

— Je suis fatigué, répondit-il lentement. J'ai les muscles à vif.

Elle essaya de s'imaginer passant deux ans dans une cellule sans pouvoir marcher ou monter à cheval. D'une certaine façon, Sean et elle se ressemblaient — ils n'aimaient pas rester à l'intérieur.

— Vous avez besoin de vous reposer.

— Vous devez… rentrer à la maison. Votre conduite ce matin… a été trop risquée.

— Je voudrais d'abord vous parler, dit-elle d'un ton sérieux.

Il la regarda avec méfiance. Elle se raidit. Pourquoi se gardait-il d'elle ?

— Sean, je suis de votre côté — seulement de votre côté. Vous le savez, n'est-ce pas ?

Il resta rigide et ne réagit pas, au début.

— Ellie… Ce n'est pas une bonne idée… que vous m'aidiez.

Elle avait mieux à faire que de discuter.

— Cliff est rentré, hier soir.

L'expression de Sean se détendit.

— Comment va-t-il ? Court-il toujours les Indes occidentales et l'Afrique de l'Ouest, combattant des pirates… faisant des prises… transportant du vin et de la soie… séduisant des princesses de Habsbourg ?

— A-t-il vraiment séduit une princesse autrichienne ?

Eleanor sourit. Cela ressemblerait à son dévoyé de frère.

— Oui, il n'est jamais à la maison, toujours en mer. Il a amassé une fortune, je pense. Il n'a pas beaucoup changé, autrement.

La bouche de Sean remua, comme s'il voulait sourire.

— C'est bien... Cliff est peut-être un vaurien, mais c'est le benjamin. Il peut faire ce qui lui plaît... Il a de la chance.

— Comme vous avez fait ce qui vous plaisait ? s'entendit-elle demander, pensant à la nuit où il était parti.

Il crispa la mâchoire et se détourna d'elle. Elle le prit par le bras.

— Je suis désolée !

La tension le fit frémir tandis qu'il lui refaisait face, retirant son bras.

— Je suis désolé... de vous avoir blessée.

Elle se figea.

Le regard de Sean passa de ses yeux à sa bouche et remonta vers ses yeux.

— Je... ne le referais pas.

— Je suis si heureuse que vous soyez revenu !

Elle fut à deux doigts de se tendre vers lui, de prendre son beau visage entre ses mains. Il dut sentir ce qu'elle voulait faire, car il s'éloigna, l'observant avec attention.

Elle humecta ses lèvres.

— Cliff a des bateaux.

Les yeux de Sean étincelèrent.

— Il a de rapides bateaux de combat. Il en a un à Limerick. Sean, il peut nous aider à quitter le pays !

Il la saisit par les épaules avant qu'elle se rende compte qu'il était revenu vers elle.

— Que lui avez-vous dit ? demanda-t-il, la relâchant aussitôt.

— Je ne lui ai rien dit du tout ! s'écria-t-elle. Mais il a deviné que je suis sur le point de m'enfuir. Il pense que je ne veux pas me marier — et il a raison.

Sean la fixa.

— Je ne pense pas.

— Je vous demande pardon ?

Elle était déconcertée.

— Si vous ne voulez pas de Sinclair, pourquoi… étiez-vous dans ses bras, hier soir ?

Elle sentit ses joues s'enflammer. Sean n'avait pas mis de distance entre eux. Son regard était rivé sur le sien. Le désir envahit Eleanor.

— Je voulais savoir…, murmura-t-elle en humectant ses lèvres sèches, ce que c'est que d'être embrassée.

Les yeux argentés de Sean brillèrent.

Elle pria qu'il l'embrasse.

— Ne faites pas cela, dit-il d'une voix tendue. Ne vous jouez pas de moi… comme vous vous jouez de Sinclair !

Sa poitrine se soulevait et s'abaissait rapidement.

Pendant un instant, elle avait cru que Sean allait l'embrasser. Elle écarta sa remarque, car elle ne voulait même pas essayer de la déchiffrer.

— Je suis une femme, maintenant, insista-t-elle. Sean, vous pouvez sûrement le voir !

Il leva la main comme pour la retenir. Elle tremblait.

— Pourquoi n'écoutez-vous pas ? Pourquoi me regardez-vous ainsi ? Je ne veux pas… qu'on se joue de moi, Eleanor !

— Je n'ai aucune idée de ce que vous voulez dire. Je ne me joue ni de vous ni de personne, Sean. Vous m'avez terriblement manqué.

— Mais vous ne voulez pas écouter ! Je ne suis pas cet homme… Je ne suis pas lui.

Elle secoua la tête.

— Je ne le croirai jamais.

— Quoi que vous vouliez, je ne peux pas vous le donner. Cessez de me regarder ! s'écria-t-il, à bout.

— Je ne peux pas. Vous devez savoir combien vous m'avez manqué et combien je vous aime.

A l'instant où elle eut confessé ses sentiments, sans le vouloir, elle s'empourpra.

Les yeux de Sean s'élargirent, à la fois de fureur et de surprise. Sa voix s'enroua.

— Retournez auprès de Sinclair, Eleanor... Votre avenir est en *Angleterre*. Votre avenir est *avec lui*.

— Non. Il est avec vous, en Amérique ou là où vous déciderez d'aller !

Il tremblait, mais elle aussi.

— Vous êtes si obstinée... si têtue... une enfant gâtée ! J'avais oublié combien vous pouvez être... impossible.

— Et vous perdez votre temps à essayer de me convaincre que vous êtes une sorte de criminel, une sorte d'homme horrible !

Mais les mots de Sean l'avaient profondément blessée. La voyait-il vraiment comme une enfant gâtée ? S'était-elle trompée en croyant qu'il la voyait comme une femme — une femme qu'il désirait ?

Un masque dur et froid se posa sur le visage de Sean.

— Je suis un criminel... Je suis un meurtrier... un hors-la-loi.

Elle secoua la tête.

— Pourquoi faites-vous cela ? Voulez-vous que j'aie peur de vous ?

— Vous devriez avoir peur de moi, dit-il, son regard se fixant sur sa bouche, son corps entier agité de tremblements.

Alors il n'y eut plus de place pour le doute. Son expression était celle d'un mâle, intense et brûlante. Elle était crue et élémentaire, mais claire. Et Eleanor comprit ce qu'étaient ses tremblements — des tremblements de désir. Elle réagit sans réfléchir, tendant lentement la main vers lui, la portant à son visage, à sa bouche.

— Peu m'importe que des soldats soient morts à cause de vous. Peu m'importe que vous ayez soyez allé en prison, que vous vous soyez échappé et que vous soyez un fugitif, à présent. Je n'aurai jamais peur de vous, Sean.

— Alors vous êtes une sotte, rétorqua-t-il âprement.

Il écarta sa main de sa bouche, mais la tint serrée entre eux et les jointures des doigts d'Eleanor effleurèrent son torse.

— Quand comprendrez-vous ? Sean a disparu. Mais moi je suis là. Vous pouvez vous appeler Ellie... ou Eleanor, cela m'est égal. J'ai été enfermé pendant deux ans. Me tenter maintenant... n'est pas une bonne idée. Vous *devez* avoir peur de moi. Vous devez avoir peur de moi *maintenant*.

Il fallut un moment à Eleanor avant qu'elle comprenne ce qu'il voulait dire. Et parce que les yeux de Sean étaient brûlants, parce qu'elle y vit un désir sauvage, elle se crispa.

— Oh, mon Dieu ! Essayez-vous de me dire que vous n'avez pas de sentiments pour moi, que vous avez simplement besoin d'utiliser une femme, n'importe quelle femme, en cet instant ?

Il la fixa, puis sa bouche et ses yeux se durcirent. Il hocha la tête.

— Oui.

Sa cruauté la pénétra comme un couteau.

— Je ne vous crois pas, dit-elle dans un souffle.

Il ne pouvait avoir changé à ce point.

— Vous ne vous serviriez jamais de moi. Vous *mourriez* avant de vous servir de moi.

L'emprise de Sean sur sa main se resserra douloureusement, et pendant un moment elle fut sous le choc. Etait-il devenu un complet étranger, un étranger effrayant, finalement ? Mais tout ce qu'il fit fut de parcourir des yeux son costume d'amazone marron foncé, comme s'il l'arrachait de son corps.

— *Sean* mourrait d'abord, dit-il doucement, cette précision fort claire.

— Non.

Elle n'essaya pas de se libérer, car tous ses instincts lui disaient qu'elle n'y arriverait pas.

— Vous êtes peut-être un traître, mais vous n'êtes pas un monstre. J'ignore pourquoi vous voulez que je pense autrement, mais je le refuse.

Il la lâcha et lui décocha un regard dur et coléreux.

Elle se détourna et s'éloigna de lui, plus ébranlée qu'il ne pouvait le savoir. Elle ne parvenait pas à respirer, mais elle ne croirait jamais que Sean pourrait lui faire du mal. Il avait été son protecteur, son sauveur, son ami. Mais il avait changé. La question était de savoir à quel point, et si c'était irrévocable. Elle s'appuya à un arbre, le souffle court. Pendant un moment, si elle voulait être honnête avec elle-même, elle n'avait pas été sûre de ce qu'il ferait. Elle voulait que Sean O'Neill la désire, qu'il lui fasse l'amour ; elle le voudrait toujours. Et elle était déterminée à se débarrasser du félon qui avait pris la place de Sean.

Tout à coup, il fut derrière elle.

Elle se raidit, mais ne bougea pas.

Un moment interminable s'écoula avant qu'il parle à son dos. Son haleine caressa sa nuque, son oreille.

— Je pensais ce que j'ai dit. Vous devez être effrayée… et vous devez partir.

Elle lutta pour respirer. Elle lutta pour lui, pour eux.

— Je n'ai pas peur de vous, Sean. Et si vous me voulez de cette façon, c'est parce que je suis à la fois Ellie et Eleanor, pas parce que vous êtes un fugitif ayant un besoin pressant d'une femme.

Il émit un son dur.

— Il faut… que vous renonciez.

Elle se tourna et se retrouva face à lui, son torse à quelques pouces d'elle.

— Je ne renoncerai pas à vous.

Le regard de Sean vacilla.

Elle eut besoin de courage pour lever la main. Elle caressa la cicatrice sur sa joue pour lui prouver qu'il n'avait pas réussi à l'écarter.

— Vous ne mordez pas, après tout. Je vous connais mieux que vous ne vous connaissez vous-même.

Il bougea brusquement son visage pour échapper à sa main.

— Vous pleurez… de nouveau.

Elle ne s'en était pas rendu compte. Elle laissa retomber sa main sur son côté.

— Vous souffrez — et je souffre aussi quand je vous regarde.

— Je ne veux pas de votre pitié ! se récria-t-il.

— Ce n'est pas de la pitié. J'ai mal pour vous et pour tout ce que vous avez subi. Et quand vous me laisserez faire, je vous réconforterai.

— Je ne serai pas là, dit-il sombrement.

Prudemment, elle rencontra son regard. Comment pouvait-elle l'atteindre ? Pas l'homme qu'il affirmait être, mais celui qu'il était vraiment ?

— Vous rappelez-vous la première fois où je suis tombée de ce vieux poney gallois ?

Observant son visage, elle vit ses yeux s'éclairer.

Il se souvenait, pensa-t-elle, transportée.

— J'étais tellement offensée qu'il ne veuille pas sauter cette bûche. Je voulais montrer mes talents de cavalière, mais je n'avais que quatre ou cinq ans.

Sean détourna les yeux, le regard impénétrable.

— Je ne me souviens pas.

Il s'était souvenu, elle le savait.

— J'ai essayé de lui faire sauter cette bûche, mais il a renâclé et s'est arrêté. Je suis passée par-dessus sa tête.

Sean s'éloigna d'elle, son corps frémissant à chaque pas. Puis il marmonna :

— Je me rappelle ce poney. Il était trop vieux pour sauter un brin d'herbe, et encore moins une bûche.

Eleanor rit.

— Oui. Je l'adorais.

Il se tourna, la bouche soudain adoucie.

— Oui, vous l'adoriez.

Il s'arrêta. Elle le contempla. Il déclara d'un ton délibéré :

— Il ne sert à rien d'évoquer le passé.

Elle n'était pas d'accord. Il avait souri, peut-être pas visiblement, mais dans son cœur elle l'avait senti.

— Vous m'appeliez mauvaise herbe, ce que je détestais, et vous me tiriez les oreilles quand j'étais vraiment embêtante. Vous me poursuiviez dans toute la maison.

— Je ne m'en souviens pas, dit-il, un muscle tressaillant sur sa mâchoire.

— Une fois, je me suis cachée au grenier. Vous ne m'avez pas trouvée. L'heure du dîner est arrivée et cela a été le branle-bas de combat au rez-de-chaussée. Père était furieux que j'aie disparu.

Elle rit presque.

— Il s'est mis en colère contre vous, Sean, alors que j'étais coupable. Vous avez été puni, je crois qu'il vous a supprimé votre cheval pendant une semaine. Quand je suis enfin sortie de ma cachette, on m'a câlinée et embrassée.

— Vous aviez six ans et tout le monde vous mangeait dans la main.

— Ainsi vous *pouvez* vous rappeler le passé, quand vous voulez.

— Mais je ne veux pas m'en souvenir… D'aucune partie.

Il était irrité et sa voix se faisait épaisse.

Eleanor s'immobilisa. L'angoisse de Sean était manifeste.

— Laissez-moi vous aider.

— Vous m'avez aidé. Vous avez apporté de la nourriture… des vêtements.

— Vous n'avez jamais eu plus besoin de moi, déclara-t-elle avec une détermination farouche. Je ne vous abandonnerai pas maintenant, quand vous êtes dans de tels ennuis.

Il lui jeta soudain un regard acéré et elle se rendit compte que ses mots avaient été malheureux. Car elle pouvait ressentir tous ses besoins, maintenant. Ayant grandi avec trois frères très virils, un beau-frère tout aussi viril et Sean, elle comprenait que les besoins d'un homme étaient très différents des siens — ils le consumaient. Et un plan terrible lui vint à l'esprit.

— Peut-être que je me souviens que je vous appelais mauvaise herbe. Je vous appelais aussi « la gamine ».

Il arpentait la clairière.

— Vous changez de sujet.

Elle déglutit.

— Nous pourrons continuer à évoquer le passé ce soir. Je ferais mieux de rentrer à la maison avant qu'on se rende compte de mon absence.

Le visage de Sean se ferma davantage encore.

— Ce n'est pas la meilleure des idées… Je ferais mieux de rester dans les bois… Je peux voyager de nuit.

Eleanor fut alarmée.

— Non !

Elle se rua vers lui.

— Sean, il y a tant de choses à discuter ! Tant de choses se sont passées depuis que vous êtes parti ! Vous ne voulez pas que je vous parle du mariage de Tyrell ? Et Galant est un champion. Vous le rappelez-vous ? C'était un poulain maladroit, quand vous êtes parti. Sean — vous pouvez prendre un bain. Dans de l'eau chaude et mousseuse. J'ai déjà commandé un repas — du faisan, du jambon et de la morue, du saumon et de la pintade rôtie. Il y a un vin de Bourgogne que vous adorerez !

Il était pâle.

— Vous voulez me soudoyer ?

— Si c'est ce qu'il faut, répondit-elle fermement.

— Je suis tenté… mais ma réponse est non. Je pars… et je ne reviendrai pas.

Avec précaution, elle prit sa main. Il sursauta ; elle l'ignora. Elle n'avait jamais été aussi déterminée.

— Pensiez-vous ce que vous avez dit tout à l'heure ? Avez-vous vraiment été chaste pendant deux ans ? demanda-t-elle doucement.

Il s'écarta brusquement.

— Par tous les diables…

Elle sentait son corps lourd et dense, à l'intérieur.

— Je crois que vous aviez quatorze ans quand vous avez eu votre première maîtresse. Je sais — j'étais là.

Le visage de Sean était rigide.

— Bien sûr que vous le savez. Vous m'espionniez… comme d'habitude.

— Et à partir de ce moment-là, il y a eu de si nombreuses amourettes.

Elle avait la voix rauque. Son pouls avait ralenti.

— Deux ans ? Je ne puis vous imaginer sans une femme pendant si longtemps.

Elle s'était surpassée. Elle était devenue une séductrice au sens le plus ancien du terme.

Il rougissait et restait rigide.

— Pourquoi faites-vous cela ?

— Comment avez-vous fait ? Rêviez-vous d'une amante ? murmura-t-elle, les joues brûlantes. La nuit, sentiez-vous les caresses d'une femme, son corps doux ?

Il se contenta de la fixer, mais ses yeux gris flamboyaient.

— Peut-être que c'était de mon corps que vous rêviez. De mes caresses…

Il tressaillit.

— Vous savez ce que je ressens pour vous, ajouta-t-elle à voix basse. Alors venez à la maison ce soir, Sean. Je m'occuperai de vous.

Elle sut qu'elle avait gagné, car sa faim était là, entre eux, intense et grandissante.

6

Sean faisait le même rêve chaque nuit. Il l'avait fait si souvent qu'il savait qu'il rêvait à l'instant où il commençait, mais cela ne diminuait pas sa panique, sa peur, son horreur. Paralysé, il ne pouvait que voir défiler les événements de cette maudite nuit, impuissant à empêcher le massacre des villageois et le meurtre de sa femme et du fils de cette dernière.

Peg lui souriait, mais la question était toujours là dans ses yeux pâles : pourquoi ne m'aimes-tu pas, Sean ?

Il voulait aller à elle, implorer son pardon et lui dire qu'il l'aimait, même si c'était un mensonge. C'étaient les circonstances qui avaient fait qu'il l'épouse, et ils le savaient tous les deux.

— Quand me rendrez-vous mon bateau ?

Michael apparaissait, la peau étrangement grise, ses cheveux, autrefois roux, presque noirs.

Sean l'avait puni ce soir-là pour avoir été grossier avec sa mère, en lui prenant le jouet sculpté. C'était un cadeau de son père, un marin qui avait disparu en mer. Le petit jouet était encore dans sa poche alors qu'il dormait. Il n'eut pas l'occasion de répondre.

La foule des villageois en colère surgissait et il savait qu'il devait les empêcher de marcher sur la propriété de lord Darby. Il savait ce qui se passerait s'ils atteignaient les grilles. Il le savait parce qu'il avait été là, pas seulement trois ans plus tôt, lors de cette terrible nuit, mais enfant, le jour où son père avait conduit une foule identique contre les Anglais. Il essayait de leur dire que rien de bon ne pouvait sortir de cela, mais sa voix lui manquait – il ne pouvait prononcer les mots. Sa panique grandissait. Il tentait de saisir le bras de Boyle, le père de Peg, mais il n'y faisait pas attention. Il essayait d'attraper Flynn, mais il disparaissait devant ses yeux et la propriété brûlait, les soldats étaient là et il était là aussi, sa dague plongée dans le ventre d'un habit rouge, un jeune garçon. Puis le garçon le regardait, les yeux dans les yeux, avec une question muette : pourquoi ? Et quand Sean le reposait par terre il se retrouvait face aux yeux bleus étincelants d'un officier britannique. Le colonel Reed le fixait d'un air haineux.

Sean comprenait ce que Reed voulait faire. Il essayait de le poursuivre, mais l'officier s'éloignait au galop et il ne pouvait le rattraper. Les jours passaient et il courait comme un fou vers le cottage où il avait caché sa famille. Tout en courant, il savait ce qu'il allait trouver et il était malade de terreur et de désespoir. Trop tard, il était là, mais la maison était un brasier infernal, trop tard, il hurlait en les appelant tous les deux, mais Michael n'était nulle part et, quand il découvrait Peg, c'était pour la tenir mourante dans ses bras…

Sean cria et s'assit, la sueur ruisselant sur son corps.

Pendant un moment, il fut ailleurs, dans les Midlands, dans un petit village affamé à quelques milles de Kilvore.

Pendant un moment, il y eut de la fumée et du feu, des cris, un bruit de sabots qui s'éloignaient, et il s'étouffa, sanglotant sur sa femme mourante et leur enfant perdu. Il essaya d'inspirer de l'air.

Sa raison lui revint, le ramenant à la réalité. Il n'était pas à Kilvore. Il n'était pas à côté de l'enfer de flammes où sa femme était morte. Il se mit sur ses pieds. Il se tenait seul dans les bois. Le cheval qu'il avait volé la veille à Cork paissait à quelque distance de là, les jambes entravées pour qu'il ne puisse pas s'en aller.

Sean tremblait violemment et il savait qu'il ne pouvait pas s'arrêter. Il pouvait juste attendre que les tremblements passent. Il marcha jusqu'au bord du vallon, s'agenouilla et vomit.

Il s'assit sur ses talons, fermant les yeux, se rappelant qu'il était à Adare. Sa maison — la maison où il avait été élevé depuis l'âge de huit ans — était de l'autre côté des bois. Dans l'immense demeure il y avait le comte, qu'il aimait comme un père, sa mère, son frère et ses beaux-frères.

Ellie y était, aussi.

Mais elle n'était plus Ellie. Ses entrailles se contractèrent. Son cœur tressauta. La panique arriva, et elle était si forte qu'il ne pouvait même pas essayer de la nier.

Elle était devenue une très belle femme, une femme qu'il reconnaissait à peine. Mais elle était toujours obstinée et intrépide, même si l'enfant dégingandée avait disparu. Il pouvait se dire qu'il était naturel pour lui, dans son état de privation, de réagir à son corps, à sa beauté. Toutefois, il n'avait pas vraiment remarqué les femmes qu'il avait croisées dans les rues de Cork. Même la jolie fille du cordonnier n'avait suscité en lui qu'un intérêt vague et passager.

Il avait pensé chacun de ses mots quand il lui avait

dit qu'elle devrait avoir peur de lui. Il voulait qu'elle le craigne, qu'elle redoute sa concupiscence et les Anglais qui étaient après lui — il voulait la chasser. Il détestait la façon dont elle le regardait. Il détestait qu'elle semble toujours l'aimer, peut-être plus que jamais. Mais elle avait refusé d'être effrayée et elle ne paraissait pas le fuir. Pire, elle lui avait offert *son lit*.

Peut-être que c'était lui qui avait peur d'elle.

Elle lui avait offert son corps.

Mais il n'accepterait jamais son offre, même si le seul fait d'y penser accroissait son désir. Il n'irait pas à la maison ce soir-là, parce que sa proposition était accompagnée de liens. Il pouvait essayer de se convaincre qu'Ellie avait disparu, mais ce n'était pas vrai. Elle le vénérait toujours, et il voyait son amour chaque fois qu'il la regardait dans les yeux. Elle était peut-être prête à lui donner son corps, mais elle voulait son cœur en retour.

Et cela n'arriverait jamais.

Bien qu'il soit certain que Sean O'Neill était mort et enterré, une part de lui subsistait, car il ne pouvait pas se servir d'elle, même s'il en avait désespérément envie. Et c'était seulement en partie parce qu'elle appartenait maintenant à un autre homme. Il ne voulait pas la faire souffrir plus qu'il ne l'avait déjà fait.

En outre, il partait et elle épousait cet autre homme. Dieu, qu'il haïssait Sinclair ! Cependant il avait su, depuis qu'il avait été assez grand pour comprendre la politique des dynasties, qu'Ellie se marierait pour un titre et, si possible, une fortune. Et il avait l'impression de pouvoir exploser. Il avait l'envie folle d'arrêter le mariage. Pire, son corps brûlait d'accepter son offre condamnable et de coucher avec elle. Il ne se comprenait plus lui-même.

A la place, il combattit cette colère inexplicable. C'était une très bonne union, bien que Sinclair soit anglais. Et lui partait pour l'Amérique, de toute façon. Il était absolument impossible qu'elle vienne avec lui. Parce qu'on le poursuivrait et que, s'il était pris avec elle, elle pourrait subir le même sort que Peg.

Il s'agenouilla et vomit de nouveau.

D'où lui était venue cette idée ? Il se le demanda, se sentant la tête vide tandis qu'il s'appuyait à un arbre. Il n'emmenait pas Ellie avec lui parce qu'il n'était pas assez pourri pour faire d'elle sa maîtresse, et qu'il ne se remarierait jamais. Il n'emmenait pas Ellie avec lui parce qu'elle méritait son héritier titré, sa fortune et un avenir empli de paix.

Je viens avec toi.

Je veux aller chasser, moi aussi !

Sean se tendit. Un souvenir qu'il ne voulait pas accueillir le menaçait.

Les cheveux nattés et habillée pour monter à cheval, elle avait un regard noir et tapait du pied. Il soupira. Il avait su que cela arriverait si elle apprenait qu'ils partaient chasser deux jours. Il avait prié Tyrell de ne pas lui mentionner leur expédition de chasse. Cette semaine, en particulier, il n'avait pu la détacher de lui plus de quelques minutes.

— Tu as neuf ans et tu es une fille, même si tu sembles souhaiter être un garçon. Tu ne viens pas avec nous, dit-il fermement.

— Si, je viens, affirma-t-elle en tapant de nouveau du pied. Et qu'est-ce que cela fait si je voudrais être un garçon ? Etre une fille est stupide ! Je déteste les poupées. J'aime la chasse ! J'aime la pêche ! J'aime les vers ! Je ne suis pas trop jeune — père t'a emmené chasser quand tu avais neuf ans !

— Comment le sais-tu ? Tu étais un bébé, alors.

Agacé, il se tourna et entreprit de quitter sa chambre. Elle le suivit.

— Je le lui ai demandé, et il me l'a dit.

Il s'arrêta net et elle lui rentra dans le dos.

— Est-ce que quelqu'un t'a déjà dit que tu es trop maligne pour ton propre bien ? Tu ne viens pas, Ellie. Si tu ne fais pas attention, tu vas te changer en garçon — et tu mourras vieille fille !

Elle se mit à pleurer.

— Je déteste être une fille ! J'espère que je pourrai devenir un garçon pour être comme toi.

Il n'y avait rien à répondre à cela. Pire, il se sentait désolé pour elle et fautif de se montrer cruel, alors il leva les yeux au ciel et partit. Etonnamment, quelques heures plus tard, quand les chasseurs s'en allèrent, il n'y avait aucun signe d'Ellie. Il se demanda s'il était possible qu'elle ait renoncé, mais il en doutait fortement. Boudait-elle dans sa chambre ? Pleurait-elle encore ? Son cœur frémit. Ses larmes étaient généralement de la comédie, mais il détestait malgré tout la voir pleurer.

Quelques heures plus tard, ils étaient à de nombreux milles d'Adare. Ils s'étaient arrêtés pour se reposer, abreuver les chevaux et prendre un rafraîchissement. Sean avait oublié Ellie tandis que Cliff les régalait de l'histoire de sa dernière conquête — la dame ayant six ans de plus que lui et étant la femme de l'un des amis d'un certain âge de leur père. Mais alors le gros poney rouge d'Ellie arriva dans le campement, sans sa cavalière.

La peur le paralysa un instant.

Ils se séparèrent pour la chercher. Il était assailli d'images d'elle gisant sur le sentier, le cou brisé — l'une des causes mortelles les plus courantes. C'était sa faute, ne cessait-il de penser, et il pria qu'elle soit saine et sauve. Si quelque chose de grave lui était arrivé, il ne se le pardonnerait jamais…

Il la découvrit marchant le long du sentier, sale et l'air malheureux, mais indemne. Quand elle le vit, son visage s'éclaira comme un phare et elle cria, courant vers lui, les bras tendus.

Il sauta à bas de son cheval et se précipita vers elle, la serrant très fort dans ses bras.

— A quoi as-tu pensé ? s'écria-t-il, presque en colère.

Puis il lui prit la joue.

— Est-ce que tu vas bien ?

Elle hocha la tête, les yeux énormes et sérieux.

— Sean, je me suis endormie !

Il ne put croire qu'elle se soit endormie sur son poney. Il la reprit dans ses bras, la tenant étroitement.

— Dans une heure il fera nuit, et il y a des chats sauvages et des loups, par ici, dit-il d'une voix rauque. Ellie, promets-moi de ne plus jamais être aussi sotte.

Elle le regarda gravement.

— Je voulais juste venir avec toi.

Sean s'assit au pied d'un arbre. Il n'avait plus quinze ans et elle n'en avait pas neuf. Jadis, elle l'avait manipulé aussi aisément qu'il pouvait siffler et appeler son chien en claquant des doigts. Ces jours-là étaient terminés. Personne ne pouvait le manipuler maintenant, et encore moins Ellie — surtout parce qu'elle n'était plus cette agaçante enfant.

Vous savez ce que je ressens pour vous. Venez à la maison ce soir et je m'occuperai de vous.

Il se leva, instantanément et douloureusement excité, s'étouffant à moitié. On l'avait beaucoup trop gâtée quand elle était petite. Il eut soudain envie de lui tirer les oreilles, comme si cela pouvait la remettre dans le droit chemin. Mais elle n'avait jamais essayé d'être une dame en grandissant et, manifestement, rien n'avait changé. Les conventions ne l'intéressaient pas et elle choisissait d'ignorer ce qui était convenable. Pas étonnant que Sinclair soit amoureux.

Il couvrit son visage de ses mains. Il fallait que quelqu'un la maîtrise d'une main de fer. Jadis, ce quelqu'un aurait été lui. Mais elle avait un père et trois frères pour prendre la relève. L'un d'eux, ou même Devlin, devait lui parler sérieusement. Aucune femme de sa position et de son rang ne devait faire une proposition aussi indécente à un homme. Ce genre de discours était tout simplement dangereux.

A quoi avait-elle pensé ?

Vous savez ce que je ressens…

Venez à la maison ce soir…

Sean regarda sa monture. Il devrait enfourcher son cheval et partir le plus vite possible d'Adare.

Il n'irait pas à la maison ce soir-là.

Même si cela signifiait qu'il ne la reverrait jamais.

— Rex, dit Cliff.

Il s'arrêta sur le seuil de la petite bibliothèque. Rex lui tournait le dos et contemplait la cheminée vide. Il était visiblement troublé et en train de ressasser ses pensées.

Mais il se tourna dès qu'il entendit la voix de son frère, souriant, et boita vers lui. Ils s'étreignirent, se donnant de fortes tapes dans le dos.

— Comment vas-tu ? demanda Cliff.

Il n'avait pas été à la maison depuis plus d'un an et, à

cette époque, Rex n'était pas à Adare — même s'il l'avait vu à Londres l'hiver précédent.

— Je vais bien. Et tu as l'air bien, dit Rex en le jaugeant de haut en bas. Même tes beaux habits ne peuvent cacher le fait que tu es devenu un païen, Cliff.

Cliff rit. Il savait qu'il avait les cheveux trop longs, mais à part ça il ne comprenait pas pourquoi les gens trouvaient qu'il ressemblait à un barbare ou à un Maure à la peau dorée. Personne ne savait qu'il vivait avec un couteau dans sa ceinture, un stylet dans sa manche et une dague dans sa botte — même en tenue habillée il ne portait jamais de chaussures.

— Je pense que tu te fais des idées. Que se passe-t-il en Cornouailles ?

Rex secoua la tête.

— Absolument rien.

Cliff alla à une desserte et servit deux bourbons.

— Alors pourquoi y passer la majeure partie de ta vie ? Je deviendrais fou d'ennui.

— J'ai apporté des améliorations à la propriété. C'est ma vie, dit Rex en acceptant la boisson.

Cliff savait que Rex et lui étaient aussi différents que le jour et la nuit. Néanmoins, il ne comprenait pas comment quelqu'un pouvait vouloir s'isoler dans un domaine au milieu de nulle part.

— J'espère que tu as une belle maîtresse pour réchauffer ton lit.

— J'ai des servantes dociles, répondit Rex. Je ne peux espérer séduire une beauté.

Le sourire de Cliff s'estompa. Il ne pouvait s'imaginer ayant une liaison avec une femme de chambre. La veille, il avait aperçu lady Barton jouant au whist et s'était arrangé pour jouer quand son partenaire avait décidé de se retirer. Un rapide badinage avait produit exactement le résultat qu'il recherchait. Si une femme n'était pas extrêmement belle, il n'était pas du tout intéressé. Peut-être qu'il devrait procurer une belle courtisane à son frère. Cela l'aiderait sûrement à passer le temps.

— Pourquoi me fixes-tu ainsi ? demanda Rex. Tu es riche et beau. Tu n'as pas besoin de payer les services d'une femme. Moi si.

Cliff prit une décision. Il enverrait un cadeau à Rex, un cadeau fort charmeur et de belle allure.

— Si tu es déterminé à être un gentleman farmer, je n'essaierai pas de t'en dissuader. Et certaines femmes t'ont trouvé infiniment plus séduisant que moi.

C'était la vérité. Rex ne se jugeait certainement pas handicapé à cause de sa jambe amputée ?

Rex secoua de nouveau la tête.

— C'est de l'histoire ancienne, mon frère. Et c'était mon uniforme qu'elles admiraient.

Cliff avait des doutes, même si Rex avait raison sur un point : les dames avaient adoré n'importe quel soldat en uniforme pendant la guerre, surtout un officier de cavalerie.

— Je flaire une manigance, reprit abruptement Rex. J'espère qu'elle ne me concerne pas. Tu as toujours été trop intrépide pour ton propre bien. Je suis stupéfait que tu restes en vie, étant donné ta position actuelle.

Cliff n'avait pas l'intention de mentionner le cadeau qu'il comptait faire à son frère. Ce serait une surprise.

— Comme corsaire ?

C'était ainsi qu'il préférait s'appeler s'il était besoin d'une étiquette, et c'était nécessaire en société.

— Comme chasseur de pirates, à un cheveu de se noyer ou d'être pendu, dit Rex.

Cliff sourit largement, dévoilant ses dents blanches.

— En Barbarie, ils décapitent leurs ennemis. Les Maures

et les Turcs le font aussi. Les Espagnols ont un nouveau tour — cela s'appelle marcher sur la planche.

— Comme c'est plaisant pour toi.

Rex s'assit et étendit sa jambe gauche. Il massa distraitement le reste de sa jambe droite, qui s'arrêtait au-dessus du genou.

— Eleanor et toi êtes tellement semblables.

Il paraissait songeur.

Cliff prit un siège avec fougue.

— Bien ! Le sujet précis dont j'aimerais discuter.

— Les ressemblances que tu partages avec notre sœur ?

— Ainsi il te reste un peu d'esprit. Non, frère, je voudrais parler de notre petite sœur et de son prochain mariage.

Rex sourit, mais ce sourire n'atteignit pas ses yeux.

— Tu veux que nous comparions nos vues ?

— Certainement, déclara Cliff d'un air sombre.

Eleanor avait commencé à faire ses bagages, prévoyant de ne prendre avec elle qu'un petit sac. Mais en même temps, elle se mit à penser à Peter et au fait que leur mariage était prévu pour le lendemain.

Son cœur se contracta. Si seulement Peter était cruel, froid et laid. Mais il n'était rien de tout cela ; il était beau et aimable. Il allait être abandonné. Elle souhaita pouvoir lui éviter ce chagrin d'une manière ou d'une autre.

Une image traversa soudain son esprit, de Peter debout devant l'autel, attendant son arrivée. Mais la jeune mariée n'apparaîtrait jamais.

Il y aurait de la confusion, au début. Tout le monde, famille et invités, penserait qu'elle était en retard. Et puis ce serait le chaos quand ils comprendraient qu'elle avait disparu — pire, qu'elle s'était enfuie.

Eleanor se raidit d'appréhension. Personne ne savait que Sean était là, aussi personne ne devinerait qu'elle s'était enfuie avec lui. Mais elle était le centre de l'attention à cause de son mariage imminent. On lancerait des recherches. Les autorités seraient prévenues. Tandis qu'elle se tenait là, quelques vêtements éparpillés sur son lit, elle comprit que, si elle quittait Peter, elle conduirait les Anglais droit à Sean !

Anéantie, elle s'avisa que le mariage devait être annulé sur-le-champ. Elle devait abandonner tout de suite son statut de future jeune mariée. Mais son père n'accepterait jamais de rompre les contrats signés à la onzième heure — pas sans une très bonne raison.

Elle ne pouvait perdre Sean une seconde fois. Il fallait trouver une solution — et à cet instant elle sut ce qu'elle devait faire.

Elle devait convaincre Peter de l'abandonner, *elle*.

Il fallait que ce soit lui qui se retire du contrat de mariage.

Elle n'y réfléchit pas à deux fois. Elle traversa la maison en courant. Peter était assis dehors, sur la terrasse, avec sa sœur lady Barton et son mari. Lady Barton était une très belle femme, blonde et élégante. Son mari était plus âgé et avait l'air aigri. Eleanor parvint à saluer tout le monde assez plaisamment, alors qu'elle tremblait de détermination.

Lady Barton vint se placer près d'elle.

— Vous devez être si excitée, Eleanor ! Je me souviens de mon propre mariage. Je ne pouvais attendre de remonter l'église dans ma robe de mariée.

— Je suis très contente, milady, parvint à dire Eleanor.

Ses lèvres étaient étirées en un sourire qui lui paraissait affreusement raide. Comme elle détestait faire cela !

Lady Barton lui tapota le bras.

— Appelez-moi Dianna, ma chère. Aimeriez-vous faire une promenade ? J'ai aperçu vos frères qui entraient dans le labyrinthe.

Eleanor se rendit compte qu'elle transpirait.

— De fait, j'espérais faire une promenade avec mon fiancé.

Elle sourit à Peter et s'avisa qu'elle devait avoir un air implorant.

Peter s'empressa de la rejoindre.

— J'adorerais me promener avec vous, ma chérie, dit-il.

Lord Barton prit la parole.

— Dianna, je dois faire le tour de la propriété avec le comte. Je crains de devoir vous laisser à vos occupations.

— Oh, chéri, ce n'est pas grave. Je suis sûre que je peux trouver à m'amuser.

Elle l'embrassa sur la joue. Il salua tout le monde d'un signe de tête et partit.

— Veux-tu te joindre à nous ? demanda Peter à sa sœur.

— Oh, je ne songerais pas à m'imposer.

Elle eut un sourire rayonnant.

— Amusez-vous bien. Je vais faire un tour des jardins.

Soudain, Eleanor aperçut Cliff qui se tenait à l'une des entrées du labyrinthe. Elle se tourna pour regarder lady Barton et constata qu'elle fixait son frère. La société était pleine de liaisons et elle se rendit compte que c'était lady Barton qui était dans le lit de Cliff ce matin-là. Mais elle ne s'en souciait pas.

— Ma chérie ? l'appela Peter.

Elle le laissa prendre son bras et ils quittèrent lentement la terrasse. Son cœur s'emballait sous l'effet de la nervosité et de l'appréhension. Il méritait de l'amour et de la loyauté, et certainement pas le traitement qu'il allait recevoir.

— Vous êtes si silencieuse ! s'exclama-t-il. Est-ce que tout va bien ?

Elle rencontra ses yeux bleus et vit qu'il était inquiet.

— Je veux m'excuser pour ma conduite d'hier soir.

Il élargit les yeux, puis rougit.

— J'ai beaucoup apprécié de contempler les étoiles avec vous, Eleanor, dit-il à voix basse.

Elle n'avait nulle envie d'aborder le sujet de ses baisers et des réponses enivrées qu'elle y avait données, mais c'était précisément ce qu'elle devait faire.

— Mon attitude a été terriblement inconvenante. Je vous supplie de me pardonner.

Il prit ses deux mains, la forçant à s'arrêter.

— Chérie ! Il ne s'est rien passé d'inconvenant hier soir. Demain après-midi nous serons mari et femme.

Elle savait qu'elle était rouge. Et sa bouche était horriblement sèche.

— J'étais ivre, dit-elle.

Il parut déconcerté par cette déclaration.

— J'en ai conscience.

Elle se mordit la lèvre. Il lui déplaisait considérablement de mentir, mais elle n'avait pas le choix. Elle allait essayer de le convaincre qu'elle avait un penchant pour la boisson.

— J'apprécie un verre de vin — ou deux.

Il sursauta.

— Chérie, je ne vous ai jamais vue boire, à part une gorgée de champagne, depuis que nous nous connaissons.

Elle avait les joues en feu.

— Je ne voulais pas que vous le sachiez.

Il la fixa, stupéfait.

— Qu'essayez-vous de dire ?

— Je suis un peu comme Rex, parvint-elle à articuler, se sentant très mal.

— Vous voulez dire... Je ne puis le croire ! Je comprends que sa jambe le fait souffrir, mais il boit le matin, il boit à midi ! Ne me dites pas que vous buvez toute la journée, vous aussi !

Elle ne le put pas.

— Non, je voulais juste dire que j'aime beaucoup le vin — et ses effets. Je l'aime un peu trop... pour une dame. Je ne voulais pas que vous soyez surpris après notre mariage.

Il prit un air soupçonneux.

— Eleanor, si vous insistez sur le fait que vous appréciez un verre de vin, j'en suis heureux. Nous avons une cave à Chatton, et même si je ne devrais pas l'admettre, les vins sont français, les meilleurs du pays. Nous pourrons déguster une bonne bouteille chaque soir ! De fait, je préfère ne pas boire seul.

Eleanor se détourna. Ce plan avait certainement échoué.

— Toutes les dames que je connais apprécient un bon verre de vin ou de xérès. Ou aimez-vous le cognac et un cigare, aussi ?

Elle tritura un ruban de sa robe.

— Non, je ne bois pas de cognac et...

Elle s'arrêta.

— J'ai entendu dire qu'à Paris il y a des femmes qui fument.

Peter fit des yeux ronds.

— En effet. Ce ne sont pas des dames. Vous n'allez pas me dire que vous fumez ?

Il était horrifié, constata-t-elle sans satisfaction.

Elle le fixa. Elle se rendait compte qu'elle devrait lui dire la vérité. Elle devrait lui dire qu'il était merveilleux, mais qu'elle ne pouvait l'épouser parce qu'elle aimait quelqu'un d'autre.

— Je monte à cheval comme un homme.

Le regard de Peter vacilla.

— Excusez-moi ?

— Je chevauche un étalon à califourchon, habillée en homme. C'est plus confortable qu'une tenue d'amazone, ajouta-t-elle.

Un terrible moment s'ensuivit. Elle savait que ses joues étaient écarlates.

— Eleanor, pourquoi faites-vous cela ? demanda-t-il lentement.

— Vous devez savoir ces choses-là, si nous devons nous marier.

— Je suis au courant de vos sorties matinales.

Elle étouffa une exclamation.

— Vous savez ?

Il lui sourit.

— Je vous observe quand je le peux. Vous êtes magnifique. Vous montez à cheval aussi bien ou même mieux que n'importe quel homme de ma connaissance. Vous regarder galoper sur cet étalon à l'aube est à couper le souffle. Je vous avouerai que j'ai été choqué. Pas par vos talents de cavalière, mais par la façon dont vous vous habillez. Puis j'ai compris que vous ne pourriez pas chevaucher comme vous le faites en amazone. Ce serait impossible. Alors j'ai admis que vous deviez vous habiller de cette manière. Je suis heureux que vous vous soyez confiée à moi, chérie.

Eleanor était stupéfaite.

— Comment pouvez-vous être aussi indulgent ? Les dames ne montent pas à califourchon, en pantalon ! s'écria-t-elle. C'est un terrible faux pas !

— Mais vous le faites et vous *êtes* une dame — la dame que j'aime. Ne comprenez-vous pas ? Je n'ai jamais rencontré une femme comme vous auparavant. Vous êtes fière, belle et si originale ! Pourquoi croyez-vous que je suis amoureux ? Mon Dieu, Eleanor, je n'ai jamais ressenti cela pour personne et je ne le ferai jamais, car il n'y a personne d'autre comme vous.

Elle sentit ses jambes ployer sous elle. Il l'aida à s'asseoir sur une chaise de jardin. Peter l'aimait pour qui elle était, pas pour ce qu'elle avait donné l'impression d'être. Comment cela pouvait-il arriver ? Elle le regarda, désespérée, tandis qu'il s'agenouillait dans l'herbe devant elle.

— Ne voulez-vous pas une dame convenable chez vous ? implora-t-elle. Les Anglais sont si terriblement convenables !

— Je ne suis pas comme cela. Mes amis non plus. Ils vous adorent déjà ! Les gentlemen vous admirent comme moi. Je suis sûre que quelques dames sont jalouses de l'attention que vous recevez.

Il lui sourit tendrement.

— Pourquoi êtes-vous si troublée ?

Il y avait là une ouverture et elle devrait la saisir. Elle pouvait lui dire qu'elle aimait Sean depuis toujours et que, bien qu'elle l'aime beaucoup, lui, elle ne pouvait poursuivre dans la voie de ce mariage. Mais Sean n'était qu'à quelques centaines de mètres de là. Elle ne devait dire la vérité à personne ; personne ne devait savoir qu'il avait été à Adare, pas avant qu'ils soient partis et en sûreté.

— Je ne suis pas certaine d'être l'épouse qui vous convient, parvint-elle à dire.

— Peu importe.

Il l'attira à lui.

— Moi, je suis certain que vous êtes parfaite pour moi.

Eleanor s'empressa de regagner sa chambre, déchirée entre le désespoir au sujet de sa relation avec Peter et la conscience aiguë que dans quelques heures elle serait de nouveau avec Sean — mais que leur temps ensemble s'amenuisait. Si elle n'apparaissait pas à son mariage, si elle s'enfuyait avec Sean, elle pourrait être la cause de sa capture et de sa mort. Elle était dans une terrible situation. Elle ne pouvait pas provoquer sa chute et elle commençait à comprendre qu'elle devrait le laisser partir pour l'Amérique sans elle. Son esprit était devenu amorphe et elle ne parvenait pas à trouver un plan qui lui permettrait de s'échapper avec Sean. Sa liberté n'était-elle pas plus importante que tout le reste ? L'amour n'était-il pas fait de sacrifices ? Mais c'était trop douloureux pour être supporté.

Soudain, deux hommes lui barrèrent le chemin.

Rex lui sourit, mais c'était un sourire sans gaieté.

— Es-tu pressée ? demanda-t-il poliment.

Toutefois, il n'y avait rien de poli dans son attitude. Eleanor porta les yeux de son étrange sourire à Cliff, qui l'aidait à l'empêcher de monter l'escalier. Son expression était presque identique et elle comprit qu'elle avait été découverte.

Elle se tourna pour s'enfuir, mais quelqu'un l'attrapa — c'était Cliff. Avec réticence, elle rencontra son regard.

— Nous aimerions bavarder avec toi, dit-il d'un ton neutre.

Elle eut l'impression d'être redevenue une enfant, surprise dans une énorme bêtise et sur le point d'être sévèrement punie. Mais elle n'était pas une enfant et c'étaient ses frères. Elle était capable de s'occuper d'eux, si elle le devait. Elle inspira pour trouver du courage et sourit. Ils ne pouvaient pas savoir que Sean se cachait dans les bois ou qu'elle avait l'intention de le voir ce soir et, si elle osait le séduire, de faire l'amour avec lui. Si jamais ils soupçonnaient ses projets, ils remueraient des montagnes pour l'arrêter.

Rex lui fit signe de les précéder dans une pièce voisine, un petit salon qui n'était utilisé que lorsqu'un ou deux membres de la famille seulement étaient présents. Eleanor entra, mal à l'aise, suivie par les deux hommes. Cliff ferma la porte derrière eux.

— Comment va la future jeune mariée ? demanda Rex, le regard scrutateur.

— Elle est très nerveuse, mais c'est normal, n'est-ce pas ?

Elle regarda de Rex à Cliff.

— Je pensais que tu avais décidé d'abandonner Sinclair à l'autel, déclara Cliff.

Consternée, elle jeta un coup d'œil à Rex et vit qu'il n'était pas surpris par la remarque de Cliff.

— Je vois que tu m'as trahie, dit-elle à ce dernier, mais elle était trop perturbée pour être en colère contre lui. Que lui as-tu dit ?

Cliff sourit.

— Tout ce que je sais et soupçonne.

Eleanor s'enveloppa de ses bras, se demandant ce qu'il voulait dire exactement. Mais cela importait-il ? Elle était censée épouser Peter le lendemain et, si elle ne le faisait pas, on la rechercherait — et on trouverait Sean. Si Sean était capturé, il serait pendu et ce serait sa faute.

Il fallait qu'elle se marie et qu'elle laisse partir Sean. Et, dans ce cas, Rex et Cliff pourraient aider Sean à fuir en toute sécurité. Sean serait furieux de sa trahison, mais elle avait entendu Cliff se vanter de n'avoir jamais été rattrapé en mer, ou vaincu dans une bataille. Il avait parlé avec une telle assurance tranquille qu'elle savait que c'était la vérité.

Oserait-elle donner Sean ? En avait-elle la force ?

Rex prit la parole.

— Hier soir tu étais amoureuse — ou cela le semblait. Aujourd'hui tu laisses tomber ton fiancé et tu te procures des vêtements d'homme ! Comme ce changement subit est étrange, d'autant que je te connais bien. Tu n'es pas méchante. Si tu devais changer d'avis à propos de Sinclair, je sais que tu en parlerais à père maintenant. Ma petite sœur n'abandonnerait jamais son futur époux à l'autel.

Eleanor était paralysée ; elle ne pouvait parler.

— Quelque chose est-il arrivé, Eleanor, pour que tu changes d'avis au sujet de Sinclair ? poursuivit doucement Rex.

Sean ne lui pardonnerait jamais de le trahir, mais il serait vivant et libre.

— Toutes les futures mariées sont nerveuses.

Elle tremblait.

— Toutes les femmes ont leurs moments d'indécision.

Elle avait besoin de tout son courage, à présent.

Cliff l'étudia d'un air soupçonneux.

— La sœur avec qui j'ai grandi était sûre d'elle et obtenait toujours ce qu'elle voulait. Qu'y a-t-il, Eleanor ? Qu'est-ce qui te met au bord des larmes ? Pourquoi penses-tu abandonner Sinclair ? Pourquoi voulais-tu des habits à moi, ce matin ?

Une image traversa l'esprit d'Eleanor, le brûlant regard

gris de Sean, mais le désir n'était pas l'amour. Elle le savait certainement, ayant vu ses frères courir après plus de femmes qu'elle ne pouvait les compter. Si elle le livrait maintenant, elle ne le verrait pas ce soir-là. Se diraient-ils même au revoir ? Elle sentit une larme rouler sur sa joue.

Avant qu'elle puisse parler, Rex demanda :

— Avec qui t'enfuis-tu, Eleanor ?

Elle pouvait s'en sortir. Elle songea à la vie entière qu'ils avaient partagée, les moments chaleureux et heureux emplis de tant d'affection, de confiance et de rire. Elle vit Sean sourire, le visage intact, les yeux sincères et sans barrière. Peut-être qu'un jour, en Amérique, il redeviendrait l'homme qu'il avait été.

— Est-ce que Sean est ici ? s'enquit Rex d'un air sévère.

Elle rencontra son regard sombre et pénétrant et hocha la tête.

— Il…

Elle pouvait à peine parler.

— Il est dans une terrible situation. Il a besoin de vous deux.

D'autres larmes roulèrent. Elle se sentait malade.

— Où est-il ? demanda Cliff, calmement.

Il posa une main sur l'épaule d'Eleanor.

— Tu sais que nous ferons n'importe quoi pour l'aider, même si je pourrais le tuer de te faire souffrir de la sorte.

Elle parvint à le regarder à travers ses larmes.

— Il est en danger de mort — mais comme toujours il pense à protéger tout le monde sauf lui-même !

Cliff et Rex échangèrent un regard lourd.

— Si tu as été en contact avec Sean, dit Rex, tu sais

que ses crimes sont excessivement sérieux et que nous n'avons pas de temps à perdre.

Eleanor était si angoissée que le fait que ses frères semblent être au courant de la situation de Sean ne l'étonna que légèrement.

— Quand l'avez-vous su ? Et pourquoi ne m'a-t-on rien dit ?

— Il y a deux soirs, le capitaine Brawley est venu ici pour demander au comte et à Tyrell ce que nous savions, expliqua Rex. Comme nous ne savions rien à ce moment-là, nous n'avons rien eu d'important à lui dire.

— Est-ce que quelqu'un allait me révéler la vérité un jour ? demanda Eleanor avec amertume.

— Je pense que nous avons tous décidé que tu n'avais pas besoin de cette distraction à la veille de ton mariage, répondit Cliff. Visiblement, ce jugement était le bon.

— Et quand as-tu appris la vérité au sujet de Sean ? s'écria-t-elle, indignée et en colère. Oh, laisse-moi deviner ! A l'instant où tu as franchi la porte ! Je ne suis qu'une femme, alors je n'avais pas besoin de savoir que l'homme que j'ai aimé toute ma vie était encore en vie et nécessitait cruellement mon aide !

— Nous comprenons que tu te croies toujours amoureuse de lui, mais il faut qu'il fuie le pays, et j'ai l'intention de l'aider à le faire. C'est de mon aide qu'il a besoin, pas de la tienne, Eleanor.

Cliff la fixa. Elle ne lui avait jamais vu cette expression auparavant et elle se dit qu'il devait avoir cet air-là sur son bateau avant de livrer bataille à des ennemis.

Elle secoua la tête.

— Il m'a suppliée de garder son secret. Il craint que le comté soit déchu, que Devlin perde son domaine — et il a raison.

Cliff haussa ses sourcils sombres.

— Et tu as prévu de t'enfuir avec lui. J'espère que tu as recouvré tes sens, Eleanor, parce qu'abandonner Sinclair demain et partir avec Sean ne pourrait que lui causer du tort, pas l'aider.

— Je m'en suis rendu compte ! s'écria-t-elle. Mais tu ne peux comprendre ! Tu n'as jamais été amoureux ! Il m'a tellement manqué ces dernières années que je pensais pouvoir mourir de douleur. Et maintenant, tu vas l'emmener à l'étranger ! Je ne le reverrai plus et je ne pourrai jamais le convaincre que je suis la femme qu'il doit aimer.

— Où est-il ? demanda Cliff, visiblement décidé à ignorer ses épanchements.

— Dans les bois.

Elle leur indiqua brièvement comment trouver Sean.

— Est-il blessé ? s'enquit Cliff, faisant déjà des plans.

— Il est maigre et meurtri, et sa voix est faible et bizarre. Il est terriblement blessé, pas physiquement, mais dans son âme.

Elle dut s'asseoir et s'affala sur une chaise.

— Il est donc capable de monter à cheval et de marcher ?

Eleanor lui jeta un regard noir.

— Oui ! Mais il est empli de douleur, Cliff ! Tu ne peux pas comprendre.

Il était rigide.

— Il me coûte de te voir si dévastée, mais vu les circonstances je ne regrette pas qu'il t'ait rejetée. Sean n'a plus d'avenir, à présent. Tu n'as pas d'avenir avec lui. Ton avenir est avec Sinclair.

— Tu es arrogant et borné ! s'écria-t-elle, ignorant sa surprise. J'espère qu'un jour tu seras touché par les flèches de Cupidon et que la dame se rendra compte que tu n'es qu'un butor.

— Tu es ma seule sœur et c'est mon devoir de veiller sur toi et de faire ce que j'estime le mieux, riposta Cliff en serrant la mâchoire.

Il se tourna vers Rex.

— Je préfère que nous laissions le comte, Ty et Devlin dans l'ignorance. Je vais envoyer un homme à Limerick pour ordonner que le *Fair Lady* se prépare à mettre les voiles. Je te retrouverai en bas dans cinq minutes.

Et avant que Rex puisse acquiescer, il quitta la pièce à grands pas.

Eleanor souhaita avoir un livre ou un autre objet à lancer derrière lui, mais elle ne le fit pas. Elle se contenta de le suivre d'un regard noir.

Rex tira un pouf et s'assit près d'elle. Il lui tendit un mouchoir immaculé, brodé à ses initiales. Elle l'accepta et s'essuya farouchement les yeux.

— Je comprends, dit-il tranquillement. Je comprends l'étendue de ton amour — ou du moins je le crois — et je comprends aussi l'étendue du sacrifice que tu fais.

Elle se figea et rencontra son aimable regard brun.

— Merci.

— Tu es très courageuse, Eleanor, mais ton courage n'a jamais été en question.

— J'ai le cœur brisé, dit-elle.

— C'est un sot, déclara Rex d'un ton échauffé. Et j'ai l'intention de le lui dire. N'importe quel homme — à part Cliff, apparemment — donnerait son bras droit pour être aimé ainsi.

— Avant la guerre, tu étais romantique. Je vois que tu l'es toujours, parvint-elle à dire.

Il toucha une de ses boucles.

— Je vais t'arranger des adieux.

Eleanor poussa une exclamation de surprise, puis elle lui prit les mains.

— Merci, Rex… Merci !

Il sourit.

— Quoi ? Tu ne me dis pas que je suis ton frère préféré ?

Elle ne pouvait plus parler. Elle hocha juste la tête, se servant du mouchoir pour étancher d'autres larmes.

Il saisit sa béquille et se leva.

— Tu as fait ce qu'il fallait pour notre demi-frère.

Eleanor ferma les yeux contre la douleur qui la lacérait. Il se passa un moment avant qu'elle réponde :

— Je sais.

7

Sean se faufila par la fenêtre de la chambre d'Eleanor. Une fois à l'intérieur, il s'arrêta. Il était entré dans sa chambre d'innombrables fois, mais pas depuis qu'il était parti quatre ans plus tôt.

Il écarta les lourds rideaux en velours mordoré et regarda lentement autour de lui. Autrefois, sa chambre était blanche et bleue ; à présent, elle était verte et dorée, riche et féminine, la chambre d'une femme, pas d'une enfant. Elle lui parut terriblement sensuelle.

Il vit la table, dressée pour une personne. Elle s'était assurée qu'un repas l'attende. Son cœur frémit de gratitude. Puis il pensa à Rex et à Cliff, qui l'avaient cherché dans les bois. Elle l'avait trahi et cela le mettait en rage, mais il avait aisément esquivé ses frères. Il n'aurait pas dû venir. Il devrait être en route pour Cobh. Mais il fallait qu'il lui dise au revoir. Il ne pouvait pas partir sans cela.

L'image d'Eleanor emplit son esprit, telle qu'elle avait été lorsqu'il l'avait revue la veille au soir, dans les bras de Sinclair, passionnée, le souffle court et s'accrochant aux épaules de son fiancé. Il souhaitait pouvoir oublier son offre indécente ; en cet instant, il en était conscient de manière aiguë et cela l'affectait terriblement. Une énorme tension l'habitait, mais il avait l'intention de l'ignorer. Il se rendait compte qu'il avait besoin de se détendre. Il y aurait des catins sur le bateau — il y en avait toujours.

Il n'avait jamais eu recours à une catin de toute sa vie. A partir du moment où il avait perdu son innocence, il y avait toujours eu des jeunes femmes qui le poursuivaient. Mais elles convoitaient Sean O'Neill, le brillant fils cadet d'un noble irlandais, le beau-fils d'un comte. Aucune de ces anciennes amantes ne le regarderait maintenant, et il s'en moquait. Il ne les regarderait pas non plus.

Et tandis qu'il se tenait dans la luxueuse chambre d'Eleanor, il se demanda pour la centième fois comment sa vie en était arrivée là. Comment était-il devenu un tel étranger, même pour lui-même ? Il voulait rester détaché de cet autre homme, ce fougueux mais solide et fiable fils cadet qui ferait n'importe quoi pour sa famille et qui avait un penchant pour les dames. Le pont qui le reliait à ce passé demeurait en place et il le voyait dans son esprit, un pont de bois franchissant un abîme d'événements, d'émotions et de temps, mais qui pourrissait par endroits et dont des morceaux manquaient. Que faudrait-il, se demanda-t-il, pour couper complètement ce pont, pour le regarder se détacher de ses câbles et se briser sur les rochers mortels de choix erronés ?

Ses deux années passées en prison n'avaient pas suffi à le détruire, s'avisa-t-il. Pendant qu'il avait été enfermé, il avait cru le passé entièrement effacé. Il s'était trompé.

Une nouvelle vie en Amérique pourrait peut-être y parvenir. Sinon, il devrait lancer des pierres sur ce pont, jour après jour, jusqu'à ce qu'il s'effondre enfin.

Soudain, il revit le vieux pont en pierre qui était sur la route entre Askeaton et Adare. Il surmontait une partie particulièrement profonde de la rivière, qui était un bras de la Shannon. Quand ils étaient de jeunes garçons, ses frères et lui avaient sauté de ce pont une centaine de fois, mais ce n'était qu'une partie de l'amusement. Les courants étaient forts à certains moments de la journée et, une fois qu'ils étaient dans la rivière, ils les entraînaient rapidement vers l'aval, à travers une série de rapides, jusqu'à ce qu'ils atteignent un tranquille trou d'eau. Ils laissaient deux chevaux près du trou d'eau et en montaient deux autres jusqu'au pont, à deux sur un cheval et à trois sur l'autre s'ils étaient tous les cinq. Ils passaient des après-midi entiers à sauter de ce pont.

Il ne voulait pas s'en souvenir ; mais c'était déjà trop tard.

— Sean !

Il était trempé et torse nu, retournant vers le pont avec Rex et Cliff, Devlin et Tyrell derrière eux sur un autre cheval. En entendant la voix d'Eleanor, il la chercha des yeux, alarmé. Les avait-elle suivis ? Elle n'avait que six ans, mais elle devenait plus qu'intrépide, récemment. Elle était aussi téméraire qu'eux, bien qu'elle n'ait que la moitié de leur âge.

— Sean !

Il la vit debout sur le pont, souriant d'un air heureux et leur faisant signe dans sa robe blanche.

Son cœur s'arrêta. Il savait ce qu'elle projetait.

— Ellie ! Ne t'avise pas de faire ça ! hurla-t-il.

Elle rit et releva ses jupes, montrant d'épais bas blancs et des bottines noires, et elle commença à grimper sur la rambarde du pont.

— Sapristi ! s'exclama Rex.

Il chevauchait devant et talonna le cheval.

— Ellie, descends ! cria Sean, coincé entre ses beaux-frères.

Elle se tenait sur le parapet, maintenant. Elle ne souriait plus et baissait les yeux vers la rivière.

Elle allait sauter, comprit-il avec horreur. Et Cliff exprima ses pires craintes :

— Elle va le faire.

Sean poussa Cliff à bas du cheval et le suivit. Soudain, Eleanor leva les bras et sauta du pont.

Il courut au bord de la route et dévala la berge herbeuse et glissante, sans quitter Ellie des yeux. Elle heurta l'eau avec un cri et, quand elle disparut sous la surface, il vit exactement où elle s'était enfoncée.

Mais ce n'était pas là qu'elle ressortirait. Il connaissait les courants et continua à courir vers un point de la rivière en contrebas. Il ne regarda pas en amont, il arriva au bord et plongea.

L'eau se précipitait au-dessus de lui, le tirant en aval. Il entendit Ellie s'étrangler et lutta pour se dégager afin de voir où elle était. Alors il aperçut son visage blanc et ses yeux effrayés, juste avant que la rivière l'aspire dans ses profondeurs.

Il tendit les mains en plongeant sous l'eau et attrapa un bout de sa jupe. Il était déterminé à ne pas se laisser battre par la rivière. Il lutta pour nager plus près, contre le courant furieux, et passa un bras autour d'elle. Puis il remonta à la surface, la tenant au-dessus de lui. Il l'entendit aspirer de l'air.

— Je l'ai, dit Tyrell en l'attrapant.

— Sean.

Devlin le saisit, l'aidant à rester au-dessus de la surface pour qu'il puisse respirer.

Un moment plus tard, tous les quatre se retrouvèrent dans le paisible trou d'eau. Sean se leva, tremblant. Cette gamine était folle. Elle n'avait que six ans ; elle avait failli se noyer ! Devlin s'était levé aussi, sombre et silencieux, mais Tyrell était assis dans l'eau peu profonde, l'air soulagé. Ellie était assise avec lui, les yeux élargis.

Elle le regarda, son visage commençant à perdre sa pâleur. Elle se leva et se mit à sourire.

— Est-ce qu'on peut recommencer ?

Il lui fondit dessus. Lui saisissant la main, il la tira brutalement hors de l'eau, assez pour lui faire mal et la faire crier.

— Es-tu stupide ? hurla-t-il quand ils furent sur la berge.

— Si tu peux le faire, moi aussi ! cria-t-elle en retour.

Il était si furieux qu'il attrapa la branche la plus proche. Elle comprit ; elle pâlit et recula.

— Tu ne feras pas cela.

— Cet honneur doit revenir à quelqu'un, déclara-t-il, courroucé.

Son cœur battait toujours follement, de terreur, et il n'était pas sûr qu'il allait s'arrêter un jour.

— Sean.

Tyrell lui prit la branche.

— Elle ne le refera pas.

Sean sentit une étrange impression de mouillé sur son visage et se rendit compte qu'il se mettait à pleurer. Horrifié, il se détourna des autres.

Ellie s'empressa de le rejoindre. Elle lui prit la main, la bouche crispée.

— Je ne le referai pas. Pourquoi es-tu si triste, Sean ?

Il était raide de tension, à présent. Il ne voulait pas se remémorer davantage le passé. Jadis, Ellie et lui avaient partagé un lien spécial, et il aurait fait n'importe quoi pour la protéger. Ils n'avaient plus ce lien, et elle avait Sinclair pour la protéger, maintenant.

Sean s'assit sur le bord du lit à baldaquin, le matelas moelleux s'enfonçant sous son poids. Il y avait longtemps qu'il avait perdu sa meilleure amie, et revenir en arrière était impossible. Les vieux souvenirs n'aidaient pas, ils accroissaient seulement la confusion. Quand il regardait Eleanor maintenant, il ne savait que penser ou que faire. Il la voyait, elle, mais il voyait aussi Ellie. Il était dans le présent, mais le passé lui faisait signe. Plus rien n'avait de sens.

En particulier être dans sa chambre, alors qu'elle lui avait fait cette offre inqualifiable.

Il devait rester dans le présent, décida-t-il. Autrement, c'était trop dangereux. Ellie avait disparu. Elle avait disparu depuis des années. Il n'avait pas d'amis. Et ce qu'il devait se rappeler, c'était qu'il était un traître et un fugitif et qu'elle était une étrangère appelée Eleanor.

Mais il avait quand même besoin de lui dire adieu.

Ayant invoqué une migraine dont elle souffrait réellement, Eleanor avait laissé Peter avec les messieurs et les dames. Le dîner avait été interminable ; toute la soirée, elle avait été vivement consciente que Cliff et Rex n'avaient pas réussi à trouver Sean dans les bois. Il avait disparu et elle savait qu'il était parti, comme il avait dit qu'il le ferait.

C'était incroyable. Il était parti. Comme cela, comme s'il n'était jamais revenu, un cauchemar devenu réalité. Ils ne se diraient même pas adieu.

— Eleanor, chérie, dit la comtesse en s'approchant d'elle par-derrière.

Aussitôt, Eleanor se raidit. Il lui fallut un moment

avant de pouvoir respirer et se tourner face à sa mère dans l'escalier.

Mary de Warenne était une très belle femme. En réalité elle n'était pas la mère d'Eleanor, bien sûr, mais la mère de Sean et de Devlin. La mère d'Eleanor était morte en la mettant au monde. Jusqu'à l'âge de deux ans, elle avait été élevée par une nourrice et par son père. Mary était la seule mère qu'elle avait connue et elle l'aimait profondément. De fait, elle avait souvent souhaité en secret ressembler davantage à la comtesse, qui était gracieuse, aimable et généreuse sans compter.

Elle essaya de lui sourire. Mary s'arrêta devant elle.

— Ma chérie, je peux voir que vous êtes terriblement troublée. Voudriez-vous en parler ?

— Je ne peux pas.

Les yeux bleus de Mary étaient scrutateurs.

— Toutes les futures mariées s'inquiètent et s'agitent avant leur mariage, mais je crains qu'il n'y ait davantage. Je veux seulement vous aider.

Des larmes emplirent les yeux d'Eleanor. Elle savait que la comtesse avait pleuré Sean, en privé, et qu'elle croyait son fils mort. Et même si sa mère avait renoncé à tout espoir depuis près de deux ans, elle ne voulait pas aborder un sujet pénible pour elle. Elle n'eut pas à le faire.

— Chérie, est-ce à propos de Sean ?

Eleanor hocha la tête.

— Il me manque tellement que c'est une douleur dans ma poitrine.

— Il manque à nous tous.

Mary parut angoissée, alors.

— Je pensais que vous aviez repris le cours de votre vie. Je pensais que vous teniez réellement à Peter et que vous étiez peut-être même en train de tomber amoureuse de lui. Votre père et moi étions si heureux et si soulagés que vous sembliez si bien vous entendre.

— Je le croyais aussi, dit Eleanor. Je me trompais. Il n'y a qu'un homme que je peux aimer, et c'est Sean.

La comtesse pâlit et passa un bras autour d'elle.

— Nous devrions nous asseoir. Il faut que je vous dise quelque chose.

Eleanor secoua la tête et s'écarta.

— Je dois me retirer dans ma chambre. Je suis très fatiguée. Demain sera une longue journée.

Elle n'avait plus la force de combattre ce mariage fatidique. Elle ne pouvait moins se soucier de ce qui arriverait le lendemain.

— Eleanor ! Je sais ce que c'est que d'être attachée à un homme, de faire un beau mariage — et d'aimer quelqu'un d'autre.

Eleanor avait souvent entendu l'histoire d'amour d'Edward et de Mary, mais ni de son père ni de sa mère. Elle l'avait entendue des lords et des dames du voisinage ; elle l'avait entendue de sa vieille nourrice et du médecin de la famille, à présent décédé.

— Est-ce vrai ? Vous n'aimiez pas votre premier mari ? murmura-t-elle.

Mary sourit.

— J'aimais Gerald parce que c'était mon devoir de le faire. C'était un homme bien, le père de mes deux fils. Et malgré ses aventures, je savais qu'il m'aimait à sa façon et m'aimerait jusqu'à sa mort.

— Mais ? suggéra Eleanor.

— Je l'aimais par devoir, chérie. Quand Edward nous a sauvés des Anglais, mes fils et moi, après le meurtre de Gerald, j'ai trouvé le genre d'amour et de passion dont je n'aurais jamais osé rêver.

Elle hésita.

— J'ai rencontré votre père cinq ans environ après mon mariage, alors que nous venions de devenir ses locataires. Bien que j'aie toujours refusé d'admettre qu'il y avait quelque chose entre nous, j'ai su à l'instant où Edward est entré dans notre grand-salle qu'il était différent, et pas seulement un seigneur parmi les hommes. Je crois que nous avons échangé une douzaine de phrases pendant ces cinq ans. Il était poli et correct. Mais, Eleanor, quand il m'a finalement prise dans ses bras pour la première fois, j'ai su que je n'avais jamais compris l'amour — ou la passion — auparavant.

Leurs deux histoires étaient si semblables, et si différentes en même temps.

— Qu'essayez-vous de me dire ?

Mary lui toucha le visage.

— Je veux que vous ayez ce que j'ai, chérie.

Eleanor trembla.

— Je n'aurai jamais ce que vous avez. J'ai toujours aimé Sean. Il ne m'aime pas. Excusez-moi. Je suis épuisée, je dois monter.

— Eleanor ! Je vous en prie ! Je suis si inquiète pour vous !

Mais Eleanor montait l'escalier en courant. A sa porte, elle s'arrêta, la douleur dans ses tempes devenant insupportable. Maintenant, enfin, elle allait avoir le temps et la solitude nécessaires pour pleurer la perte de Sean, de nouveau. Combien de fois son cœur se briserait-il pour le même homme ?

Elle entra dans sa chambre, refermant derrière elle. Puis elle vit la table sur laquelle elle avait fait servir le bon repas de Sean. Elle avait oublié de dire à sa femme de chambre de l'annuler. Elle fixa les plats couverts et son cœur s'arrêta, puis s'emballa follement.

L'assiette avait été utilisée. Il y avait des restes dessus.

Incrédule, elle regarda la bouteille de vin — elle était presque vide.

Sean sortit de derrière les rideaux. Immédiatement, son regard rencontra celui d'Eleanor.

Il était resté.

Il ne l'aimait pas comme elle l'aimait, mais elle s'en moquait. Il lui avait manqué pendant quatre ans et il lui manquait maintenant. Elle n'avait jamais été aussi heureuse de voir quelqu'un. Elle courut à lui, jetant ses bras autour de lui. Elle l'étreignit très fort, vivement consciente de son torse dur sous ses seins, de ses larges épaules sous ses mains. Ce terrible sentiment d'être seule et perdue, d'être abandonnée, d'avoir froid, disparut.

Il saisit ses mains et les écarta, rivant les yeux sur les siens.

— Vous leur avez dit.

Elle comprit.

— Ils ont deviné. J'ai dû leur dire où vous étiez. Ils ne veulent que vous aider.

Il secoua la tête.

— Je vous avais demandé… je vous avais suppliée de garder le silence. Je vous ai expliqué…

— Ils se sont montrés inflexibles. Cliff pense vous emmener loin d'ici, cette nuit.

Il la fixa, ses yeux gris brillants et brûlants.

Quand il ne répondit pas, quand il la regarda simplement comme un homme regarde une femme avec qui il veut coucher, elle se rappela sa proposition — et le fait que c'était leur dernière nuit ensemble. Le désir la terrassa.

Il était revenu pour coucher avec elle.

Elle releva prudemment les yeux vers lui. Il continuait à la fixer, immobile, mais son souffle était oppressé, aussi. Elle humecta ses lèvres.

— Sean.

Sa mâchoire se contracta.

— Je ne suis pas venu… pour cela.

Elle élargit les yeux. Elle n'était pas sûre de le croire.

— Alors pourquoi ? Pourquoi êtes-vous ici — dans ma chambre ?

Il haussa les épaules à demi, se tournant de côté pour qu'elle ne voie pas ses yeux.

— Pourquoi êtes-vous revenu ? demanda-t-elle, car elle avait désespérément besoin d'une réponse qu'elle puisse comprendre — et à laquelle elle pourrait se raccrocher pour toujours. Si vous n'êtes pas revenu pour m'emmener avec vous ou pour voir la famille, pourquoi êtes-vous revenu ?

— Je ne sais pas ! s'écria-t-il.

Et il paraissait remué, aussi.

— J'ai entendu parler… du mariage.

Il fit un geste de la main. Un grand silence embarrassé tomba. Il y avait une telle tension dans la pièce qu'il était difficile de respirer.

— Mais vous n'êtes pas venu pour l'empêcher, dit-elle finalement.

Leurs regards se joignirent brièvement.

— Non.

Ce n'était pas la réponse qu'elle voulait.

— Vous m'avez tant manqué. Vous allez me manquer quand vous partirez. Sean, ne vous ai-je pas manqué ?

Il avait le visage contracté.

— Au début, cela a été difficile.

Il était impossible à Eleanor de le comprendre, à présent, alors qu'autrefois elle lisait presque dans ses pensées.

— Que voulez-vous dire ?

— Cela n'a pas d'importance ! Pas maintenant !

Il l'affronta avec colère. Elle frémit, effrayée par ce que cela pouvait signifier.

Avant qu'elle puisse parler, il dit :

— Votre robe est verte.

Le cœur d'Eleanor bondit, mais son corps devint lourd et immobile.

— Oui.

— Les dames non mariées… portent du blanc.

Elle avait choisi sa robe avec soin pour les adieux que Rex lui avait promis, puis, quand elle avait cru que Sean était parti, elle n'avait pas pensé à se changer. Cette robe était plus sombre qu'un vert pastel et faisait partie de son trousseau. Elle était censée la porter après son mariage, car elle convenait mieux à une femme mariée qu'à une jeune fille, à la fois à cause de sa couleur et de sa coupe. C'était la robe la plus séduisante qu'elle avait. La comtesse et la femme de Tyrell, Lizzie, qui avaient supervisé son trousseau, avaient été très étonnées de la voir avec.

Elle l'avait mise pour impressionner Sean. Elle l'avait mise pour qu'il la regarde comme il l'avait regardée dans les bois — comme il la regardait maintenant —, avec des yeux directs et brûlants. Il avait dit qu'il ne voulait pas accepter sa proposition, mais alors pourquoi la fixait-il ainsi ?

— Une jeune fille a le droit de porter des pastels, dit-elle.

— Ce n'est pas une couleur pastel, trancha-t-il.

Il la laissait en arrière. Pourquoi ne pouvait-il comprendre qu'une nuit ensemble était mieux que rien ? Pourquoi ne pouvait-il comprendre que, même s'il ne l'aimait pas, elle avait assez d'amour pour deux ? Elle brûlait d'être dans ses bras, de faire arrêter le temps, juste pour un moment. Elle brûlait de sentir son amour, même si ce n'était qu'une façade de sa part.

— Je n'aime pas cette robe, dit-il soudain.

Ses mots la blessèrent.

— C'est une très belle robe, protesta-t-elle.

Il haussa les épaules et croisa les bras sur sa poitrine.

— Je ne connais rien… à la mode.

Elle se mordit la lèvre. Elle savait qu'elle ne devrait pas s'abaisser à se jouer de lui, mais elle le fit.

— Cette robe plaît à Peter. Il me mangeait des yeux, c'était évident. Il m'a demandé de me promener avec lui dans les jardins après le dîner, mais j'ai refusé.

Cette déclaration était un mensonge pur et simple.

Le teint de Sean se colora.

— Ne faites pas cela.

— Ne pas faire quoi ? Ne pas mentionner qu'un autre homme me trouve très désirable, quand vous dites que ce n'est pas votre cas ?

Elle respirait précipitamment, maintenant.

— Et quand vos affirmations sont si clairement fausses ?

Il sursauta, surpris.

— J'ai dit… que je ne suis pas venu ici ce soir… pour vous.

— Alors pourquoi êtes-vous venu ? s'écria-t-elle.

— Vous appartenez à quelqu'un d'autre !

Il était rouge.

Elle se figea.

— Non.

Elle secoua la tête.

— Non.

Elle avait donné son cœur et son âme à Sean depuis des années. Elle appartenait à un seul homme et c'était lui.

Il sembla lutter pour parler.

— Avez-vous… rompu avec lui ?

Elle se tendit.

— Je ne le pensais pas, dit-il. Bien !

Il s'éloigna, arpentant la chambre avec raideur. Elle savait qu'il était en colère et troublé, mais elle ne recula pas.

— Sean, mon offre tient toujours.

Il vacilla, puis tournoya sur lui-même.

— Non !

Elle osa s'approcher de lui.

— Sean, nous avons toujours été honnêtes et ouverts l'un avec l'autre.

Il avait les yeux élargis et méfiants.

— C'était du temps d'Ellie.

Elle le sentit se raidir pour résister et elle s'efforça de trouver les mots justes.

— Je sais que vous ne m'aimez pas, pas comme je le voudrais. Mais Ellie a grandi — je pense que nous sommes d'accord là-dessus.

Elle sourit, mais la tension la consumait.

— Hier soir… vous étiez avec Sinclair… et vous *gémissiez* !

Elle étouffa une exclamation.

— Laissez-moi finir, s'il vous plaît !

— Pourquoi ?

Son regard furieux balaya son visage et descendit vers son décolleté.

— Demain… vous serez au lit avec Sinclair !

Il la fixa sans ciller.

— Je n'aime pas Peter. Je ne veux pas l'épouser. Mais pourquoi vous en souciez-vous ? Pourquoi êtes-vous en colère ? Et ne me dites pas que vous ne l'êtes pas ! Sean, c'est peut-être la dernière fois que nous nous voyons *— pour toujours.*

Il lui fit face d'un air sombre, les poings sur les hanches.

— Je ne suis pas… en colère. Je veux parler de Sinclair !

— Non ! s'écria-t-elle en tremblant. Je veux parler de ce soir — je veux parler de faire l'amour avec vous, sans attendre !

Il poussa un cri. Il était courroucé, mais il était aussi horrifié et elle le savait. Elle murmura, désespérée :

— Je ne vous demande pas votre amour.

— Vous devriez… épouser Sinclair !

Ses yeux étincelèrent.

— C'est un bon mariage, sapristi ! Un titre, des terres, de la fortune… Mais vous ne pouvez pas… parler ainsi ! Comprenez-vous ?

Elle s'enveloppa de ses bras.

— Pourquoi ? Parce que vous êtes si tenté que vous pourriez perdre votre contrôle ? Je le pensais quand j'ai dit que je n'avais pas peur de vous. Faites-moi l'amour, Sean. Juste cette fois, pour que je puisse m'en souvenir à jamais.

Il la fixa comme s'il était paralysé.

Elle lui rendit son regard, et ils purent entendre le tic-tac de l'horloge dans un coin de la chambre. Une centaine de secondes passèrent. Elle finit par lever la main en un geste de supplication. Il tressaillit, mais ne bougea pas. Elle inspira et prit sa joue rugueuse dans sa main.

Il trembla, mais ne s'écarta pas, et quand leurs yeux se joignirent elle vit la bataille qu'il livrait contre lui-même. Puis elle vit ses longs cils épais s'abaisser. Elle retint son souffle et il gémit.

On frappa à la porte. Sean rouvrit brusquement les yeux et elle y lut de la peur.

— Lady Eleanor ? appela sa femme de chambre.

Sean avait pâli.

— Votre femme de chambre ?

— Je vais la renvoyer ! dit Eleanor en lui prenant la main.

Il avait été à deux doigts de céder, elle le savait. Cette interruption n'aurait pu plus mal tomber. Maintenant il songeait à ne pas être découvert ou à s'échapper.

Sean secoua farouchement la tête.

— Routine. Répondez.

Le désir et le besoin qui s'étaient si vivement reflétés dans ses yeux avaient disparu. Son regard était dur, contrôlé. Eleanor ne pouvait être plus affligée. Puis il s'éloigna, traversa la pièce et disparut derrière les rideaux.

La fenêtre ne se referma pas.

La femme de chambre frappa de nouveau.

— Lady Eleanor ?

Eleanor se tenait au centre de la chambre, entendant à peine la servante, pensant à la façon dont Sean l'avait presque laissée le conduire jusqu'au lit. Elle tremblait de tant de désir. Enfin, elle se tourna et fit entrer Lettie.

— Milady, pourquoi avez-vous mis si longtemps à répondre ?

Seule sa femme de chambre personnelle, qu'elle avait connue toute sa vie, pouvait être si directe.

— Je me suis endormie, mentit-elle en jetant un coup d'œil vers les rideaux.

Elle savait que Sean n'était pas parti ; elle sentait sa présence, intense.

— Laissez-moi prendre vos vêtements de nuit, milady.

Lettie alla directement à l'armoire et y prit la chemise de nuit blanche et le peignoir d'Eleanor.

Celle-ci fut sur le point de lui dire qu'elle se changerait plus tard. L'heure était avancée, cependant, et elle n'avait pas d'excuse pour refuser que Lettie l'aide à se préparer à se coucher, comme elle le faisait chaque soir. Mais Sean se tenait à une courte distance, caché derrière les rideaux, et ils devaient encore terminer la conversation qui devrait lui durer le reste de sa vie. Comment pouvait-elle se dévêtir maintenant ?

Elle se mit à trembler. Ses seins lui semblaient plus pleins, leur pointe était sensible. Elle se sentait gonflée et tendue en des endroits de son corps qu'elle n'aurait osé mentionner.

La servante avait étalé sa chemise sur le lit, comme d'habitude, et elle défit prestement les boutons dans le dos de sa robe. Eleanor se tendit quand Lettie tira la robe par-dessus sa tête. Elle ne pouvait plus respirer ; Lettie défit les lacets de son corset et le desserra.

Le corset disparut. Eleanor se pencha pour atteindre ses jarretières, se sentant nue, à présent, les joues en feu. Son cœur battait vite et fort, et sa peau fourmillait terriblement. Elle pouvait à peine croire ce qu'elle faisait et elle était certaine que Sean regardait.

Son désir, son besoin, son désespoir s'étaient combinés en un seul élément tangible qui remplissait la chambre.

Quand elle eut quitté ses bas et ses souliers, elle hésita, tremblant sans pouvoir se contrôler et craignant que sa femme de chambre s'en aperçoive. Quand Sean lui ferait l'amour, cela ne ressemblerait en rien aux doux baisers de Peter. Elle en était sûre. Elle ne pouvait attendre. Elle avait besoin de lui maintenant.

Sa camisole disparut.

Soudain, elle ne put plus le supporter. Lettie délaçait son pantalon, mais elle ne pouvait penser qu'à Sean touchant sa peau nue, les mains sur ses hanches, sa bouche sur le côté de son cou.

Sa chemise de nuit glissa tout à coup sur son corps.

Elle était en fin linon, le décolleté en V, le corsage sans manches et incrusté de dentelle. Eleanor ne pouvait bouger. Lettie ôta ses épingles à cheveux et répandit ses longues mèches blondes sur ses épaules. Puis elle commença à les natter.

Eleanor déglutit pour parvenir à parler.

— Non. Je ne veux pas de natte ce soir.

Avant que sa femme de chambre puisse trahir sa surprise, elle sourit fermement.

— Bonne nuit, Lettie. Je suis *épuisée*.

Elle remercia la servante et l'accompagna à la porte sans même s'en rendre compte. Elle ne fut pas consciente non plus de refermer et de pousser le verrou. Tout ce qu'elle pouvait penser était : *Sean*. L'air de la chambre était devenu si épais qu'elle étouffait presque sous l'effet de la tension, de la chaleur. Non. Elle étouffait sous l'effet de sa tension à lui, de sa chaleur à lui.

Elle l'entendit arriver.

Elle se tourna, pressant son dos contre le bois.

Les enjambées de Sean dévorèrent la distance entre eux. Son regard était dur, farouche.

Elle connut un moment d'extrême excitation, qui confinait à la peur. Elle l'avait provoqué, et elle vit qu'il était hors de contrôle. Il était excité, à tel point qu'elle distinguait le bourgeonnement de son sexe sous son pantalon. Et elle éprouva le premier spasme de plaisir incontrôlable, qui la léchait entre ses cuisses.

Il ne s'arrêta pas.

Elle arqua son dos contre la porte, retenant son souffle.

Il la prit par les épaules et leurs yeux se heurtèrent.

C'était Sean, mais elle ne l'avait jamais vu ainsi auparavant. Il était rendu fou par l'impatience et le désir.

Alors, elle sut qu'elle aurait voulu voir de l'affection

et de l'amour dans son expression. Mais elle se répéta qu'elle avait assez d'amour pour eux deux.

— Sean…, commença-t-elle, portant les mains à son beau visage.

Ses yeux transpercèrent les siens, sa bouche était à quelques pouces de ses lèvres.

— Trop tard ! s'écria-t-il.

Et il l'attira contre son corps raide et échauffé, puis il ouvrit la bouche, couvrant la sienne.

Sa bouche était animée d'une avidité insatiable. Eleanor s'immobilisa, s'accrochant à ses épaules, tandis qu'il l'embrassait profondément, l'inondant de sa salive, plongeant sa langue en elle, léchant l'intérieur de ses joues. Son cœur explosait. Elle se sentait enfler de désir et, s'en rendant compte, il pressa son sexe durci contre elle.

Elle n'avait eu aucune idée, s'avisa-t-elle, que la passion ressemblait à cela. Elle poussa un cri, lui rendant son baiser, se servant de sa langue pour l'explorer, emplie d'un besoin correspondant. Il retint son souffle de plaisir et ses mains trouvèrent les seins d'Eleanor, puis il lui arracha sa chemise de nuit.

Elle sentit les premiers spasmes qui commençaient quand il taquina la pointe de ses seins, la transportant en un état incroyable de plaisir et de tension, leurs bouches complètement jointes. Puis le torse de Sean écrasa sa poitrine et son dos fut pressé contre la porte tandis que son sexe gonflé se glissait entre ses cuisses humides.

Elle eut le tournis et se sentit faiblir d'un désir qui ne cessait de croître, d'une excitation qui palpitait en elle.

Tremblant d'une manière incontrôlable, il se poussa contre elle, la bouche sur le côté de son cou. Il était brûlant et dur entre ses jambes.

Eleanor commença à s'envoler et à se briser en mille morceaux, et elle pleura de plaisir contre sa bouche.

Il saisit ses fesses nues dans ses mains.

— Je vous en prie, dit-il d'un ton haletant. *Ellie, je vous en prie, laissez-moi entrer en vous.*

Elle comprit qu'il avait besoin d'elle et la voulait comme il n'avait jamais eu besoin de quelqu'un ou voulu une femme auparavant.

— Sean !

Un instinct vieux comme le monde lui fit lever une jambe et la passer autour de la taille de Sean.

Il grogna, le son le plus merveilleux qu'elle avait jamais entendu, l'aida à lever son autre jambe, puis il s'enfouit en elle.

Il y eut une brève douleur, et ensuite il n'y eut plus qu'un plaisir sombre et insensé, une friction brûlante, une chaleur moite — et un spasme profond et merveilleux s'empara d'Eleanor. Le sexe de Sean l'emplissait complètement, parfaitement. Et il se livrait à des assauts de plus en plus rapides et de plus en plus violents, le souffle court, déterminé, poursuivant intensément sa quête. Eleanor s'accrochait à lui, sanglotant de plaisir, criant lorsqu'elle se sentit enfin libérée de sa tension dans une explosion de volupté.

Sean poussa lui aussi un cri sourd, s'affalant contre elle, son corps secoué de convulsions, et il l'emplit de sa semence brûlante.

La tension s'évanouit en une série de frissons et disparut. Eleanor tenait Sean dans ses bras, cherchant son souffle, l'aimant plus que jamais, l'aimant tellement qu'elle en avait mal. Elle dénoua lentement ses jambes et il la laissa faire, puis elle remit les pieds par terre. Elle l'enlaça encore plus étroitement, commençant à comprendre ce qui venait de se passer.

— Oh, Sean…, murmura-t-elle.

Il se raidit dans ses bras.

A ce moment-là, elle sut qu'il avait recouvré ses esprits.

Il se redressa, la regardant avec des yeux élargis — et il avait une expression qu'elle avait vue une fois et qu'elle espéra ne jamais revoir.

Il la contemplait d'un air choqué.

— Non, commença-t-elle, tendant les mains vers lui.

Il s'éloigna d'un bond.

— Sean ! Non ! Tout va bien ! s'écria-t-elle désespérément, en essayant de sourire. Je vous aime !

Il recula, les yeux agrandis par l'incrédulité. Puis elle vit qu'il commençait à se mépriser.

— Ne partez pas ! chuchota-t-elle. Je vous aime — revenez !

Il secoua la tête et recula d'un autre pas. Après quoi il se tourna pour rejoindre la fenêtre à grandes enjambées.

Eleanor cria son nom en pleurant.

Mais il était déjà parti.

8

Eleanor regarda fixement par la fenêtre et le vit traverser la pelouse en courant, pâle silhouette brouillée dans les ombres noires de la nuit. Elle réussit à se rappeler qu'il était recherché par les autorités et que nombre de leurs invités devaient encore être debout, jouant aux cartes ou au billard au rez-de-chaussée. Seule cette prise de conscience l'empêcha de hurler son nom.

Elle se détourna de la fenêtre, horrifiée. Sean ne pouvait pas partir ainsi, pas maintenant !

Elle courut à son lit et enfila son peignoir en traversant la chambre pour sortir. Le couloir était éclairé par des appliques et elle le longea en courant, sa démarche mal affermie. Le comte et la comtesse avaient leur suite tout au bout, et c'étaient les seules chambres occupées à cet étage avec la sienne. Elle s'élança dans l'escalier. La première chambre qu'elle atteignit était celle de Rex et elle ne s'arrêta pas. Elle se rua simplement à l'intérieur.

Rex était éveillé. Il était assis sur le canapé devant la cheminée, encore vêtu de ses habits du soir, sa redingote jetée à côté de lui, un verre de cognac à la main. Il contemplait le feu. Quand il l'entendit, il tournoya sur lui-même et prit sa béquille posée sur un pouf.

Eleanor s'arrêta, hors d'haleine.

Il lui jeta un coup d'œil et son visage s'assombrit. Il posa son cognac et se mit debout, sa béquille coincée sous son épaule.

— Eleanor ?

Elle ne devait pas lui laisser savoir, ni à personne d'autre, ce qui s'était passé ce soir-là. Elle se rendit compte que son visage était mouillé et qu'elle avait dû pleurer.

— Rex, Sean vient de quitter la maison. S'il te plaît !

Elle s'interrompit. Elle s'était précipitée vers lui pour le supplier de ramener Sean. A présent, elle se figea.

Il fallait qu'il fuie la maison, leurs invités, les autorités et le pays, et elle avait besoin d'aller avec lui.

Mais rien n'avait changé — elle épouserait Peter le lendemain pour qu'il puisse s'enfuir en toute sécurité.

Elle avait froid et chaud à la fois. Elle n'avait pas eu le temps de penser à ce qui était arrivé, mais elle le fit maintenant. Avait-elle eu tort ? Comment pouvait-elle épouser Peter maintenant ? Comment pouvait-elle ne pas l'épouser ?

Je ne suis pas venu… pour ça.

Alors pourquoi êtes-vous revenu ?

Je ne sais pas.

Elle avait voulu qu'il la touche, qu'il la tienne et qu'il l'embrasse comme s'il l'aimait, afin qu'elle puisse chérir ce souvenir. Mais que s'était-il passé ? Elle l'avait séduit jusqu'à ce qu'il ne puisse plus lui résister. Il y avait eu une formidable explosion de passion et la chute encore plus formidable de cette explosion, mais la passion n'était pas nécessairement de l'amour. Et la vérité était qu'elle avait voulu qu'il l'aime — comme elle l'aimait.

Maintenant, elle repensait à son expression choquée et à l'horreur qui s'était peinte sur son visage une fois qu'ils avaient fait l'amour.

Vous devriez… épouser Sinclair !

Que voulait-elle que Rex fasse ? Retrouver Sean et le ramener de force à elle, pour qu'il puisse la regarder avec encore plus d'horreur et même de la révulsion ? Il ne l'aimait pas comme elle voulait être aimée, cela n'avait jamais été aussi clair.

— Eleanor !

Rex la dominait de sa haute taille.

— Par tous les diables, qu'est-il arrivé ? Es-tu blessée ? T'a-t-il fait du mal ?

Eleanor sursauta et s'avisa que son frère était furieux, qu'il soupçonnait le pire — donc la pure vérité. Elle s'efforça de sourire pour le rassurer.

— Je ne reverrai plus jamais Sean et j'ai le cœur brisé. Nous nous sommes querellés et il est parti avant que je puisse lui dire adieu. Peux-tu le retrouver ? Il faut que Cliff et toi l'aidiez à s'échapper et je dois le voir une dernière fois.

Elle disait vrai. Il fallait qu'ils se disent adieu.

Rex la fixait, le visage soupçonneux.

— Etait-il dans ta chambre ?

Elle haussa le menton.

— Où aurions-nous pu nous retrouver ailleurs pour qu'il ne risque rien ?

Une expression terrible se peignit dans les yeux de Rex.

— Tu dois me dire la vérité ! déclara-t-il durement.

— Je te dis la vérité ! Sean a juste pointé les avantages de mon mariage avec Peter. De fait, il veut que je l'épouse. C'est pourquoi je suis si bouleversée.

Rex l'étudia un bref instant et hocha la tête.

— Je vais essayer de le retrouver. Habille-toi. Si je le trouve, je l'emmènerai à Limerick et c'est là que tu pourras lui dire adieu.

Sans attendre la réponse d'Eleanor, il sortit et alla à la porte de Cliff. Elle attendit un moment pour s'assurer que Cliff répondrait, ce qu'il fit, puis elle redescendit dans sa chambre. Si quelqu'un pouvait trouver Sean, c'étaient ses frères.

Elle ferma sa porte et s'y adossa, se remémorant dans tous les détails l'épisode sexuel qu'elle venait de partager avec Sean. Elle trembla, ayant soudain mal au cœur.

S'était-il servi d'elle ?

Elle s'étouffa d'angoisse. Il y avait eu tant de passion — elle n'oublierait jamais la façon dont il l'avait embrassée. Mais tout s'était passé en quelques minutes à peine — ou était-ce en quelques secondes ? Il l'avait embrassée comme s'il avait voulu le faire toute sa vie — ou l'avait-il embrassée comme un homme réduit à deux ans de chasteté ? Est-ce que sa passion avait signifié quelque chose ? N'avait-elle rien signifié du tout ?

Elle se rendit compte qu'elle était assise par terre, le dos contre la porte.

Elle s'était jetée à la tête de Sean, refusant de l'écouter dire avec insistance qu'il ne voulait pas être impliqué dans une relation avec elle. Peut-être aurait-elle dû l'écouter. Peut-être aurait-elle dû, pour une fois, tenir compte de ce que quelqu'un d'autre voulait, et pas seulement de ce qu'elle voulait. Il n'y avait pas eu un seul sourire, un seul regard tendre. Elle se sentit malade. Mais Sean n'avait-il pas insisté sur le fait qu'il avait irrévocablement changé ?

Quand Rex revint, c'était l'aube. Eleanor était restée dans la même position, pressant ses genoux contre sa poitrine. Elle avait repassé dans son esprit chaque mot et chaque moment qu'elle avait partagés avec Sean depuis son retour — et chaque instant qu'elle avait passé dans ses bras cette nuit-là. Il n'y avait qu'une conclusion à en tirer. Elle l'aimait et elle l'aimerait toujours, même comme il était maintenant, sombre et différent ; mais il ne l'aimait pas en retour. Autrefois, il l'avait aimée comme une sœur et une amie, mais elle avait même perdu cela, à présent. Sean avait changé, et rien ne serait plus jamais pareil.

Elle se leva, les articulations raidies, son corps douloureux maintenant de la perte de sa virginité. Elle ouvrit la porte et vit Rex. Il était tendu, et elle comprit sans qu'il ait besoin de le lui dire qu'il n'avait pas trouvé Sean.

— Je suis désolé. Il est devenu aussi rusé qu'un renard, Eleanor. Il a disparu.

Son regard était scrutateur. Elle hocha la tête, la bouche crispée. Rex semblait très affecté.

— Es-tu sûre qu'il ne t'a pas fait de mal ?

Elle fit signe que non, incapable de parler.

— As-tu dormi ? L'aube va se lever dans une demi-heure.

Comment aurait-elle pu dormir ?

— Non.

Il soupira.

— Eleanor, tu vas te marier dans quelques heures.

Elle se détourna, étouffant un sanglot. Elle était épuisée, mentalement, émotionnellement et physiquement, et il ne lui restait pas une once de réserves. Quelques jours plus tôt, elle avait été satisfaite à la perspective de son mariage avec Peter ; maintenant, elle était malade d'appréhension. Il fallait qu'elle soit rationnelle et raisonnable, mais son esprit était trop fatigué pour analyser quoi que ce soit. Elle pouvait mal laisser tomber un noble de haut rang comme Peter Sinclair maintenant. Alors qu'y avait-il à penser ?

— Eleanor, tu dois prendre quelques heures de sommeil, dit gentiment Rex.

Elle se tourna et rencontra son regard tendre et soucieux.

— J'aime Sean, s'entendit-elle dire.

— Je sais.

Il hésita.

— Mon cœur, c'est fini. Même s'il t'aimait en retour, Cliff a raison. Tu n'as pas d'avenir avec lui. Mais il ne t'aime pas comme tu le voudrais. Sinon, il ne t'aurait pas laissée en larmes de cette façon. Et il ne t'encouragerait pas à te marier — il briserait ton mariage.

Ses mots étaient douloureux. Eleanor s'étrangla et Rex l'attira contre sa solide poitrine.

— Repose-toi, conseilla-t-il doucement.

Elle hocha la tête.

Eleanor descendit. Elle n'avait pas pu dormir. Si elle devait se marier, elle allait avoir besoin d'aide — sinon trois cents invités, sa famille et son fiancé sauraient que quelque chose n'allait vraiment pas avec la jeune mariée.

Elle trouva sa belle-sœur dans la cuisine, où elle discutait du banquet qui suivrait le mariage. Lizzie aimait beaucoup cuisiner, et depuis son mariage avec Tyrell elle avait progressivement endossé certaines des tâches et des responsabilités de la comtesse.

Elle était devenue la meilleure amie d'Eleanor au cours des trois ans qui avaient suivi son mariage intime avec Tyrell, et c'était l'une des femmes les plus aimables qu'Eleanor connaissait. Là, Lizzie lui jeta un coup d'œil et s'empressa de la rejoindre. Eleanor savait qu'elle avait une mine affreuse. Il était évident qu'elle avait pleuré ; ses yeux étaient rouges et gonflés et elle était terriblement pâle.

— Eleanor ? Oh, ma chérie, venez et parlons, s'exclama Lizzie en la conduisant hors de la cuisine et en passant un bras autour d'elle.

Eleanor essaya de lui sourire brillamment, mais elle sut qu'elle n'y avait pas réussi.

— Je sais que vous êtes très occupée et je ne puis vous remercier assez de superviser la réception…

Lizzie l'interrompit, l'air soucieux.

— Eleanor ! Qu'y a-t-il ? Etes-vous souffrante ?

Eleanor se mordit la lèvre. Il lui était difficile de parler clairement.

— Voudriez-vous m'aider à m'habiller ? Je ne me sens pas très bien, en effet, et je sais que j'ai très mauvaise mine.

Lizzie élargit ses yeux gris.

— Vous n'avez pas mauvaise mine, mentit-elle, mais vous semblez nerveuse et paraissez épuisée. Avez-vous dormi ?

Eleanor secoua la tête.

— Si vous pouviez m'aider à mettre du rouge ?

Lizzie hésita, la scrutant de son regard inquiet.

— Vous m'êtes aussi chère que mes propres sœurs, Eleanor. Ce jour devrait être le plus heureux de votre vie. Mais il ne l'est pas, n'est-ce pas ?

Eleanor ferma les yeux. L'image de Sean assaillit son esprit, pas comme elle l'avait d'abord vu dans les bois, mais tandis qu'il traversait sa chambre à grands pas, le regard brûlant, avant de la posséder.

— Chérie, allons-nous nous asseoir et en parler ?

Eleanor refusa d'un signe de tête.

— Aidez-moi juste… à m'habiller, s'il vous plaît.

— Bien sûr !

Lizzie lui prit la main et la serra fortement.

— Eleanor, si vous êtes si malheureuse, vous ne devriez peut-être pas continuer.

Eleanor rencontra son regard.

— Vous êtes si courageuse. Tyrell et vous avez scandalisé la haute société par vos audaces. Comment avez-vous fait, Lizzie ?

Lizzie sourit légèrement.

— J'étais tellement amoureuse que j'ai simplement refusé de penser au monde extérieur. Jusqu'à ce que ce monde ne veuille plus être ignoré. Finalement, la réalité s'est imposée.

Elle fixa Eleanor.

— Vous voulez vraiment continuer ?

— Peu m'importe, répondit Eleanor.

Son cœur se contracta d'appréhension et de désarroi.

— Peu m'importe. Si le mariage était dans quelques semaines, je pourrais peut-être le rompre. Mais il est dans quelques heures. Je n'ai pas la force de m'en soucier.

— Que s'est-il passé ? demanda doucement Lizzie.

Eleanor fut sur le point de le lui dire. Mais elle irait directement trouver Tyrell, l'héritier du comté. Ty ne devait pas être au courant au sujet de Sean. Il ne devait pas être impliqué.

— Je suis triste, murmura-t-elle, et elle haussa les épaules. Autrefois, j'ai rêvé d'épouser quelqu'un d'autre. Ces rêves sont révolus, maintenant.

Eleanor s'éloigna avant que Lizzie puisse répondre et la laissa debout devant la cuisine.

Elle traversa le couloir. Elle ne souhaitait pas rencontrer un de leurs invités et, pour éviter le vestibule, elle se glissa dehors afin d'entrer dans l'aile familiale par une porte de derrière. Elle allait juste entrer sans être vue, quand elle aperçut du coin de l'œil une tache rouge. Elle tournoya pour regarder l'allée qui tournait devant la maison. Même à distance, elle reconnut le capitaine Brawley.

Il avait été invité à son mariage, car son père voulait rester en bons termes avec les soldats anglais. Brawley était l'officier supérieur du comté et, en tant que tel, il assistait aux événements locaux. Le major Wilkes commandait la région, ainsi que Cork et Kerry. Eleanor vit que Brawley était avec cinq soldats et qu'ils étaient plongés dans une conversation assez intense, assis sur leur cheval. Elle n'y réfléchit pas à deux fois ; elle releva ses jupes et se dirigea vers eux d'un pas pressé, à travers la pelouse.

Ils étaient sur le point de se disperser, s'avisa-t-elle, le cœur battant, sa fatigue disparue.

— Capitaine ! appela-t-elle en accélérant son allure. Capitaine Brawley !

Il tourna aussitôt son cheval, ses yeux s'élargissant de surprise.

— Lady Eleanor, dit-il en démontant.

Il s'inclina. Il avait un peu plus de vingt ans, les cheveux d'un noir de jais, la peau claire et des yeux bleu clair. Ils se connaissaient, du fait de ses visites régulières à Adare, mais leurs échanges avaient été peu fréquents et mondains. Bien que Brawley soit un jeune homme assez beau, il n'était ni un séducteur ni un débauché ; de fait, il était très sérieux et concentré sur ses devoirs. Il était toujours poli, et il s'arrêtait généralement pour lui dire un mot lorsqu'il était au manoir. Somme toute, Eleanor ne l'avait jamais trouvé particulièrement remarquable.

Elle lui décocha un grand sourire, le cœur s'emballant dans sa poitrine. Il fallait qu'elle sache ce que le capitaine et ses hommes faisaient à Adare. Ses soldats n'avaient pas été invités au mariage, eux. Il ne poursuivait sûrement pas Sean !

— Bonjour, capitaine.

— Lady Eleanor, j'espère que je ne vous dérange pas, un jour comme aujourd'hui.

Ses pommettes hautes rougirent légèrement. Il se tenait avec raideur.

Eleanor n'était pas d'humeur à entretenir une conversation empruntée.

— Vous ne me dérangez pas, puisque c'est moi qui vous salue. Vous êtes en avance pour le mariage — je ne suis même pas habillée.

Elle parvint à rire, comme si elle était gaie.

Le regard du capitaine était fixé sur son visage, cependant, et elle craignait qu'il remarque ses larmes récentes et sa pâleur inhabituelle.

— Lady Eleanor, je crains d'empiéter sur votre temps. Dois-je vous escorter jusqu'à la maison ?

Elle sourit de nouveau.

— Etes-vous déjà ici pour mon mariage ? Il n'est même pas midi !

Elle refusait de se laisser détourner de son but.

Il hésita.

— De fait, non, j'ai d'autres affaires à régler, mais je ne manquerai pas le mariage.

Il sourit poliment.

Eleanor essayait désespérément de réfléchir. Etait-il à Adare pour chercher Sean ? Quelle autre raison pouvait-il y avoir ? Elle était terrifiée et elle se rendit compte qu'elle tremblait.

Immédiatement, le capitaine lui prit le bras.

— Lady Eleanor ! Allez-vous vous évanouir ? Vous êtes terriblement pâle.

Elle se raccrocha à lui, pour l'empêcher de partir.

— Capitaine, vous devez me dire la vérité.

— Laissez-moi vous trouver un endroit où vous asseoir, afin que j'appelle de l'aide.

Elle secoua la tête.

— Je me marie dans quelques heures, comme vous le savez. Et pour cette raison, tout le monde veut me laisser dans l'ignorance. Mais je sais que vous étiez ici il y a quelques jours — et je connais l'objet de votre visite, capitaine.

Il arborait un air sombre.

— Lady Eleanor, je pense que je dois vous ramener à la maison. C'est le jour de votre mariage, ainsi que vous l'avez dit, et mes hommes et moi représentons une déplorable intrusion.

Eleanor saisit son bras.

— J'ai eu vent hier de terribles nouvelles, disant que mon beau-frère Sean était en prison et qu'il s'est échappé. Puis je vous trouve ici, avec vos hommes ! Si vous pourchassez le beau-frère que j'aime tant, vous devez me le dire !

— Lady Eleanor, répondit le capitaine après une pause crispée, je crains de ne pouvoir discuter de ce sujet.

— Il n'est pas ici ! s'écria-t-elle. Si Sean était ici, il viendrait m'offrir ses souhaits de bonheur, surtout aujourd'hui !

Brawley la fixa comme s'il était déchiré.

— Vous ne pensez sûrement pas qu'il est ici ?

Elle lâcha sa manche.

— Sean et moi avons été élevés ensemble sous ce toit. Je suis si inquiète pour lui ! Et quoi qu'on dise qu'il ait fait, c'est *faux*. Sean est *innocent* des charges qui pèsent contre lui.

— Lady Eleanor, si votre famille pense qu'il vaut mieux ne pas vous informer de tout ce qui a transpiré, ce n'est certainement pas à moi de le faire, déclara-t-il fermement.

Elle sentit les larmes lui monter aux yeux, des larmes causées par son épuisement et ses émotions à vif.

— Comment puis-je me marier aujourd'hui sans savoir s'il est mort ou vivant ? Sans savoir s'il est en sécurité ? Sans savoir où il est ?

— Je vous en prie, lady Eleanor !

Brawley lui tendit son mouchoir immaculé.

— Je crains qu'on m'ait donné l'ordre de fouiller le domaine, dit-il. Mais mes instructions ne sont fondées sur aucune preuve qu'il a été ici. De fait, notre inspection a prouvé le contraire — votre beau-frère n'est pas revenu à Adare.

Il essaya de lui sourire avec raideur.

— Vous pouvez donc en conclure qu'il est en sécurité, où qu'il soit.

Eleanor le regarda dans les yeux, immensément soulagée.

— Ainsi les recherches sont terminées ?

Il détourna son regard.

— Je crains que non. Aux yeux de la loi, c'est un fugitif, et j'ai l'ordre de l'appréhender.

Le soulagement d'Eleanor s'évanouit. Elle n'avait pas besoin de bien connaître Brawley pour savoir qu'il était un homme à faire son devoir, coûte que coûte.

— Et c'est ce que vous allez faire ? demanda-t-elle avec amertume. Même en sachant, comme vous le savez maintenant, qu'il est innocent ?

Il était rigide, et il ne la regardait plus en face.

— Votre loyauté envers votre beau-frère est méritoire. Si vous tenez à le savoir, je serais aussi loyal que vous, si j'étais à votre place. Mais je suis un soldat, lady Eleanor, et je dois obéir à mes ordres.

Elle eut un terrible soupçon.

— Et quels sont vos ordres, exactement ? s'enquit-elle en tremblant.

Les traîtres étaient pendus. On ne faisait pas de quartier, et Sean avait déjà été convaincu de haute trahison.

— Capitaine Brawley ? Vous dites que vos ordres sont d'appréhender Sean, mais vous refusez de me regarder dans les yeux !

— C'est un homme dangereux ! s'écria-t-il en rencontrant son regard et en rougissant. Pourquoi vous tourmentez-vous de cette façon, si près de votre mariage ?

Elle lui reprit le bras.

— Il y a davantage ! Qu'est-ce que vous ne me dites pas ? Et Sean n'est pas dangereux !

Brawley semblait lutter contre lui-même. Il se libéra.

— On le veut mort ou vif, lady Eleanor. Je suis désolé d'être celui à vous l'apprendre.

Eleanor poussa un cri.

Eleanor était assise dans sa robe de mariée devant la coiffeuse de sa chambre, ses deux belles-sœurs avec elle. La femme de Devlin, Virginia, était une petite femme menue à la peau claire et aux cheveux noirs qui était née dans une plantation de Virginie. Elle venait juste de faire observer combien Eleanor était belle dans sa robe incrustée de perles et de dentelle.

Eleanor n'en avait cure. Elle ne pouvait écarter de son esprit les paroles de Brawley. A présent, elle priait que Sean soit sur un bateau et prêt à traverser l'océan Atlantique.

Elle contempla son reflet cendreux, la tiare de diamants qu'elle portait pour retenir son voile ne faisant rien pour améliorer son teint. Elle avait l'air malade, ou en deuil. Mais elle était en deuil, pensa-t-elle. Elle pleurait la perte de son meilleur ami et de l'homme qu'elle aimait. Elle se demanda si elle le pleurerait éternellement.

Et pour aggraver les choses, elle était sur le point de descendre et d'épouser Peter Sinclair, un homme honorable qui l'aimait. Elle savait qu'elle avait trompé Peter la nuit dernière et qu'elle le trompait encore en l'épousant.

Lizzie s'approcha d'Eleanor et posa la main sur son

épaule nue. La robe avait de petites manches ballon, un grand décolleté carré et de vastes jupes en forme de tulipe. Elle était entièrement incrustée de perles et de dentelle et brodée de fil d'argent. La traîne était un fleuve de satin, orné de la même manière.

— Chérie, vous n'avez pas dit un mot depuis une heure. Pouvons-nous parler ? Vous nous effrayez, Ginny et moi.

Eleanor ferma les yeux, submergée par le désespoir. *Qu'était-elle en train de faire ?* Comment Sean avait-il pu faire ce qu'il avait fait, bien qu'elle l'y ait invité, et partir ainsi ? Et, Dieu du ciel, elle ne voulait pas épouser Peter. Ce n'était ni juste ni convenable. Mais elle avait perdu toute volonté. Elle avait l'impression que quelqu'un l'avait battue et laissée ensanglantée, au point qu'elle pouvait à peine bouger et encore moins marcher, penser, parler ou même sentir quelque chose.

— Eleanor ? demanda Virginia. Vous vous conduisez comme si quelqu'un était mort. Pas comme une joyeuse jeune mariée.

Eleanor regarda ses jolies belles-sœurs dans le miroir. Leurs regards se rencontrèrent.

— Quelqu'un est mort. Et je ne suis pas amoureuse de Peter. Je ne peux pas faire cela.

Elle ajouta, avec un petit rire amer :

— Peter ne mérite pas cela.

Virginia et Lizzie échangèrent un coup d'œil désorienté.

— Qui est mort ? demanda Lizzie d'un ton inquiet.

— Moi, répondit Eleanor, restant aussi immobile qu'une statue, à l'exception de sa poitrine qui trahissait sa respiration forcée. Je suis morte. Et ce doit être l'enfer.

— Je vais chercher la comtesse, dit Lizzie, pâle et

alarmée. Elle est avec la gouvernante, je crois, mais il faut qu'elle vienne.

— Sean était ici, dit Eleanor.

Lizzie étouffa une exclamation, et les yeux de Virginia s'élargirent.

— Eleanor, que dites-vous ? s'écria-t-elle en blêmissant.

Eleanor la regarda dans le miroir.

— Il ne m'aime pas. J'ai été une telle sotte. Pire, je l'aime toujours.

Virginia se mordit la lèvre.

— Où est-il ? Juste ciel, les soldats étaient ici l'autre jour et ce matin encore ! Devlin doit savoir que son frère n'est pas loin !

— Il est parti hier soir. Il ne reviendra pas — il part pour l'Amérique, dit Eleanor, comme en transe.

— Je dois avertir Devlin, s'écria Virginia, courant déjà à la porte.

Lizzie prit la main d'Eleanor, la forçant à la regarder directement.

— Pourquoi ne l'avez-vous dit à personne ?

— Il me l'a demandé, répondit Eleanor. Mais je l'ai dit à Cliff et à Rex.

Lizzie était au bord des larmes.

— Il faut que je prévienne Tyrell. Pouvez-vous rester seule ?

Eleanor hocha la tête.

— Je ne me marierai pas, ni maintenant ni jamais, dit-elle. Je rentrerai peut-être au couvent.

Lizzie sursauta.

— Ne bougez pas d'ici, déclara-t-elle fermement. Ne bougez pas jusqu'à ce que quelqu'un vienne.

Elle lui pressa la main et quitta la pièce.

Eleanor se retrouva seule. Elle essuya une larme, irritée

de la sentir couler sur sa joue. Au moins, Sean avait une bonne douzaine d'heures d'avance sur Brawley et ses hommes, peut-être plus si le capitaine n'avait pas encore trouvé sa trace.

Même après la façon dont il l'avait traitée et celle dont il était parti, elle était heureuse pour lui. Elle se soucierait toujours de lui, se dit-elle, et elle voudrait toujours qu'il soit sain et sauf.

Elle sentit soudain qu'on l'observait. Elle releva les yeux vers le miroir — et ne vit pas son propre reflet, mais un intense regard gris.

Sean se tenait derrière elle.

Elle se leva et pirouetta sur elle-même.

— Sean !

L'espoir flamboya.

Il secoua la tête, les yeux emplis d'angoisse.

— Je suis venu…

Il s'arrêta, la voix rauque.

— Je suis désolé, Ellie, dit-il âprement. Je suis tellement désolé de vous avoir fait du mal.

Elle humecta ses lèvres, son esprit s'emballant, mais ce fut son cœur qui parla.

— Je vous aime.

Il tressaillit.

— Ne dites pas cela. J'ai eu tort — je me déteste. Je suis navré. Comment puis-je effacer cela ? *Comment ?*

— Cela n'a pas d'importance, murmura-t-elle en tremblant violemment.

Elle avait envie de se jeter dans ses bras, mais elle n'osait pas.

— Tout ce qui compte, c'est que vous soyez revenu.

Avec horreur, elle mesura ce qu'elle venait de dire.

— Sean ! Ils vous cherchent !

— Je sais, dit-il de sa voix enrouée.

Son regard était fixé sur le visage d'Eleanor, sur ses yeux. Il paraissait affamé et désespéré, comme s'il voulait graver ses moindres traits dans sa mémoire.

— Ils sont partis il y a une heure. Tout va bien… Ils ne m'attraperont pas.

Il s'arrêta. Il promena les yeux sur sa robe de mariée, puis les fixa de nouveau sur ceux d'Eleanor.

— Pour rien au monde je ne voudrais… vous faire du mal. Pas à vous. Je ne sais pas ce qui s'est passé… ou pourquoi. J'ai honte.

Il était affligé de l'avoir blessée.

— Vous ne m'avez pas fait de mal, mentit-elle. Vous ne pouvez pas m'en faire, ajouta-t-elle doucement. Rien de ce que vous dites ou faites ne changera jamais ce que je ressens pour vous.

Il secoua la tête.

— Ne dites pas cela.

Il luttait pour parler, à présent. Elle avança vers lui, la main tendue pour le toucher. Il saisit son poignet, refusant de la laisser franchir la distance entre eux.

— S'il vous plaît.

— Non !

L'esprit d'Eleanor s'accéléra. Elle irait avec lui — bien sûr qu'elle le ferait. Finalement, il n'y avait pas d'autre choix.

— Sinclair… ce soir. Il faut… que vous fassiez semblant, Ellie.

Elle comprit soudain ce qu'il disait. *Il se référait à sa nuit de noces.*

— Non !

— Faites… semblant de souffrir. Il ne se rendra compte de rien… il vous aime.

— Arrêtez ! s'écria-t-elle en pleurant. Je ne l'épouserai pas. Je ne peux pas !

— Si ! Il prendra soin de vous… parce que je ne le peux pas.

Son expression était crispée et ses yeux brillaient de larmes. Eleanor ne pouvait parler ni respirer. Le désespoir l'étouffait.

— Adieu.

Il lui sourit tristement.

— Non, chuchota-t-elle.

Il se tourna et alla vers la fenêtre, qui était grande ouverte. Eleanor sortit de sa torpeur.

— Non !

Elle courut après lui.

— Sean, vous ne pouvez pas partir — pas sans moi !

Il l'ignora et escalada la balustrade.

— Sean ! cria-t-elle.

Il était déjà en train de descendre vers le balcon voisin.

— Sean ! Emmenez-moi avec vous !

Il ne leva pas les yeux, sautant du balcon dans le chêne. Et il se mit à descendre vers le sol.

L'esprit d'Eleanor se durcit, résolu. Elle se tourna, relevant ses jupes, et traversa la chambre en courant, ouvrant la porte en coup de vent. Une servante était dans le couloir, portant un plateau, mais Eleanor ne la vit pas. La femme de chambre se plaqua contre le mur pour éviter d'être renversée. Elle lâcha le plateau avec toutes ses assiettes, ses tasses et ses soucoupes. Eleanor dévala l'escalier, trébuchant sur ses jupes qu'elle relevait d'une main, l'autre sur la rampe. Sa traîne flottait derrière elle, longue vague de satin et de soie.

Elle s'aperçut que des centaines d'invités s'attroupaient dans la maison. Elle ne s'en soucia pas, ignorant les exclamations de surprise et les murmures qui enflaient tandis qu'elle traversait le vestibule en courant. Les gens s'écartaient précipitamment de son passage.

Du coin de l'œil, elle vit Cliff qui badinait avec lady Barton. Il la vit et se redressa.

— Eleanor !

Elle était presque à la porte d'entrée. Et elle vit le père de Peter, lord Henredon, comte de Chatton, qui la fixait d'un air choqué.

— Ouvrez la porte, sots ! cria-t-elle aux deux valets en livrée.

Ils obéirent aussitôt.

— Eleanor !

C'était Devlin, quelque part derrière elle, et c'était un ordre. Elle l'entendit à peine. Elle se précipita dehors et aperçut Sean qui était à mi-chemin des écuries, ses enjambées longues et pressées. Elle releva ses jupes et courut.

— Sean !

Il sursauta, se tourna et la vit. Alors il fit volte-face et se mit à courir.

Eleanor vit un palefrenier qui lui amenait un cheval. Sa résolution s'affermit de plus belle.

— Sean !

Elle criait aussi fort qu'elle pouvait. Elle trébucha en s'élançant à travers la pelouse.

Il sauta en selle, son cheval se cabrant, et il regarda vers elle. Deux cents mètres les séparaient.

Eleanor fut prise d'un sévère point de côté et elle s'arrêta, reprenant son souffle et luttant contre la douleur. Elle était vaguement consciente d'un attroupement qui se formait devant la maison, avec des murmures vifs et excités, et de Cliff et Devlin qui s'arrêtaient derrière elle. Elle entendit jurer un de ses frères.

— Dev, ils sont de retour, dit Cliff.

Eleanor ne pouvait détacher son regard de Sean, mais elle n'en avait pas besoin. Elle savait que Cliff parlait des soldats. Si elle regardait vers la maison, elle savait qu'elle verrait la troupe remontant l'allée.

Sean éperonna l'étalon noir et galopa vers les bois, décidé à s'échapper.

Non. Eleanor releva ses jupes en criant et se mit à courir derrière lui.

— Sean ! appela-t-elle. *Sean !*

Et elle s'arrêta, incapable de respirer.

Soudain, l'énorme cheval noir fit volte-face, si vivement qu'il chancela, et Sean galopa vers elle.

Elle tendit la main.

Sean poussait sa monture à toute allure. Il était juste à quelques mètres, et leurs yeux se rencontrèrent. Les siens étaient clairs, brillants et farouchement déterminés. Eleanor fut transportée de joie. *Il revenait la chercher*.

Il se courba en arrivant sur elle.

Leurs mains se touchèrent et s'agrippèrent.

Eleanor sauta quand il la hissa jusqu'à lui et elle se retrouva à cheval derrière lui. Elle noua les bras autour de sa taille et enfouit son visage dans son dos. Sean fit de nouveau volter l'étalon ; des cris choqués et des ordres d'arrêter résonnèrent.

Ils s'éloignèrent au galop et pénétrèrent dans les bois.

9

Qu'avait-il fait ?

Et à quelle distance étaient-ils derrière eux ?

Ils galopaient à travers bois. Les mains d'Eleanor étaient légères mais fermes sur la taille de Sean. Elle pouvait chevaucher aussi bien derrière quelqu'un que seule — son équilibre sur un cheval n'avait pas changé, même si tout le reste avait changé. *Qu'avait-il fait ?* Ses seins, doux et pleins, lui taquinaient le dos et il était vivement conscient d'elle, comme il était vivement conscient de la maison qui était maintenant loin derrière eux, pleine de centaines d'invités au mariage. Devlin était là aussi, avec le comte et sa mère, et il savait qu'ils devaient être choqués. *Il venait d'enlever la mariée.*

Il était abasourdi par son action, mais cela n'avait pas d'importance, maintenant. Il connaissait encore les bois aussi bien que lorsqu'il était jeune homme, quand il les parcourait à la poursuite d'une Ellie en fuite, alors juste une petite fille désobéissante.

Il prit pour la dixième fois une piste laissée par des cerfs, qui les conduisit finalement à une large rivière peu profonde coulant au sud-est de la rivière Shannon. Eleanor pressait sa joue contre son épaule, mais lorsqu'il arrêta l'étalon elle bougea et se redressa. Ce fut un soulagement.

Ellie n'était plus une jeune fille en bouton, mais une femme pleinement épanouie, maintenant. Ils ne devraient pas s'enfuir ensemble, comme ils n'auraient pas dû coucher ensemble la nuit dernière — sauf qu'ils n'étaient pas arrivés jusqu'au lit. *Il l'avait prise contre le mur, comme si elle était une catin dans une allée.*

— Sean, dit-elle d'une voix rauque. Nous pouvons les perdre dans la rivière.

Bien sûr, elle savait ce qu'il avait l'intention de faire. Elle demeurait la femme la plus intelligente qu'il avait jamais rencontrée. Il jeta sa jambe droite par-dessus l'encolure du cheval. Il glissa à terre et leva les yeux vers elle. Il s'était senti malade depuis qu'il avait quitté sa chambre, la veille, et rien n'avait changé. Elle avait dit que cela n'avait pas d'importance. Il se sentit mal. Cela avait de l'importance. Cela en avait pour lui. Il était devenu une bête, pas un homme, et la nuit dernière il l'avait prouvé.

Ses yeux dorés rencontrèrent les siens.

Son cœur se contracta.

Elle était merveilleusement belle dans sa robe blanche de mariée, les joues échauffées, les yeux terriblement brillants. Même si ses cheveux restaient relevés, quelques mèches s'étaient échappées et bouclaient autour de son visage. Une boucle reposait entre ses seins. Sa longue traîne, naguère élégante et maintenant toute sale, traînait par terre derrière le cheval. Elle était déchirée. Il avait peur que des morceaux aient laissé des traces pour les soldats qui les poursuivaient.

Il ne devrait pas être en train de l'admirer, pas maintenant, jamais. Il était juste revenu pour lui dire comment abuser Sinclair durant sa nuit de noces et, surtout, pour s'excuser et implorer son pardon — un pardon qu'il ne mériterait jamais. Il voulait aussi avoir une chance de lui dire adieu. A la place, il l'avait enlevée.

La panique enfla dans sa poitrine. Il ne savait toujours pas ce qui l'avait fait tourner bride. Il avait vu les soldats qui remontaient l'allée. Il aurait dû continuer droit vers les bois. Mais elle avait crié son nom, comme elle l'avait fait tant de fois lorsqu'elle était enfant, désespérée et terrifiée. Il avait tourné l'étalon vers elle sans même y réfléchir à deux fois.

— Sean ? murmura-t-elle nerveusement, sans le quitter des yeux.

Elle attendait qu'il agisse. La panique grandit, le consumant. Avec elle vinrent la peur et l'appréhension.

Les Anglais étaient après eux deux, maintenant. Il avait mis Ellie en danger, gravement. En danger de mort.

— Sean ? Qu'allons-nous faire ?

Il sursauta. *Il ne pouvait pas lui faire cela.*

— Nous allons les perdre dans la rivière, répondit-il lentement.

— Je vais marcher, moi aussi, dit-elle d'un ton décidé, interrompant ses pensées. Nous pourrons aller plus vite. Mais je ne peux marcher dans l'eau avec cette robe.

C'était évident. L'ample jupe et la traîne allaient la tirer vers le bas. A peine avait-elle dit cela qu'il avait sa dague à la main.

— Ne bougez pas, dit-il d'un air sombre.

Elle hocha la tête et ses yeux s'élargirent quand il saisit le bord de la traîne et la sépara de la robe. Il la recueillit. Ils n'allaient pas laisser de traces pour les soldats, et il espérait vivement qu'aucun d'eux n'avait aperçu des morceaux de sa robe sur la piste.

— Donnez-moi le couteau, dit-elle d'une voix sourde et tendue, en se laissant glisser à terre.

Il comprit ce qu'elle allait faire. Il eut une image d'elle

à demi nue, sa chemise de nuit déchirée sur le devant, son visage tendu et enflammé par la passion. Il sentit ses joues le brûler et ses reins réagir. Il lui tendit la lame. Leurs mains se frôlèrent, le faisant se raidir et lui évoquant plus précisément encore leur étreinte de la veille. Elle avait été très douce à certains endroits et très musclée à d'autres. Il se détourna, trouvant une branche cassée par terre. Comme il allait la ramasser, il entendit l'étoffe de sa robe qui se déchirait. Il garda les yeux baissés et s'éloigna de quelques pas. Il se mit à balayer leurs traces, reculant jusqu'au bord de la rivière où elle se tenait avec l'étalon. Il se concentra sur sa tâche, mais il garda l'oreille aux aguets. Il n'y avait plus de bruit.

Son cœur battait à un rythme étrange, lent et lourd, douloureux. Il finit par lever les yeux.

Elle lui rendit son regard, comme si elle le mettait au défi de dire un mot.

La jupe avait disparu. Elle portait seulement un jupon qui était tout en dentelle et rubans roses ; elle avait laissé intact le corsage de sa robe. Elle avait toujours l'air d'une mariée — mais d'une mariée qui avait été enlevée pour les mauvaises raisons. Elle avait l'air d'une mariée dont on avait coupé la jupe pour la violenter. Il rougit et alla à la tête du cheval.

— A quelle distance sommes-nous en avant d'eux, à votre avis ? demanda-t-elle tranquillement.

Il conduisit l'étalon dans l'eau. La rivière était peu profonde, mais son lit était constitué de rochers. Il essaya de penser à la façon dont ils pourraient traverser. Ellie le suivit dans l'eau. Il évita de la regarder.

— Ou nous les avons semés complètement, répondit-il en se demandant comment elle allait marcher pendant un mille environ dans ce jupon, ou ils peuvent être… à quelques minutes derrière nous.

Elle se mouvait silencieusement derrière lui — une prouesse pour une femme qui traînait des jupes trempées.

— Ils seraient intervenus.

Il jeta un coup d'œil en arrière, vit qu'elle avait attaché son jupon autour de sa taille et se retourna brusquement. *Elle portait un pantalon bordé de dentelle qui s'arrêtait au-dessus de ses genoux. Il était assorti à son jupon. Il était prêt à parier que son corset était fait de dentelle blanche et de rubans roses, aussi.* Il essuya de la sueur qui lui coulait sur le front.

— Devlin et Cliff étaient derrière moi quand vous êtes revenu me chercher. Je sais qu'ils feront quelque chose pour nous aider à nous échapper.

Elle avait raison. Il espéra que, quoi qu'ils aient fait, ils s'étaient montrés très discrets. Et il commença à mesurer qu'Ellie n'était pas la seule qu'il avait mise en péril. Toute sa famille courait des risques à cause de ses actions, maintenant.

— Qu'allons-nous faire, Sean ? redemanda-t-elle d'un ton inquiet.

— Nous allons avancer jusqu'à la nuit… nous reposer… et continuer, répondit-il en gardant une voix calme et plate.

— Où allons-nous ?

Il lui lança une œillade et le regretta. L'eau moulait son pantalon sur ses longues jambes. *Elle avait des jambes fortes et musclées, et la nuit dernière elles avaient été nouées autour de lui, durement. Il ne savait pas qu'une femme pouvait avoir de telles jambes.*

— A Cork.

— Cliff a un bateau à Limerick.

Il se dit de ne pas répondre. Le moins elle en savait, le mieux c'était. Elle était en danger, à présent. *Ils pouvaient la faire payer pour ses crimes à lui — comme ils avaient fait payer Peg et Michael.*

Son visage était blanc de frayeur.

— Il faut que tu les arrêtes. Ne les laisse pas y aller, suppliait Peg. Ils seront tous tués. Sean, s'il te plaît !

Sa terreur était réelle, et il ne l'oublierait jamais. Il était parti après son père, un chef de la rébellion, parce qu'il lui avait promis d'intervenir. Depuis son arrivée au village l'année précédente, tous les villageois s'étaient tournés vers lui pour qu'il les conseille et les guide. Et parce qu'il avait dirigé Askeaton pendant les années où son frère avait été en mer, il avait naturellement assumé cette position.

Il avait promis à Peg qu'il arrêterait une catastrophe, mais il était trop tard. Deux douzaines d'hommes, pitoyablement armés, avaient déjà affronté lord Darby. Ils s'étaient dressés, ne permettant pas à sa voiture de franchir ses propres grilles. Darby avait une escorte — le lieutenant-colonel Reed et cinq hommes. Avant qu'il le sache, il s'était retrouvé en train de négocier avec Darby pour un retour en arrière sur l'éviction d'un fermier, afin d'éviter une émeute. Darby avait refusé.

Les hommes étaient devenus fous furieux, renversant la voiture et en extirpant Darby. Deux soldats avaient été tirés à bas de leur cheval et battus à mort ; Reed et les autres soldats avaient fui. Darby avait été traîné jusqu'à l'arbre le plus proche, pleurant et incontinent. Sean avait supplié pour sa vie ; l'Anglais avait été rapidement pendu.

Les révoltés s'étaient rués sur la demeure de Darby pour la détruire, l'ignorant encore quand il les avait implorés de se retirer. Dans leur fureur, ils avaient mis le feu à la maison et aux terrains. Vaincu, incapable d'assister à une telle destruction, il était rentré chez lui. Puis les renforts étaient arrivés et le massacre avait commencé.

Quand il s'était terminé, tous les hommes du village de Kilraddick étaient morts, sauf lui et Flynn, et il avait tué un soldat de sa propre main. Tous ses instincts lui disaient de retrouver Peg et Michael, de les emmener et de fuir avec eux. A pied, boitant à cause d'une blessure de baïonnette, il avait traversé le village en courant. Peg attendait, blanche de peur. Ils n'avaient pas eu le temps d'expliquer quoi que ce soit, pas eu le temps de rassembler leurs maigres possessions. Il l'avait prise avec Michael et ils avaient fui vers le village voisin. Le lendemain, il lui avait dit toute la vérité. Elle avait pleuré sur la mort de son père et de tous les autres. Et elle lui avait dit qu'elle attendait leur enfant.

Il l'avait épousée le lendemain, Michael portant la bague qu'il avait réussi à emprunter. Comme les soldats ne venaient pas le chercher, ils avaient commencé à espérer qu'il passait pour mort dans l'incendie de la maison de Darby. Le choc avait commencé à s'estomper, remplacé par le chagrin. Avec lui, un besoin brûlant de venger les morts, mais il savait qu'il avait mieux à faire.

Et quand Peg était venue lui demander où ils allaient vivre, il avait été frappé par le fait qu'il était devenu un homme marié.

Il l'avait fixée, complètement dérouté, incapable de comprendre comment et quand il avait épousé cette femme, une femme qu'il ne connaissait pas vraiment et qu'il n'aimait certainement pas. Des yeux ambrés l'avaient hanté et il s'était senti fautif.

Timidement, elle lui avait dit qu'elle voulait faire des projets pour la naissance de leur enfant. Tout aussi timidement, elle lui avait dit qu'il leur fallait un foyer à eux et, peut-être, une autre ferme.

Il avait subitement pris conscience qu'il avait une femme dont il était responsable, un fils, un enfant à naître. Ils étaient trop près de Kilvore et de la garnison de Drogheda. Il savait qu'il devait ramener sa famille à Askeaton. Le lieutenant-colonel Reed ne le chercherait jamais là-bas — et même s'il le faisait, il ne supposerait jamais que le beau-fils du comte était l'homme de la révolte de Kilvore.

Et puis l'impossibilité de cette décision lui était apparue. Comment pourrait-il rentrer chez lui avec Peg et Michael ? Que dirait son frère ? Que diraient le comte et la comtesse ? Que penseraient-ils ?

Que penserait Ellie ?

Il était resté à l'auberge du village, débattant de ces questions, quand des cris d'alarme l'avaient tiré de son indécision. Un feu s'était déclaré. Content de la distraction, il avait rejoint les hommes pour aider à l'éteindre. Quand il était sorti, il avait été choqué de découvrir qu'il faisait déjà nuit. Puis il s'était rendu compte que le cottage où il avait loué des chambres était en flammes.

Quand il avait compris, la terreur l'avait saisi. Puis il avait vu la cavalerie qui s'éloignait au galop du village et il avait su ce qui s'était passé…

Il s'était mis à courir.

Il n'y avait qu'une maison en feu, et c'était la sienne. Le toit de chaume était un brasier, les murs commençaient à brûler. Il avait hurlé, appelant Peg et Michael. Il avait arraché sa chemise et s'en était servi pour éviter de respirer la fumée. A l'intérieur, le feu dévorait tous les meubles, les placards et les portes. Combattant la fumée et les flammes, il avait trouvé Peg inconsciente par terre, ses habits arrachés, saignant de ses blessures et serrant dans ses mains le petit bateau. Elle était morte dans ses bras et Michael n'avait jamais été retrouvé...

Et maintenant Ellie était à son côté, avec les Anglais à leurs trousses.

A cet instant, il fut terrifié que le passé se répète. Rien n'était aussi important que de protéger Ellie, de la ramener en sûreté chez elle, pas même sa propre évasion. Tant qu'elle était avec lui, elle était en danger. De fait, si les bois n'étaient pas aussi dangereux, s'il ne craignait pas un sanglier, il l'aurait abandonnée là en la laissant retrouver son chemin toute seule. Mais il ne pouvait la laisser seule dans les bois, aussi il l'emmènerait à Cork, où il lui trouverait une bonne escorte pour la reconduire à Adare. Des hommes comme Reed ne pouvaient lui faire de mal si elle était derrière les murs solides du manoir. Mais le comte pourrait-il la protéger contre de graves accusations ? Si les Anglais ne pouvaient l'atteindre comme ils avaient atteint Peg et Michael, peut-être feraient-ils quelque chose de presque aussi sérieux. Elle ne serait pas la première femme emprisonnée à la Tour de Londres pour le reste de sa vie, condamnée pour conspiration et trahison.

Non, pensa-t-il furieusement, cela n'arriverait pas non plus. Mais sa panique était telle qu'il avait du mal à penser.

— Sean ? Pourquoi n'êtes-vous pas parti la nuit dernière ?

Il ne voulait pas songer à la nuit dernière, plus jamais — et il ne voulait pas en discuter avec elle, en particulier.

— Je suis parti.

— Mais vous êtes revenu.

Il choisit de ne pas lui répondre.

Elle saisit son bras, le faisant s'arrêter dans l'eau. Il se retrouva face à elle. Il savait que l'eau léchait ses cuisses et que sa peau était visible à travers son pantalon en linon, aussi refusa-t-il de regarder, sauf du coin de l'œil.

— Merci, dit-elle doucement.

Il se dégagea.

— Je vous ai dit… adieu.

— Mais ce n'était pas un adieu. C'est un nouveau début, déclara-t-elle sur le même ton.

— Sapristi ! Quand êtes-vous devenue sotte ?

Les mots jaillissaient de lui.

— Vous pourriez être mariée… à un Anglais, Sinclair ! A la place, vous êtes… dans de l'eau glacée, poursuivie par des soldats !

— Je n'aime pas Peter, dit-elle d'un air obstiné.

L'esprit de Sean le trahit, choisissant ce moment pour lui rappeler toute la nuit dernière. Il faillit lui dire qu'elle l'avait prouvé.

— Cela n'a pas d'importance.

Il se détourna, continuant en aval.

— Personne… ne se marie par amour.

— Je ne suis pas d'accord avec vous !

Elle traîna les pieds dans l'eau, le poursuivant.

— Père aime votre mère et il a choisi de l'épouser par amour ! Tyrell s'est également marié par amour — mais vous ne le savez pas, parce que vous n'étiez pas là ! Il était promis à une héritière et il s'est affiché ouvertement avec Lizzie, vivant avec elle à Wicklow. Il était prêt à renoncer au comté pour elle. Et Devlin ? cria-t-elle dans son dos. Vous savez aussi bien que moi qu'il a fait un mariage d'amour !

Il se tourna brusquement.

— Nous avons… une étrange famille, non ? Mais Rex ne s'est pas marié par amour… Cliff ne se mariera jamais ! Et moi…

Il s'interrompit. Il avait du mal à respirer. Il ne s'était pas marié par amour. Il s'était marié parce qu'il avait engrossé Peg et qu'elle avait désespérément besoin de lui, comme le petit Michael, qui l'avait supplié de devenir son père. Il l'avait épousée parce qu'il avait été trop choqué par le massacre pour songer à faire autre chose que de les protéger de plus de mal, elle et son fils. Et à quoi ses efforts l'avaient-ils conduit ? A la fin, il avait fait exactement ce qu'il était déterminé à ne pas faire. Ses tentatives pour les protéger avaient abouti à leur meurtre.

— Vous quoi ? demanda-t-elle, stupéfaite, en tendant la main vers lui.

Il chassa sa main et tira l'étalon en avant. Elle ne fit pas mine de le suivre. Bien qu'il soit furieux contre lui-même de l'avoir entraînée dans sa fuite, il tendit l'oreille pour l'entendre fendre l'eau derrière lui. Il fallut un moment avant qu'il perçoive qu'elle le suivait.

Ellie avait toujours su quand s'engager et quand se retirer, quand insister et quand abandonner.

— Nous sommes allés vite, je pense, dit-elle comme si leur précédente dispute n'avait pas existé. Nous ne nous sommes pas arrêtés. Mais il faudra que nous nous reposions à un moment donné, surtout pour Saphyr.

Il doutait que deux heures se soient écoulées depuis leur fuite d'Adare. Mais elle avait raison — ils étaient allés vite tout le temps. Ils avaient besoin de repos, et le cheval aussi. Le soleil était haut, mais il faiblissait, et dans une heure ou deux il commencerait à descendre.

— Nous quitterons la rivière dans une demi-heure… et nous nous enfoncerons dans les terres.

Soudain, Eleanor attrapa son bras.

— Sean ! Entendez-vous cela ?

Il n'attendit pas de s'assurer si elle avait entendu ou non leurs poursuivants.

— Venez.

Il courut avec l'étalon jusqu'à la rive opposée, Eleanor à son côté. Il lui donna la bride et elle s'empressa de gagner les bois avec le cheval. Il avait gardé un morceau de sa traîne enroulé autour de son bras et il le glissa dans sa ceinture. Il balaya rapidement le sable, effaçant ses propres empreintes tandis qu'il se dirigeait lui aussi vers les bois.

Il trouva Ellie et il s'arrêta, le souffle court. Leurs yeux se rencontrèrent.

Ceux d'Eleanor étaient scrutateurs. Mais la question qu'ils contenaient n'avait rien à voir avec leurs poursuivants, et tout à voir avec la nuit dernière. Il détourna son regard. Pourquoi insistait-elle pour qu'il lui donne quelque chose qu'il n'avait plus à donner ?

Alors, il entendit des voix, faibles mais pas très éloignées. Des voix anglaises. L'une d'elles donnait des ordres, très distinctement.

Ellie se tourna pour parler.

Il plaqua sa main sur sa bouche et l'attira à lui. Elle se figea.

— De l'autre côté de la rivière, tout près, lui chuchota-t-il à l'oreille.

Elle hocha la tête, les yeux agrandis.

Il ôta lentement sa main, se forçant à ne pas penser à son corps, plus dévêtu qu'habillé, pressé contre lui. De son autre main, il caressa l'encolure de l'étalon. Le cheval pouvait aisément les trahir.

Quatre soldats se trouvaient dans la rivière, chevauchant les uns derrière les autres, leur regard allant d'une rive à l'autre. Et le cinquième cavalier était Devlin O'Neill.

En le voyant, Sean sentit son cœur s'emballer. Il savait ce que faisait son frère. Devlin avait convaincu l'officier responsable de le laisser se joindre aux recherches. Sa réputation était illustre — il avait été un capitaine redoutable pendant la guerre. La majorité des forces navales l'avait craint et admiré. Il n'avait pas dû avoir de mal à convaincre l'officier.

Il était là pour aider Sean à s'échapper.

Le regard de Devlin se porta vers eux, comme s'il avait été capable de les voir dans les bois.

Sean passa un bras autour d'Eleanor et perçut sa tension. Il voulait la rassurer, même si les soldats étaient à portée de voix et s'il était effrayé. Il essaya de la calmer par son regard. De la sueur coulait sur son front, gênant sa vision.

Ellie tenta de lui sourire. Elle était blanche de peur.

En réponse, Sean la serra plus fort contre lui. Elle leva les yeux vers lui, les pupilles dilatées, puis elle trembla et enfouit son visage dans sa poitrine.

Le cœur de Sean se contracta. Il se rendit compte qu'il l'avait enveloppée de ses deux bras.

— Sir ! cria un soldat, paraissant dangereusement proche. Ils ont dû remonter sur la berge plus haut. Il n'y a pas de traces de cheval, ni d'homme.

— Et vous, capitaine, qu'en pensez-vous ? demanda l'officier d'une voix tendue.

— Je pense que vous avez bien fait d'envoyer la moitié de vos hommes vers Limerick, répondit Devlin. Nous n'avons pas trouvé un seul signe de leur passage par ici. Cette robe de mariée aurait dû laisser quelques lambeaux.

Sean regarda Ellie. Devlin avait dû trouver les morceaux de sa traîne et les cacher, ou attirer l'attention des soldats sur un autre endroit.

— Je crois que vous avez raison, capitaine O'Neill. Je crois qu'ils sont partis vers le nord, vers Limerick, et que nous sommes sur une fausse piste. S'ils étaient passés par là, nous aurions trouvé des traces. Nous n'avons vu ni branche cassée, ni empreinte de sabots, ni fragments de la robe de votre belle-sœur. Et vous restez remarquablement calme, sir.

— Je vous l'ai dit une fois — et je n'aime pas me répéter — mon frère n'est un danger pour personne et les charges élevées contre lui sont erronées.

Devlin eut un sourire frais, avant d'ajouter :

— J'ai vu ma part de faux témoignages pendant que je servais la Grande-Bretagne, capitaine.

— Si vous avez raison, le plus tôt nous appréhenderons votre frère, le plus tôt nous pourrons blanchir son nom. Sortez de l'eau ! commanda l'officier à ses hommes.

Les soldats et Devlin guidèrent leur monture vers la rive opposée et repartirent d'où ils étaient venus. Quand ils disparurent dans les bois, Devlin ne jeta pas un seul coup d'œil derrière lui.

— Il nous a vus, chuchota Eleanor.

Sean était cruellement conscient de la femme qu'il tenait dans ses bras. Tout ce qui était viril en lui réagissait de façon pressante, insistante, exigeant de l'attention. Il la lâcha et s'éloigna. Afin de se reprendre, il alla vers l'étalon et le caressa.

— Oui. Il les a écartés de nous.

Et Devlin savait maintenant qu'il se dirigeait vers Cobh, un port important.

Le jeune frère qui était en lui souhaitait presque poursuivre Devlin et lui demander son aide. Mais il était un homme, à présent, pas un jeune garçon, et son frère avait trop à perdre.

Le besoin brûlant qu'il avait d'Eleanor s'était calmé. Il la regarda, assise par terre.

— Ils sont partis… Ils ne reviendront pas aujourd'hui.

Elle hocha la tête, visiblement incapable de parler. Elle

ne paraissait pas aussi soulagée qu'elle aurait dû l'être. Elle ôta ses souliers blancs, en chevreau, qui étaient sales et déchirés.

— Cela a été juste… mais nous nous en sommes sortis.

Il aurait voulu savoir encore sourire, car il désirait la réconforter.

— Ellie… C'est moi qu'ils veulent, pas vous.

Il ne pouvait penser à Peg et Michael maintenant. Il n'osait pas.

Elle enleva aussi ses bas.

— Je sais. C'était Brawley, Sean. Le capitaine. Je lui ai parlé ce matin. Il a l'ordre de vous arrêter et tous les moyens seront bons.

Sean baissa vivement les yeux. Il comprenait. Brawley avait l'autorisation de le ramener mort ou vif.

Ellie considéra ses pieds nus.

— Devlin essayait de le convaincre que vous êtes innocent — et moi aussi. Mais je connais un peu cet homme. C'est un soldat pur et dur. Devlin pourra essayer de le persuader à n'en plus finir, cela ne changera rien. Nous avons peut-être gagné un jour. Mais Brawley fera tout ce qui est en son pouvoir pour vous arrêter.

Sean était incrédule.

— Vous avez essayé… d'amadouer un officier britannique ?

Elle hocha la tête.

— Je n'avais pas le choix.

Il s'agenouilla et la prit par les épaules.

— Je ne veux pas… que vous vous approchiez d'un habit rouge. *Jamais,* vous m'entendez ?

Il la secoua presque, aveuglé par la fureur et la peur.

— Je tentais de découvrir ce qu'il savait. J'essayais d'aider ! s'écria-t-elle. Vous avez si peur — je le vois dans vos yeux. C'est la seule chose que je vois, ajouta-t-elle avec détresse. Je ne vous ai jamais vu effrayé de cette façon.

— J'ai peur pour vous ! lança-t-il avant de pouvoir s'en empêcher.

Elle sursauta et pâlit.

— Quoi ?

Il ferma les yeux, en tremblant.

— Il faut que nous avancions… Nous allons aller vers l'est. Il y a de la forêt, cela nous avantagera.

Il rouvrit les paupières et rencontra son regard élargi.

— Cela prendra plus longtemps… pour arriver à Cork.

Elle s'enveloppa de ses bras.

— Je ne veux pas que vous vous inquiétiez pour moi, dit-elle lentement. Sean, c'est votre vie qui est en danger, pas la mienne.

Ses paroles heurtèrent Sean. Plus tard, quand ils seraient en sûreté, dans la chambre de Cork, il lui dirait qu'il projetait de la renvoyer chez elle. Il ne voulait pas provoquer une dispute maintenant.

— Nous ferions mieux de partir, déclara-t-il.

Elle hésita, puis se remit debout péniblement. Il vit tout de suite ce qui se passait.

— Qu'est-il arrivé à vos pieds ?

Il le savait. Ses propres pieds, pas habitués à la marche, le faisaient atrocement souffrir, mais il s'était forcé à l'ignorer des jours auparavant. Toutefois, il était un homme ; pas elle.

— Essayez de marcher avec des souliers neufs — et dans une rivière, en plus, répondit-elle en se mordant la lèvre.

Il lui prit le bras.

— Asseyez-vous.

Elle obéit et le dévisagea.

Il sentit ses joues s'échauffer, mais il ignora la façon dont elle le regardait — avec une totale confiance. Il souhaita ne pas l'avoir connue enfant, ne pas avoir été l'objet de ce regard si souvent. Il s'agenouilla et étudia un de ses pieds, s'assombrissant quand il vit les ampoules. *Elle était blessée et c'était à lui d'y remédier.* Il leva les yeux.

— Je peux marcher, affirma-t-elle d'un air têtu.

Il se rendit compte qu'il tenait son pied dans sa main et il le reposa par terre.

— Vous allez monter à cheval jusqu'à ce que nous nous arrêtions pour la nuit, décréta-t-il. Je vais utiliser la traîne pour vous bander.

Le crépuscule tombait presque quand Devlin entra dans le vestibule d'Adare. Le capitaine Brawley l'accompagnait, ses hommes étant restés dehors. Aussitôt, Cliff et Tyrell apparurent, suivis de Rex, du comte, de la comtesse et de Peter Sinclair. Ce dernier avait le teint cendreux et les yeux élargis.

Devlin rencontra le regard de Cliff. Cliff lui sourit légèrement.

Il savait que Cliff avait chevauché à toute allure à travers bois jusqu'à Limerick, et pas pour préparer son bateau à partir à l'aube, car il s'en était occupé la veille. Il avait laissé une fausse piste pour les soldats, et vu l'expression satisfaite de ses yeux le stratagème avait fonctionné.

— Les avez-vous trouvés ? demanda le comte à Brawley, en évitant soigneusement de regarder Devlin.

— Je crains que non. Il semble qu'ils soient partis pour Limerick. Je vais attendre des informations des hommes que j'ai envoyés dans le nord, répondit le capitaine.

Le comte hocha la tête.

— J'apprécie vos efforts pour mon compte, Thomas. Je suis au désespoir de retrouver mon fils.

Brawley hésita.

— Je sais, milord. Espérons tous que cette affaire se terminera bien.

Il s'inclina et sortit.

Le comte se tourna vers le jeune Sinclair.

— Peter, voulez-vous me rejoindre avec votre père pour un autre verre ? Il n'y a rien de plus à attendre ce soir.

Peter riva un regard éperdu sur Devlin.

— Ce vaurien est votre frère, capitaine ! Pensez-vous vraiment qu'il soit parti pour Limerick ? Et qu'en est-il d'Eleanor ? Tout le monde jure qu'elle n'a rien à craindre de lui, mais je n'en suis pas convaincu !

— Mon frère est innocent des charges levées contre lui, dit Devlin, posant la main sur l'épaule du jeune homme.

— Il est accusé de meurtre, sir, de meurtre et de trahison ! s'exclama Peter.

— Sean est un gentleman, pas un brigand. Et c'est un patriote.

— Un patriote irlandais, peut-être ?

— Nous faisons partie de l'Union, déclara Devlin de son air le plus imposant. Il est patriote autant que vous. Eleanor est sa belle-sœur — il ne lui ferait jamais de mal. Au contraire, il donnerait sa vie pour elle.

Sinclair finit par hocher la tête, en gardant l'air égaré.

— Je ne comprendrai jamais pourquoi elle est partie avec lui.

Le comte s'approcha de lui.

— Eleanor a toujours été impétueuse et brusque, j'en ai peur. Essayons de ne pas nous inquiéter. Sean veillera sur elle et je suis certain que demain on les retrouvera tous les deux. Vos tracas s'apaiseront quand vous pourrez lui parler, et de notre côté, bien sûr, nous commencerons à faire en sorte de blanchir le nom de Sean de ces terribles accusations.

Peter le fixa, puis secoua la tête et marmonna :

— Excusez-moi. Je crois que je vais sortir. J'ai besoin de réfléchir.

Quand il fut parti, Rex dit d'un ton crispé :

— L'un de nous devrait aller avec lui. Il pourrait être un allié utile, si Sean est arrêté.

— Tu as raison, dit le comte. Tyrell, va apaiser le jeune Sinclair. Persuade-le que Sean a été jugé à tort, condamné à tort et emprisonné à tort. Et quand ce sera fait, essaye de le convaincre qu'Eleanor a agi follement, par affection pour un *frère* chéri.

Il était sombre.

Tyrell acquiesça gravement et suivit Sinclair.

— Que s'est-il passé ? demanda le comte à Devlin.

— Ils sont allés vers le sud, pour rejoindre Cork. Ils n'étaient qu'à quatre milles d'ici, de l'autre côté de la rivière. Toutefois, je me suis assuré qu'ils ne laissent pas de traces et Brawley croit qu'ils sont partis vers le nord et Limerick.

Le comte opina et se tourna vers Cliff.

— Peux-tu mettre les voiles à l'aube ?

— Je peux amener *The Fair Lady* à Cobh en deux jours au pire, répondit Cliff, le regard dur. Mais qu'en sera-t-il d'Eleanor ?

Un bref silence tomba et des coups d'œil furent échangés. La comtesse s'avança entre eux, mais elle ne regarda que son époux.

— C'est une femme adulte, maintenant, et elle n'a jamais cessé d'aimer Sean.

— Et si nous ne parvenons pas à annuler les charges qui pèsent contre lui ? S'il n'y a pas d'amnistie ? C'est un hors-la-loi, Mary, et il devra quitter le pays. S'il est pris et qu'elle est avec lui ? Si elle est accusée de conspiration et de trahison ?

Mary était pâle.

— S'il veut d'elle avec lui, nous ne la convaincrons jamais de l'abandonner, dit-elle. Chéri, je sais que vous êtes en colère contre Sean. Mais je connais mon fils. Il est tombé amoureux d'elle, Edward. Il n'y a pas d'autre explication à sa conduite.

— Pour l'heure, je ne suis pas sûr de me soucier de ce qu'il ressent pour Eleanor, déclara le comte d'un ton abrupt. Sinclair est un bon parti — il est titré, riche et n'est pas un hors-la-loi, mettant sa vie en danger.

Mary se raidit.

— Alors, même en sachant qu'Eleanor a aimé mon fils toute sa vie, vous seriez opposé à eux ?

Edward de Warenne était tout aussi rigide.

— Avant que Sean prenne les armes contre les Anglais, j'aurais accepté leur union ! Je l'ai élevé comme un fils — il est mon fils ! Mais vous n'attendez sûrement pas que je laisse Eleanor épouser un hors-la-loi ?

— Si c'est ce qu'elle veut et ce qu'il veut aussi, je n'attends pas autre chose.

Une terrible tension s'installa dans la pièce.

Devlin s'avança entre eux. Il dédia à sa mère un sourire rassurant, qui adoucit la dureté de son visage. Puis il fit face au comte.

— Edward, il ne s'agit pas de cela pour l'instant. Un mariage entre mon frère et votre fille n'est pas d'actualité. Nous ignorons leurs intentions. Mais je sais une chose : Sean ne mettrait jamais Eleanor délibérément en danger, car, ne fût-ce que comme une sœur, il l'aime trop.

— C'est pourtant ce qu'il a fait ! se récria le comte. Et j'ai peur pour eux deux !

— Je sais. Toutefois, il ne sera pas pris, déclara Devlin avec fermeté et assurance. Et je préfère être celui qui l'emmènera à l'étranger.

Cliff lui prit le bras.

— Tu as une femme et deux enfants. Pas moi. Je m'occuperai de Sean. Et si Eleanor est avec lui, je m'occuperai également d'elle. Il me déplaît de le dire, mon cher frère, mais je peux distancer et battre n'importe qui — y compris un navire anglais qui pourrait nous poursuivre.

Devlin lui fit face.

— Si tu crois sincèrement être invincible, tu risques d'être déçu, mon garçon. Il y a une base navale à Cobh, l'as-tu oublié ?

Cliff sourit fraîchement.

— Je n'ai jamais perdu une bataille en mer et je n'ai pas l'intention de commencer. Quant à la marine qui se trouve là, la moitié des marins sont des couards qui sauteront du bateau au premier signe de danger.

Rex s'immisça entre eux en boitant.

— Vous voulez vous mesurer l'un à l'autre, maintenant ? Je ne pense pas ! Celui qui fera sortir Sean d'Irlande, avec ou sans Eleanor, ne pourra peut-être jamais revenir. Aussi, j'ai un plan.

Mary s'était assise, le visage tendu et les bras serrés sur sa poitrine.

— Parlez, Rex, dit-elle.

— Cliff peut voguer jusqu'à Cobh, mais il sera notre couverture. Devlin, tu dois te procurer discrètement un bateau rapide et armé. Ce bateau sera également envoyé à Cobh, si l'achat n'est pas réalisé là. Quand nous retrouverons Sean, Cliff pourra mettre les voiles et détourner les Anglais. Devlin pourra alors l'emmener en sûreté, sans être poursuivi. Pendant ce temps, j'irai à Cork par les terres. Si je pars maintenant, je devrais arriver quelques heures seulement après eux, et leur piste sera encore fraîche.

Une toux retentit, et les têtes se tournèrent. Rory McBane se tenait sur le seuil.

— J'ai décidé d'intervenir, déclara-t-il, parce que vous allez avoir besoin de mon aide.

Le soleil s'était enfin couché. Eleanor n'avait jamais été aussi heureuse de voir arriver la nuit. Pendant que Sean s'occupait du cheval, l'épuisement la terrassa tout à coup. Elle se dirigea en boitant vers un endroit herbeux de la clairière et étala sa traîne, la repliant plusieurs fois. Elle avait les bras nus, car elle n'avait pas de châle, et il faisait déjà froid. Elle s'assit en frissonnant, le corps meurtri et affamée, mais elle n'avait jamais été aussi heureuse.

Sean était revenu la chercher. C'était un rêve devenu réalité, un miracle. La nuit dernière avait tout changé. Manifestement, il lui retournait ses sentiments, ou commençait à le faire. Et puisqu'ils avaient évité les soldats, le pire était sans nul doute passé. Ils arriveraient bientôt à Cork, et peu après ils vogueraient ensemble vers l'Amérique.

Car rien d'autre n'aurait de sens. Si Sean était revenu la chercher, s'il tenait à elle comme à une femme, il devait vouloir qu'elle parte avec lui.

Elle serra ses genoux contre sa poitrine et l'observa. Elle avait mal aux pieds, mais il lui semblait qu'elle marchait sur des nuages. De la faible distance qui les séparait dans la clairière, Sean avait dû sentir son regard, car il jeta un coup d'œil vers elle. Puis il détourna les yeux.

— Comment allez-vous ?

Le sourire d'Eleanor s'estompa. D'un autre côté, il

s'était comporté étrangement toute la journée. Elle pensait savoir pourquoi — il était embarrassé par sa conduite de la veille. Oserait-elle lui dire que cela n'avait pas d'importance ? Ce qui comptait, c'était chaque instant à partir de ce jour-là.

— Je suis harassée, j'ai froid et je meurs de faim ! répondit-elle. Mais je vais bien, Sean.

Elle entendit combien son intonation était veloutée.

Il se raidit. Puis, délibérément, il en finit avec l'étalon, qui se mit à paître. Il prit le sac attaché à la selle et vint vers elle.

— Je ne veux pas allumer de feu, dit-il lentement.

Elle comprenait. Les soldats conduits par Brawley avaient peut-être fait demi-tour, mais n'importe qui pouvait les trouver, et, bien sûr, il y avait d'autres troupes stationnées à travers l'Irlande.

— Je pense que je peux survivre à la nuit sans feu, dit-elle avec un doux sourire.

Il leva les yeux, rencontrant brièvement les siens.

— Vous avez froid. Il va faire plus froid encore. Nous n'avons rien à part la traîne. Vous n'aurez pas chaud.

Elle songea aussitôt à la façon la plus évidente de se tenir chaud et sourit. Dans ses bras, elle n'aurait jamais froid. Et cette fois, il y aurait de l'amour entre eux, pas seulement une passion explosive. Sa poitrine se contracta.

— Je ne m'inquiète pas au sujet du froid, murmura-t-elle.

Il sursauta.

— Qu'est-ce que cela signifie ? demanda-t-il.

Elle se leva et lui prit la main.

— Vous avez si peur de me regarder ! s'exclama-t-elle. Sean, si quelqu'un doit être embarrassé à propos d'hier soir, c'est moi.

Il se libéra.

— Il y a du pain et du fromage, dit-il farouchement, en s'agenouillant et en ouvrant le sac.

Elle hésita, se mordant la lèvre. Elle se rappela ce qu'elle avait ressenti à l'avoir profondément en elle.

— Sean, ma conduite a été répréhensible, vraiment, mais…

Il releva les yeux d'un air irrité.

— Je ne veux pas parler de la nuit dernière.

Elle tressaillit.

— Je sais que le sujet n'est pas convenable, mais au moins votre réticence prouve que vous êtes toujours un gentleman.

Il se leva, incrédule.

— Mon comportement a été celui d'un gentleman ? Etes-vous folle ?

Elle rougit, terriblement mal à l'aise.

— Je vous ai encouragé…

— J'ai dit que je ne voulais pas parler de cela. En ce qui me concerne, cela n'est jamais arrivé ! s'écria-t-il.

Elle se crispa, refusant de le croire. Il s'agenouilla, coupant violemment le fromage en quatre et le pain en deux.

Elle se laissa tomber à genoux près de lui.

— Je ne comprends pas. Pourquoi êtes-vous en colère ? L'êtes-vous contre moi ?

Il s'arrêta, le couteau à la main, fixant leur repas.

— Je suis en colère… contre moi-même, dit-il d'un ton bref, cherchant visiblement ses mots.

Il releva les yeux, le regard dur.

— Je suis en colère… parce que vous êtes impliquée. Je suis en colère… de m'être servi de vous hier soir.

Il devint écarlate.

— Je ne puis me supporter moi-même !

Il donna un coup de couteau dans le sol.

Elle le regarda se lever et marcher à grandes enjambées, ne voulant pas croire qu'il l'avait utilisée.

— Mais vous êtes revenu me chercher.

Il tournoya sur lui-même.

— Je suis revenu… sapristi… pour faire mes adieux. Mangez ! ordonna-t-il.

Et il ajouta d'une voix dangereuse :

— Je le pense, Ellie.

— Mais nous n'êtes pas parti. Vous êtes revenu — *pour moi*.

Elle le contempla.

— N'est-ce pas vrai ?

Il baissa les yeux sur elle.

— Je regrette de l'avoir fait !

Elle poussa une exclamation étouffée, choquée, couvrant son cœur battant de ses deux mains.

— Vous regrettez d'être revenu me chercher ?

Il lutta pour se reprendre, ou peut-être pour trouver ses mots.

— J'ai passé ma vie… toute ma vie… à vous protéger. A venir à votre secours… à vous sauver. Vous ne devriez pas être avec moi.

— Je ne suis pas d'accord ! s'écria-t-elle. Et je ne puis croire que nous nous disputions à ce sujet quand je suis avec vous, maintenant, et que hier soir vous avez pris mon innocence.

Les yeux de Sean étincelèrent.

— Qu'est-ce que cela signifie ?

— Je pensais que c'était pour cela que vous étiez revenu. A cause de ce qui s'est passé dans ma chambre.

— A quoi pensez-vous ? demanda-t-il d'une voix sourde et brutale.

Elle humecta ses lèvres, effrayée.

— Je ne suis plus vierge. Vous avez le devoir de m'épouser — et de m'emmener avec vous.

Il se contenta de la fixer.

— Oh, mon Dieu, murmura-t-elle en s'enveloppant de ses bras. Vous ne songez pas au mariage, n'est-ce pas ?

Il secoua la tête.

— Je songe à vous renvoyer chez vous, à Adare, où est votre place. Où le comte peut vous protéger, répondit-il avec raideur.

Elle poussa un cri, portant une main à sa bouche.

— Et je regrette, dit-il farouchement. Je regrette beaucoup. Je n'ai jamais eu l'intention… de vous emmener avec moi ! Je vous ai déjà dit combien je regrette. Je vous ai dit… d'épouser Sinclair ! Et je ne suis pas un gentleman — ne pleurez pas —, Sean O'Neill n'existe plus. Mais vous ne voulez pas écouter. Vous ne pouvez vous enfuir avec un fugitif. Pourquoi n'êtes-vous pas raisonnable ? s'écria-t-il, cherchant son souffle.

Elle se détourna, au-delà du choc. La veille au soir elle lui avait offert son lit sans attaches, mais quand il était revenu elle avait pensé que son intention était le mariage. Elle s'était trompée. Peut-être était-il temps d'écouter ce qu'il essayait de lui dire. Il ne cessait d'affirmer que Sean O'Neill était mort. Elle avait refusé de le croire. Mais l'homme qu'elle avait aimé toute sa vie se serait détourné d'elle la nuit dernière, au lieu de prendre son innocence, s'il ne l'aimait pas en retour. L'homme qu'elle aimait depuis toujours ne serait pas devant elle maintenant, comme cela, lui disant d'épouser Sinclair après l'avoir possédée.

Elle lui fit face avec fureur.

— Alors pourquoi m'avez-vous emmenée avec vous ? Pourquoi ? Si ce n'était pas pour faire une honnête femme de moi, pourquoi ? Je ne comprends pas !

— Je ne sais pas ! s'écria-t-il. Je ne sais tout simplement pas ! Bonté divine ! Vous m'appeliez, vous hurliez mon nom comme Ellie le faisait. Je suis revenu vers vous… comme une centaine de fois auparavant !

Elle le gifla de toutes ses forces. Le bruit de sa paume sur sa joue résonna comme un coup de fouet.

— Je ne suis pas cette petite fille que vous étiez toujours en train de cajoler et de sauver ! Je suis la femme dont vous avez pris la virginité. Mais que suis-je, à présent ? Vos restes, à écarter comme de vulgaires rebuts ?

Il secoua la tête, les yeux étrangement humides.

— Sinclair vous aime.

— Je ne retournerai pas à lui — non qu'il veuille encore de moi ! Comment osez-vous essayer de vous débarrasser de moi auprès de lui, après avoir couché avec moi !

Elle voulut le frapper de nouveau — elle souhaitait le frapper jusqu'à ce qu'il perde connaissance —, mais il saisit son poignet.

— Ellie !

Il parla d'un ton pressant, pendant qu'elle luttait pour se dégager et le frapper encore plus fort.

— Je dois vous protéger… Je vous en prie, comprenez. Sinclair est *anglais*. Si vous l'épousez, personne ne vous poursuivra, ne vous fera de mal. Il peut vous garder en sécurité !

Elle s'éloigna de lui avec brusquerie.

— Maintenant, c'est vous qui êtes fou. Il ne me reprendra jamais après ce que nous avons fait, l'abandonner à l'autel. Nul ne me fait de mal, sauf vous !

Un terrible moment s'ensuivit. Puis, lentement et calmement, il dit :

— Vous direz que vous m'aimez… comme un frère. En tant que sœur, vous deviez m'aider à m'échapper. Sinclair vous croira. Il y a des moyens… de le convaincre.

Eleanor tremblait sans pouvoir se contrôler.

— J'ai été une sotte. Je vous ai donné mon corps, et j'aurais donné ma vie pour vous, mais pour quoi ? Pour être traitée de cette façon ? Est-ce que vous m'avez jamais aimée, même lorsque nous étions enfants ?

Elle avait l'impression que son cœur saignait et elle commença à s'enfoncer dans les bois.

— Sacrebleu !

Sean lui courut après, l'attrapa par-derrière et la ramena dans la clairière.

— Où allez-vous ? Il y a des loups !

— En ce moment, cela m'est égal ! Je veux être le plus loin possible de vous ! cria-t-elle, se tordant sauvagement jusqu'à se libérer de lui.

Elle essuya les larmes de son visage. Elle ne verserait pas une larme à cause de lui, ni devant lui ; mais les larmes coulaient quand même.

— La leçon m'a servi. Vous ne m'aimez pas, vous ne m'avez jamais aimée et je vais cesser de vous aimer. Vous ne méritez pas mon amour !

Il était immobile et la fixait. Elle le fixa en retour.

— Bien, dit-il.

Ce n'était pas la réponse qu'elle avait espérée.

— La nuit dernière, vous vous êtes servi de moi — je crois que ce sont vos mots exacts. La nuit dernière, j'ai été votre *catin*.

Il inspira et ses yeux s'élargirent.

— Non ! Ce n'est pas vrai.

Elle serra ses bras autour d'elle.

— Je voulais que vous me fassiez l'amour, Sean — quelle sottise c'était ! Mais ce n'est pas ce qui s'est passé, n'est-ce pas ?

Il ne parla pas pendant un long moment.

— Non, répondit-il lentement et avec soin. Ce n'est pas ce qui s'est passé.

Elle le gifla de nouveau et il la laissa faire.

10

Il la contemplait.

Ellie s'était drapée dans la traîne de sa robe de mariée, mais était-ce pour se protéger du froid ou pour avoir plus de confort, il ne le savait pas. La nuit était tombée autour d'eux, pesante et sombre, mais éclairée par les étoiles. Il était soulagé qu'elle ne soit pas aussi froide qu'il l'avait craint. Il comprit qu'Ellie avait fini par s'endormir, car sa respiration était lente et profonde.

Il s'assit adossé à un arbre, afin de monter la garde contre des soldats et tout ce qui pourrait représenter une menace. Mais la nuit était douce et tranquille. Une chouette hululait, un bruit sourd et paisible, des criquets chantaient et de temps en temps Sean entendait l'étalon qui remuait en paissant. Si la journée avait été différente, si leur situation avait été différente, cette nuit eût été une occasion à goûter et à savourer.

Mais il n'y avait rien à goûter ou savourer, maintenant.

Sean avait remonté ses genoux contre sa poitrine, les bras passés légèrement autour d'eux. Ellie avait lutté contre ses larmes et n'avait pas réellement pleuré. Il l'avait blessée de nouveau, plus terriblement encore que la nuit précédente, et il ne parvenait pas à surmonter ce fait.

Comment cela leur était-il arrivé, quand il avait passé sa vie à prendre soin d'elle et à la protéger de tout et de tout le monde ? A présent, apparemment, elle avait besoin d'être protégée de lui.

Et peu importait qu'elle ne soit plus une enfant. Ce serait toujours son devoir de veiller sur elle. Seulement, il s'en était rendu compte trop tard.

Son regard glissa du long dos mince d'Ellie vers les bois. Les soldats étaient loin dans le nord, maintenant, il en était certain. Il devait remercier Devlin de leur avoir échappé.

Mais qu'en était-il d'Ellie ?

Je vais cesser de vous aimer.

Il ne voulait pas se rappeler ses paroles. Ce serait pour le mieux ; il n'avait jamais demandé ou souhaité un tel amour, une telle loyauté, une telle confiance. Mais sa déclaration ne le soulageait pas. A la place, il sentait son corps supplicié comme s'il était écartelé. Son esprit restait torturé. Et, étrangement, ces mots l'effrayaient.

Jetant un bref coup d'œil prudent au périmètre de la clairière, il prit son visage dans ses mains. *Elle avait tellement changé ; et, en même temps, elle n'avait pas changé du tout.* Il ne savait pas que faire. Bien sûr qu'elle devait cesser de l'aimer ; elle devait épouser et aimer Sinclair. Mais pourraient-ils jamais redevenir amis ? Il ne s'était jamais senti si dérouté. Les souvenirs l'assaillaient. Ellie enfant, suivant ses frères et lui ; Ellie plus grande, l'espionnant même lorsqu'il couchait avec une fille ; Ellie à son côté, les mains à vif et le visage brûlé par le soleil, l'aidant à rebâtir Askeaton.

Il crispa les paupières. La ramener à Adare et lui faire épouser Sinclair était sa priorité. S'il pouvait encore s'échapper, il le ferait ; sinon, il mourrait en sachant qu'elle était convenablement protégée et aimée. Mais il n'était pas assez fou pour croire qu'elle lui pardonnerait un jour de l'avoir utilisée comme il l'avait fait, ou de ne pas lui retourner son amour. Ils ne redeviendraient pas amis, même s'il était capable d'une telle amitié, ce qu'il n'était pas. En outre, il était hautement improbable qu'il reste en vie pour être son ami.

Ce qu'il désirait vraiment savoir, c'était si elle le haïssait.

Il le comprendrait. Elle avait toutes les raisons de le mépriser, maintenant. Mais il ne parvenait pas à admettre cette notion. Il ne pouvait concevoir comment leur relation, qui avait duré une vie entière, avait abouti à une telle conclusion, avec lui blessant Ellie à toute occasion et elle le haïssant pour cela.

Il faisait frais, mais de la sueur lui coulait sur les tempes. Si le haïr pouvait la tenir à distance, alors il devrait accueillir avec joie sa colère et sa haine. Il *devait* garder Ellie en colère, se dit-il, afin de l'écarter — afin de la pousser dans les bras d'un autre homme.

La chouette hulula de nouveau ; ce son aurait dû l'apaiser, mais il ne le fit pas. Ses tempes le lançaient. Ou peut-être était-ce sa poitrine qui lui faisait mal. L'image d'Ellie demeurait dans son esprit, en larmes, furieuse et dévastée.

La nuit s'adoucit incroyablement, caresse soyeuse sur sa chair, devenant le cocon du sommeil. L'expression d'Ellie s'adoucit aussi, et elle lui souriait. Non, c'était Peg qui lui souriait, si étrangement pâlie. Quand il comprit qu'il rêvait, la panique s'empara de lui.

Il ne voulait pas retourner à ces nuits d'horreur et de mort !

*
* *

— Pourquoi ne m'aimes-tu pas, Sean ?

Il se tendit, en proie à la confusion. Dans le rêve, Peg ne lui posait jamais la question qu'elle n'avait pas été capable d'exprimer quand elle était en vie, mais son trouble avait toujours été présent dans ses yeux pâles.

— Pourquoi ne veux-tu pas m'aimer, Sean ?

Son cœur s'emballa et il fut choqué quand elle parla de nouveau. Sauf que cette fois, ce n'était pas Peg qui parlait. Il fixa la femme dans ses bras et c'était Ellie, belle, entière et bien vivante. Ellie, avec ses yeux ambrés qui brillaient, son amour reflété dedans, son amour et sa confiance. Il devint terriblement perturbé et effrayé. Ellie n'aurait pas dû être là, dans son rêve, par cette nuit maudite où Peg avait été violée et assassinée !

Il voulait lui dire de se hâter et de partir avant que les soldats arrivent ; il voulait la tenir et implorer son pardon, puis il voulait l'apaiser et lui dire qu'il l'aimait.

Il n'aimait pas la façon dont le rêve se déroulait, mais il était trop tard — la troupe de villageois en colère apparaissait et il savait qu'il devait les empêcher de marcher sur la propriété de lord Darby. Il savait ce qui arriverait s'ils se présentaient aux grilles en fer forgé. Il essaya de leur dire que rien de bon ne pourrait en sortir, mais sa voix ne répondait pas — il ne pouvait prononcer les mots ! Sa panique s'accrut — il tenta d'attraper le bras de Boyle, le père de Peg, mais celui-ci ne parut pas s'en apercevoir. Il essaya de retenir Flynn, mais il disparut sous ses yeux et la propriété était en feu, les soldats étaient là et il était là aussi, sa dague plantée dans le ventre d'un habit rouge, un jeune garçon, de fait, qui leva les yeux vers lui avec une question inexprimée. Et quand Sean le déposa à terre, il rencontra le regard bleu étincelant d'un officier anglais — le lieutenant-colonel Reed qui le fixait avec une haine sans bornes.

Sean comprit ce que Reed avait l'intention de faire. Parce qu'Ellie se tenait là, à présent, n'ayant aucune idée de ce qu'elle allait subir, horriblement et brutalement, entre les mains de Reed. Il ne pouvait pas laisser Reed la massacrer, comme il avait laissé ces hommes massacrer Peg et Michael. Et juste comme il se disait cela, l'officier disparut.

Ellie était dans ses bras, lui souriant, les yeux emplis d'amour.

Il la tint, son cœur battant comme un fou, à peine capable de croire qu'elle avait échappé au viol et à la mort. Il la tint serrée contre lui, submergé de soulagement, mais ce soulagement changea aussitôt. Elle était si chaude dans ses bras, si douce, si réelle, qu'il se raidit, aveuglé par le désir. Il trouva sa bouche et ils s'embrassèrent, une tendre caresse sur les lèvres, puis la faim qu'il avait d'elle l'emporta, impossible à contrôler. Il n'avait jamais eu besoin de quelqu'un comme il avait besoin d'elle. Et elle le savait. Elle lui sourit, comprenant, et lui fit signe. Il poussa un cri, se retenant, bougeant lentement et profondément en elle, prêt à exploser…

Sean se réveilla dans les affres du désir, à peine à même de comprendre qu'il avait rêvé. Il bondit sur ses pieds, s'efforçant de contrôler un besoin insatiable. Il jeta un coup d'œil farouche à Ellie, mais elle dormait toujours profondément, épuisée. Le rêve avait été douloureusement réel.

Maintenant encore, il était excité. Il essuya la sueur de son front, s'étant avancé sans le vouloir pour se tenir au-dessus d'elle. Il était censé monter la garde, mais il s'était endormi. Il était censé la protéger de leurs ennemis, mais, à la place, il lui avait fait l'amour dans ses rêves. Il était furieux contre lui-même. Il se détourna vivement et fit le tour de la clairière, mais tout était calme. L'étalon restait bien éveillé, la seule sentinelle dont ils avaient besoin.

Sean s'arrêta, inspirant à fond, s'efforçant de dissiper le pressant besoin physique qui affectait son corps dur et brûlant. Ellie allait-elle hanter son cauchemar, maintenant ? Il avait fait exactement le même rêve pendant deux ans, mais soudain il avait changé et Ellie avait pris la place de Peg. Il frémit, effrayé. Qu'est-ce que cela signifiait ? Pourquoi son esprit lui jouait-il de tels tours ? Elle n'avait jamais été dans le petit village de Kilvore et n'y serait jamais. Elle ne se trouverait jamais face à face avec son pire ennemi, Reed. Et il ne la prendrait jamais dans ses bras de cette façon-là, car il valait mieux qu'elle cesse de l'aimer et retourne à Sinclair. Il n'avait rien à lui offrir, à part une vie de fuite et la coquille vide d'une âme.

Il y avait un petit ruisseau au bord de la clairière, et il avait besoin de s'asperger d'eau froide. Puis il changea d'avis. Il ne pouvait la laisser seule, même un moment. Alors, il retourna à l'endroit où il avait été assis, mais il ne s'assit pas. A la place, il contempla Ellie qui dormait.

S'il ne se trompait pas, dans ce maudit rêve il lui avait dit qu'il l'aimait, et ce n'était pas un mensonge.

Cela avait été un mauvais tour de son esprit, car cela ne pouvait être vrai. Il ne lui restait pas de cœur et donc il était incapable d'aimer quelqu'un, ce qui était dans l'ordre des choses.

Eleanor se tenait rigide derrière Sean qui ouvrait une porte en pin abîmée, dans un couloir sombre et encombré au sommet d'un escalier très étroit. L'unique pièce dans laquelle Sean et elle allaient se cacher se situait au-dessus de l'échoppe d'un cordonnier, dans une rue qui surplombait l'un des nombreux canaux parcourant Cork. Il était difficile de croire qu'ils allaient rester là, même provisoirement. Un rat avait détalé sous l'escalier quand ils étaient entrés et il n'y avait pas de lumière dans la petite entrée du rez-de-chaussée, ni sur le palier où elle se trouvait à présent. Le bâtiment sentait le vinaigre — ou était-ce l'urine ? La porte que Sean poussait présentait un trou entre deux de ses quatre planches. Jadis, elle avait probablement été peinte en vert. Maintenant, elle était d'une vilaine couleur grise là où le bois n'était pas à nu.

Sean se mit de côté et la regarda, essayant de rencontrer ses yeux.

— Ce n'est pas luxueux, mais c'est un bon endroit où se cacher, dit-il lentement.

Eleanor refusa de le regarder. Elle passa devant lui, prenant soin que son jupon ne le frôle pas, et s'arrêta au milieu de la pièce maigrement meublée. Sean la suivit et ferma la porte à double tour.

Ils avaient voyagé depuis le matin de très bonne heure. Bien qu'Eleanor n'ait pas cru pouvoir se reposer, elle s'était endormie à l'instant où elle s'était allongée et drapée dans le reste de sa traîne. Elle avait dormi profondément, d'un sommeil sans rêves, épuisée. Ils avaient prévu que Sean monterait la garde pendant deux heures et dormirait à son tour tandis qu'elle resterait réveillée, mais il ne l'avait pas réveillée avant l'heure de partir.

S'il attendait de la gratitude de sa part, il n'en recevrait pas. Il n'était pas un gentleman et l'avait prouvé en ne considérant même pas de l'épouser. Il s'était servi de son corps ; il l'avait reconnu très clairement. Elle ne comprendrait jamais pourquoi il était revenu la chercher, et peut-être cela valait-il mieux. Pour le reste, elle avait fini par comprendre. L'homme qu'elle avait aimé toute sa vie avait disparu. Un étranger sombre et même dangereux avait pris sa place, quelqu'un qui ne respectait pas les dames et ne la respectait pas, elle.

Eleanor était engourdie. Elle jeta un coup d'œil autour d'elle. Un évier en fer-blanc s'adossait à un mur en planches. Il y avait un poêle en fonte et un panier de petit bois à côté, un petit placard au-dessus. Une petite table bancale et deux chaises tout aussi rudimentaires se dressaient au centre de la pièce, taillées dans du pin bon marché. Contre le mur opposé se trouvait un seul lit, avec une couverture rouge et des draps qui avaient jadis été blancs et étaient maintenant de couleur beige. Face à la porte, il y avait une fenêtre sale avec des rideaux passés, et des portemanteaux auxquels était accrochée une tenue de gentleman complète, avec un gilet et une chemise à ruchés. Des bas et des souliers étaient posés par terre, au-dessous. Cet ensemble de bonne coupe jurait avec le reste de la chambre.

— Je sais que vous n'avez jamais été dans un taudis, dit Sean d'un ton crispé, mais ce ne sera pas pour longtemps.

Eleanor se dirigea en boitant vers la fenêtre et vit l'un des canaux de la rivière Lee. On apercevait quelques petites barques et un sloop avec des passagers sur le point de débarquer. Quelques vendeurs de rue se trouvaient sur le quai et un cheval passait avec une charrette. Elle se détourna de cette scène assez plaisante, prit une chaise à la table et s'assit. Tandis qu'elle ôtait ses souliers sales, elle se demanda si elle ignorerait Sean durant le temps qu'il leur restait à passer ensemble, d'autant qu'il semblait vouloir requérir son attention, maintenant. Mais cette conduite était puérile, surtout qu'elle souhaitait lui répondre, et elle finit par le regarder.

Il la fixait avec une telle intensité qu'elle en fut déconcertée. Mais à l'instant où elle croisa son regard, il détourna les yeux et abaissa ses longs cils sombres. Pourquoi l'avait-il dévisagée ainsi ?

Et son stupide cœur se retourna. Elle inspira. Cet homme était un étranger, quelqu'un qu'elle ne connaissait pas — quelqu'un qu'elle n'avait pas envie de connaître.

— Je ne peux pas oublier, dit-elle. Vous me renvoyez chez moi. Quand ?

Comme elle paraissait amère !

Il croisa les bras sur sa poitrine, qui, malgré sa maigreur, restait large et forte. Eleanor souhaita ne pas l'avoir remarqué.

— Dès que possible… Mais je ne puis vous renvoyer chez vous avec n'importe qui, Ellie.

Il rougit.

— Eleanor, corrigea-t-il. Je dois vous trouver une escorte de confiance… quelqu'un qui veillera sur vous au péril de sa vie.

Ainsi c'était Eleanor, à présent, pensa-t-elle sombrement.

— Et avant que je parte, allez-vous me donner des instructions précises sur la façon de faire croire à Peter que je suis vierge ?

Elle avait parlé d'un air détaché, sans émotion.

Il tressaillit, le teint écarlate, maintenant.

— Oui.

Il lui tourna le dos, les mains enfoncées dans ses poches.

— Peut-être feriez-vous bien de m'instruire maintenant, déclara-t-elle d'un ton coupant. Etes-vous un expert dans l'art de déflorer une femme, puis d'apprendre à l'objet de vos précédentes affections à jouer la comédie ?

Il lui refit face.

— Je comprends que vous soyez en colère contre moi. Vous êtes en droit de l'être.

— Je ne suis pas en colère.

Elle sourit fraîchement et se leva.

— J'ai compris que vous aviez raison. Vous avez changé. Sean O'Neill est mort. J'aimerais rentrer dès que possible retrouver mon fiancé. J'étais amoureuse avant que vous reveniez, et j'ignore ce qui m'a pris de poser les yeux sur un homme comme vous.

Il pâlit.

Elle avait voulu le blesser, et elle le connaissait encore assez bien pour savoir qu'elle avait réussi. Elle vit la blessure dans ses yeux. Elle n'aurait pas dû s'en soucier. Il était temps pour elle de rentrer et d'épouser Peter. Mais, par le ciel, elle ne pouvait s'empêcher de penser que Sean avait assez souffert.

Son visage était devenu un masque sans expression. Il alla jusqu'au poêle et se mit à le remplir de petit bois.

Il faisait frais dans la pièce ; elle ne protesta pas. Elle vit qu'il était tendu et irrité. Elle regretta d'avoir parlé si cruellement.

— Puis-je vous aider ? demanda-t-elle.

— Non.

Il utilisa une pierre à briquet pour allumer le feu, et, une fois qu'il flamba, il referma fermement le poêle. Il ne regarda pas Eleanor tandis qu'il revenait à une chaise et la tirait pour s'asseoir. Il étira ses longues jambes devant lui et renversa la tête en arrière. En cet instant, Eleanor s'avisa qu'il était harassé.

Il s'était échappé de prison juste quelques jours plus tôt et, depuis, il avait fui ses poursuivants. L'avant-dernière nuit il avait dormi dans les bois et, la veille, il était resté éveillé pour guetter les soldats. Elle ne voulait pas se sentir navrée pour lui, mais il était évident qu'il était à bout de ressources physiques. Elle hésita, contemplant chacun de ses traits ; enfin, son expression était détendue. Le regard d'Eleanor glissa sur la ligne dure de sa gorge, puis sur les aplats encore plus durs de son torse. Sa chemise blanche le moulait.

Il ouvrit les yeux, rencontrant les siens. Elle sentit qu'elle rougissait.

— Vous devez être fatigué. Pourquoi n'ôtez-vous pas vos bottes ? Je monterai la garde.

Elle ne lui sourit pas. Mais elle était une femme compatissante et elle ne pouvait traiter Sean autrement que n'importe qui dans sa situation.

Il n'avait pas bougé de sa position relâchée, mais il gardait les yeux fixés sur elle, à présent. Puis il se redressa, levant une jambe pour attraper sa botte. Il grogna.

Eleanor se détourna, voulant l'aider mais se rappelant qu'il était un goujat dénué de conscience. *J'ai peur... pour vous !* Elle ignorait pourquoi il avait peur pour elle, quand il était celui qui avait des ennuis, et elle ne souhaitait pas se le rappeler disant cela.

Elle sc rendit compte tout à coup qu'il avait du mal à ôter sa botte. Il était devenu blanc comme un linge, la sueur coulait sur son front et il paraissait souffrir. Elle ne put s'en empêcher. Elle alla à lui.

— Je vais le faire, dit-elle.

Leurs regards se heurtèrent ; il détourna aussitôt les yeux.

— Merci.

Face à lui, elle prit sa botte et tira aussi fort qu'elle put. La botte vint, mais Sean retint une exclamation et blêmit plus encore.

Elle vit tout de suite pourquoi. Sa chaussette était en lambeaux et son pied en sang et enflé. Comment n'y avait-elle pas songé ? Il était resté enfermé pendant deux ans dans une cellule, il n'avait plus l'habitude de marcher, ni de porter des bottes. Et elle s'était plainte de ses trois malheureuses ampoules.

— Sean..., murmura-t-elle, souffrant pour lui.

Il reprenait des couleurs. Il arracha la chaussette ensanglantée, la jeta sur le côté et posa son pied par terre. Il tendit les mains vers son autre botte, mais elle l'arrêta.

— Laissez-moi faire, dit-elle, l'estomac noué.

Il leva les yeux vers elle, et cette fois il soutint son regard.

— Faites vite.

Elle hocha la tête, tirant l'autre botte. Il n'émit pas un son. Elle s'agenouilla à ses pieds et lui enleva sa chaussette pleine de sang.

— Il me faut de l'eau. Avons-nous du savon ?

Elle releva les yeux. Il avait la tête rejetée en arrière et respirait avec peine. Il mit un moment avant de parler et ne la regarda pas.

— Je vais bien.

Sa chemise était mouillée de sueur. Eleanor pouvait voir les moindres contours de son torse musclé.

Elle détourna son visage, luttant pour contrôler sa peur.

— Vous n'allez pas bien du tout. Et à moins que vous ne vouliez souffrir d'une grave infection, vos pieds doivent être soignés, Sean.

Elle resta silencieuse un moment.

— Pourquoi n'avez-vous rien dit ?

Il baissa les yeux sur elle.

— J'avais d'autres choses à l'esprit.

Il commença à se lever. Elle le repoussa sur sa chaise.

— Je vais chercher de l'eau et du savon. Ne bougez pas.

Il ne fit pas de commentaire et elle se leva, prit un seau

près de l'évier, où se trouvait un morceau de savon brun, et quitta la chambre. Il y avait une petite cour derrière l'échoppe, avec une pompe. Elle emplit rapidement le seau, craignant d'être vue ; mais la cour était déserte. Si les pieds de Sean avaient souffert aussi terriblement ces derniers jours, de quoi souffrait-il encore ? Elle avait remarqué que sa démarche avait changé, qu'il ne se mouvait pas avec la même agilité qu'avant. Elle comprit que chacun de ses muscles devait être raide et tendu.

Quand elle revint dans la chambre, il dormait profondément sur la chaise.

En cet instant, elle oublia qu'elle était blessée, rejetée, mise à l'écart. Elle oublia sa colère. Elle était terriblement inquiète pour lui et il n'y avait pas moyen de combattre cela ou de combattre ses sentiments. Il était épuisé, meurtri et atteint profondément dans son âme. Comment pouvait-elle rester en colère contre lui ? Si elle ne l'aidait pas, qui le ferait ?

En s'agenouillant devant lui, elle se demanda où cela les laissait, eux deux. Mais il n'y avait plus *d'eux deux*, pensa-t-elle en commençant à laver ses pieds avec soin. Il avait été clair là-dessus — et il avait raison. Il avait assez changé pour qu'il n'y ait plus jamais « eux deux ». Ils ne sauteraient plus jamais ensemble de ponts ou de falaises. Ils ne travailleraient plus côte à côte dans un champ, ne blanchiraient plus de mur ensemble et ne se battraient plus à coups de peinture. Elle s'arrêta soudain, attristée de façon intolérable. Son meilleur ami avait disparu — ainsi que l'homme qu'elle aimait. Elle ne pourrait jamais lui pardonner de l'avoir utilisée comme il l'avait fait, même si elle l'avait encouragé. Mais elle allait le soigner, et l'aider à fuir le pays sain et sauf.

Elle finit de nettoyer ses pieds et leva les yeux. Il était toujours profondément endormi, malgré la raideur de la chaise et sa position inconfortable. Et tandis qu'il dormait, elle put l'étudier. Son visage était peut-être plus émacié, maintenant, et il avait cette cicatrice sur la joue droite, mais ses traits demeuraient identiques, durs et beaux, à la fois douloureusement et merveilleusement familiers. Rester fidèle à ses nouvelles résolutions n'allait pas être facile, se dit-elle sombrement.

Elle jeta le linge qu'elle avait utilisé dans le seau et se leva.

— Sean ?

Elle lui prit la main.

— Sean, allez vous coucher.

Il ne bougea pas.

— Sean ?

Il ouvrit les yeux et la fixa sans la voir.

— Venez jusqu'au lit, dit-elle fermement, en le tirant.

Les coins de sa bouche se relevèrent.

— *Ellie.*

Il était à peine réveillé et elle le savait. Mais ce murmure avait été une invitation charmeuse qu'elle avait reconnue instantanément. *Et il avait souri.* Le cœur d'Eleanor exulta. Elle ne l'avait pas vu sourire une seule fois depuis qu'il était revenu, mais à présent, n'étant plus sur ses gardes, il avait essayé de le faire.

Elle donnerait n'importe quoi pour qu'il sourie de nouveau. Si elle y parvenait, l'ancien Sean lui reviendrait-il ?

Il se tenait debout, la main toujours dans la sienne. Elle se tendit quand son regard ensommeillé s'abaissa sur sa bouche et glissa lentement vers sa poitrine. S'il avait tendu la main pour la caresser, sa réponse n'aurait pu être plus vive. Son sang s'emballait dans ses veines, sa peau bourdonnait. Et les lèvres de Sean s'incurvèrent de nouveau, son regard voilé par ses paupières s'attardant sur ses hanches. Avant qu'Eleanor puisse réagir, il passa un bras autour de sa taille. Il l'attira à son côté, contre son corps dur. Elle s'était raidie, alarmée, mais en proie à une urgence qu'elle ne pouvait éviter.

— Venez avec moi, murmura-t-il en allant vers le lit.

Quand il s'allongea, il l'entraîna avec lui. Et elle se retrouva couchée près de lui, dans ses bras. Elle ne pouvait pas faire cela, pensa-t-elle, saisie. Mais son corps avait réagi et elle sentait une pulsation entre ses cuisses. Elle savait qu'il rêvait, ou qu'il était entre le sommeil et l'éveil, et si elle succombait à la tentation elle le regretterait. Elle ne pouvait être utilisée de nouveau, même si elle le désirait désespérément.

— Ellie.

Il prononça son nom dans un soupir, ses mains se refermant sur l'arrière de sa tête, dans ses cheveux. Sa jambe couvrit la sienne et il pressa sa bouche sur ses lèvres. Le corps d'Eleanor s'embrasa tandis qu'elle attendait son assaut. Il ne vint pas. Il fit glisser ses mains le long de son dos et l'attira contre lui, effleurant ses lèvres des siennes, doucement, tendrement, en une quête muette. Eleanor sentit son corps se creuser, le désir si puissant qu'il suffisait à faire tourner la pièce. Puis la bouche de Sean s'immobilisa.

Elle leva les yeux et vit qu'il dormait. Elle hésita, restant dans ses bras parce qu'elle n'avait pas envie de s'écarter. Elle remua, libéra un bras et leva la main pour caresser sa joue rêche. L'amour enfla en elle. Ce ne serait jamais fini, pensa-t-elle, et elle fut prise entre la joie et le désespoir. Aimait-elle un homme qui existait, ou ce qui restait de lui, endommagé ? En cet instant affolant, elle n'était pas sûre de pouvoir distinguer entre l'ancien Sean et l'homme couché à côté d'elle.

Mais parce qu'elle demeurait profondément amoureuse de l'ancien Sean, elle resta dans ses bras, savourant cet interlude et sachant que ce n'était que cela.

Quelques heures plus tard, elle se glissa hors du lit. Sean n'avait pas bougé depuis qu'il avait sombré dans le sommeil. Elle alla à la fenêtre. C'était la fin de l'après-midi, maintenant. Elle n'avait pas dormi. Etre avec Sean était un bouleversement émotionnel, et elle ignorait combien de temps encore elle pourrait le supporter. Elle avait faim, mais ils avaient fini leur pain et leur fromage le matin. Pourtant elle ne voulait pas laisser Sean seul, et elle n'allait pas non plus le réveiller. Elle ne comprenait que trop qu'il n'aurait plus l'occasion de dormir pendant des jours. Combien de temps pourrait-il continuer ainsi ?

Soudain, elle eut la sensation d'être observée. Elle se tourna vers le lit. Sean était sur le côté, à présent, face à elle, et la contemplait de ses yeux gris attentifs.

— Vous êtes réveillé, dit-elle.

Elle lui sourit un peu, son cœur bondissant d'une excitation à laquelle elle n'était pas préparée, dont elle ne voulait pas et dont elle n'avait nul besoin.

— Combien de temps ai-je dormi ? demanda-t-il sans bouger.

— Quatre ou cinq heures. Il est tard — j'ai entendu cinq heures sonner à l'église.

Il s'assit brusquement, jetant les jambes par-dessus le bord du lit. Il la regarda en se mettant debout. S'il avait mal aux pieds, il ne le montra pas.

— Etes-vous sortie ?

Elle fit signe que non.

Sean traversa la pièce pour prendre ses bottes, et prit aussi les bas posés sous les portemanteaux.

Elle l'observa pendant qu'il enfilait les bas propres.

— Où allez-vous ? demanda-t-elle prudemment.

Elle n'aimait pas l'idée qu'il sorte.

Il ne leva pas les yeux vers elle.

— Il nous faut de la nourriture, des linges, d'autres habits…

Il grimaça en enfilant ses bottes.

Eleanor se mordit la lèvre. Il avait besoin de guérir, pas de courir la ville à la recherche de provisions en s'efforçant d'éviter les soldats de la garnison locale.

— J'y vais, moi.

Il se redressa.

— Non. Vous m'attendez ici.

Elle essaya de lui sourire.

— Je pense que vous devriez vous reposer.

Il avait donné à l'homme du relais de poste une de ses boucles d'oreilles en diamants pour la nourriture et la pension de Saphyr. Elle prit l'autre.

— Il y a un épicier au coin de la rue. Ce n'est pas loin. Je suis sûre que je peux y acheter du pain, du fromage et peut-être du bacon. Avons-nous une poêle à frire ? J'utiliserai mon autre boucle — nous aurons du crédit pour des mois.

Il riva son regard argenté sur le sien.

— Que signifie cela ? demanda-t-il d'un air méfiant.

Elle savait exactement ce qu'il voulait dire, mais elle feignit de l'ignorer. Quelques heures plus tôt, elle avait été furieuse contre lui.

— Je me sens bien, pas vous. Nous nous sommes toujours occupés l'un de l'autre. Je vais sortir. J'ai besoin de prendre l'air, de toute façon.

Il élargit les yeux.

— Il y a quelques heures, vous me haïssiez.

Elle dut lui faire face.

— Je ne crois pas que je vous aie jamais haï, Sean, et quels que soient les changements qui se sont produits en vous, il n'y a pas lieu d'être hostiles l'un envers l'autre. S'il y a une chose que nous avons toujours été, c'est des amis.

Il continuait à la regarder du même air stupéfait.

— Vous pensez… que nous pouvons être amis ?

Elle inspira. Si elle faisait une telle offre, l'accepterait-il ? Elle savait qu'elle ne pourrait supporter un autre rejet.

Mais il ne lui laissa pas le temps de parler.

— Vous me pardonnez ? demanda-t-il, incrédule.

Elle hésita.

— Si vous demandez si je vous pardonne de m'avoir traitée comme vous auriez traité une amante sans importance, ou toutes ces femmes et filles de fermiers que vous avez séduites pendant que nous grandissions, alors non, je ne vous le pardonne pas.

Elle humecta ses lèvres. Elle n'éprouvait plus de colère. De fait, elle se sentait presque comme si elle lui avait déjà pardonné.

— Je vais nous chercher de quoi dîner, Sean. Et d'autres chaussettes.

— Non.

Son ton était dur et définitif.

— Pourquoi ? protesta-t-elle.

— Pourquoi ? cria-t-il. Il y a des soldats, il y a une garnison à l'ouest de la ville !

Il était dans tous ses états et elle ne le comprenait pas.

— Pourquoi cherchez-vous à me protéger ? C'est vous qui avez besoin de protection, pas moi !

— Ne laissez entrer *personne,* dit-il. Verrouillez la porte.

Il tira les deux verrous et sortit sur le palier encombré.

Elle n'hésita pas. Elle lui courut après avant qu'il puisse fermer la porte.

— De quoi avez-vous peur, Sean ? Je ne comprends pas !

Il crispa la mâchoire.

— Je vous l'ai dit ! Quoi que je dise, quoi que vous disiez, ils vous accuseront d'être ma complice.

Il l'effrayait par sa détermination. *Je dois vous protéger !* s'était-il exclamé la veille.

— Personne, dit-elle lentement, ne m'accusera d'autre chose que d'avoir été impulsive et imprudente, et on ne m'accusera certainement pas d'être votre complice. Hier, vous avez dit que vous vouliez me protéger. Je ne suis pas en danger, Sean. C'est vous qui l'êtes.

— C'est maintenant que vous êtes stupide ! Vous avez conspiré avec moi, c'est de la trahison ! Vous n'irez pas en prison pour mes péchés.

Ses yeux étincelaient.

Elle s'immobilisa, alarmée. Pourquoi parlait-il de péchés ? Son intuition lui dit qu'elle avait découvert la terrible racine de ses blessures.

— Vous voulez dire pour vos *crimes*. Vous ne voulez pas que je paye pour eux. Personne n'essaiera de me faire payer pour ce que vous avez fait, Sean.

Il se détourna en tremblant et souleva le seau.

— Je rapporterai de l'eau.

Il s'arrêta avant de sortir.

— Verrouillez la porte, Eleanor.

Il s'en alla. Elle l'entendit à peine. Même alors qu'il était devenu un homme aussi sombre, ses mots étaient étranges. Sean n'était pas un adepte fervent de la religion. Elle savait qu'il croyait en Dieu — comme la plupart des gens. Elle ne pensait pas qu'il se référerait à la mort de soldats anglais, à ses actes commis par patriotisme, comme à un péché. Mais elle se rappela qu'elle songeait à l'homme qu'il était jadis, pas à celui qu'il était maintenant.

Son esprit tirait des conclusions, rapidement. Sean était devenu dur et renfermé, froid et courroucé. Elle ne doutait plus qu'il était différent. Mais il n'était pas méconnaissable. Certaines parties de l'homme qu'elle avait aimé demeuraient. Il était dangereux de l'admettre, mais elle le fit, néanmoins elle ne serait pas la victime de cette admission, ni maintenant ni jamais.

La logique était impossible à ignorer. Si Sean avait mentionné ses crimes comme des péchés, c'était qu'il se blâmait de quelque chose de terrible. Etait-ce la cause de son changement ?

Il entra soudain dans la pièce avec le seau d'eau, et il était furieux.

— Vous n'avez pas verrouillé la porte !

Elle hésita, blindant son cœur contre lui. Il fallait qu'elle sache ce qui s'était produit ; il fallait qu'elle sache tout.

— Vous n'êtes sorti qu'un moment.

— Je vous ai dit de vous enfermer !

Elle n'allait pas discuter à propos de sa désobéissance. La question était là, sur le bout de sa langue, et elle ne put s'empêcher de la poser.

— Pourquoi avez-vous dit des péchés au lieu de crimes ?

Il détourna aussitôt les yeux.

— Je me suis trompé.

Il haussa les épaules, la regardant à présent à travers ses cils baissés.

— Je ne pense pas que votre langue ait fourché.

Il lui décocha le regard indéchiffrable qu'il avait perfectionné.

Elle humecta ses lèvres.

— Quelque chose est arrivé. Quelque chose de terrible

— à quelqu'un. Mais ce n'était pas un soldat. Vous ne vous blâmeriez pas d'une mort au combat.

Il était immobile, mais ses yeux s'élargirent brièvement sous l'effet de la surprise.

— J'ignore ce que vous voulez dire.

Eleanor comprit qu'elle avait buté sur la vérité.

Il alla à la porte pour sortir, mais elle ne s'ôta pas de son chemin.

— Excusez-moi, dit-il rudement.

Ses yeux étaient brûlants de colère et il la foudroyait du regard.

Elle n'avait pas vraiment peur de lui, et pas assez pour lui livrer passage ou pour reculer.

— Cela pourrait vous aider d'en parler, dit-elle prudemment.

— Non. Je vais chercher de la nourriture et des vêtements.

— Est-ce pour cela que vous avez changé ? Parce que vous abritez un noir secret — un péché que vous avez commis ? s'écria-t-elle.

— Arrêtez, dit-il en lui saisissant le bras.

Il lui fit mal et elle pâlit. Il s'en rendit compte aussitôt et la lâcha. Elle se frotta le bras sans cesser de le regarder.

— Laissez-moi vous aider, murmura-t-elle, et elle leva la main pour toucher sa joue.

Il la chassa. Un moment s'écoula avant qu'il puisse parler.

— Vous ne pouvez pas… Personne ne peut.

Il sortit en claquant la porte derrière lui.

Cette fois, Eleanor poussa les verrous.

11

L'anxiété d'Eleanor s'accrut. Sean était parti depuis bien plus d'une heure. Aller jusqu'à l'épicier du coin pour se procurer des aliments et quelques autres provisions ne pouvait prendre aussi longtemps. Elle se tenait pieds nus devant l'unique fenêtre, vêtue de la culotte et de la chemise qu'elle avait prises aux portemanteaux, afin de guetter son retour. De l'endroit où elle se trouvait, elle pouvait voir la large rue pavée qui se terminait aux douanes, où les deux bras de la rivière se rejoignaient. Là, de nombreuses embarcations étaient à quai. La plupart étaient des barques de pêche et des péniches. Toutefois, en regardant vers le sud, où la rivière s'élargissait en direction de la Grande Ile, elle vit les trois mâts d'une frégate. Eleanor s'y connaissait assez en navires pour savoir que celui-ci était un vaisseau de combat, avec des canons. Comme il y avait une base navale à Cobh, elle supposa que la frégate appartenait à la Marine royale. La vue du dangereux bâtiment augmenta ses tracas.

Elle se tourna pour jeter un coup d'œil dans la rue où le cordonnier avait son échoppe. Sean demeurait invisible. Comme beaucoup de cités irlandaises, Cork datait du Moyen Age, sinon plus, mais le quai était large et bordé d'édifices en stuc, certains jaunes, d'autres verts, tous hauts de deux étages. Des cordes pour étendre le linge étaient tendues de fenêtre en fenêtre, comme si la rue était décorée d'étendards et d'oriflammes, pas de chemises et de bas. Des boutiques la bordaient et quelques piétons passaient, sans hâte apparente. Eleanor aperçut la vitrine d'une modiste, d'un apothicaire, d'un tailleur, d'un autre cordonnier et d'un fabricant de chaises. De là où elle se tenait, elle ne pouvait voir le bout de la rue, avec l'épicier.

Qu'est-ce qui lui prenait si longtemps ?

Juste comme elle se persuadait qu'il avait des ennuis, elle le vit remonter la rue. Son cœur bondit follement, une réaction qu'elle refusa de considérer. Mais elle était terriblement soulagée.

Il portait plusieurs paquets. Il rapportait de la nourriture et, surtout, il n'était ni blessé ni capturé. Elle sourit presque, mais son sourire ne se dessina pas sur ses lèvres. Il n'était pas seul.

Une petite femme avec un bonnet sur ses longs cheveux sombres et bouclés marchait à côté de lui, et ils étaient visiblement en train de converser.

Et, à ce moment-là, toutes les aventures que Sean avait eues au cours de leur adolescence lui revinrent à la mémoire. Il avait été un libertin, jeune homme, et seul Cliff aurait pu concourir avec lui pour le titre de débauché sans principes s'il n'avait pas quitté la maison à quatorze ans. Elle se remémora également sa passion explosive et incontrôlable de l'autre nuit. Il avait été enfermé en prison pendant deux ans — et maintenant un cotillon le poursuivait.

Elle n'avait pas besoin d'entendre ce que la femme disait ou même de voir son visage pour le savoir. Tous ses instincts le lui soufflaient.

Ils s'étaient arrêtés dans la rue, devant l'échoppe du

cordonnier et l'entrée qui menait à la chambre. La femme était ronde et jolie et, tout en parlant, elle ne cessait de toucher le bras de Sean. Eleanor pouvait reconnaître une entreprise de séduction quand elle en voyait une. Elle savait exactement ce qui se passait au-dessous d'elle. Si Sean n'avait pas déjà couché avec cette femme, il le ferait bientôt.

Elle agrippa le rebord de la fenêtre, ayant du mal à respirer. Elle ne pouvait être jalouse, ce n'était pas possible. Elle allait rentrer chez elle et épouser Peter — elle le *désirait* — parce que l'homme qu'elle aimait avait tellement changé qu'elle n'était même pas sûre de savoir qui se tenait en bas dans la rue. Mais son raisonnement n'apaisa pas ses violentes émotions. Se sentant malade, elle se détourna de la scène, mais seulement quand Sean et la femme se furent séparés ; la porte d'entrée claqua.

— Ellie.

Elle alla à la porte de la chambre. Elle s'arrêta pour inspirer profondément, afficher un sourire et tirer calmement les deux verrous. S'il avait couché avec cette femme ou comptait le faire, elle ne s'en souciait pas. La seule chose qui demeurait entre eux était une amitié embarrassée et un passé inoubliable. Ils n'avaient pas d'avenir. Elle ignorerait la tristesse que lui causait cette conclusion, parce que c'était un fait auquel elle devait se tenir coûte que coûte.

Sean la regarda et sursauta.

— Allez-vous bien ?

Elle sourit de nouveau, d'un sourire crispé.

— Vous êtes parti si longtemps. Je me suis inquiétée.

Il lui jeta un coup d'œil réservé et entra dans la chambre. Elle ferma la porte et la verrouilla. Il posa les sacs en papier sur la table, tandis qu'elle l'observait. Il déclara prudemment :

— Venez vous asseoir. Je vais bander vos pieds.

— Mes pieds vont bien. C'est vous qui avez besoin de bandages. Qui est votre amie ?

La question avait jailli de sa bouche et elle fut atterrée. Elle sentit ses joues s'enflammer.

Il se redressa et leurs regards se heurtèrent.

— Je vous demande pardon ?

Elle se mordit la lèvre, souhaitant pouvoir reprendre ses paroles.

— Voulez-vous parler de Kate ?

Eleanor hésita et haussa les épaules avec le plus d'indifférence possible.

— C'est la fille du cordonnier, expliqua-t-il en se tournant et en déballant les provisions. Je lui ai dit que vous êtes ma sœur.

Il semblait éviter son regard, à présent.

— Comme c'est commode, lâcha-t-elle d'un ton sec.

Il lui refit face, son regard difficile à déchiffrer.

— Je ne comprends pas. Elle nous a vus entrer. Elle est un peu… curieuse. Je devais lui dire quelque chose. J'ai dit que vous vous appeliez Jane. Elle pense que je suis John Collins, ajouta-t-il. Voulez-vous vous asseoir, s'il vous plaît ?

Eleanor désirait savoir s'ils avaient couché ensemble. S'ils avaient été dans *ce* lit, elle n'y dormirait plus jamais. Ce n'était pas son affaire, mais elle se sentait blessée.

Elle se détourna et arpenta nerveusement la pièce. Comment pouvait-elle continuer à nourrir ces sentiments pour Sean quand il était une telle énigme ? C'était une chose de vouloir l'aider à guérir ses blessures et à échapper aux autorités, et une autre de rester à moitié amoureuse de lui — ou de l'homme qu'il était devenu.

Sean avait rougi.

— Je n'ai pas couché avec elle, si c'est ce que vous pensez.

Il lisait encore dans son esprit !

— Je ne le pense pas.

Elle sourit largement et s'assit.

— Je n'y ai pas accordé une pensée.

Elle haussa les épaules d'un air détaché.

Elle sentit son teint s'échauffer. Finalement, elle osa lever les yeux et retint son souffle. En cet instant, elle ne doutait pas de ce qu'*il* pensait.

Elle oublia Kate. Elle eut l'impression que son ventre disparaissait, laissant un grand vide qui accueillerait si volontiers Sean. Il laissa glisser son regard sur sa chemise, brièvement, et se retourna. Il prit un paquet de linges.

— Pourquoi ne…

Il s'arrêta. Sa voix était enrouée, mais pas parce qu'il ne s'en était pas servi pendant deux ans ou à cause d'un accident quelconque.

Eleanor était chavirée. Elle n'avait pas le droit d'éprouver une telle faim elle-même, et elle comprenait.

— Je vais le faire.

Il hocha la tête, lui tendant les linges sans la regarder.

Elle nota les lignes rigides de son corps et déroula les linges pendant qu'il continuait à déballer leurs provisions. L'ironie de la situation la frappa durement. Elle avait attendu des années qu'il la remarque comme une femme, et maintenant qu'il le faisait, elle était déterminée à combattre son attirance et la sienne. C'était plus qu'ironique, se dit-elle. C'était tragique.

Eleanor banda ses pieds, se sentant très empruntée. L'air, dans la pièce, était devenu humide et dense. Elle se mit à penser à la longue nuit qui les attendait et au fait qu'il n'y avait qu'un seul lit.

— J'ai acheté une dinde rôtie à l'auberge à un pâté de maisons d'ici.

Ayant terminé, Eleanor se redressa sur sa chaise. Pas étonnant qu'il ait été si long. Il prit soin de ne pas la regarder tandis qu'il ouvrait le petit placard au-dessus de l'évier. Il sortit deux assiettes, deux gobelets en fer-blanc et quelques couverts. Elle vit une bouteille de vin rouge sur la table. Les odeurs qui montaient du paquet noué d'une ficelle étaient très appétissantes, mais la tension qui l'habitait persistait. Elle était en plein désarroi. Elle ne voulait pas éprouver ce genre de chose, ni maintenant ni jamais.

Elle se leva et défit le paquet pendant qu'il débouchait le vin.

— Avez-vous vu des soldats ? demanda-t-elle, espérant rompre la tension.

— Non. Mais il y a une frégate dans le port de l'île, la *Gallatine*.

Ils étaient presque en terrain solide, se dit-elle.

— Connaissez-vous ce bateau ?

Elle se servit, sans oser le regarder.

Le bouchon sortit avec un bruit sonore dans la pièce trop petite — et trop silencieuse.

— Devlin l'a affrontée il y a des années, et l'a prise aux Français. Je me suis renseigné… elle a trente-deux canons. Demain, j'irai peut-être la voir.

Eleanor fut surprise, et pas agréablement.

— En quoi cela vous affecte-t-il ? Quelle différence cela fait-il qu'elle ait neuf canons ou trente ?

Il rencontra son regard, puis détourna les yeux.

— Cela m'affecte… si elle doit me poursuivre quand je mettrai les voiles.

Une nouvelle tension, différente, s'empara d'elle.

— Avez-vous réservé une place pour la traversée ?

— Comment puis-je le faire ?

Il la fixa d'un air étonné.

— Vous devez d'abord rentrer chez vous.

Il prit le vin d'un geste abrupt et emplit deux verres, puis s'arrêta.

— J'oubliais. Vous ne buvez pas.

— Si.

Elle n'avait jamais eu autant besoin des effets du vin qu'en cet instant.

Il lui tendit le gobelet ; leurs mains se frôlèrent.

Eleanor eut l'impression qu'il l'avait prise dans ses bras, qu'il avait posé sa bouche sur la sienne, et il lui fallut un moment avant de pouvoir respirer. Sa peau était en feu, sa chair palpitait.

Il lui tourna le dos et but. Elle pensa voir un frisson le traverser, mais elle n'aurait pu l'assurer. Il avait le dos et les épaules raides de tension. Elle posa son propre gobelet sans le toucher.

— J'y ai réfléchi.

Il lui refit face d'un air méfiant.

— Vous avez réfléchi à quoi ? demanda-t-il, sur ses gardes.

— Je pense que vous devriez quitter le pays avant que je rentre à la maison. Je veux être sûre que vous ayez fui en toute sécurité, sain et sauf.

— Absolument pas ! rétorqua-t-il fermement.

Elle scruta son regard argenté et y vit une détermination inflexible.

Il se détourna de nouveau et avala le reste de son vin avec colère.

— Notre amitié a peut-être changé, dit calmement Eleanor, mais autrefois nous étions proches. Autrefois, vous étiez mon héros. Je suis en dette envers vous, Sean. Combien de fois m'avez-vous sauvée de moi-même pendant que nous grandissions ? En toute conscience, je ne puis vous laisser seul ici.

Il la fixa, le regard dur, et ne parla pas tout de suite.

— Vous ne me devez rien, Ellie… Eleanor. Je ne pourrais jamais vivre avec moi-même si je laissais quelque chose vous arriver… à cause de ce que j'ai fait.

— Vous ne pouvez pas vivre avec vous-même maintenant ! se récria-t-elle.

Et son cœur se brisa.

— Oh, Sean ! Qu'y a-t-il ?

Il sursauta et se raidit tout entier.

Elle mesura ce qu'elle avait dit, et comprit qu'elle avait raison.

— Qu'a-t-il pu se passer pour que vous vous blâmiez et vous détestiez de la sorte ? Pourquoi avez-vous tellement changé ? Où est l'homme que j'aimais et en qui j'avais confiance ?

— Il faut manger !

Il tira brusquement une chaise de la table et s'assit. Puis il planta sa fourchette dans la nourriture, avalant une bouchée après l'autre.

Elle l'avait touché à vif. Elle dévoilait ses sentiments, mais pas leur cause. Elle s'assit à son tour. Sean avait mangé la moitié de son énorme assiettée. La compassion qu'elle craignait tant l'envahit. Elle n'avait jamais vu quelqu'un manger aussi vite, à part des chiens affamés.

— Sean, je ne vous harcèlerai plus de questions, murmura-t-elle. Profitez de votre repas.

Il s'arrêta, la fourchette à mi-chemin de sa bouche. Puis il la posa et finit de mâcher. Il leva les yeux vers Eleanor, le regard troublant et direct.

— S'il vous plaît.

Elle tenta de sourire et, avant de s'en rendre compte, elle toucha légèrement son avant-bras. Son cœur tressauta au contact de tant de force et de puissance, et elle retira vivement sa main.

Le visage de Sean était dur. Il fixait la table, son assiette ou la main d'Eleanor, elle n'aurait su le dire. Il leva sa fourchette et, alors qu'elle ne s'attendait pas à ce qu'il parle, ses paroles la surprirent.

— Vous m'avez toujours épié. Espionné.

Il continuait à fixer la table, les yeux peut-être perdus dans leur passé. Sa bouche s'adoucit.

— Vous étiez impossible. Je n'avais pas de secret.

Elle frissonna.

— Je n'avais pas l'intention d'être si agaçante. Je vous aimais tant ! Il fallait que je sois avec vous tout le temps — je ne pouvais pas m'en empêcher.

Il avait les joues roses. Il ne leva pas les yeux.

— Tellement impossible, ajouta-t-il doucement.

Elle l'étudia tandis que le silence tombait. Revivait-il des moments de leur passé ? Elle trembla, l'espérant de toutes ses forces. En dépit de la situation difficile dans laquelle ils se trouvaient, elle aurait donné n'importe quoi pour retrouver l'ancien Sean.

Elle humecta ses lèvres.

— Mais vous veniez néanmoins à mon secours, tout le temps, même quand ma vie n'était pas en danger.

Il émit un son qui ressemblait presque à un rire réticent.

— Oui. Je le faisais.

— Vous vous souvenez quand vous m'aviez dit de ne pas aller dans le lac, parce qu'il avait plu une semaine entière ? Bien sûr, je n'ai pas écouté.

Il leva lentement les yeux.

— Vous n'écoutiez *jamais*.

— Je me suis retrouvée prise dans des branches et je me serais noyée, si vous n'aviez pas plongé pour me sauver.

Elle sourit.

— J'avais huit ou neuf ans.

— Dix, corrigea-t-il. Vous aviez dix ans, parce que j'en avais seize.

Elle comprit aussitôt.

— Comment ai-je pu oublier ? La nouvelle gouvernante était blonde et très belle et vous avez été dans son lit dès qu'elle est arrivée à Adare !

Il se contenta de la fixer.

Eleanor eut conscience que la tension changeait, devenant brûlante et sexuelle. Son cœur se mit à battre lentement, lourdement.

— Elle était mince et grande pour une femme.

Il abaissa ses cils. C'était elle qui le fixait, maintenant. Sean avait eu le béguin pour lady Celia cet été-là et, à dix ans, elle avait trouvé son amourette avec cette femme légèrement plus âgée fort divertissante. Celia était d'un blond foncé, svelte et grande, comme Eleanor maintenant. Elle essaya de se dire de ne pas voir trop de choses dans cette coïncidence.

— Vous devriez manger, dit-il.

Elle l'avait regardé danser avec elle sur la terrasse pendant qu'un bal de la Saint-Jean se déroulait à l'intérieur. Ils étaient si absorbés l'un par l'autre qu'il ne l'avait pas remarquée les épiant dans l'ombre.

— Etiez-vous amoureux ?

Il haussa les épaules.

— J'étais toujours amoureux… Cela ne durait jamais.

Elle rencontra son regard qui ne cillait pas, et qui était trop brillant.

— Alors, ce n'était pas de l'amour. Le véritable amour ne meurt jamais.

Il émit un petit son âpre.

— J'avais seize ans.

Elle sourit.

— Et quand j'ai eu seize ans, moi, père et mère m'ont obligée à faire ma sortie dans le monde. Vous en souvenez-vous ?

Sa bouche frémit.

— J'étais navré pour vous.

— Personne n'était plus navré que moi ! s'écria-t-elle, avant de se calmer.

Elle avait détesté sa saison à Londres et elle avait détesté être envoyée à Bath, aussi. Cela avait été une somme de misères et de contraintes ; pour elle, sa sortie dans le monde avait été une prison.

Mais Sean l'avait encore sauvée. Elle releva les yeux et vit qu'il la dévisageait avec attention. Quelque chose remua en elle-même.

— Sean, vous êtes venu à Londres pour mon bal de présentation. Juste ciel, je n'y avais plus repensé depuis des années. C'était tellement horrible !

Il détourna son regard.

— Je regrette de m'être moqué de vous dans votre robe, dit-il lentement.

Elle avait oublié. Sa première robe de bal avait été très belle, mais elle s'était sentie comme une sotte trop grande et trop maigre, avec. Elle *était* grande et maigre, alors. Sean avait ri d'elle et elle lui avait donné un coup de poing dans l'estomac, assez fort pour le faire pousser un cri de douleur et se plier en deux. Elle l'avait détesté un moment pour cela, parce qu'il avait raison — une robe de bal n'avait pas changé qui elle était. Mais lorsqu'il l'avait invitée pour sa première danse, lorsqu'il l'avait escortée sur la piste, son bras passé fermement sous le sien, elle avait été à la fois reconnaissante et fière. Elle avait manqué quelques pas, mais il l'avait guidée si adroitement au cours des figures que personne ne s'en était rendu compte. Elle avait été terrifiée au début de la danse, mais à la fin elle y avait pris plaisir.

— Vous avez dansé avec moi, dit-elle lentement.

Son cœur se retournant maintes fois, elle ajouta :

— Et maintenant je sais exactement pourquoi je vous ai toujours tant aimé.

Il se leva.

— Mangez.

Elle secoua la tête et repoussa son assiette. Elle se leva aussi.

— Sean, j'ai besoin de vous. Il faut que vous me reveniez tel que vous étiez.

Il s'éloigna en faisant signe que non avec énergie.

— S'il vous plaît ! implora-t-elle. Il faut que nous parlions du passé comme ceci. Il faut que nous allions ensemble à Askeaton et montions en haut. Devlin n'a jamais terminé le troisième étage.

Il prit un air incrédule — ou effrayé.

— Nous pouvons finir ensemble ces quelques pièces. Et ce qui vous tourmente s'en ira, je le sais !

— Cela ne s'en ira jamais !

Il lâcha une flopée de mots.

— Cessez de me supplier pour ce que je n'ai pas à donner !

— Je ne vous demande pas votre amour, s'exclama-t-elle farouchement. Je peux me passer de votre amour. Je le peux ! Mais je veux vous retrouver, sapristi !

Il leva la main pour la faire taire.

— Non !

Elle alla se placer face à lui, si près que sa main touchait presque son nez.

— Non, vous ne pouvez lever la main et m'écarter comme si j'étais un fantôme qui vous hante. Je ne vous hante pas, mais Dieu sait que quelque chose ou quelqu'un le fait. Et je *sais* que je peux vous aider.

Il était hors d'haleine, à présent.

— Certains secrets doivent rester secrets. J'ai changé. C'est ce que la prison fait à un homme !

— A quel point était-ce terrible ?

Il fallait qu'elle sache.

— Est-ce là qu'il est arrivé quelque chose à votre voix ? Est-ce pour cela que vous êtes si maigre ?

— C'était terrible… vraiment terrible. Comme être enterré vivant dans un trou noir.

Elle le regarda sans comprendre. Il ne parlait sûrement pas littéralement ?

— Vous avez changé… et vous appartenez à quelqu'un d'autre, reprit-il. J'ai changé — je suis un criminel et je fuis vers l'Amérique.

— Il y a une chose qui ne changera jamais.

Il la considéra comme s'il ne voulait pas entendre ce qu'elle allait dire.

— Nous ne pouvons changer le passé. Nous ne pouvons changer *notre* passé. Vous êtes différent, à présent. Il m'a fallu une leçon très douloureuse pour l'admettre. Mais le passé demeure — et nous le partageons. Je ne veux pas l'oublier. Je ne l'oublierai jamais. Et si je peux vous aider à guérir de vos blessures, si je peux faire en sorte que vous me reveniez, alors je le ferai.

— Non.

Il tournoya sur lui-même et se dirigea vers la porte. Elle lui courut après, parce qu'il fallait qu'elle sache.

— Sean, vous ne vouliez pas dire que vous étiez vraiment emprisonné dans un trou, n'est-ce pas ?

Elle était malade d'appréhension. Il se tourna et la fixa.

— Oh, mon Dieu, s'exclama-t-elle d'une voix étouffée, choquée.

La réponse n'était pas simplement dans son refus de parler, elle était dans ses yeux.

— Vous étiez dans un trou — pendant deux ans ?

— Cela n'a pas d'importance, déclara-t-il d'une voix rauque.

— Cela en a pour moi !

Il était marqué encore plus profondément qu'elle l'avait pensé. Mais les horreurs physiques qu'il avait subies pâlissaient à côté de la culpabilité qui le rongeait.

— Je suis désolée, tellement désolée, murmura-t-elle.

— Arrêtez.

Il tendit la main vers la porte. Elle le saisit par le bras.

— Je sais que vous n'êtes pas un lâche, et pourtant vous me fuyez, ainsi que quelque chose et quelqu'un d'autre. C'est cela, n'est-ce pas ? Vous fuyez non pas les Anglais, mais ce dont vous vous accusez !

Il lui fit face et se libéra.

— Vous devriez me haïr pour ce que j'ai fait l'autre nuit.

— Oh, vous essayez de changer de sujet ? La question n'est pas que vous ayez pris mon innocence — que j'ai librement offerte et donnée. La question est que vous fuyez, moi, vous-même et ce que vous pensez avoir fait.

Il donna un coup de poing en l'air et se tourna pour tirer les verrous.

La colère d'Eleanor disparut.

— Sean, arrêtez. Où allez-vous ?

Il appuya le front contre la porte, respirant fortement.

— Je vais céder. Mais mes sentiments ne changeront pas.

Il émit un son dur et décourageant.

— Il n'est pas sûr de sortir et vous le savez, dit-elle fermement. Nous nous *cachons*.

Il se détourna de la porte.

— Mangez et dormez. Je veillerai.

Elle lui sourit légèrement.

— Très bien.

Mais quand elle s'assit à la table, consciente que Sean allait se poster à la fenêtre, son esprit n'était pas à son repas. Il fuyait, pas elle mais lui-même, et elle allait arrêter cette fuite d'une manière ou d'une autre. Elle retrouverait l'homme qu'elle aimait et le ramènerait à la vie.

Un petit feu brûlait dans le poêle, mais autrement la pièce était plongée dans le noir. Ils avaient décidé de dormir à tour de rôle, cette fois ; Eleanor avait insisté. C'était le creux de la nuit, peut-être une heure ou deux avant l'aube. Sean dormait profondément dans le lit. Eleanor était assise près de la fenêtre, mais comme la rue au-dessous était complètement obscure, il n'y avait rien à voir. Cela ne la dérangeait pas. Elle s'était bien reposée et était très contente d'avoir réussi à convaincre Sean de se coucher. Elle savait qu'il demeurait épuisé, car à l'instant où il s'était allongé, il était devenu complètement immobile, sombrant immédiatement dans le sommeil.

Elle appréciait de profiter d'un peu de solitude ; elle pouvait réfléchir avec soin et ourdir des plans.

Sean avait été cruellement emprisonné, tout seul, dans

un trou. Chaque fois qu'elle y pensait, elle avait mal, et elle n'avait jamais détesté autant les forces anglaises. Un jour, quelqu'un devrait payer pour ce qui avait été fait à Sean. Elle y était décidée.

Mais c'était le passé. Si elle voulait vraiment faire tous les efforts possibles pour ressusciter l'ancien Sean, elle ne rentrerait sûrement pas bientôt chez elle. Elle sentait qu'elle faisait des progrès. Chaque moment qu'ils passaient ensemble suscitait des souvenirs anciens et importants. Il commençait à les accueillir volontiers et à sourire.

Leur passé allait paver la route de leur avenir ; il le fallait. Et même s'il ne l'aimait jamais comme elle avait toujours voulu qu'il l'aime, elle se contenterait de beaucoup moins, maintenant. Elle se sentait engagée et déterminée. D'une manière ou d'une autre, elle aiderait Sean à guérir ses blessures et à se retrouver lui-même.

Elle lui jeta un autre coup d'œil. Il était difficile de ne pas l'observer, et lorsqu'elle le faisait, son cœur tressaillait de tant de nostalgie et de tant d'amour. La poitrine de Sean se soulevait et s'abaissait à un rythme lent et régulier, et il n'avait pas bougé un muscle depuis qu'il était tombé sur le lit.

Mais le regarder dormir produisait d'autres effets sur elle, aussi. Il mourait intérieurement de culpabilité, d'hostilité envers lui-même et Dieu savait quoi d'autre, mais il restait l'homme le plus viril et le plus attirant qu'elle avait jamais vu. Maintenant, elle connaissait intimement son long corps mince, et quand elle songeait au bref épisode de passion qu'ils avaient partagé, sa bouche s'asséchait et son corps palpitait. Elle le désirerait toujours et ce désir serait toujours explosif, se dit-elle. Mais parce qu'elle passait un marché entre elle et Dieu, s'Il l'écoutait, elle devrait contrôler cet appel de ses sens.

Soudain, il remua dans le lit. Elle pensa qu'il allait peut-être se réveiller.

Il agita les bras et marmonna quelque chose dans son sommeil.

Il rêvait. Elle décida de ne pas le déranger et se retourna vers la fenêtre, remarquant finalement un fin trait gris de lumière dans le ciel noir.

Sean cria.

Alarmée, elle lui refit face, pour se rendre compte qu'il rêvait encore, apparemment. De la sueur brillait sur son front et sa chemise était humide, moulant sa silhouette. Elle se leva, soucieuse, se demandant si elle devait le réveiller ou pas.

Il se mit à sangloter.

— Non.

Elle se figea en entendant le bruit de ses pleurs saccadés. Puis elle alla à lui, chavirée.

— Sean.

Elle posa une main sur son épaule.

Mais il était tranquille, à présent, sa respiration redevenue profonde et régulière. Ses joues étaient mouillées de larmes, cependant. De quoi avait-il rêvé ? Sur quoi avait-il pleuré ? Cela n'avait été qu'un rêve, mais elle ne doutait pas de ses tourments. Ce qui le hantait lorsqu'il était réveillé le hantait aussi dans son sommeil.

Elle hésita, puis céda à ses instincts. Elle s'assit près de sa hanche et prit ses mains dans les siennes. Le réconforter était une épée à double tranchant et elle humecta ses lèvres avant de prononcer son nom, le besoin de se mettre au lit avec lui la paralysant. Si elle osait, elle passerait ses bras autour de lui et le tiendrait contre elle, mais seulement pour le rassurer. Néanmoins, elle craignait que son esprit et son corps, dans leur traîtrise, ne la poussent à tenter davantage.

Il serra fortement sa main.

— Ellie !

Elle sursauta, car ce cri était un cri d'alarme, de peur et même de panique.

— Sean, réveillez-vous ! commença-t-elle.

— Non ! Ellie, bon sang, pas vous, c'est Peg !

Soudain, il chassa sa main et se redressa sur son séant, le visage blêmissant. Son regard était horrifié, mais il ne voyait rien.

Elle serra son épaule pour l'apaiser, mais son esprit s'emballait. *Qui était Peg ?* L'avait-elle bien entendu ? Rêvait-il d'une autre femme ?

Tout à coup, son regard rencontra celui d'Eleanor. Il devint d'une étrange couleur blafarde, verdâtre. Il bondit du lit et courut à l'autre bout de la pièce, où il vomit dans un pot de chambre.

Eleanor s'immobilisa, ses bras autour d'elle.

Il continua à cracher, sans rien rejeter.

Elle se leva, trop inquiète pour être effrayée par le fait qu'il semblait l'écarter. Elle alla à lui et posa doucement la main sur son dos tandis qu'il se penchait sur le pot de chambre.

— Sean, tout va bien. C'est moi, Ellie. Vous avez fait un terrible rêve, mais c'est fini, maintenant.

Il resta agenouillé, respirant avec difficulté. La tension avait changé son dos en un nœud de muscles.

— Sean ?

Il inspira.

— Je vous entends.

Un autre souffle haché.

— Je vais bien.

Il n'allait pas bien, mais elle ne le dit pas.

— Ellie, laissez-moi un moment. S'il vous plaît, demanda-t-il âprement.

Elle hocha la tête et s'éloigna pour qu'il se reprenne et se nettoie.

Il se leva, chancelant un peu, comme s'il était sur un bateau secoué par la tempête. Puis il alla à l'évier. Elle évita soigneusement de le regarder, tandis que son esprit passait en revue maintes possibilités. Il se rinça la bouche avec du vin. Puis elle le vit essuyer ses larmes de sa manche.

Qu'est-ce qu'une femme nommée Peg avait à voir avec elle, avec eux et avec le passé récent de Sean ?

Il se tourna lentement vers elle, la fixant.

— C'était juste un rêve. J'ai dû manger de la nourriture avariée. Avez-vous été malade ?

Il détourna les yeux, alors, indiquant que cette déclaration était une feinte.

Il était malin, mais pas autant qu'elle.

— Non. Je suppose que j'ai de la chance. Puis-je descendre vous chercher de l'eau fraîche ? Il nous en faut, de toute façon.

Elle sourit comme si rien ne s'était passé.

— J'y vais.

— Sean.

Elle s'approcha de lui.

— De quoi rêviez-vous ?

Il se figea.

— Je ne m'en souviens pas.

— Vous avez appelé mon nom.

Il rougit, mais ne la regarda pas.

— Je ne me rappelle pas.

Elle inspira et toucha sa manche.

— Sean, qui est Peg ?

Il parut abasourdi.

Elle déglutit.

— Je vous ai entendu appeler une femme nommée Peg.

— C'était un rêve ! s'écria-t-il.

— Je sais, mais il vous a bouleversé, et parfois nous rêvons de notre vie…

Il l'interrompit rudement.

— Je ne connais personne du nom de Peg.

Il tira les verrous et sortit.

Eleanor se rendit compte qu'il restait fortement perturbé. Il avait oublié de fermer la porte, mais elle ne bougea pas pour le faire. Il mentait. Elle avait vu le mensonge dans ses yeux. Il savait qui était Peg — seulement il ne voulait pas le lui dire.

Elle éprouvait une vive appréhension. Que lui était-il arrivé, pour le faire rêver de façon si vivace et si angoissante ? Et qui était cette autre femme ? Pleurait-il à cause d'elle ? L'aimait-il ?

Elle était dévastée par cette possibilité. Elle n'essaya pas de se dire qu'il pouvait aimer quelqu'un d'autre et que cela n'avait pas d'importance. Rien ne serait aussi douloureux. Rien de ce qu'il avait fait ne lui ferait aussi mal. Tout ce qu'elle avait ressenti serait bien piètre comparé à ce qu'elle ressentirait alors. Sean lui appartenait *à elle,* même s'il ne devait jamais l'aimer en retour. Il ne *pouvait pas* y avoir une autre femme, c'était plus qu'impossible.

Mais elle devait se ressaisir. Elle ne pouvait aider Sean si elle restait aussi ébranlée. Une part d'elle-même voulait oublier qu'elle l'avait entendu crier le nom d'une autre femme ; une autre partie d'elle était déterminée à découvrir la vérité sur Peg.

Elle avait si peur.

Sean revint avec deux seaux d'eau. Il ferma la porte d'un coup de pied, puis les posa près de l'évier.

— Il fait presque jour. Voulez-vous des scones frais ? demanda-t-il tranquillement, comme si elle ne l'avait jamais vu rêver, pleurer et vomir après coup.

Des arômes succulents montaient de la boulangerie en bas de la rue.

— Je n'ai pas faim.

Il lui jeta un coup d'œil, puis détourna vivement les yeux. Il alla à la fenêtre, les mains enfoncées dans les poches de ses culottes, et regarda dehors.

Le cœur d'Eleanor se mit à tambouriner dans sa poitrine. Très prudemment, elle demanda :

— Avez-vous souvent des cauchemars ?

Il se tourna et s'adossa au mur.

— Non.

— Tant mieux.

Elle humecta ses lèvres, consciente de son second mensonge en quelques minutes.

— Sean, pensez-vous vraiment que les Anglais vous cherchent si loin au sud ? Vous avez dit que la prison dont vous vous êtes échappé était à Drogheda.

Il croisa les bras sur sa poitrine.

— La prison était au sud de Drogheda, dit-il. Qu'essayez-vous de me demander ?

Au diable la discrétion, pensa-t-elle.

— Je m'interrogeais… Si vous avez été en prison pendant deux ans, où étiez-vous les deux autres années ?

Il élargit les yeux.

— J'étais dans un village… Vous ne le connaissez pas.

Il était réticent à discuter de ces deux ans avec elle. L'inquiétude d'Eleanor s'accrut.

— Peut-être que si…

— Non. Que voulez-vous savoir ?

Il la regardait froidement, à présent.

Elle noua ses bras autour d'elle. Ils s'affrontèrent du regard.

— Je pense que vous le savez.

Il se détourna avec raideur.

— Je n'en ai aucune idée, dit-il finalement.

— Vous êtes parti pendant quatre ans ! s'écria-t-elle. Votre séjour en prison n'explique que la moitié de votre absence. Qu'avez-vous fait les deux autres années ?

Il lui refit face.

— Vous devriez abandonner.

— Pourquoi ?

Il secoua la tête.

— Pourquoi ? insista-t-elle.

— Vous n'apprécierez pas la réponse ! cria-t-il, à bout.

Elle le savait. Elle l'avait su, simplement, dès qu'elle l'avait entendu crier le nom d'une autre femme.

— Vous étiez avec Peg.

— Arrêtez ! ordonna-t-il. Arrêtez !

— Etiez-vous avec elle ? Y a-t-il eu une autre femme ? *Y a-t-il* une autre femme ? demanda-t-elle, choquée.

— Je les aidais, c'est tout ! s'écria-t-il. Pourquoi continuez-vous à fouiller, à me harceler ? Pourquoi, sapristi ?

Il avait passé deux ans à aider une autre femme ? A l'aider à quoi ? Elle était dévastée et Sean le comprit, car il alla à elle, luttant visiblement contre son irritation. Lorsqu'il se fut ressaisi, il déclara âprement :

— Cela n'a pas d'importance, Ellie… Vous allez rentrer retrouver Sinclair… Je vais en Amérique.

— Cela importe, parvint-elle à dire. Cela importe beaucoup.

Elle lui saisit le bras.

— L'aimiez-vous ?

Il tressaillit. Et Eleanor se rendit compte que ses craintes avaient été fondées.

— Non, dit-il, la surprenant.

Il parlait lentement, à présent.

— Non, je ne l'aimais pas.

12

— C'est impossible, dit Tyrell en faisant les cent pas. Je suis ici, chez moi, à ne rien faire pendant qu'Eleanor et Sean sont Dieu sait où, Sean fuyant pour sa vie.

Il s'arrêta devant la cheminée, où sa femme était assise sur le canapé avec la comtesse. Lizzie se leva et alla à lui.

— Rex est à Cork — il a donné de ses nouvelles. Cliff devrait y être d'ici demain matin. Votre père est en route pour Londres, afin de demander un pardon. Il faut bien que quelqu'un reste ici, Ty.

— Je me rends compte que le comté passe avant tout — croyez-moi, je le sais.

Il était amer.

— Mon devoir me piège une fois de plus, semble-t-il.

Lizzie échangea un regard avec la comtesse.

— Je sais que vous préféreriez galoper jusqu'à Cork et fouiller chaque maison et chaque échoppe par vous-même, mais le comté passe avant, effectivement. Sean ne voudrait pas que vous vous impliquiez et, en le faisant, mettiez en danger tout ce que cette famille possède et représente.

— Devlin est allé à Cobh faire des recherches, observa la comtesse.

Son visage était pâle de tension et de fatigue.

— Et si son rôle là-dedans est découvert, Dev a tout à perdre, lui aussi, déclara Tyrell avec ferveur. Quant à mon cher ami McBane, je pourrais l'étrangler pour avoir attendu tout un après-midi avant de nous dire ce qu'il savait !

— C'est un traître, lui aussi.

Lizzie prit la défense de son beau-frère.

— Vous devriez le remercier d'avoir aidé Sean, pour commencer, quand il ne savait même pas qui il était.

— Grâce à Dieu pour Rory, murmura la comtesse. Lizzie, comment s'en sort votre sœur ?

La sœur de Lizzie, Georgina, était mariée à McBane.

— Elle est remarquablement calme. Je suis sûre que Georgie avait déjà eu vent des tractations clandestines de Rory.

Lizzie rejoignit sa belle-mère et lui prit la main.

— Ce sont tous des hommes forts, déterminés et courageux. Oh, Mary, je sais ce que vous devez ressentir, vraiment, parce que j'aime tendrement Eleanor. Et après avoir tant entendu parler de Sean, je l'aime aussi ! Nos hommes sauveront la situation. Vous devez le croire, car je le crois.

Mary l'étreignit.

— Le jour où vous êtes devenue ma fille a été la plus grande bénédiction que notre famille ait connue, dit-elle.

— Enfin quelque chose que je peux approuver, commenta Tyrell.

On frappa à la porte. Tyrell se tourna.

— Entrez, dit-il sèchement.

Un domestique s'inclina.

— Milord, un certain colonel Reed est ici pour vous parler. Il prétend que l'affaire est urgente.

Tyrell jeta un coup d'œil à sa femme et à sa mère.

— Faites-le entrer.

— Ce ne sera pas nécessaire.

Un bel officier blond dans l'uniforme bleu des Dragons entra d'un pas bref, son regard bleu dur et froid.

— Lord de Warenne, nous nous rencontrons enfin.

Il s'inclina. Ses mots avaient quelque chose de sarcastique.

— Colonel, dit prudemment Tyrell.

Il se tourna vers les dames.

— Nous aimerions un moment en privé.

— Certainement.

Lizzie lui sourit, prit le bras de la comtesse et elles sortirent.

— Voudriez-vous boire quelque chose ? demanda poliment Tyrell, très méfiant, maintenant.

Il n'avait jamais entendu parler de cet officier et ne le connaissait pas. Il craignait que les nouvelles qu'il pouvait apporter soient malheureuses.

— Du vin, du scotch, un whisky ?

— Non, merci.

Reed sourit, une simple inflexion de ses lèvres fines.

— Je suis ici au sujet du condamné échappé, Sean O'Neill.

Tyrell fut aussitôt furieux de voir traiter son frère d'une façon aussi accusatrice et irrespectueuse, mais il se contenta d'incliner la tête. Se fâcher n'aiderait pas Sean, et il ferait tout ce qui était en son pouvoir pour l'aider.

— Je comprends, dit-il d'un ton calme et posé. Y a-t-il des nouvelles ?

— Non. Les poursuites continuent. J'aimerais que vous me disiez ce que vous savez.

— Ce que je sais ?

Tyrell eut du mal à se contrôler, sa colère se changeant en rage.

— Mon beau-frère a été emprisonné pendant deux ans et cette famille n'en a jamais été informée. Ce que je sais ? répéta-t-il froidement. Sean a été convaincu de trahison, mais notre famille n'a jamais été au courant d'un procès. Je ne sais rien, sir.

— Je suis sûr que l'armée s'est déjà excusée auprès de votre famille pour ce manquement à l'étiquette.

Tyrell essaya de respirer.

— Que mon beau-frère ait passé deux ans en prison — dans l'isolement le plus complet — est plus qu'un manquement à l'étiquette.

Reed soupira.

— Oui, cela a été terriblement mal fait. Je ne suis pas ici pour défendre le système pénitentiaire en Irlande. O'Neill a-t-il pris contact avec vous après son évasion ?

Il fixa Tyrell.

— Non.

— Mais il était ici hier. Trois cents invités l'ont vu.

— Je l'ai vu aussi. C'était la première fois que je le revoyais depuis quatre ans.

Tyrell s'avisa qu'il avait besoin d'alcool et se versa un fort whisky irlandais.

— Ainsi vous ne saviez pas qu'il vivait à Kilvore, avant la rébellion qui a eu lieu dans ce village ?

— Je n'en ai été informé que récemment, après l'évasion de Sean. Je ne connais pas ce village.

— C'est un petit village agricole des Midlands, au sud de Drogheda. Et quand O'Neill s'est marié, il ne vous a pas écrit, à vous ou à quelqu'un d'autre de la famille, pour annoncer la bonne nouvelle ?

Tyrell fut stupéfait.

— Il est marié ?

Il ne put penser qu'à Eleanor, en cet instant. Elle serait dévastée quand elle l'apprendrait.

— Je vois que vous êtes surpris.

— Aucun de nous n'a eu de nouvelles de lui depuis son départ de la maison, il y a quatre ans. Colonel Reed, vous semblez un homme raisonnable et fin. Il y a peut-être eu une révolte à Kilvore, mais je puis vous assurer que mon beau-frère n'était pas impliqué. Il a fait partie de l'aristocratie irlandaise depuis le jour où mon père a épousé sa mère, quand il était un jeune enfant. Quelqu'un d'autre menait ces paysans, sir.

Mais le problème était que Sean avait toujours été du côté des fermiers et des paysans. Tyrell craignit le pire.

Reed haussa ses sourcils pâles.

— Mais il n'est pas noble, n'est-ce pas ? Son père louait des terres à Adare, n'est-ce pas ? La famille est catholique, n'est-ce pas ? Il n'y a pas de titre, et à part ce que le capitaine Devlin O'Neill a amassé durant sa carrière dans la marine, il n'y a pas de fortune.

— Y a-t-il un point que vous voulez faire ressortir ? Mon beau-frère a été élevé dans une chambre en face de la mienne, sir, et a joui des mêmes privilèges que moi. Il est innocent de toute trahison. Quelqu'un d'autre a mené les villageois.

Reed sourit froidement.

— Je puis vous assurer qu'il les a menés. J'étais là, lord de Warenne.

Tyrell se raidit, effrayé.

— Vous devez vous tromper.

Mais c'était ce qu'il avait craint en secret.

— Vous êtes fort loyal. Mais après tout les Irlandais sont des gens loyaux, catholiques ou protestants, n'est-ce pas ?

Tyrell était dangereusement près de s'énerver.

— Ne nous chargez pas, colonel. Pas ici, quand je suis assez aimable pour vous recevoir chez moi.

Reed ne se montra pas touché. Toutefois, il s'excusa.

— Je vous demande pardon. Je ne voulais pas vous offenser.

Puis il ajouta avec brusquerie :

— Votre sœur, lady Eleanor. Je veux lui parler.

— Je l'aimerais aussi. Malheureusement, comme vous le savez sans doute, elle n'est pas ici.

Le changement de sujet soulagea Tyrell.

— Ainsi elle n'est pas revenue, après s'être enfuie avec votre beau-frère ?

— Elle n'est pas revenue, répondit platement Tyrell.

Comme il maudissait le jour où il n'avait pas dit à Eleanor que Sean était un traître évadé. S'il le lui avait dit, il aurait pu prévoir ce qu'elle ferait quand Sean reviendrait, et la moitié de cette crise n'existerait pas.

— Et elle ne s'est pas *enfuie* avec Sean. Elle a toujours été impulsive, sir. Elle a toujours été obstinée et brusque. Je suis certain qu'elle a été transportée de joie en revoyant Sean après quatre ans de séparation, et que cette joie l'a conduite à agir comme elle l'a fait. Son impatience de parler avec lui l'a poussée à l'appeler. Je suis sûr qu'elle n'a pas réfléchi à ses actions. Elle voulait juste le voir et lui parler.

— Vraiment ? Le jour de son mariage ?

Reed faillit rire.

Tyrell garda un visage impassible, alors qu'il aurait aimé écraser le nez de l'officier.

— Vraiment. Il se trouve que ma sœur est éprise de son fiancé. Il n'y a pas de quoi rire, colonel.

Reed resta amusé.

— Je m'excuse. Pensez-vous qu'elle a été en contact avec O'Neill depuis son évasion — avant qu'ils quittent Adare ensemble, hier ?

— Qualifiez-vous ma sœur de traîtresse, sir ? demanda Tyrell, son sang se glaçant dans ses veines.

Maintenant, il avait peur pour Eleanor. Cet homme était une menace non seulement pour Sean, mais aussi pour elle.

Le sourire de Reed s'évanouit.

— Bien sûr que non. Mais j'aimerais y voir plus clair. Pourquoi lady Eleanor aurait-elle quitté son mariage avec son *beau-frère ?*

— Je crois vous l'avoir déjà expliqué. Et pour répondre à votre question précédente, colonel, ma sœur n'a pas eu la moindre nouvelle de Sean en quatre ans — depuis la nuit où il est parti.

— Alors, répondez à ceci : pourquoi O'Neill l'a-t-il emmenée avec lui ?

— Je l'ignore, répondit Tyrell, disant enfin la vérité.

Les agissements de Sean n'avaient pas de sens.

— Pendant leur enfance et leur jeunesse, Sean et Eleanor étaient inséparables, malgré leurs six ans de différence.

— Ils sont donc très proches, nota Reed d'un air entendu.

— Ils *étaient* très proches, corrigea Tyrell.

Il y eut un silence. Puis Reed déclara :

— Les rumeurs vont dans deux sens. J'ai entendu dire qu'il l'a enlevée et qu'il veut se servir d'elle pour quitter le pays.

Son regard se fit intense.

— Mon beau-frère est un gentleman, sir. Il n'enlèverait jamais sa propre sœur.

— O'Neill est responsable de la mort de sept soldats, et d'un prisonnier. Cela, milord, ne fait pas de lui un gentleman.

— Les circonstances sont défavorables. Sean est innocent de toutes les charges levées contre lui. Je le sais.

Tyrell fixa l'officier de sa façon la plus intimidante et la plus condescendante, alors qu'il ne savait rien du tout.

Mais Reed lui rendit froidement son regard.

— D'autres disent que lady Eleanor n'est pas vraiment une sœur.

Tyrell se crispa.

— Je vous demande pardon ?

— J'ai entendu murmurer, y compris dans vos écuries, que lady Eleanor est plus que la belle-sœur d'O'Neill, et qu'elle est amoureuse de lui.

— Ma sœur est amoureuse de votre compatriote, lord Sinclair, appuya Tyrell, les yeux étincelants.

Il ne devait pas laisser Reed apprendre la vérité sur le grand amour d'Eleanor pour Sean.

Reed sourit, mais son regard était inflexible.

— Je suppose que nous verrons. Si vous avez vent des mouvements d'O'Neill, il est de votre devoir de citoyen britannique de m'en informer. Je suis certain que vous le savez, si vous manquiez de le faire cela ferait de vous un complice de ses crimes.

— Je serai le premier à vous dire où il est, affirma Tyrell, un mensonge manifeste.

Reed finit par rire, un son plat et sans gaieté, et sortit.

Tyrell attendit d'entendre la porte d'entrée se refermer. Puis il ferma la porte du salon d'un coup de pied, de toutes ses forces, et le bois craqua.

Il était très sombre. Sean était en grand danger, mais Eleanor aussi.

Pire, Reed était un adversaire redoutable ; tous ses instincts le lui disaient.

Il était presque midi. Dehors, le ciel devenait gris et la pluie menaçait. Eleanor était assise sur le lit, pressant ses genoux contre sa poitrine. Sean était parti depuis quelques heures et elle ne pouvait se détendre tant qu'il ne serait pas rentré sain et sauf. Il avait quitté la ville pour aller voir la frégate qui était amarrée au-delà des murs, et il avait dit qu'il avait d'autres affaires à régler.

Elle avait craint de lui demander ce qu'étaient ces affaires. Mais elle le savait, non ? Il devait acheter son billet pour l'Amérique et lui trouver une escorte pour la ramener chez elle, même si elle ne retournerait pas à Adare maintenant. Elle ne quitterait pas Sean de la sorte. *Et qu'en était-il de Peg ?*

Elle serra ses genoux plus fort contre elle, souffrant de cette blessure. Qui était cette autre femme qui était si importante pour lui qu'il rêvait d'elle ? Avait-il passé les deux ans avant son emprisonnement avec elle ? Elle avait si peur. Il avait dit qu'il ne l'aimait pas, mais ce n'était pas un soulagement.

Elle redoutait la vérité, mais elle devait tout savoir. Elle était déterminée à tout supporter. Si elle ne le faisait pas, comment pourrait-elle l'aider à retrouver son chemin vers l'homme qu'il était autrefois ? Toutefois, elle était prête à une bataille. Sean ne voulait pas discuter des quatre dernières années avec elle. Il avait été terriblement clair là-dessus.

Dehors, le ciel s'ouvrit et il se mit à pleuvoir à verse.

Eleanor courut à la fenêtre pour la fermer. Comme

elle la claquait, elle aperçut Sean qui remontait la rue en courant et elle s'affala contre le rebord, ivre de soulagement. Un instant plus tard, il tambourina à la porte. Elle s'empressa d'aller lui ouvrir.

Il entra, trempé. Eleanor referma et tira les verrous derrière lui. Elle se tourna.

— Est-ce que tout va bien ? commença-t-elle, prête à lui demander où il avait été.

Mais elle s'arrêta.

Il avait ôté sa chemise mouillée, révélant son beau torse musclé. Mais lorsqu'il se tourna pour étendre sa chemise sur une chaise, elle fut confrontée à une douzaine de longues cicatrices blanches qui zébraient son dos. Elle retint une exclamation, comprenant qu'il avait été brutalement fouetté.

Il se tourna sur lui-même, surpris.

Elle se mit à trembler, tant elle se sentait mal.

— Sean ! Qu'est-il arrivé ?

Il se tint immobile, sa surprise s'évanouissant, et ses yeux prirent une expression réservée.

— Vous le savez. J'étais en prison.

— On vous a flagellé ? s'écria-t-elle.

Il la fixa.

— Cela n'a pas d'importance… C'était il y a longtemps.

Il se retourna et elle dut fermer les yeux, car la vue de son dos la faisait terriblement souffrir. Il approcha la chaise supportant sa chemise du poêle.

Eleanor essaya de se calmer, mais c'était impossible. Elle ne s'écarta pas de la porte.

— Pourquoi avez-vous été châtié ainsi ?

Il se tenait près de l'évier, prenant un gobelet d'eau dans le seau. Il mit un moment à répondre.

— C'était un jeu.

— Un *jeu ?*

Lentement, il lui refit face.

— *Peu importe.*

— Cela m'importe, à moi ! s'exclama-t-elle.

Le regard de Sean était scrutateur, et il soupira.

— Ellie, c'était un amusement pour les gardes… Le nouveau prisonnier, le traître qui allait être pendu…

Elle serra ses bras autour d'elle.

— Il y a tant de cicatrices, murmura-t-elle.

Il ne répondit pas.

Elle se mordit la lèvre.

— Ils se sont acharnés sur vous, n'est-ce pas ? Cela n'a pas été une fois, ils vous ont fouetté à de nombreuses reprises.

La poitrine de Sean se souleva.

— Vous n'avez pas besoin de le savoir.

Elle essuya les larmes qui coulaient sur son visage.

— Si, Sean.

— Quelle différence cela fait-il ? Ce sont des cicatrices… Je suis guéri.

— Vraiment ? Moi, je ne pense pas que quoi que ce soit ait guéri, à part votre peau, rétorqua-t-elle farouchement.

Il se détourna et s'appuya à l'évier.

Eleanor hésita, puis se laissa guider par son cœur. Elle alla à lui et, avant qu'il puisse réagir, elle passa la main sur les chairs tuméfiées. Son dos devint rigide ; il se raidit.

— Pourquoi vous ont-ils mis à l'isolement, Sean ? demanda-t-elle doucement, la main toujours sur les cicatrices.

Il ne bougea pas. Sa respiration était difficile.

— J'ai tué un autre prisonnier.

Elle eut un choc.

Il pivota brusquement et elle se retrouva face à sa

gorge puissante. Son mouvement fit qu'elle effleura son bras, et elle recula.

— Vous avez tué un prisonnier ? répéta-t-elle, incrédule.

Il humecta ses lèvres.

— Ne me regardez pas ainsi.

— Je ne comprends pas.

— Je devais protéger quelqu'un… un jeune garçon !

Ses yeux étincelèrent.

— Personne d'autre ne s'en occupait !

Elle couvrit sa bouche de sa main, étouffant un cri. Combien avait-il souffert et que restait-il encore à dire ? Combien d'angoisse pouvait supporter un homme ?

— Vous protégiez un jeune garçon ?

Le regard de Sean était brûlant.

— Il était en butte à des avances… Il fallait que j'arrête cela.

Elle inspira. Elle pensait comprendre ce qu'il voulait dire et c'était trop pénible à contempler.

— Il est mort, de toute façon… Le jeune Brian. Il est mort d'un autre viol. Je ne comprenais pas ce monde-là… Quand un scélérat disparaît, il est remplacé par un autre.

Eleanor se détourna. Elle ne pouvait s'arrêter de pleurer, maintenant. Elle pleurait pour un jeune garçon nommé Brian et pour Sean.

— Ellie, ne pleurez pas, murmura-t-il d'un ton pressant.

Elle ne voulait pas pleurer, aussi, elle hocha la tête et s'essuya les yeux.

Il la prit par les poignets, la surprenant.

— C'est fini, maintenant… Cet enfer n'a plus d'importance.

Elle ne le contredit pas, mais cela aurait toujours de

l'importance pour elle. Elle prit conscience de leur proximité, de l'emprise de ses doigts et de son odeur mouillée. Les aplats de son torse étaient humides, et l'excitation monta en elle. Lentement, elle leva les yeux vers lui. Eprouverait-elle toujours une attirance aussi puissante ? Et comment allait-elle s'en arranger ?

— Sean, pourquoi avez-vous été isolé pendant deux ans ?

Il lâcha ses poignets et s'écarta d'un pas.

— Le geôlier a été congédié peu après mon enfermement. Le nouveau geôlier était un ivrogne. Je l'ignorais, alors, je ne l'ai pas su avant de m'échapper.

Il rencontra le regard d'Eleanor, l'angoisse et la révulsion se mêlant sur son visage.

— Je pensais que je resterais dans ce trou noir jusqu'à la fin de ma vie.

Elle déglutit avec peine.

— Vous voulez dire que le nouveau geôlier ne savait pas que vous étiez là ?

Il hocha la tête.

— Mais j'ai eu de la chance. Sinon, j'aurais été pendu.

Elle ne pouvait imaginer ce que c'était que d'être enfermé dans ces conditions et de ne pas savoir ce qui se passait, ou combien de temps cette torture durerait.

— Quelqu'un est sûrement venu vous voir pendant ces deux ans ? Je veux dire, vous étiez nourri, non ?

— Il y avait une fente dans la porte. Ils me nourrissaient comme un chien. Les gardes trouvaient cela très amusant. Le geôlier ignorait que j'étais là, les gardes le savaient et s'en moquaient… Je n'ai vu personne, Ellie, personne jusqu'au jour où je me suis échappé !

Ses épaules se soulevèrent. Luttant contre sa fureur, il donna un coup de poing dans l'évier.

Eleanor frémit.

— Ces *scélérats*. Comment vous êtes-vous évadé ?

Il lui jeta un coup d'œil par-dessus son épaule. Son corps rigide parut se détendre.

— J'ai pris le geôlier en otage.

— Alors, il avait fini par avoir vent de votre existence ?

Sean secoua la tête.

— C'était un autre geôlier, lord Harold… Il était désolé de ma situation ! Il est venu s'excuser.

Il rit, d'un son amer et brutal.

— J'étais à bout.

Il fixait le fond de l'évier. Eleanor posa une main sur son dos. Sa peau tressaillit et il frissonna.

— Vous aviez dû projeter ce que vous feriez dès que quelqu'un viendrait vous voir.

Il lui refit face abruptement.

— Oui.

Ses yeux étaient si durs et si froids qu'elle se crispa. Il avait enduré tant d'épreuves et, en cet instant, il l'effrayait. Mais elle ne devait pas avoir peur de lui, car elle avait sa propre mission.

— Grâce au ciel, c'est terminé.

Il haussa les sourcils.

— Terminé ?

Et il s'éloigna d'elle.

Elle s'appuyait à l'évier, maintenant, l'observant.

— Qu'en a-t-il été du procès ? Manifestement vous n'y étiez pas, et pourtant vous avez été condamné.

— Cela se fait tout le temps. Vous le savez sûrement ? C'est une mesure militaire.

Il tira l'autre chaise et s'assit. Il posa la tête sur ses bras, comme s'il était épuisé.

Elle essaya de réfléchir, une tâche difficile quand

elle désirait le prendre dans ses bras pour le tenir et le réconforter.

— Etes-vous certain que votre condamnation est légale ? Elle peut peut-être être abolie.

— Peut-être.

Il leva les yeux. Ils étaient mornes.

— Probablement pas.

— Sean, vous ne souffrirez jamais plus comme cela !

— Ne soyez pas chagrinée pour moi.

Leurs regards se soutinrent. Comment pouvait-elle ne pas être chagrinée pour lui ? Elle savait que si elle osait continuer à parler il risquait de la repousser, mais il fallait qu'elle poursuive.

— Est-ce ce dont vous rêvez ? Ces années passées seul dans l'obscurité de cette cellule ?

Son visage se contracta.

— Sean ? insista-t-elle. Est-ce Peg ? Est-ce d'elle que vous rêvez ?

Il bondit sur ses pieds.

— Pourquoi faut-il que vous cherchiez à savoir ? Pourquoi ?

— Je vais vous aider, Sean, parvint-elle à dire d'une voix ferme. Je vais vous aider à oublier toute l'horreur de ces années.

Il eut l'air sceptique.

— Sûrement pas !

— Ne voulez-vous pas retrouver votre vie ? s'écria-t-elle. Ou est-ce Peg que vous préférez ?

A l'instant où elle prononça ces mots, elle les regretta.

Il était furieux.

— Vous ne vous arrêtez jamais, n'est-ce pas ?

— Ne partez pas. Je suis désolée. Je ne vous harcèlerai plus. Sean !

Mais il était trop tard — il avait déjà franchi la porte.

Sean s'arrêta dans la cour derrière l'échoppe du cordonnier, s'adossant au bâtiment, fermant les yeux et essayant de respirer. Pourquoi s'occupait-elle de ce qui ne la regardait pas ? Savait-elle que ses indiscrétions étaient comme lui planter un couteau aiguisé dans le ventre et le tourner dans la plaie ?

Peg était morte. Il ne parlerait pas d'elle, jamais et certainement pas à Ellie.

Il se couvrit le visage de ses mains. Il éprouvait l'étrange envie de remonter et de la laisser passer ses bras autour de lui. Une part de lui semblait penser que si elle le faisait, elle pourrait chasser ses démons. Mais il ne céderait pas à cette envie, surtout pas maintenant, pas après l'autre nuit. Il savait comment son traître corps réagirait à son acte innocent de le réconforter. Il n'avait jamais brûlé d'une telle chaleur ; il ne s'était jamais senti aussi capable de tout, aussi prêt à exploser. Elle était devenue une si belle femme, et le fait qu'elle était aussi tentante le troublait. Mais il était certain d'une chose : il regretterait le restant de ses jours les quelques instants de passion qu'ils avaient partagés.

Et tandis qu'il se tenait là, son sexe durci était la preuve de son désarroi. Il était descendu dans la cour parce qu'il avait été effrayé par sa question et qu'il avait eu besoin de s'échapper — de fuir non seulement Ellie, mais Peg, sa culpabilité, le passé. Mais d'une certaine façon le chagrin et les remords s'étaient changés en besoin et en désir. Ils étaient mêlés, à présent, telle une obsession malvenue.

Ce matin, il était allé sur les berges de la rivière et s'était servi de sa longue-vue pour examiner la *Gallatine*. Elle était chargée, avec vingt-huit canons, mais elle semblait rapide. Il était aussi allé voir O'Connor, qui était de son avis : McBane pourrait être la bonne escorte pour ramener Ellie à Adare. C'était un gentleman, donc il se conduirait honorablement avec elle et donnerait probablement sa vie pour la protéger. O'Connor avait dit qu'il essaierait de joindre McBane. S'il n'y parvenait pas, il raccompagnerait Ellie lui-même.

— Sean ?

Il se tendit au son de cette douce voix féminine. Il se tourna.

Kate se tenait sous l'avancée du toit et lui souriait.

— Il pleut, murmura-t-elle. Pourquoi restez-vous dehors ?

La pluie s'était changée en un crachin persistant.

Il savait exactement ce qu'elle voulait. Il avait toujours su quand une femme le convoitait, même quand il était un jeune garçon et que les femmes étaient des filles. Il n'avait jamais vraiment compris pourquoi les femmes le regardaient une fois, le regardaient de nouveau et se mettaient en chasse, mais de ce fait il n'avait jamais manqué de compagnie féminine. Il avait eu sa première maîtresse à treize ans et n'avait pas cessé d'en avoir par la suite. Comme tous les O'Neill, il était extrêmement viril.

Sauf ces deux dernières années, où il avait été contraint à une chasteté forcée. Et puis il y avait eu l'autre nuit, où il avait brièvement perdu la tête et pris Ellie, même pas dans un lit.

Kate s'approcha, sa robe humide moulant ses courbes. Il y avait des gouttes d'eau sur son visage et sur sa gorge, au-dessus de son corselet bordé de dentelle.

— Allez-vous bien ? demanda-t-elle.

Il savait ce qu'elle voulait et il le voulait aussi. Il était dur et désespéré. Et elle ne se jouerait pas de lui ; elle ne demanderait pas son amour en échange de sexe. Il pouvait simplement aller avec elle dans les écuries, de l'autre côté de la cour, et ils coucheraient ensemble dans une stalle propre.

— Je vais bien, répondit-il sans bouger.

Le regard sombre de Kate le dévisagea tandis qu'elle s'arrêtait devant lui.

— J'en suis contente, murmura-t-elle en posant une main sur sa joue.

Il n'y avait pas de raison de ne pas prendre sa main et la placer là où il en avait besoin — sauf une. Et elle était en haut, dans cet atroce taudis, à l'attendre. Elle saurait ce qu'il avait fait dès qu'il franchirait la porte. Elle lui jetterait un seul coup d'œil et elle saurait — et elle serait de nouveau blessée, irrémédiablement.

Il se détestait déjà de l'avoir blessée. Comment pourrait-il recommencer ?

Kate fit glisser sa main le long de son cou et sur la peau nue et chaude de son torse.

Il avait du mal à respirer, à penser. Mais il parvint à percevoir que Kate ne pourrait peut-être pas assouvir sa concupiscence, car ce n'était pas elle qui l'avait inspirée.

Elle sourit et abaissa sa main, glissant ses doigts dans la ceinture de ses culottes.

Sean inspira et saisit fermement sa main pour l'enlever. Elle leva les yeux et ses joues s'empourprèrent. Il voulut s'excuser, les mots sur le bout de la langue, quand il se rendit compte qu'ils n'étaient pas seuls.

Ellie se tenait sous l'auvent, les yeux élargis.

Il repoussa Kate, l'oubliant aussitôt. Il savait qu'il devrait crier après Ellie, lui rappeler que les dames n'espionnaient pas, mais aucun mot ne lui vint. Il se contenta de la fixer — et elle le fixa en retour.

Puis elle tournoya et retourna en courant dans l'immeuble.

Sean s'aperçut que Kate se tenait près de lui, les yeux agrandis par la surprise et la compréhension.

— Je suis désolé, dit-il.

— Elle n'est pas votre sœur, murmura Kate d'une voix étouffée.

Il ne l'entendit pas — il s'élançait déjà derrière Ellie.

Eleanor atteignit la chambre et claqua la porte derrière elle. Elle tremblait violemment, sans pouvoir se contrôler. Elle ne cessait de voir Sean debout devant Kate, l'air chargé de concupiscence. Elle n'hésita pas, elle poussa l'un des verrous.

Puis elle s'adossa à la porte, respirant fortement. N'avait-elle pas su qu'il couchait avec Kate, ou se préparait à le faire ? Elle l'avait épié maintes fois avec ses maîtresses et connaissait tous les signes. Pourquoi s'en soucierait-elle ? Il n'était même plus le même homme, et elle n'aimait pas l'homme qu'il était devenu. Sa résolution était de le guérir, afin qu'elle retrouve son meilleur ami. Si elle avait la chance d'y parvenir, il y aurait d'autres femmes, car Sean était viril et passionné. Elle devrait l'accepter tôt ou tard, alors pourquoi pas maintenant ?

Il tambourina à la porte.

— Ellie, ouvrez.

Elle fixa la porte fermée et répondit puérilement :

— Non !

Elle détestait qu'il coure après d'autres femmes et que celles-ci le pourchassent !

Les coups cessèrent.

— Ellie. Ouvrez et laissez-moi entrer. Je suis mouillé et j'ai froid.

— J'en doute ! riposta-t-elle. Je pense que vous êtes brûlant.

Et le désir la traversa, douloureux et vif.

Il voulait une femme et elle éprouvait ce besoin furieux, elle aussi. Elle s'écarta de la porte, ébranlée et en proie à la confusion. Pourquoi fallait-il que son corps soit si excité ? Pourquoi fallait-il qu'elle se sente si fiévreuse chaque fois qu'elle regardait Sean ?

— Ouvrez la porte pour que nous puissions parler, sapristi !

Elle avait l'intuition qu'elle ne devait pas ouvrir. Mais elle tira le verrou et recula.

Il entra, lui décocha un regard noir et referma en remettant le verrou.

— J'aurais pensé que vous aviez dominé votre besoin de m'espionner.

— Je ne vous espionnais pas, mentit-elle.

Elle avait aperçu Kate par la fenêtre et tous ses instincts l'avaient poussée à descendre dans la cour.

— Il nous fallait de l'eau et vous aviez oublié de prendre un seau. Je vous en apportais un.

— Vous m'espionniez.

Il croisa les bras sur sa poitrine. Elle le fixa, car malheureusement il était toujours torse nu. Les muscles de ses avant-bras et ses pectoraux se gonflèrent. Eleanor avait conscience de le scruter, mais elle ne pouvait détourner les yeux. *Ne pouvait-elle l'aider à chasser ses tourments et coucher avec lui en même temps ? Si elle ne le faisait pas, il y aurait quelqu'un d'autre, et après tout elle n'était plus vierge.*

— Ecoutez, dit-il d'une voix rauque. Je ne désire pas Kate.

Elle rencontra son regard.

— Si.

Il avait les joues échauffées.

— Non… pas Kate.

Elle s'immobilisa. L'air palpitait autour d'eux et son corps palpitait aussi.

— Que voulez-vous dire ? demanda-t-elle dans un souffle.

Il fit un geste d'impuissance, puis son regard se riva sur sa poitrine, et ensuite sur ses hanches. Brusquement, il ferma les yeux, comme pour s'empêcher de la regarder d'une manière aussi intrépide et aussi virile, et il lui tourna le dos.

Eleanor déglutit. Etait-il en train de lui dire qu'il la désirait ? Parce qu'elle le désirait désespérément, autant que jamais, sinon plus.

Il luttait pour reprendre le contrôle de lui-même, mais était-ce pour dominer sa colère ou sa concupiscence, elle ne savait pas.

— Ellie… Je n'ai pas couché avec Kate. Je ne l'ai pas fait et je ne le ferai pas.

Elle ne comprenait pas. Elle fixa les horribles cicatrices de son dos.

— Pourquoi ? Vous n'avez jamais été très difficile, par le passé.

Il se tenait debout, la tête basse, le dos rigide, les épaules raides, et il ne disait rien.

Eleanor parvint à inspirer, bien qu'elle continuât à trembler. Elle posa la main sur une cicatrice.

— Je ne comprends pas. Vous pourriez en avoir fini avec Kate, à cette heure.

— Ne faites pas cela, murmura-t-il.

Elle caressa la cicatrice.

— Sean, chuchota-t-elle.

Il frémit. Elle posa son autre main sur une autre cicatrice ; puis elle se pencha et pressa sa bouche sur la chair couturée.

— Ce n'est… pas bien, dit-il dans un souffle.

Elle sentit qu'il était prêt à se rendre. A peine capable de respirer, elle s'avança jusqu'à ce que ses seins, dont la pointe était tendue et douloureuse, s'impriment dans son dos. Elle promena ses lèvres sur sa peau, sur les striures, l'embrassant lentement, de façon répétée. Il frissonna et demanda d'une voix rauque :

— Voulez-vous… que je vous fasse du mal ?

Elle le prit par les épaules et, en parlant, elle effleura son dos brûlant et rugueux de sa bouche.

— Non. J'ai été assez blessée. Vous ne me ferez pas de mal, Sean.

Elle baisa le côté de son cou, qui, à côté des cicatrices, était doux et lisse.

Il bougea, s'écartant d'elle, et lui fit face, les yeux brûlants.

— Pourquoi ? Pourquoi faire cela ? Me séduire de nouveau ?

Il y avait du désir dans sa voix, mais aussi de la panique.

Le corps d'Eleanor était si fiévreux qu'elle se sentait devenir folle.

— Parce que j'ai besoin d'être avec vous ! Parce que vous êtes un homme passionné — et que je suis une femme passionnée.

Et parce que je vous aime, pensa-t-elle.

— Ne rendez pas ceci plus difficile que ce ne l'est, déclara-t-il d'un ton âpre.

L'esprit d'Eleanor s'emballa et son sang bourdonna.

— Sean, vous avez changé, murmura-t-elle, mais je veux encore de vous, même plus qu'avant.

Il était immobile, le regard élargi, et une bataille se livrait dans ses yeux. Très lentement, il dit :

— Je ne puis vous faire du mal… de nouveau. Je vous en prie !

— Vous ne m'en ferez pas.

Tout en affirmant cela, elle savait qu'elle mentait — qu'elle allait être blessée, terriblement. Son cœur le lui disait. Mais tout avait disparu, toute logique, tous plans, ainsi que sa résolution. Il y avait seulement une pièce faiblement éclairée et chichement meublée ; il n'y avait qu'elle et Sean.

— Vous devez rentrer à Adare. Vous devez épouser Sinclair.

Son regard intense et brillant était rivé sur celui d'Eleanor.

— Et vous devez partir pour l'Amérique. Je le sais. Mais qu'est-ce que cela a à voir avec aujourd'hui, avec ce soir ? demanda-t-elle doucement.

Il se tenait simplement devant elle, le souffle court.

Elle était essoufflée, elle aussi.

— Sean ?

Il la supplia des yeux.

— Je ne peux pas vous donner… de l'amour.

— Je ne vous demande pas de me donner autre chose que du plaisir, chuchota-t-elle, et en cet instant elle le pensait.

Il pâlit.

— Je vous demande du plaisir, Sean. J'ai besoin que vous m'en donniez, maintenant.

Il rougit, son regard argenté brilla. Puis il bougea en grognant.

Eleanor poussa un cri et elle fut dans ses bras, leurs bouches ouvertes se rivant l'une à l'autre. Il se pressait contre elle.

— Ellie, dit-il dans un souffle, contre ses lèvres, déboutonnant déjà sa chemise. *Ellie*.

Elle retint une exclamation quand ses mains couvrirent ses seins, sous la chemise et sous sa camisole. Brièvement, il détacha sa bouche de la sienne pour la regarder dans les yeux. Il sourit.

Elle fut stupéfaite, mais elle n'avait pas le temps de penser. Il la renversa sur son bras, l'embrassant furieusement. Puis il la souleva à moitié et l'entraîna vers le lit, s'allongeant sur elle et saisissant la pointe d'un sein dans sa bouche.

Une sensation exquise, mi-plaisir, mi-douleur, la traversa comme une flèche. Elle se sentit défaillir et se mit à chercher la volupté sauvage qui la submergeait. Elle voulait que Sean *se dépêche*.

Il essayait de la débarrasser de ses culottes. Elle sentit qu'il les tirait, puis son pantalon de dessous disparut. Il ramena sa bouche sur son visage, sur ses lèvres, sur sa gorge et sur ses seins. Il avait les mains qui tremblaient, et il parcourait sa peau à la suite de ses lèvres. Eleanor ne pouvait supporter l'intense plaisir qu'il lui prodiguait ; son corps était devenu si brûlant qu'elle avait l'impression qu'il allait s'embraser.

Soudain, les mains de Sean se posèrent sur ses hanches, la clouant au lit. Il se mit à explorer son ventre plat autour de son nombril avec sa bouche et sa langue. Elle se tendit ; ses caresses rendaient sa féminité hypersensible, elle palpitait avec une urgence pressante. Eleanor frémit d'émoi au contact de sa langue qui la léchait et descendait de plus en plus bas. Elle étouffa un cri lorsqu'il se mit à caresser l'endroit le plus intime de sa personne. Elle s'immobilisa tandis que son cœur menaçait d'exploser dans sa poitrine, que son corps se soulevait.

Elle commença à se briser et, alors qu'elle était secouée

de frissons, la langue de Sean se fit plus insistante encore, plus audacieuse et plus experte. Elle frissonna encore et encore et il nourrit ses cris sans se lasser, jusqu'à ce qu'elle n'ait plus rien à donner.

Il se souleva et s'allongea sur elle. Elle leva les yeux vers lui et il la regarda, ses propres yeux incroyablement brûlants.

— J'ai besoin de vous, dit-il d'une voix rauque.

Elle le savait et elle sourit, prenant sa joue dans une main.

Il glissa un bras sous elle, se pencha et l'embrassa de nouveau, ce baiser plein d'exigence mais en même temps contrôlé et maîtrisé. Puis il abaissa une main pour se dévêtir, et son sexe durci se pressa contre celui d'Eleanor. Elle retint son souffle, de nouveaux frissons de plaisir la parcourant.

Alors, il hésita. Elle rencontra son regard interrogateur.

— Etes-vous certaine ? demanda-t-il.

Elle toucha son visage, la cicatrice de sa pommette.

— Oui, répondit-elle.

Elle n'avait jamais été plus certaine de quelque chose, s'avisa-t-elle.

Sean hocha la tête et ferma les yeux. Un besoin intense inscrit sur son visage, il bougea contre elle, s'immisçant dans sa chaleur.

— *Ellie*.

Eleanor prit son visage entre ses mains — son visage bien-aimé.

— Vous ne me blesserez pas, chuchota-t-elle. Faites vite, Sean, je vous aime !

Il poussa un cri. Des gouttes d'eau — de la sueur ou des larmes — coulèrent. Il l'embrassa encore et se mit à bouger en elle, les paupières crispées. L'amour qui enflait dans la poitrine d'Eleanor fut remplacé par quelque chose d'intense et de pressant. Elle s'accrocha à ses épaules, la tension montant en elle en une spirale rapide, insoutenable, qui se brisa dans une explosion de plaisir.

Sean étouffa un cri et bougea encore plus vite, encore plus fort, tandis que la chambre tournoyait autour d'Eleanor, avec le plafond et le reste de l'univers. Il cria de nouveau, sa voix se mêlant à la sienne, et il atteignit l'extase à son tour.

Eleanor revint lentement au lit et à la terre ferme, en flottant. Elle tint le corps moite de Sean tandis qu'il s'allongeait sur le côté, et elle se mit à penser. Elle craignait d'aimer Sean tel qu'il était, autant qu'elle aimait l'homme qu'il avait été autrefois. De fait, peu importait combien il avait changé, elle ne l'avait jamais aimé davantage. Elle embrassa sa joue humide, redoutant ce qui allait suivre.

Son corps, contre elle, était merveilleusement détendu et relâché. Puis il se raidit, leva la tête et leurs regards se joignirent. Son expression était indéchiffrable.

— Est-ce que vous allez bien ?

Eleanor fut alarmée. Comment pouvait-elle aimer l'homme qu'il était devenu ? Comment pouvait-elle ne pas l'aimer ? Et où cela la laissait-il, elle ? Même s'il lui témoignait une telle passion, ce n'était pas nécessairement de l'amour et elle s'était promis de ne pas avoir besoin de son amour — elle avait seulement besoin de le retrouver entier et guéri.

— Ellie… Eleanor ?

Elle détestait qu'il se reprenne ainsi.

— Je suis toujours Ellie, j'ai simplement grandi.

Il la fixa d'un air étrange et mécontent.

Elle attrapa sa chemise, l'enfila et la ferma sur sa poitrine. Elle glissa ses jambes nues sous le drap et le remonta jusqu'à sa taille.

— Oui.

Elle déglutit et sourit.

— Je vais bien. C'était… très agréable.

Il soutint son regard. Elle parvint à continuer à sourire. Il ne lui rendit pas son sourire. Mais il hésita, comme s'il était incertain, lui aussi.

Elle se força à prendre un ton léger.

— Je vais bien. Faire l'amour — je veux dire, coucher avec vous — a été merveilleux. Et il ne s'agit pas d'autre chose, bien sûr. C'est tout ce que je veux.

Il la fixa comme si elle était le monstre du loch Ness.

Son sourire disparut. Elle lutta contre la blessure qui croissait en elle.

— Parce que c'est tout ce que vous voulez. De la passion, une compagne de lit, une maîtresse.

Il s'assit, se détournant pour qu'elle ne le voie pas arranger ses culottes. Puis il lui jeta un coup d'œil. Elle remontait les draps jusqu'à son cou, maintenant.

— Je vous veux en sécurité… c'est ce que je veux, dit-il.

Il sortit du lit.

— Je vais chercher de l'eau pour que vous puissiez vous baigner.

Elle ne voulait pas d'un bain. Elle savait qu'elle ne devait pas le pousser.

— Vous me voulez en sécurité… à Adare.

Il marcha vers la porte.

— Oui.

Il ne fallait pas qu'elle ajoute *avec Sinclair*. Mais une conclusion s'imposait. Il était très attiré par elle, mais s'il avait des sentiments plus profonds pour elle, il ne pourrait pas la renvoyer à son fiancé. S'il avait des sentiments plus profonds pour elle, il voudrait l'emmener avec lui en Amérique.

A la porte, il se détourna.

— Vous êtes incroyablement belle… Eleanor.

Elle se raidit. Elle n'aimait pas son expression, ni son ton, et elle savait qu'un « mais » allait suivre.

— Vous méritez plus qu'une nuit dans mon lit.

Elle n'hésita pas.

— Oui, en effet.

Elle regretta presque d'avoir exprimé ce qu'elle gardait au fond du cœur. Il était si visiblement malheureux et résigné.

— Je suis désolé, dit-il.

Eleanor remonta les couvertures encore plus haut et le regarda sortir une fois de plus.

13

La chambre était soudain douloureusement vide. Eleanor inspira en tremblant. Quelques instants plus tôt, quand ils faisaient l'amour, elle s'était sentie plus proche de lui qu'elle ne l'avait jamais été. Et cependant, maintenant, il regrettait clairement ce qu'ils avaient fait et partagé. Elle savait qu'il avait enduré plus de souffrances qu'un homme ne le devrait, mais elle ne comprenait pas pourquoi il ne pouvait accepter le besoin qu'ils avaient l'un de l'autre — pourquoi il ne pouvait laisser l'amour grandir entre eux.

Elle commença à s'habiller, refusant de se sentir blessée, essayant de comprendre et n'y parvenant pas. Peut-être, lorsqu'elle en saurait davantage sur les quatre dernières années, sa conduite lui paraîtrait-elle plus claire. Mais combien de temps avait-elle avant qu'il parte pour l'Amérique et qu'elle soit contrainte de rentrer chez elle ?

Soudain, elle tressaillit. Elle s'avisa qu'elle avait marché sur un objet pointu. Elle baissa les yeux, surprise de voir une petite figurine taillée dans du bois. Elle comprit tout de suite qu'elle était tombée de la poche de Sean et elle la ramassa. C'était un bateau à un seul mât, magnifiquement détaillé. Du fait de sa taille, elle était certaine que c'était un jouet d'enfant.

Un malaise l'envahit. Pourquoi Sean gardait-il ce petit bateau dans sa poche ? Combien de secrets dissimulait-il ? D'abord il y avait Peg, et maintenant un enfant ?

Sean entra dans la pièce. Leurs regards se heurtèrent et il détourna les yeux, allant au baquet de bois dans un coin de la chambre.

— Je vais le remplir pour que vous puissiez prendre un bain, dit-il sans la regarder.

Il versa un seau d'eau, mais avant qu'il reparte Eleanor le rejoignit.

— Sean, attendez.

Il se raidit et lui jeta un coup d'œil.

— Non.

— Je ne vous comprends pas ! s'écria-t-elle.

Elle savait qu'elle devait se taire, mais elle ne s'y résignait pas.

— Je sais. Vous ne le pouvez pas. Plus maintenant.

Il soutint son regard, avec une expression douloureuse.

— J'ai changé. Nous sommes tombés d'accord là-dessus. J'ai été honnête. Je vous ai dit que je ne pouvais vous donner autre chose qu'une heure au lit, et vous avez dit que vous l'acceptiez. Mais vous n'étiez pas sincère, n'est-ce pas ?

Il était accusateur.

Elle hésita.

— Je pensais que je pouvais me contenter de passion, mais je me trompais.

Il pâlit.

— Il faut que j'ailler chercher de l'eau.

Elle lui prit le bras.

— C'était beaucoup plus que de la passion, Sean !

Il se tourna, l'air incrédule.

— Vous n'y connaissez rien. Vous étiez innocente… jusqu'à l'autre nuit. Je ne veux pas discuter de cela.

Il se dégagea brusquement et sortit.

Eleanor se laissa choir sur une chaise et s'avisa qu'elle tenait toujours le petit bateau sculpté. Elle le posa sur la table. Sean avait été tout près de dire qu'elle avait tort — que leur étreinte n'avait rien signifié pour lui. S'il avait été aussi dur, cela aurait été trop douloureux à supporter.

Elle s'enveloppa de ses bras. Une chose était claire. Elle avait besoin de temps pour être avec Sean, pour l'aider à sortir de sa misère et pour le faire changer d'avis sur ce qu'il projetait. Mais les Anglais étaient sur leurs traces et d'ici quelques jours il pouvait être en route pour l'Amérique, et elle pour Adare. Son cœur bondit de panique à cette idée.

Il revint sans la regarder, les joues échauffées. Il versa un autre seau d'eau dans le baquet.

— Je vais attendre dans la cour, dit-il d'un ton crispé.

Elle bondit sur ses pieds.

— Avez-vous réservé votre passage vers l'Amérique ?

Il ne répondit pas d'un moment.

— Pas encore.

Elle était si soulagée qu'elle relâcha bruyamment son souffle.

Il la considéra d'un air sombre.

— Ellie. Je veux dire Eleanor.

Il humecta ses lèvres.

— C'était une mauvaise idée. C'est ma faute, de nouveau. J'en endosse le blâme. Je vous en prie, ne pleurez pas, ajouta-t-il d'une voix pressante.

— Je ne pleure pas.

— Mais vous êtes blessée. Je le vois dans vos yeux et sur votre visage, s'exclama-t-il. Je vous ai fait du mal.

— Je ne comprends pas comment vous avez pu me toucher et m'embrasser comme vous l'avez fait, et essayer ensuite de prétendre que c'était une simple coucherie ! Vous m'aimiez quand j'étais une enfant — ne vous avisez pas de le nier ! cria-t-elle alors qu'il semblait sur le point de protester. Et quand j'ai grandi, nous sommes devenus des amis — nous faisions presque tout ensemble ! Maintenant je suis une femme et nous partageons aussi de la passion — nous avons tout fait ensemble, non ?

— Taisez-vous, ordonna-t-il.

Mais elle ne pouvait s'arrêter.

— Je sais que vous avez été enfermé tout seul pendant deux ans. Je sais qu'on vous a fouetté brutalement. Je sais que des soldats sont morts cette nuit-là dans le village — je sais que vous vous en blâmez ! Mais, Sean, c'est fini, maintenant. C'est le passé. Pourquoi ne voulez-vous pas m'emmener avec vous ? s'écria-t-elle, désespérée. Pourquoi ? Essayez-vous de vous punir pour quelque chose ? Comptez-vous vous refuser tout bonheur, à jamais ? Je vous ai rendu heureux il y a quelques minutes, je pourrais recommencer ! Nous pourrions partager un lit chaque nuit, et une vie ! Nous sommes déjà les meilleurs amis l'un de l'autre. Je pourrais porter vos enfants, Sean !

Il était rigide et blanc comme un linge.

— Vous devez garder votre fierté. Vous ne pouvez supplier un homme de vous aimer.

Elle avait envie de le gifler violemment.

— Je ne vous supplie pas de m'aimer. J'exprime ce qui est évident. Je pense que vous m'aimez — ou du moins que vous tenez à moi, profondément. Pouvez-vous le nier ? le provoqua-t-elle.

Puis elle craignit de respirer.

Il resta silencieux, refusant visiblement de parler. Ses tempes frémissaient.

— Je ne pensais pas que vous puissiez le faire, conclut-elle fermement, mais elle tremblait.

— Je ne veux pas… vous blesser de nouveau, déclara-t-il d'un ton sourd.

— Vous me blesserez beaucoup plus si vous disparaissez pour toujours de ma vie, insista-t-elle farouchement. Et qui s'occupera de vous en Amérique ? Qui guérira vos blessures ?

Il sursauta.

— Je vous ai déjà dit qu'elles sont guéries.

— Et nous savons tous les deux que c'est un mensonge, rétorqua-t-elle.

Ils s'affrontèrent du regard.

— Et si… nous sommes capturés ?

Le cœur d'Eleanor bondit d'espoir. Elle osa aller à lui et toucher son bras.

— Et si nous ne sommes *pas* capturés ?

Il recula et secoua la tête.

— Vous ne comprenez pas. Vous ne savez pas… ce que les soldats anglais peuvent faire.

— Mais pas à moi ! s'écria-t-elle. Je suis une femme, une dame, la fille d'un comte. Sean, si nous laissons Cliff nous aider, nous ne serons pas pris. Il est aussi dangereux qu'un pirate de Barbarie.

— Je ne veux pas qu'il soit pendu avec moi ! cria-t-il à son tour. Et je ne veux pas que du mal vous soit fait à cause de moi !

Elle sursauta. Il était si bouleversé qu'elle se méprisa de l'avoir poussé à bout. Elle hésita et murmura :

— Il y a autre chose, n'est-ce pas ? Il y a quelque chose de terrible que vous ne m'avez pas dit. Quelque chose qui vous donne si peur pour moi, pour Cliff, pour nous tous.

Oh, mon Dieu, Sean — que vous est-il vraiment arrivé dans cette prison ?

Son visage était si tendu qu'il paraissait prêt à craquer. Il secoua de nouveau la tête comme s'il ne pouvait parler, et un terrible silence s'ensuivit.

Eleanor craignait de commencer à imaginer quel démon le hantait réellement.

— Vous savez que vous pouvez me faire confiance, dit-elle finalement. Quoi que vous cachiez, votre secret sera en sûreté avec moi.

Il inspira fortement. Un long moment passa encore avant qu'il parle, et quand il le fit sa voix était sourde et tendue.

— Je ne *peux pas* vous donner ce que vous voulez... *Je ne le peux pas, Ellie.*

Et soudain elle sentit sa souffrance jaillir de lui en grandes vagues douloureuses. S'il s'était mis à pleurer, elle n'en aurait pas été surprise.

Alors, elle alla à lui et l'entoura de ses bras. Il ne bougea pas.

— Je ne vous pousserai plus dans vos retranchements, Sean, murmura-t-elle, levant une main pour lui caresser la nuque. Mais laissez-moi vous consoler. Vous pouvez sûrement accepter cela.

Pendant un moment, il resta immobile et elle le sentit lutter contre lui-même, le souffle court et entrecoupé. Puis, quand il eut repris son contrôle, il s'écarta d'elle.

— Vous êtes une femme bien, dit-il, ses yeux s'adoucissant.

Les coins de sa bouche se relevèrent en l'imitation d'un sourire. Elle toucha sa joue.

— Vous aviez une fossette. Je veux la revoir. Je l'ai vue, tout à l'heure. Vous m'avez souri, juste avant de me prendre dans ce lit.

Il secoua la tête en une sorte de refus, mais elle n'aurait su dire s'il refusait de reconnaître qu'il avait vraiment souri, peut-être pour la première fois depuis des années, ou s'il se refusait à sourire de nouveau. Puis son regard tomba sur la table et il sursauta.

— Où avez-vous pris cela ? s'écria-t-il.

Surprise, Eleanor le vit courir vers la table comme si c'était une question de vie ou de mort. Le bateau disparut aussitôt, fourré dans sa poche. Il se tourna, le regard incrédule et accusateur.

Eleanor fut terrifiée par ce que ce jouet représentait pour lui.

— Je l'ai trouvé par terre, expliqua-t-elle lentement, la bouche sèche. Sean, pourquoi transportez-vous ce bateau avec vous ? Est-ce un souvenir ?

Son expression était crispée.

— Oui.

Il se détourna et prit le seau. Elle alla à la porte et lui barra le chemin.

— Je ne comprends pas. Qu'est-ce qu'il signifie ? Qui vous l'a donné ? Est-ce qu'il appartient à un enfant ?

Il serra les mâchoires.

— Excusez-moi.

— Est-ce un jouet d'enfant ? insista-t-elle.

Pendant un instant, il resta silencieux. Puis il explosa.

— Oui, c'est celui d'un enfant. Il appartenait à Michael… Michael, mon fils. Michael… qui est mort.

Il la bouscula et s'engouffra dans l'escalier encombré, mais elle ne bougea pas, paralysée par le choc et la terreur.

Sean avait un fils ? Un fils qui était mort ?

Elle était si abasourdie qu'elle avait du mal à penser. Son cœur tambourinait douloureusement. Il avait couché avec tant de femmes qu'il n'était pas surprenant qu'il ait un bâtard. Beaucoup d'hommes en avaient.

Elle s'affala sur une chaise. Mais son fils était *mort ?*

Elle serra ses bras autour d'elle, au-delà de l'inquiétude, à présent. Etait-ce la cause de son chagrin, de son amertume, des ombres dans ses yeux ? Etait-ce la vraie cause de sa douleur ?

Sean revint et vida le dernier seau dans le baquet. Ses gestes étaient coléreux.

— J'ignorais que vous aviez un fils, murmura-t-elle. Sean, je suis tellement désolée.

Quand elle comprit vraiment ce que cela signifiait — il avait eu un enfant et cet enfant était mort —, des larmes emplirent ses yeux.

Il lui fit face brusquement.

— C'était mon devoir de le protéger.

Elle s'empressa d'aller à lui et lui prit la main.

— Comment est-il mort ?

Il soutint son regard.

— Les troupes ont mis le feu à ma maison. Elles n'ont pas pu me trouver… alors elles l'ont tué.

Il s'écarta en tremblant.

— Je ne veux pas en parler. Pourquoi ne me laissez-vous pas tranquille ?

Il marcha jusqu'au poêle et s'agenouilla pour raviver le feu.

Eleanor le suivit et s'agenouilla derrière lui.

— Je comprends combien c'est douloureux, dit-elle.

Elle lui caressa le dos. Il continua à trembler, combattant ses émotions pour se dominer. Elle ne l'avait jamais aimé davantage et elle n'avait jamais voulu le protéger autant que maintenant, contre ce chagrin et cette perte.

— Ce n'est pas votre faute, assura-t-elle et, sans s'en rendre compte, elle l'entoura de ses bras.

Il ne bougea pas.

— C'est ma faute.

Elle avait eu raison ; il se blâmait d'une terrible tragédie. Elle aurait voulu s'être trompée.

— Non. Les officiers qui ont laissé leurs hommes brûler votre maison sont responsables de la mort de Michael. Vous êtes un homme bien et honorable. Si vous aviez été là ce jour-là, vous seriez mort à sa place, nous le savons tous les deux. Vous ne pouvez vous blâmer.

Elle essaya de le faire se retourner.

— Sean, regardez-moi.

Il bougea et obéit, levant ses yeux gris vers les siens. Elle saisit son visage dans ses mains.

— Vous devez cesser de vous accuser. Cela ne ramènera pas Michael. Mais vous le savez.

Son regard frémit, angoissé.

— Combien de fois… vous ai-je sauvée ? demanda-t-il dans un murmure.

Elle ne répondit pas, essayant de ne pas succomber au même chagrin que lui.

— Mais j'ai manqué à Michael, dit-il lentement. Pourquoi ?

Une larme avait fini par couler. Eleanor l'écrasa de son pouce. Il riva son regard sur le sien. Elle resta immobile, les mains sur son visage, tandis que l'angoisse faisait surface et se changeait en désespoir. Elle voulait lui dire qu'il ne pouvait toujours fuir le meurtre de Michael. A la place, elle passa ses pouces sur sa peau. Il tressaillit, ses yeux devenant brûlants.

Rien ne comptait, pensa-t-elle, sauf qu'il était si blessé, qu'il souffrait tellement et qu'il avait besoin d'elle en cet instant. Même si ce n'était que momentané, elle pouvait l'apaiser. Elle se leva, lui prit la main et le remit sur pied.

— Je vous aime tant, murmura-t-elle d'une voix altérée.

Il la fixa et ses yeux s'emplirent de larmes. Puis il secoua la tête.

Elle ignorait si c'était un déni de sa déclaration ou une protestation contre ce qu'elle voulait faire, mais elle savait exactement comment le réconforter, maintenant. Elle ferma les yeux et effleura ses lèvres des siennes.

Il resta immobile, la laissant l'embrasser, et elle ne goûta pas seulement sa bouche ferme, mais aussi le sel de ses larmes.

Puis il l'enlaça et l'embrassa à son tour, profondément, avec désespoir.

Cette fois, quand il se remit sur le dos, Eleanor se pressa contre lui et posa la joue sur son torse. Elle sentit son corps se raidir et pria qu'il la laisse faire. Puis, lentement, il fit glisser sa main sur son bras et la referma sur elle. Eleanor crispa les paupières pour retenir ses larmes. *Il ne la repoussait pas*. C'était un début, et elle en était vivement consciente.

Il ne parla pas.

Elle attendit de s'être un peu remise, pensant à son fils, Michael. Elle se posait tant de questions, mais elle n'avait pas à argumenter avec elle-même pour savoir que ce n'était pas le moment de soulever de nouveau ce sujet douloureux. En outre, elle voulait juste rester comme elle était, dans ses bras, dans son lit, tenue doucement contre lui, le plus longtemps possible. Cette fois elle ne nourrissait pas d'illusions — leur passion ne signifiait pas un changement d'intention de la part de Sean. Elle voulait savourer ce moment. Elle posa la main sur son torse et le caressa, mais pour le réconforter, pas pour l'exciter. Elle avait envie de presser les lèvres sur sa peau, avec tout l'amour qu'elle ressentait, mais elle se retint. Alors, son estomac grogna bruyamment.

Elle leva les yeux et il abaissa les siens sur elle. Ils étaient doux et scrutateurs. Puis, très légèrement, il sourit.

— Je vais nous chercher de quoi souper.

Le cœur d'Eleanor bondit de joie devant ce qu'elle venait de voir. Elle sourit en retour, le menton sur sa poitrine.

— Il fait nuit. Ce n'est peut-être pas le bon moment pour parcourir les rues.

Il avait repris une expression plus sombre, mais ses yeux ne changèrent pas. Il continuait à la dévisager, comme s'il voyait ses traits pour la première fois et souhaitait les garder à la mémoire.

— J'ai faim aussi, dit-il. Et la nuit est plus sûre. Je peux me glisser en ville sans être vu. L'auberge n'est pas loin.

Un moment, elle posa la main sur son ventre dur, savourant sa peau lisse et le fait qu'il lui laissait prendre de telles libertés. Puis elle se rappela les cicatrices de son dos et se rembrunit. Elle se mit sur son séant. Elle ne voulait plus qu'il souffre ainsi. Jamais.

— Je vais chercher à manger, dit-elle. J'irai jusqu'à l'auberge.

Il fixait ses seins.

— Non.

Elle se rendit compte qu'il l'admirait et elle éprouva une enivrante bouffée de fierté. Son instinct la poussait à remonter le drap, mais elle ne le fit pas.

— Sean, je ne suis plus une enfant. Je n'ai pas besoin d'être protégée à tout bout de champ. L'auberge est au coin de la rue…

— Non.

Il lui tendit un coin du drap et le posa sur ses seins.

— Les dames sont modestes, la fustigea-t-il.

Elle ne put s'empêcher de sourire.

— Mais nous sommes convenus il y a longtemps que je ne suis pas une dame, rétorqua-t-elle.

Il lui sourit en retour et sortit du lit.

— Comment ai-je pu l'oublier ?

Elle l'observa pendant qu'il prenait ses habits. Il lui jeta soudain un coup d'œil tandis qu'il enfilait ses culottes, et rougit.

— Les dames ne sont pas aussi audacieuses.

Elle haussa les épaules.

— Vous êtes superbe. Pourquoi ne puis-je vous regarder ? Les hommes regardent tout le temps les femmes.

Il soupira et attrapa sa chemise, qui était sèche.

— Vous ne pouvez pas. C'est inconvenant, vous le savez.

— Je déteste être convenable, déclara-t-elle en le pensant.

Il se figea, une expression lointaine dans les yeux. Eleanor se souvint vaguement d'un autre moment, dans un autre endroit, quand il était jeune et elle plus jeune encore.

— Sean ?

Il se tourna lentement, promenant son regard sur elle, et elle sut à son attitude qu'il la voyait comme une enfant avec des nattes, pas comme la femme avec qui il venait de coucher. Puis ses yeux s'aiguisèrent.

— Vous êtes une dame… juste une dame fort peu conventionnelle. Ne l'oubliez jamais.

— Je feins d'être une dame quand je le dois — c'est-à-dire la plupart du temps, riposta-t-elle. Vous savez que je déteste porter des robes, prendre le thé et aller au bal. Je n'ai même pas appris à danser correctement.

Il lui lança une œillade amusée.

— Il n'y a que vous pour être aussi franche.

— Sean, je vois cette fossette, dit-elle, et c'était la vérité.

Il se redressa, surpris, et son doux sourire disparut.

Elle se demanda s'il était déterminé à rester triste. Elle quitta le lit à son tour.

— Sean… vous voir sourire est merveilleux.

Il élargit les yeux.

— Vous devriez vous habiller.

Ses joues se colorèrent.

Elle était si à l'aise avec lui qu'elle ne s'était même pas avisée qu'elle était nue. Elle arracha le drap du lit et l'enroula autour d'elle.

— Je pense que vous devez connaître intimement le moindre pouce de mon corps, maintenant.

La rougeur de Sean s'accrut.

— Mais cela ne me gêne pas, assura-t-elle.

Il paraissait mécontent, à présent.

— Ellie, j'espère que vous n'êtes aussi intrépide qu'avec moi. Personne d'autre ne pourrait le comprendre ou l'accepter.

Elle croisa les bras.

— Oh, vous voulez dire comme Sinclair ?

Son cœur bondit d'anxiété.

Il haussa le menton.

— Lui en particulier.

Si quelqu'un avait tendu une corde entre eux, la tension n'aurait pu être plus grande, tout à coup. Mais Sean se détourna. Elle lui prit le bras. Les mots lui échappèrent.

— Vous ne comptez pas vraiment que je retourne à lui ? Pas après tout ce que nous avons partagé aujourd'hui ?

Il se dégagea, boutonnant sa chemise et refusant clairement de lui répondre.

Il pensait toujours la renvoyer à Peter.

— Vous avez passé l'après-midi à me faire l'amour ! s'écria-t-elle, choquée.

Il était en colère, à présent.

— Nous en avons déjà discuté.

— Il n'y a pas eu de discussion et c'était hier. C'était un ordre, une instruction — c'était votre décision, pas la mienne.

— Pourquoi devons-nous encore en débattre ? demanda-t-il.

— Parce que c'était une chose d'avoir commis une faute une fois — sottement —, mais c'en est une autre de tromper volontairement un bon et honnête homme quand nous avons délibérément choisi de devenir amants !

Elle était furieuse.

Il lui jeta un coup d'œil de côté.

— Rien n'a changé. Sinclair peut vous *protéger*.

Il alla vers la porte.

Elle était si saisie, si incrédule, qu'elle resta sur place, à le fixer. Puis elle dit :

— Je n'ai pas besoin d'être protégée des Anglais, mais vous ne le croirez jamais, n'est-ce pas ?

Il lui refit face.

— J'étais un animal en cage. C'était de la folie, c'était l'enfer. Cette fois, je serai pendu. Et vous ? Voulez-vous passer votre vie enfermée dans la Tour de Londres ? Ou préférez-vous une existence privilégiée comme lady Sinclair ?

Elle n'était plus furieuse, à présent ; elle était décidée à le comprendre.

— Vous n'êtes pas sensé. Personne ne m'enfermera dans la Tour. Cette peur irrationnelle a-t-elle quelque chose à voir avec ce qui est arrivé à Michael ?

Il refusa de lui répondre.

— Je ne puis quitter votre lit et échanger des vœux avec Peter, dit-elle honnêtement. Vous devez vous rendre compte que ce serait méprisable.

Il jura.

— Je savais que c'était une erreur. J'ai déjà pris des dispositions pour que vous rentriez chez vous demain. Et nous avons décidé que vous feindriez l'innocence avec Sinclair — vous l'avez promis.

— Je n'ai rien promis de tel ! s'exclama-t-elle. Et ce débat à un seul sens a eu lieu avant que vous passiez tout un après-midi à profiter de mes faveurs.

Il leva la main.

— Non, l'avertit-il.

— Non quoi ? Je ne dois pas insister pour que vous vous conduisiez honorablement ? J'ai déjà fait cette erreur, n'est-ce pas ? Et vous avez déjà refusé de m'épouser, ajouta-t-elle avec amertume.

Quoi qu'elle sache et quoi qu'elle comprenne, son refus de la prendre pour femme la faisait véritablement souffrir.

— Je ne suis pas stupide. Je ne rejouerai pas cette carte.

— Alors, à quel jeu jouez-vous ?

Les yeux de Sean étincelèrent de colère.

Elle déglutit avec peine.

— Je ne puis vous laisser ainsi, Sean. Je pensais ce que j'ai dit plus tôt. Si vous allez seul en Amérique, il n'y aura personne pour s'occuper de vous. Vous dites que personne ne peut vous aider, mais ce n'est pas vrai. Je le peux, moi. Et je vous aiderai. Je suis votre autre moitié.

Elle parvint à sourire à travers ses larmes.

Il avait un teint cendreux.

— Je mourrais plutôt que de vous placer dans ce genre de danger, dit-il d'un ton si sourd qu'il était presque inaudible.

Ils se trouvaient dans une terrible impasse ; il refusait de l'écouter et elle ne pouvait comprendre ses craintes.

— Et moi, je mourrais plutôt que de vous laisser maintenant — de cette façon.

— Non !

Il était incrédule.

— Quand comprendrez-vous ? Ce n'est pas sûr. Je n'aurais pas dû revenir vous chercher, vous seriez mariée, à présent. En sécurité et mariée à Sinclair ! Sapristi, Ellie !

Elle était malade qu'il puisse se montrer aussi inflexible après ce qu'ils avaient partagé.

— Vous voulez peut-être me renvoyer chez moi — mais dans les bras d'un autre homme ? Je ne le crois pas ! Vous désirez être avec moi ! Vous avez *besoin* de moi, Sean ! s'écria-t-elle.

— Je n'ai besoin de personne ! fulmina-t-il. J'ai besoin d'air, d'eau, de nourriture... C'est vous qui avez besoin de moi, pas le contraire, et il en a toujours été ainsi !

Elle se crispa.

— Alors, cessez d'insister, bonté divine ! Je n'ai jamais demandé... cet amour ! Jamais, pas une fois !

Il était lancé dans une tirade furieuse.

— Si les choses étaient différentes, nous pourrions peut-être être ensemble... Si les choses étaient différentes, je pourrais me montrer honorable et vous épouser. Mais vous êtes fiancée, comme il convient ! Oubliez-moi ! Oubliez ceci !

Il désigna le lit d'un geste irrité.

— Il faut que vous épousiez Sinclair, pas moi — un

traître promis à la potence. Et sapristi, si vous attendez un enfant de moi, votre mari élèvera mon fils comme un satané Anglais ! Il ne souffrira jamais du mépris, des outrages, de l'injustice, de rien de cela ! s'écria-t-il, balayant la bouteille de vin vide du comptoir.

Eleanor frémit. Comme la vérité était blessante.

— Vous avez raison. J'ai toujours eu besoin de vous et je vous ai toujours aimé. Et vous ? Vous détestiez mon affection, ma confiance, ma loyauté ? Comme vous avez détesté notre échange il y a un moment ?

Il respirait fortement.

— Ce n'est pas juste.

— Non, ce n'est pas juste. Il n'est pas juste que vous m'ayez laissée il y a quatre ans, sans un mot, alors que vous me manquiez terriblement — pendant que vous conduisiez une liaison avec quelqu'un d'autre. Il n'est pas juste que vous soyez rentré maintenant, pour m'enlever le jour de mon mariage ! Il n'est pas juste que vous ayez couché avec moi et que vous refusiez d'être un gentleman et de faire ce qu'il faut. Non, ce n'est pas juste, Sean.

Il la fixa.

Elle humecta ses lèvres. Elle ne pouvait s'arrêter là.

— Vous m'avez tellement blessée depuis que vous êtes parti et depuis que vous êtes revenu. Sean, vous rendez-vous compte que vous ne m'avez jamais blessée durant toutes ces années où nous avons grandi ensemble ? Vous étiez mon héros.

— Arrêtez, murmura-t-il.

Elle secoua la tête.

— Peut-être que vous n'aviez pas besoin d'une agaçante gamine qui vous espionnait tout le temps — ou d'une jeune fille qui s'est volontiers usé les mains à vous aider à rebâtir votre maison. De fait, je suis sûre que vous auriez eu une jeunesse agréable sans moi, comme je suis sûre que vous auriez rebâti Askeaton sans mon aide.

— Je suis désolé, dit-il.

— Non ! Vous avez dit ce que vous aviez à dire et maintenant c'est mon tour. Vous *avez* besoin de moi. Vous souffrez de la mort de Michael et de ces deux années en prison — et peut-être d'autre chose, je ne sais pas. Vous avez besoin de moi comme vous n'avez jamais eu besoin de quelqu'un ou de quelque chose auparavant. Vous avez besoin de moi *plus* que d'air, d'eau et de nourriture !

Il tendit la main pour saisir le dossier d'une chaise.

— Savez-vous de quoi je me suis rendu compte cet après-midi ?

Il ne bougea pas, le regard fixe.

— Je vous aime de tout mon cœur — pas seulement tel que vous étiez, mais tel que vous êtes maintenant.

Il crispa les paupières.

— Alors, vous êtes folle, dit-il.

— Oui, vous avez probablement raison. Mais aujourd'hui j'ai vu la vérité. Vous fuyez le meurtre de Michael. Soit. Mais vous ne pouvez me fuir. Je veux être votre femme. Et s'il le faut, j'attendrai — aussi longtemps que cela prendra.

Il inspira, pâlissant.

— Non.

Elle se mit à trembler.

— Je ne rentrerai pas épouser Sinclair, Sean.

— J'ai dit *non !* tonna-t-il. Quand comprendrez-vous ? *Je me suis marié avec Peg.* Je ne me marierai pas avec vous !

14

Eleanor savait qu'elle avait mal entendu. Il était tout simplement impossible qu'il ait épousé une autre femme. Mais sa certitude chancela quand elle fixa ses joues échauffées et ses yeux coléreux. Son cœur se mit à battre si vite qu'elle se sentit faible, en proie au tournis. Elle avait mal entendu, non ? Ou était-elle victime d'un cauchemar ?

Elle agrippa le dossier d'une chaise. La pièce tournait autour d'elle.

— Vous n'êtes pas marié, dit-elle d'une voix étranglée.

Il lui prit le bras pour la raffermir. Son regard la scrutait.

— Peg est morte.

La chambre était toute floue. Il était flou. Comment ceci pouvait-il arriver ? Toute sa vie, elle l'avait suivi, poursuivi, elle avait ri de lui et avec lui ; ils avaient passé des milliers de moments ensemble. Ils avaient nagé ensemble, fait courir leurs chevaux, plongé du haut de falaises. Ils avaient joué aux cartes, à cache-cache, à colin-maillard. Et chaque fois qu'elle avait eu des ennuis, il était apparu, miraculeusement, pour la secourir et la sauver. Le jour où elle était tombée de son poney alors qu'elle suivait la partie de chasse, elle s'était sentie perdue et effrayée.

Quand elle avait été prise dans des herbes dans le lac, elle avait été terrifiée. Mais cela n'avait pas eu d'importance — Sean avait toujours été là.

Elle l'avait aimé dès qu'elle avait posé les yeux sur lui et elle n'avait jamais cessé de l'aimer, même lorsqu'il avait pris si brutalement son innocence.

Il s'était marié avec quelqu'un d'autre.

— Tenez, dit-il en lui tendant soudain un gobelet d'eau. Buvez. Vous vous sentirez mieux.

Elle ignora son offre. *Comment avait-il pu épouser quelqu'un d'autre ?*

— Pourquoi ?

Elle avait du mal à respirer, le cœur brusquement engourdi, les lèvres roides. Elle eut tout à coup terriblement froid, jusque dans la moelle de ses os.

— Elle est morte, Ellie. A cause de moi, ils sont morts tous les deux, dit-il âprement. Vous devriez vous asseoir.

Elle se retrouva assise. Son visage était mouillé et elle s'aperçut qu'elle pleurait. Elle essaya de concentrer sa vision sur lui, mais il était dans une sorte de brume, ses beaux traits brouillés.

— Comment avez-vous pu épouser quelqu'un d'autre ? entendit-elle demander, et elle s'avisa que cela venait d'elle.

Il lui serra la main.

— Ce n'a pas été ainsi, dit-il d'un ton crispé. Je ne l'aimais pas.

Mentait-il, maintenant ? Elle ne pouvait tout simplement pas comprendre sa relation avec cette autre femme — une femme qu'il avait décidé d'épouser. Elle se contenta de le dévisager, avec une peine aiguë et de l'incrédulité.

— Pourquoi me fixez-vous ? s'écria-t-il. Cela fait quatre ans ! Tant de choses se sont passées entre-temps ! Vous alliez épouser Sinclair, j'ai épousé Peg, et maintenant c'est fini.

Elle ne le comprenait plus du tout, à présent. Tout ce qu'elle pouvait comprendre était qu'il avait été marié à une autre femme. Il l'avait quittée pour épouser quelqu'un d'autre. C'était la plus grande trahison de sa vie. S'il avait éprouvé ce qu'elle éprouvait, qu'ils appartenaient l'un à l'autre quelles que soient les circonstances, il n'aurait jamais été capable d'épouser quelqu'un d'autre. Le mariage était *pour toujours*. Il avait choisi d'être avec une autre femme pour le reste de sa vie.

Et peu importait qu'elle soit morte. Son choix, sa décision et sa trahison étaient tout ce qui comptait.

— Combien de temps ? demanda-t-elle d'une voix étranglée, en essuyant ses larmes. Combien de temps avez-vous été marié ?

Il secoua la tête.

— Pas longtemps. Je vous en prie, ne pleurez pas.

Elle se força à rencontrer ses yeux argentés.

— Mais vous étiez censé m'épouser, s'entendit-elle murmurer.

Il se raidit.

— Je vais chercher le souper, dit-il d'un ton décidé.

Il sortit à grands pas de la pièce, puis se retourna.

— Verrouillez la porte.

Eleanor ne bougea pas. Un refrain la hantait, à présent. *Il avait épousé une femme appelée Peg*. Son esprit se fit cruel, enclin à la torturer. Elle vit une femme incroyablement belle, irlandaise, bien sûr, peut-être une autre fille de comte. Elle devait être blonde et petite, car Sean n'aimait pas les grandes femmes, et presque trop belle pour qu'on ose la contempler. Elle était probablement comme lady Blanche Harrington, la femme que Tyrell avait failli épouser : blonde, sublime, parfaite — d'une élégance inégalable et d'une grâce sans bornes. Elle vit Sean avec cette femme, son épouse, riant, l'adorant, épris d'elle.

Elle essaya de se rappeler qu'il ne l'avait pas aimée, selon ses dires. Elle se mit à pleurer. Elle connaissait Sean suffisamment bien, surtout avant son emprisonnement, pour savoir qu'il avait été attaché à cette femme. Il avait tenu à elle, peut-être profondément — peut-être comme il tenait à elle maintenant.

C'était plus que de la passion, Sean !

Vous n'y connaissez rien... Vous étiez innocente jusqu'à l'autre nuit !

Elle pleura plus fort. Elle était une sotte. Il l'avait utilisée, manifestement, comme il utilisait des femmes telles que Kate. Elle avait été assez naïve pour penser qu'il lui avait vraiment fait *l'amour.* Avait-il fait l'amour à Peg avec le même désir explosif ? Sans doute — après tout, il avait choisi de l'épouser ! En vérité, elle n'était pas différente de Kate, de n'importe quelle soubrette ou fille de ferme — parce qu'elle n'était pas Peg, parce qu'il ne l'avait pas attendue, parce qu'il ne l'aimait pas assez pour la demander en mariage, parce qu'il avait décidé de passer sa vie avec une autre.

Elle haïssait cette autre femme, par le ciel elle la haïssait. Ce n'était pas bien — elle était morte. Puis elle se rendit compte que c'était Sean qu'elle haïssait.

Elle ne put plus respirer. Elle commença à s'étouffer. Mais cela n'avait pas d'importance — elle se moquait de vivre ou de mourir. Elle ne savait qu'une chose : elle devait s'éloigner de Sean. C'était un traître, dans tous les sens du terme. Il avait été un traître à elle, à eux.

Elle ne lui pardonnerait jamais.

Elle descendit en vacillant l'étroit escalier, s'apercevant trop tard qu'elle était pieds nus. En pleurs, elle ne s'en soucia pas. Dehors, des centaines d'étoiles scintillaient dans le ciel nocturne, et le bout de la rue était éclairé par un réverbère à gaz. Elle se mit à courir.

Peu importait où elle allait. Seul comptait le fait qu'elle coure aussi fort et aussi vite qu'elle le pouvait, qu'elle échappe à son propre cœur et à toute la douleur qui la consumait.

En tournant le coin d'un immeuble, elle vit trois soldats anglais qui remontaient la rue d'une démarche mal assurée. Ils étaient bruyants et paraissaient ivres. Eleanor se cacha dans le renfoncement d'une porte.

Plus tard, les soldats partis depuis longtemps, il commença à pleuvoir.

Elle ne s'en rendit pas compte. Elle était trop transie pour prendre conscience de la glace qui enserrait son cœur et son âme.

Il se sentait malade. Il gravit lentement l'escalier qui menait à la chambre, hanté par le souvenir du choc et de la douleur d'Ellie. Mais elle avait réagi trop vivement au fait qu'il avait été marié, considérant que Peg était morte. Elle s'était comportée comme s'il l'avait trahie. De fait, quand il avait prononcé ses vœux de mariage, il était encore sous le coup du massacre de Kilvore. Il n'avait pas pris le temps de réfléchir. Le poids du chagrin l'avait dominé. Et il n'avait jamais laissé entendre à Peg, pas une fois au cours de leur relation, qu'il pourrait l'aimer comme elle l'aimait.

Vous me promettez de revenir pour moi ?

Je le promets.

Il se raidit. Il avait su, quand il l'avait laissée devant les grilles d'Askeaton, qu'elle avait pris sa promesse à la lettre, alors qu'elle n'avait pas été émise dans ce sens. Etait-ce entièrement sa faute, à lui ?

La première chose qu'il avait faite en retournant à Adare avait été d'espionner Ellie, de l'affronter, puis de la posséder. Et, la veille, il avait cédé à ses désirs les plus fous, passant l'après-midi avec elle. Il n'aurait pas dû la toucher, même une fois. Bien sûr qu'elle avait des attentes, parce qu'elle ne comprenait pas vraiment le danger dans lequel elle se trouvait. N'importe quelle femme de bonne naissance et de bonne éducation espérerait le mariage — mais Ellie espérait aussi son amour, alors qu'il n'avait rien en lui à donner à personne, pas même à elle.

— Sean O'Neill, acceptez-vous de prendre cette femme pour épouse ? Pour la chérir et la soutenir, dans la maladie et la santé, jusqu'à ce que la mort vous sépare ?

Sean s'était senti malade à ce moment-là, aussi. Il se tenait debout à côté de Peg dans la petite chapelle de village, portant l'habit noir du dimanche du forgeron ; Peg était vêtue d'une simple robe blanche et d'un voile emprunté. Il avait regardé Peg, mal à l'aise, conscient de prendre un engagement monstrueux et se sentant soudain écrasé. Elle avait pleuré de joie à l'idée de leur union, mais ses larmes avaient aussi été des larmes de chagrin, pour la mort de son père et de ses amis. Pendant un moment interminable, il n'avait pas été capable de répondre. L'image de Peg s'était brouillée, ses yeux bleus devenant sombres et ambrés, et Ellie l'avait fixé d'un air d'attente. Il avait été ravagé, pensant pour la première fois depuis des mois à Ellie et à la maison, prenant vaguement conscience que rien n'allait. Mais Peg avait murmuré : « Sean ? » Et, paniqué, il l'avait regardée, puis avait jeté un coup d'œil à Michael qui attendait impatiemment qu'il épouse sa mère. Certains fidèles pleuraient sur la perte de frères et de cousins, de pères et de fils dans le massacre du début de la semaine. Il devait protéger Michael et Peg. Sombrement, il avait fait face au prêtre.

– Oui.

Sean sursauta, se rendant compte qu'il se tenait dans l'escalier sombre et humide, perdu dans le passé. Il n'avait pas repensé une seule fois à son mariage, depuis lors ; de fait, il l'avait oublié — ou enfoui avec ses souvenirs de toute cette semaine. Peg et Michael n'étaient plus là ; Ellie, si. Et il devait admettre qu'il ne lui avait pas parlé de son mariage parce qu'il savait que cela la bouleverserait ; il pouvait l'ajouter à la longue liste de ses crimes contre elle, de ses péchés.

Il se remit à monter. Il n'avait pas été capable de protéger sa femme et son fils, mais il ne faillirait pas envers Ellie. Il n'avait pas d'autre but jusqu'à ce qu'elle soit en sécurité à Adare, avec Sinclair. Et il ne songerait pas à l'autre homme faisant d'elle sa femme et la prenant dans son lit.

Il hésita à mi-hauteur de l'étroit escalier. S'appuyant au mur, il se mit à trembler. Que lui arrivait-il ? Comment était-il revenu seulement pour s'impliquer à ce point dans la vie d'Ellie, pour se lier à ce point à elle ? Sa vie était devenue froide et noire la nuit où Peg et Michael étaient morts. C'était trop tard, mais à présent, debout dans l'obscurité, seul et souffrant, il pensa à Ellie et la cage d'escalier devint chaude et baignée de lumière. Après tout, Ellie avait été le soleil de sa vie. Quand elle souriait, il se sentait incroyablement réchauffé, et pas seulement dans son corps, mais aussi dans son cœur et dans son âme.

Et s'il osait se rappeler les moments où il avait été avec elle au lit, s'il osait se rappeler d'avoir été dans ses bras, il devrait peut-être admettre qu'elle était beaucoup plus que le soleil et la paix — qu'elle était la sirène qui l'appelait. Mais cette pente s'avérait bien trop dangereuse. S'il songeait à partager une couche avec elle, il pourrait exploser — et décider de ne pas la renvoyer à son fiancé.

Mais à présent, il ne savait pas comment s'excuser auprès d'elle de la meilleure manière et n'osait pas essayer de la consoler. Il continua à gravir les marches. Avant d'atteindre le palier, il vit la lumière qui se répandait dans le couloir et se figea. La porte était grande ouverte.

Il lâcha son sac et courut à la chambre. Il jeta un coup d'œil à l'intérieur, sachant déjà qu'elle était partie. La pièce était vide. Il poussa un cri et donna un coup de poing dans le mur. *Où était-elle allée ?* La panique s'empara de lui, mêlée à une peur bleue. L'image passée de Peg, en noir et blanc, flotta devant lui, puis elle fut suivie du regard bleu le plus froid et le plus effrayant qu'il avait jamais vu. Il se mit à transpirer.

Il se rappela que, si Reed avait toujours un commandement en Irlande, il pouvait être n'importe où dans le pays ou dans le nord, près de Drogheda. L'homme appartenait à la cavalerie, son régiment stationné là où l'on avait besoin de lui. Il se rappela encore que, si Reed était devenu le monstre de ses rêves, il avait sans doute oublié son existence depuis des années. Reed n'allait pas toucher Ellie et lui faire du mal, jamais.

Il se tourna pour sortir, puis pivota sur lui-même. Il vit aussitôt les bottines qu'il lui avait achetées.

Elle errait dans la ville, pieds nus. Il était dévasté lorsqu'il se rua dans l'escalier, mais il se dit que c'était une chance, car elle n'irait pas très loin ainsi.

Un moment plus tard, Sean était en selle et trottait le long de la rue. Il pourrait couvrir plus de distance à cheval qu'à pied. Mais Eleanor pouvait être n'importe où.

Pensait-elle rentrer à Adare ?

La connaissant, c'était possible.

Il avait calmé un peu sa panique, mais une terrible peur pour sa sécurité l'habitait encore. Une belle femme, seule dans les rues, habillée en homme, attirerait à coup sûr l'attention de gredins, même si elle évitait les soldats. Il éperonna Saphyr.

L'aube jetait une pâle lueur grise sur le port, au sud-est de la ville. Sean arrêta son cheval sur une petite butte, trop effrayé pour Ellie pour sentir sa fatigue. Il s'était vite rendu compte que si elle choisissait de rester en ville et de se cacher, il ne la trouverait jamais. Il avait décidé de chevaucher vers le nord, vers Limerick, mais il ne l'avait vue nulle part sur la route. Il avait abandonné en s'avisant qu'elle n'avait pas pu aller aussi loin à pied.

Bien sûr, il ne savait pas si elle était toujours à pied. Si elle avait réussi à se faire transporter, elle pouvait être en route pour Adare. Cela aurait dû le soulager, mais il ne serait pas tranquille avant de savoir qu'elle était arrivée saine et sauve chez elle.

Il avait besoin de tous ses esprits, maintenant, mais ils lui faisaient défaut. Où était-elle ? Allait-elle bien ? Si elle avait été accostée, attaquée, pire encore ? Avait-elle été arrêtée par des troupes ? Il était au bord de la panique et avait du mal à réfléchir.

Puis une pensée lui traversa l'esprit. Cliff et son frère avaient l'intention de l'aider, qu'il le veuille ou non. Il y avait un port juste au-dessous de lui, avec les ferries qui reliaient Cobh à Cork. Sean contempla le bras d'eau qui séparait le port de l'île, et la silhouette des bâtiments de Cobh. Il avait acheté une longue-vue la veille et se mit à examiner le panorama.

Une douzaine d'embarcations et de sloops étaient amarrés dans le port, quelques barques de pêche prenant déjà la mer. Le seul grand bateau était la *Gallatine,* un spectacle incongru, car la base navale se trouvait de l'autre côté de l'île. Il leva sa longue-vue pour jeter un coup d'œil plus large — et sourit.

Une frégate, beaucoup plus grande, munie de plus de canons et tout à fait impressionnante, avec sa coque peinte en rouge et noir, était à l'ancre à quelques mètres de là, son vaste gréement se déployant dans le ciel.

Seul Cliff possédait une frégate peinte de couleurs aussi audacieuses. S'il ne se trompait pas, c'était le *Fair Lady,* oh, oui.

Sean talonna son cheval pour lui faire descendre la colline, laissant Cork derrière lui. S'il avait découvert que Cliff était à proximité, Ellie avait-elle pu le penser, elle aussi ? Il craignait d'espérer, mais il aurait tout donné pour la trouver saine et sauve à bord de ce bateau. Il était assez inquiet, à présent, pour demander à Cliff de l'aider à retrouver Eleanor.

Il laissa l'étalon sur le quai le plus proche, où il prit une petite barque de pêche. Il n'était pas un marin, mais il dénoua rapidement les amarres et se mit à ramer furieusement vers le *Fair Lady.* A mi-chemin, il entendit la vigie qui criait. Le temps qu'il atteigne la coque du bateau, plusieurs matelots se tenaient sur le pont, lançant des crochets et une échelle de corde. A première vue, Sean les prit pour des Maures et des pirates. Mais l'homme debout au bastingage n'était pas un Maure. Bien qu'il soit bronzé par le soleil, que ses cheveux blonds soient couverts d'un foulard rouge, qu'il ait une boucle en or à l'oreille et une courte veste en velours, de style turc, sur sa chemise en toile, c'était Cliff qui se dressait au-dessus de lui.

La barque attachée, Sean grimpa prestement sur le pont

du bateau de son beau-frère. Cliff passa un bras autour de lui et l'entraîna vers la cabine du capitaine en passant devant de nombreux canons. Sean examina ce beau-frère qu'il reconnaissait à peine. Il était lourdement armé, une énorme épée à la poignée incrustée de pierres précieuses glissée dans un fourreau sur sa hanche, une dague à la ceinture, un pistolet dans un étui passé à son épaule. Cliff était visiblement prêt à tout et Sean se sentit rassuré.

— Es-tu fou ? demanda Cliff, sourdement.

Puis, d'une voix autoritaire, il commanda :

— Nul ne doit s'approcher de ce bateau et nul ne doit le quitter.

— Oui, capitaine, répondirent les hommes.

— Je suis heureux de te voir, aussi, marmonna Sean. Quoi ? Tu n'as pas de bagues en or ?

Cliff rit et le fit entrer. Sean pénétra dans une grande cabine peinte d'un étonnant rouge sombre. Un tapis chinois, rouge avec des fleurs vertes, bleues et dorées, couvrait la majeure partie du plancher. Un grand lit à baldaquin, également orné de rouge et d'or, se dressait au centre de la pièce, non loin d'une table de salle à manger avec quatre chaises garnies de velours bourgogne. Un bureau portugais aux pieds contournés se trouvait face à la porte, couvert de cartes et de documents. Sean parcourut la cabine du regard et son cœur se serra. Ellie n'était pas là.

Cliff ferma la porte d'un coup de pied et l'étreignit fortement.

— Sean, sapristi !

Sean ramena son attention sur son beau-frère, qu'il n'avait pas vu depuis bien plus de quatre ans, car Cliff naviguait dans les Indes occidentales avant son départ. Cliff avait deux ans de moins que lui, mais du fait de sa nature intrépide il lui avait souvent paru du même âge durant leur jeunesse. Ils avaient été particulièrement proches, peut-être parce qu'ils étaient aussi différents que le jour et la nuit. Sean était prudent et responsable, Cliff avait toujours été un trublion. Sean rencontra le regard bleu de son frère et le vit curieux, intense et scrutateur.

— Cela fait longtemps.

— En effet.

Cliff croisa les bras sur sa poitrine.

— Nous sommes arrivés hier soir, autour de minuit. Dès que les Anglais se rendront compte que je suis là, tu peux être sûr que je serai surveillé.

Il promena les yeux sur Sean, de haut en bas. Son sourire s'estompa.

— Tu ressembles à peine au frère avec qui j'ai grandi. Vas-tu bien, Sean ?

Sean était conscient qu'il ressemblait plus à un vaurien qu'à un gentleman, mais il n'avait pas le temps de s'expliquer.

— Tu ne ressembles guère non plus au fils d'un comte, dit-il.

— Je n'ai que faire de la mode et des grands airs, en mer. Qu'est-il arrivé ?

— As-tu vu Ellie ? demanda Sean d'un air sombre.

Cliff sursauta.

— Non. Mais elle est avec toi, n'est-ce pas ?

Sean s'assit.

— Non, elle n'est pas avec moi.

Il essaya de respirer, repris par la panique.

— J'ai besoin de ton aide, j'en ai peur.

Cliff le prit par l'épaule.

— Dis-moi ce qui s'est passé, déclara-t-il calmement. Et nous ourdirons nos plans.

Sean le regarda.

— Elle est partie… Je suis sorti chercher à souper, et quand je suis revenu… elle n'était plus là.

Cliff parut méfiant.

— Pourquoi Eleanor te quitterait-elle, Sean ? A ce que je sais, elle est profondément amoureuse de toi, même si c'est une folie. Après tout, elle a abandonné Sinclair à l'autel.

Sean rencontra le regard pénétrant de son beau-frère, qui ne le désapprouvait pas.

— Je suis un idiot, Cliff. Je lui ai dit… que je m'étais marié avec une autre femme.

Les yeux de Cliff s'élargirent de surprise. Il mit un moment avant de parler.

— Je commence à comprendre. Je n'en avais aucune idée. Qui est l'heureuse élue ? Et où est-elle ?

— Peg est morte, répondit sombrement Sean, ainsi que son fils.

Cliff le fixa. Quand il reprit la parole, son ton était âpre.

— Je suis désolé pour ta perte, Sean. Mais tu ne t'attendais sûrement pas à ce qu'Eleanor supporte cette nouvelle ? Elle t'a aimé depuis aussi longtemps que l'on peut s'en souvenir. Elle attendait que tu reviennes à elle, Sean. Nous l'avons vue se morfondre pour toi pendant des années.

— Je ne lui ai jamais promis de…

Il s'arrêta.

— Mais tu lui as promis quelque chose, non ? releva Cliff, en colère.

Sean secoua la tête.

— Je lui ai dit que je reviendrais et je le pensais. Je ne prévoyais pas de moisir en prison pendant deux ans !

— Qu'est-ce qui t'a pris de prendre les armes contre les Anglais ?

— J'ai essayé d'empêcher les villageois… d'attaquer la propriété de lord Darby.

— Y a-t-il des témoins ? Parce que le colonel Reed assure qu'il t'a vu conduire les villageois, pas tenter de les arrêter.

Sean se figea.

— Reed ?

Cliff tendit la main pour le stabiliser.

— Le colonel Reed est venu voir Tyrell, et j'ai été mis au courant de la conversation. Apparemment, il mène la chasse contre toi.

Sean poussa un cri. Il sentit le bateau s'incliner sous ses pieds.

— Cliff ! Reed est un assassin, il a tué Peg et Michael !

Les yeux de Cliff s'élargirent.

— Tu penses qu'il a assassiné ta femme et ton fils ? En es-tu certain ?

— Oh, j'en suis certain — et je redoute qu'il fasse du mal à Ellie ! Tu dois m'aider à la retrouver !

Il était consumé par la panique et la peur.

Cliff lui saisit le bras.

— Es-tu amoureux de ma sœur ? Et, si oui, pourquoi diable as-tu épousé quelqu'un d'autre ?

Sean recula avec un sursaut. *Etait-il amoureux d'Ellie ?*

— Nous nous sommes mariés deux jours après le massacre. J'ai épousé Peg parce qu'elle attendait un enfant de moi… et parce que je voulais les protéger des Anglais, elle et Michael. Ils avaient besoin de moi, Cliff, Michael avait besoin d'un père. Mais je leur ai manqué — Reed s'est rabattu sur eux quand il n'a pu me trouver. Où est Reed, à présent ?

— Aux dernières nouvelles, à Limerick. Sean, nous allons trouver Eleanor. Rex, Devlin et Rory McBane sont à l'auberge du Saut du Cerf, à Cork, ils nous aideront.

Je vois que tu es très effrayé pour elle, mais ce n'est pas elle qui est en danger. Reed est peut-être un meurtrier, cependant il ne s'en prendrait jamais à la fille du comte d'Adare. Ce serait un suicide politique ! Tu peux compter là-dessus. Je suis beaucoup plus inquiet pour toi. Je souhaite mettre les voiles immédiatement et t'emmener à l'étranger. Il n'y a pas de raison que tu restes ici. Je n'ai pas donné congé à mes hommes pour que nous puissions partir sous quelques heures — la marée sera favorable jusqu'en milieu de matinée.

— Je ne vais nulle part ! s'exclama Sean, furieux. Tu ne comprends pas. Reed est dangereux. Il n'a pas de moralité. Ses hommes ont violé et battu ma femme, Cliff, elle est morte sous leurs coups. Elle a payé pour ce que j'ai fait… cela a été un châtiment pour mes péchés. Ellie est pieds nus, habillée en homme, sans argent. Elle est seule, quelque part dans Cork ou en route pour Adare ! Il est déjà assez grave que n'importe quel gredin puisse l'accoster ! Si les soldats la trouvent, c'en sera fini d'elle !

Il dut s'asseoir. Il pouvait à peine respirer.

— Reed a posé des questions sur elle et sur sa relation avec toi.

Sean se mit à trembler.

— Mais Eleanor est intelligente et déterminée, ainsi que très forte, et elle tire mieux que bien des hommes. Est-elle armée ? demanda Cliff.

— Non.

Cliff se rembrunit.

— Dommage. A quel point a-t-elle été bouleversée quand tu lui as parlé de ton mariage ?

— J'aurais aussi bien pu la poignarder en plein cœur.

— Oui. Toutefois, je connais ma sœur. Elle a peut-être le cœur brisé, mais elle réagira pour se protéger. Elle retournera probablement à l'appartement où vous vous cachiez. Mais je vais faire prévenir Rex et Devlin. Ils la chercheront sur la route d'Adare, et nous allons prendre la mer immédiatement.

— Je ne vais nulle part ! se récria Sean. Je partirai quand Ellie sera saine et sauve, pas un instant auparavant !

Cliff le fixa.

— Tu ne m'as pas répondu. Es-tu amoureux d'elle ?

Le cœur de Sean bondit étrangement. Il n'osait pas considérer la question. Il alla au hublot, qui était ouvert, et inspira profondément. La mer était si calme.

— Je dois la sauver. Je l'ai toujours sauvée. C'est ma responsabilité de la renvoyer à la maison... et de lui faire épouser Sinclair.

Il se retourna. Cliff le regardait avec scepticisme.

— Cliff. Promets-moi que tu t'assureras... qu'elle épouse Sinclair.

— Je ne comprends pas, dit lentement Cliff. Si tu as des sentiments pour ma sœur, maintenant, et qu'elle t'aime, pourquoi la renvoyer ? Pourquoi ne pas l'emmener avec toi ? C'est clairement ce qu'elle veut — et je commence à penser que tu le veux aussi.

Sean devint furieux.

— Et si nous sommes capturés par Reed ? Il faut qu'Ellie se marie avec Sinclair !

— Je suis infiniment désolé pour ta femme, Sean. Je pense, cependant, que je commence à comprendre tous les aspects de cette affaire.

Sean se détourna, se sentant dévasté.

— Il faut que nous retrouvions Ellie. Il me faut des armes.

Cliff hésita.

— Sean.

Il alla se placer devant lui. Son regard était direct.

— Est-ce que Sinclair la reprendra ?

Sean comprit ce qu'il voulait dire. Il voulait savoir jusqu'où était allée sa relation avec sa sœur. Il parvint à soutenir son regard. Il parvint à ne pas ciller ou détourner les yeux. Il eut du mal à parler, et pas à cause de sa gorge.

— Il suffit qu'Ellie lui dise… qu'elle a voulu rejoindre son frère. Qu'elle est la plus loyale des belles-sœurs.

Cliff le fixa, et ses yeux s'assombrirent.

— Ce n'est pas ce que j'ai demandé. Tu n'aurais jamais profité d'elle.

Ce n'était pas une question.

Sean ne put s'empêcher de se raidir. Pire, il sentit ses joues s'enflammer.

Les yeux de Cliff s'élargirent. Sean n'eut pas le temps de réagir ; le coup le frappa au visage, le renversant. Du sol, il leva les yeux. Cliff se dressait au-dessus de lui, furieux, sa dague à la main.

— Scélérat ! Misérable scélérat ! Si nous n'avions pas été élevés comme des frères, je te couperais les testicules et les mettrais à sécher !

Sean se remit sur pied.

— Vas-y, dit-il. Frappe-moi encore. Tu as raison. J'ai eu tort. Je suis un scélérat. Fais ce que tu veux.

Cliff combattit clairement le besoin de le faire. Puis il secoua la tête.

— Par tous les diables ! lança-t-il farouchement. Pas étonnant qu'Ellie t'ait quitté. Et pourquoi lui as-tu parlé de ta femme morte, pour commencer ?

— Je ne sais pas ! cria Sean. Je ne me comprends plus moi-même !

Cliff se figea, comme s'il était déconcerté.

Il y eut un grand silence.

Sean se rassit.

— Je te supplie de m'aider.

Il leva les yeux.

— Elle doit rentrer à la maison. Elle doit épouser Sinclair, avant que quiconque songe à l'accuser… d'un crime quelconque, d'une conspiration. Avant que Reed la retrouve.

— C'est toi qui devrais l'épouser, pas Sinclair, rétorqua Cliff d'un ton coupant.

— Pour que nous soyons pendus ensemble ? Ce serait un beau spectacle pour ma mère, tu ne penses pas ?

— Tu ne m'as pas laissé finir. Si les circonstances étaient différentes, je te conduirais moi-même à l'autel, que tu le veuilles ou non.

Ses yeux bleus étincelèrent.

— C'est bon. Je suis d'accord. Je vais prévenir Rex et Devlin immédiatement et nous allons concentrer nos efforts pour retrouver Eleanor. Mais ensuite ? Si cela prend des jours ? Si tu es capturé entre-temps ?

— Mon évasion n'est pas la priorité, dit Sean.

Cliff plissa les paupières.

— Sais-tu, Sean, que tu te comportes beaucoup comme un homme amoureux ?

— Comment le saurais-tu ? riposta Sean, mal à l'aise. As-tu tant changé que tu serais tombé amoureux toi-même ?

Cliff sourit, brièvement amusé.

— Je ne suis pas sûr de tomber amoureux un jour, mais j'ai vu ton frère se changer en un sot hébété à propos de Virginia, et mon propre frère sur le point de renoncer au comté pour Lizzie. Je crois pouvoir reconnaître les signes chez un autre homme.

En colère contre tout le monde, et surtout contre Cliff, Sean lança d'un ton sec :

— Je ne me soucie pas de ce que tu penses.

— Tu pourrais essayer de me contenter, juste un peu,

étant donné que nous avons ourdi un plan. Je dois servir de couverture, et pendant que les autorités me poursuivront Devlin t'emmènera loin d'ici.

— Je ne veux pas que tu sois impliqué, et Devlin non plus. Je trouverai mon propre passage. Merci, dit sombrement Sean.

Il se dirigea vers la porte. Aussitôt, Cliff lui barra le chemin.

— Je refuse d'être contré. Tu ne peux pas t'en sortir tout seul.

Sean lui prit le bras.

— Laisse-moi faire, Cliff, prévint-il. Je t'ai permis de me frapper tout à l'heure, mais je t'avertis : je ne suis plus le garçon tranquille que tu as connu.

Cliff hésita, puis se mit de côté.

— Très bien. Je n'ai pas peur de toi, Sean, mais je vois que tu restes un noble altruiste. Comment te joindrai-je quand nous retrouverons Eleanor ?

Il alla au bureau et tourna la clé d'un tiroir. Puis il tendit à Sean un pistolet à double barillet, des munitions et une des dagues qu'il portait.

— Tu dis que McBane est avec Rex et Devlin ?

Cliff hocha la tête.

— Tu ne le connais pas, mais il est marié dans la famille.

Sean faillit rire.

— De fait, je le connais et il me connaît aussi, mais sous le nom de John Collins. Préviens McBane. Il saura comment me joindre.

— Tu me rends de plus en plus curieux, dit Cliff d'un ton sec.

— J'en suis sûr.

Sean hésita.

— Cliff, veille sur elle. Donne-moi ta parole.

Cliff l'étudia.

— Tu oublies qu'elle est ma petite sœur. Bien sûr que je veillerai sur elle. Je mourrais pour cela.

— Merci.

Le soulagement submergea Sean. Cliff passa un bras autour de lui.

— Sois prudent, sapristi, dit-il d'une voix bourrue.

Sean hocha la tête et s'écarta.

15

Le capitaine Brawley était mal à l'aise. Il commandait la petite garnison de Kilraven Hill, dans le comté de Limerick, depuis près de deux ans, par défaut — son officier supérieur était mort dans un accident de calèche et n'avait jamais été remplacé. Et depuis que le comte d'Adare avait renoncé à ses fonctions de magistrat, il assumait également ce poste civil. Mais le quartier général du fort ne lui paraissait plus familier. Deux nouveaux aides de camp se trouvaient dans l'antichambre, ayant usurpé la place des siens, et son bureau personnel avait été réquisitionné par le colonel Reed. De fait, le colonel Reed avait pris le commandement.

Reed était assis au bureau de Brawley, feuilletant des dossiers avec une impatience et un panache que le capitaine avait trop bien appris à connaître. Brawley savait qu'il consultait des documents concernant le commandement du régiment, mais un portrait de Sean O'Neill était posé au centre de la table, et un autre était affiché au mur derrière lui. Brawley souhaitait que le beau-fils du comte soit appréhendé autant que quiconque, d'autant qu'il était presque certain qu'O'Neill mettait lady Eleanor en danger. Il savait qu'elle ne se serait jamais enfuie avec un traître.

Il était absolument convaincu qu'O'Neill l'avait poussée à abandonner son fiancé et à quitter Adare avec lui.

Mais Reed fixait le portrait d'O'Neill à tout moment. Brawley savait qu'il en portait un plié dans la poche intérieure de sa veste. Il avait vu le colonel, au milieu d'un exercice, sortir brusquement le portrait de sa poche, le déplier et le contempler. Reed avait les yeux les plus froids et les plus brillants que Brawley avait jamais vus, surtout quand il regardait le portrait d'O'Neill.

Brawley n'appréciait pas que son commandement lui soit enlevé, mais, plus encore, l'obsession du colonel l'emplissait d'un malaise. Il avait étudié le dossier d'O'Neill en détail. Le régiment de Reed avait été stationné à la garnison du comté durant la nuit fatidique où les villageois s'étaient soulevés. Ses troupes avaient étouffé la rébellion, mais pas avant que la propriété de lord Darby ait été détruite et que presque tous les hommes du village aient été tués. Reed avait été celui qui avait rédigé le rapport initial. C'était lui, également, qui avait arrêté O'Neill et l'avait conduit en prison une semaine plus tard.

Et maintenant il se trouvait à Limerick, à des centaines de milles de son poste actuel, déterminé à arrêter O'Neill une nouvelle fois. Brawley était certain que cette chasse à l'homme était devenue une affaire hautement personnelle pour le colonel.

En réponse à cela, Brawley avait écrit une lettre au major Wilkes, qui commandait la moitié sud du pays. La lettre demandait des éclaircissements sur son rôle dans cette poursuite — et mentionnait l'intervention de Reed dans un district qui n'était pas le sien. Mais Brawley n'avait pas encore envoyé cette lettre. Soldat jusqu'au fond de l'âme, son instinct le poussait à accepter l'autorité et à obéir aux ordres. Il souhaitait éviter d'envoyer ladite lettre au major s'il pouvait s'en passer. Il souhaitait laisser le bénéfice du doute à son supérieur, Reed.

Reed leva les yeux, son regard bleu pâle et brillant.

— Brawley. Qu'y a-t-il ?

— Les troupes sont revenues de Limerick, sir. Si O'Neill y est, il n'a pu être trouvé. Nous avons fouillé chaque maison, chaque échoppe et chaque écurie.

Brawley n'exagérait pas. Les recherches avaient été intensives. En ce qui le concernait, il pensait qu'O'Neill ne pouvait être dans cette ville.

Reed s'adossa à son fauteuil et sourit froidement.

— Il n'y est pas. De Warenne a pris la mer le lendemain du jour où O'Neill s'est échappé d'Adare. Le *Fair Lady* est à quelques milles de Cork depuis hier soir à minuit. Je pense qu'O'Neill est à Cork.

Brawley fut parcouru par une bouffée d'excitation.

— Sir ! Puis-je vous demander la permission de prendre une douzaine de soldats et de m'y rendre ?

— Non, répondit Reed en se levant.

Brawley fut stupéfait et déçu.

— Sir, lady Eleanor peut être en danger. Vous savez que je crois qu'il l'a prise en otage.

Reed fit un signe de la main.

— J'en doute. Vous avez dit vous-même qu'elle est partie de son plein gré avec O'Neill.

— C'est ce qu'il a semblé, reconnut Brawley, embarrassé. Mais je la connais un peu. C'est une grande dame, sir, même si elle est originale. Il a pu la persuader de venir avec lui pour la prendre en otage. Il faut la sauver avant que du mal lui soit fait.

— Elle le sera quand O'Neill sera capturé.

Reed rejoignit Brawley et le prit par l'épaule.

— J'ai des espions à Cork, capitaine, qui surveillent le

bateau de De Warenne. Sean O'Neill tombera droit dans le piège que je lui ai tendu, vous pouvez y compter.

Brawley croisa son regard brillant et frémit.

On frappa à la porte. Les deux hommes se tournèrent. Un jeune homme entra, le visage rouge et transpirant. Il n'était pas en uniforme, mais il parut vaguement familier à Brawley. Reed fit un geste.

— Sergent Lewes, entrez. Qu'avez-vous appris ?

Lewes s'avança précipitamment.

— O'Neill est monté à bord du *Fair Lady* ce matin à l'aube, colonel. Il a rencontré De Warenne pendant une demi-heure environ.

Reed haussa les sourcils et sourit.

— Parfait ! Où est-il, à présent ?

Lewes hésita.

— Je l'ignore, sir.

Le sourire de Reed s'évanouit.

— Par tous les diables, qu'est-ce que cela signifie ?

— Colonel, sir ! J'ai quitté mon poste pour vous prévenir dès qu'il a quitté le bateau. C'étaient mes ordres, sir.

— Sot que vous êtes ! cria Reed.

Le sergent pâlit.

— Vos ordres étaient de découvrir ses mouvements et de me les faire connaître ! lança Reed, rouge de colère. Qui surveille le bateau ? Ou est-ce que le *Fair Lady* est parti, aussi ?

— John Barret le surveille, sir.

— Vous êtes congédié ! lança durement le colonel.

Brawley était époustouflé par ce qu'il venait d'apprendre. Il ne savait pas que Reed avait des hommes en poste à Cork, surveillant Cliff de Warenne. Manifestement, Reed voulait le laisser dans l'ignorance, et même si ce n'était pas son rôle de remettre en cause ce que son supérieur faisait ou comment il le faisait, il était de nouveau mal à l'aise.

— Sir, je connais très bien Cork, ses faubourgs, son maire, ses conseillers et certains habitants. Je connais aussi Cobh.

— J'en suis conscient, capitaine. J'ai lu votre dossier, pas une fois, mais plusieurs.

Brawley se tut, se demandant ce que ce commentaire signifiait. Il aurait pu aisément conduire la mission, et ils sauraient à présent où était O'Neill. Mais le colonel semblait décider à capturer O'Neill sans son aide, apparemment. Pourquoi ? Etait-ce une question de gloire, ou d'autre chose ?

Reed était froid.

— J'ai d'autres hommes en ville, dit-il. J'ai entendu murmurer qu'un Bleu a aidé O'Neill. Et hier, j'en ai soudoyé un, capitaine. Maintenant, il y a un traître parmi eux. Quand O'Neill prendra contact de nouveau avec ses amis, nous le saurons.

— Sir…

Brawley transpirait.

Reed haussa un sourcil et attendit.

— Et s'il juge trop dangereux de prendre contact avec un Bleu, cette fois ?

— Alors, il aura besoin de l'aide de son frère. C'est pourquoi, à la lumière de ces nouvelles informations, vous vous rendrez à Cork avec un détachement. Vous pouvez camper à l'extérieur de la ville. Prenez un homme ou deux pour superviser la surveillance du *Fair Lady*. Je vais prévenir notre nouvel espion. D'une façon ou d'une autre, nous localiserons O'Neill.

— Oui, sir, acquiesça Brawley, soulagé d'être autorisé à entrer en action.

Maintenant, il pouvait seulement continuer à espérer

qu'Eleanor de Warenne allait bien, et que son beau-frère ne pensait pas l'utiliser pour fuir les autorités.

— Vos ordres restent les mêmes : arrêtez O'Neill, mort ou vif. Cela n'a pas d'importance, puisque cette fois il sera pendu.

— Oui, sir.

— Et si l'occasion s'en présente, vous arrêterez aussi la femme.

Brawley sursauta.

— Je vous demande pardon ?

— Si vous découvrez que lady de Warenne n'est pas avec O'Neill, elle pourra détenir des informations utiles. Vous l'arrêterez et me l'amènerez directement.

La détresse du capitaine s'accrut.

— Oui, sir.

Reed s'en rendit compte, car il parut amusé.

— Calmez-vous, capitaine. Si vous avez raison, la dame a beaucoup plus à craindre de son hors-la-loi de beau-frère que de moi. En outre, je doute que vous la découvriez seule.

Ses yeux brillèrent.

Brawley devina qu'il y avait un sous-entendu dans les paroles du colonel, mais il ne comprit pas lequel.

« Au moins, je suis armé », pensa Sean en entrant dans la cage d'escalier qui menait à la chambre. Il demeurait malade d'inquiétude et savait qu'il le resterait jusqu'à ce qu'Eleanor soit retrouvée. Elle était blessée et en colère, et elle était aussi entêtée. Elle n'avait sûrement pas l'intention de revenir auprès de lui. Si c'était le cas, elle serait revenue depuis des heures.

Et maintenant, ses beaux-frères et Devlin allaient se mettre à sa recherche. Ils la trouveraient certainement, et bientôt. Il monta l'escalier dans le noir. Il continuerait à chercher Ellie, lui aussi, mais il avait besoin d'une heure de repos.

Soudain, il vacilla, son regard pénétrant l'ombre du palier et découvrant un tas de hardes qui ne s'y trouvait pas plus tôt. Puis il se rendit compte que ces hardes étaient bien plus que des vêtements. Il poussa un cri.

— Ellie !

Elle était pelotonnée contre le mur, frissonnante, et ses yeux rencontrèrent les siens. Il s'agenouilla, tendant la main vers elle, constatant rapidement qu'elle était trempée. Elle se crispa et l'écarta.

— C'est moi, dit-il.

Il ignora ses protestations et la prit dans ses bras. Sa peau était mouillée et glacée, terriblement.

Elle le repoussa de nouveau.

— La porte est fermée, dit-elle d'une voix rauque.

Toujours agenouillé, il la regarda dans les yeux. Son cœur se contracta devant la souffrance à vif qu'il y lut. Elle restait dévastée par ce qu'il avait fait, mais elle était quand même revenue à lui.

— Je sais. Je ne voulais pas la laisser ouverte pour le cas où les Anglais trouveraient la cachette. Vous avez besoin de vous réchauffer, dit-il vivement, en se levant.

Il avait les mains qui tremblaient quand il enfila la clé dans la serrure. Avait-elle passé la nuit sous la pluie ? Pourquoi ne s'était-elle pas abritée ?

— Je suis seulement revenue pour Saphyr. Je rentre chez moi, dit-elle, son ton si sourd qu'il était à peine audible.

Il se tourna. Elle restait assise par terre, les genoux serrés contre sa poitrine. Ses pieds étaient sales et il s'aperçut que l'un d'eux saignait. Elle le fixa, les yeux accusateurs.

Il mesura qu'il devait lui expliquer son mariage, d'une

manière ou d'une autre — mais comment, quand cela lui faisait trop mal d'y penser et encore plus d'en parler ? Et même s'il s'expliquait, qu'en sortirait-il ? Il voyait dans ses yeux qu'elle ne lui avait pas pardonné sa trahison et qu'elle ne la lui pardonnerait jamais.

— Il faut que vous vous séchiez. J'ai une escorte pour vous, vous ne pouvez songer à chevaucher seule à travers le pays.

Elle haussa les épaules.

Il hésita, puis lui tendit la main.

Elle détourna les yeux, le bout du nez rouge.

— Ellie… Eleanor. Laissez-moi vous aider à vous relever.

Elle ne répondit pas et se remit debout toute seule, tressaillant en le faisant.

Le cœur de Sean s'emballa, alarmé, tandis qu'il poussait la porte et allait droit au poêle. Il s'empressa d'allumer le feu, tendant l'oreille pour guetter ce qu'elle faisait. Elle entra dans la pièce et s'arrêta, et il ne l'entendit pas refermer la porte. Il ne l'entendit pas bouger, non plus.

Quand le feu flamba, il referma le poêle et se releva. Il tourna lentement la tête vers elle, l'estomac crispé.

Elle avait l'air de s'être presque noyée. Il ignora la vue de sa chemise mouillée, transparente, plaquée sur ses seins. Il baissa les yeux pour regarder son pied blessé, et, à la place, il s'attarda sur ses longues jambes moulées par la culotte trempée. Ebranlé, il fit descendre son regard.

— Qu'est-il arrivé ?

Elle haussa les épaules et boita à travers la pièce. Il se rendit compte qu'elle avait l'intention de se laisser choir sur le lit. Il la rattrapa et lui prit le bras.

— Vous devez quitter ces habits mouillés.

Elle leva ses yeux dorés.

— Je ne pense pas. Pas si vous restez dans la chambre.

Il méritait sa suspicion, son manque de confiance. Mais il la fixa, ravagé, parce que c'était la première fois de sa vie qu'elle se méfiait de lui.

Elle le fixa en retour, les yeux emplis d'hostilité et de douleur.

— Vous devriez peut-être aller voir Kate. Ainsi, vous me laisserez tranquille.

Ses paroles le poignardèrent comme un couteau. Il voulait lui dire que les choses n'avaient pas été ce qu'elle croyait.

— Je vais attendre sur le palier, dit-il à la place, en quittant lentement la pièce.

A la porte il jeta un coup d'œil derrière lui, mais elle n'avait pas bougé. Il s'aperçut qu'elle pleurait.

Il avait fini par lui briser le cœur. Trop tard, il avait le sentiment terrible qu'il ne le regagnerait jamais.

Sean sortit, ferma la porte et essaya de combattre sa panique. Les choses étaient ce qu'elles devaient être, se dit-il farouchement, car elle se remettrait de cette épreuve et pourrait alors donner son cœur à Sinclair. Il se tourna et donna un coup de pied dans le mur, si violemment que la douleur remonta jusqu'à son genou, mais il ne put trouver de calme ou de soulagement. C'était fini.

Quand un moment suffisant se fut écoulé, il frappa, mais ne reçut pas de réponse. Il jeta un coup d'œil prudent dans la chambre. Les habits secs restaient accrochés au mur et Eleanor était dans le lit, enroulée dans la couverture. Il vit sa chemise par terre, teintée de sang dilué ; au moins, elle avait nettoyé ses blessures.

Il entra et poussa les verrous.

— Vous devriez rester près du poêle, dit-il, mais

comme elle devait être nue sous les draps, ce n'était pas la meilleure idée.

Elle ne répondit pas.

Et parce qu'il était inquiet, il alla jusqu'à elle. Ou elle dormait ou elle feignait de dormir, mais elle était secouée de temps à autre de violents frissons. Il hésita, ne sachant pas que faire. Elle avait besoin de plus de chaleur que la couverture ne pouvait lui en prodiguer, et il voulait examiner son pied blessé. Mais elle le haïssait, maintenant. Il n'en doutait pas.

— Ellie ?

Il n'y eut pas de réponse et il comprit qu'elle était profondément endormie, finalement.

Il s'assit près d'elle, se demandant si elle était restée debout toute la nuit, errant dans les rues de la ville, seule et dévastée. Il ne pouvait plus se supporter. Il avait blessé la personne à laquelle il tenait le plus au monde.

— Aimez-vous ma sœur ?

La question lui faisait l'effet d'un piège. Il ne mordrait pas à l'appât. Ce qu'il ressentait réellement n'avait pas d'importance. Il constata qu'il lui avait pris la main et s'y cramponnait. Elle était glacée.

Sean céda. Il ôta ses bottes et se glissa sous la couverture avec elle, la prenant dans ses bras. Elle resta aussi molle qu'une poupée de chiffon et aussi froide que la glace.

C'était lui qui avait fait cela.

— Ellie, je suis désolé.

Il embrassa sa joue et se mit à pleurer.

— J'aurais dû vous parler de Peg dès que je suis revenu… J'avais peur. Je savais que vous me détesteriez de l'avoir épousée. Je ne l'ai jamais aimée.

Il la pressait si fort contre lui qu'elle était enveloppée de ses bras et de ses jambes, le visage sur son épaule. Il leva la tête pour pouvoir la regarder. Ses cils avaient frémi. Tandis qu'il la contemplait, son cœur se gonfla puissamment. Elle était si belle, si forte, si courageuse. Il abaissa la tête, calant la sienne sous son menton.

— Comment aurais-je pu aimer Peg ? Je vous aime.

Et, trop tard, il s'avisa que les mots qu'il venait de prononcer étaient vrais.

Il ferma les yeux, la serrant encore plus fort, s'autorisant enfin à prendre ses sentiments en compte et à les identifier. Il était abasourdi par leur énormité, leur intensité, leur puissance.

Il savait ce qui se passerait s'il osait l'aimer. Elle souffrirait, comme Peg. Il était un homme condamné. Rien n'avait changé, sauf que son cœur désirait quelque chose qu'il n'aurait jamais — qu'il n'avait pas le droit d'avoir.

— S… S… Sean ? J'ai… j'ai froid.

Il se raidit quand leurs regards se joignirent. Le sien était vague et lointain.

Il essaya de lui sourire.

— Je sais. Vous aurez bientôt chaud. Vous serez au chaud et en sécurité, je vous le promets.

La bouche d'Eleanor s'incurva et la confiance qu'il avait pensé ne jamais revoir emplit ses yeux.

— Je suis en sécurité, murmura-t-elle en embrassant sa mâchoire.

Cette fois, une partie bien différente du corps de Sean se raidit. Il se rappela qu'elle était plus endormie qu'éveillée, peut-être malade, sinon en proie au délire. Elle le haïssait, et la confiance qu'il avait vue dans ses yeux était un rappel cruel de ce qu'il n'aurait plus jamais, de ce qu'il n'avait jamais vraiment mérité. Le présent en était la preuve.

Soudain, ses mains froides se glissèrent à l'intérieur de sa chemise et contre son torse. Elle se mit à caresser sa peau, puis ses mamelons.

Sean saisit son poignet pour l'arrêter. Son esprit lui commandait de sortir du lit maintenant, avant de succomber à la tentation. Parce qu'il était fort conscient à présent de sa nudité, de sa douceur en certains endroits, de sa dureté en d'autres, et de la façon dont ils étaient intimement mêlés. Puis il sentit le corps d'Eleanor se ramollir.

Stupéfait, il se rendit compte qu'elle s'était rendormie, profondément, et qu'elle ne frissonnait plus. Il soupira, ébranlé mais soulagé, et la reprit contre lui. Il posa un baiser sur le sommet de sa tête, songeant aux sentiments qu'il venait de découvrir, laissant l'émerveillement de cette découverte le submerger. Il ignorait quand il était tombé amoureux d'elle, mais elle avait été sa vie dès qu'ils s'étaient rencontrés. Le gonflement de son cœur aurait pu être un mélange de joie et d'espoir, s'il avait été un autre homme dans une autre vie. Il décida de ne pas analyser cela davantage. Il se sentait transporté, comme au milieu d'un miracle, et il savait qu'il devait chérir ce moment, s'y raccrocher aussi longtemps qu'il pourrait.

La réalité devait attendre.

Et quand l'aube se leva une nouvelle fois, il quitta le lit et prit les dispositions nécessaires pour l'avenir qu'ils ne partageraient pas.

Quand Eleanor s'éveilla, il lui fallut un moment pour se rappeler où elle était.

Le soleil entrait à flots dans une petite pièce maigrement meublée. Un feu crépitait dans un poêle en fonte, près d'un évier en fer-blanc. Elle était couchée dans un lit tout simple, avec un seul oreiller, un drap, une couverture mince et rêche.

Puis elle vit Sean.

Il entrait dans la chambre, portant une brassée de bois pour le poêle.

A ce moment-là, elle se souvint qu'il était revenu et qu'elle avait abandonné Peter Sinclair à l'autel. Ils étaient à Cork, ils se cachaient des autorités — et Sean s'était marié avec une autre femme appelée Peg.

Envahie par la sensation que cela ne pouvait pas arriver, elle s'assit lentement, tenant la couverture contre elle. Elle n'avait jamais souffert d'un tel chagrin. *Sean ne lui appartenait plus, il ne lui avait jamais appartenu.*

— Que m'est-il arrivé ? Où sont mes habits ? demanda-t-elle d'une voix qui lui parut enrouée et haut perchée.

Il posa le bois dans le panier en osier près du poêle, évitant de la regarder.

— Vous m'avez fui.

Il lui jeta un coup d'œil, l'expression dure et crispée.

— Vous êtes revenue glacée et trempée.

Et soudain elle se souvint d'avoir passé la nuit dans l'embrasure d'une porte, tremblante et mouillée, pleurant toutes les larmes de son corps, son sentiment de perte dépassant tout ce qu'elle avait jamais expérimenté.

Il se leva et lui décocha une autre œillade.

— Je vous ai acheté des vêtements convenables.

Il désigna d'un geste les portemanteaux, où étaient accrochés une robe de mousseline, des dessous, une pelisse et un bonnet. Il y avait aussi des souliers et des bas.

Elle se demanda s'il lui restait de l'argent, puis refusa de s'inquiéter pour lui. C'était un traître — pas envers les autorités, mais envers elle —, envers eux. Elle voulait ne jamais l'oublier.

— Je suppose que vous attendez ma reconnaissance pour ces habits ?

Sa voix était aussi amère qu'elle.

— Vous ne me devez rien, rétorqua-t-il d'un ton sec, et leurs regards se heurtèrent.

Il se détourna en rougissant.

— Certainement, acquiesça-t-elle en serrant la couverture sur ses seins.

Il lui devait tout et elle ne recevrait jamais rien, parce qu'il lui avait préféré une autre femme. Elle se demanda si son cœur guérirait un jour et serait de nouveau entier. Elle ne le pensait pas.

— Où sont mes culottes ? demanda-t-elle d'un air sombre.

De fait, elle convoitait la robe et les dessous propres, mais elle ne le reconnaîtrait jamais.

Il alla aux portemanteaux et prit les effets féminins.

— Je les ai brûlées, dit-il tranquillement, en essayant de lui donner l'ensemble.

— Comment avez-vous osé ? s'écria-t-elle, folle de rage. Je veux mes culottes !

Il sursauta et, comme s'il se rendait compte qu'elle n'avait pas tous ses esprits, il prit un air méfiant.

— Elles n'existent plus. Vous ne pouvez parader habillée comme un homme. Quand vous serez chez vous, je suis certain que vous saurez emprunter des vêtements à Tyrell.

Quand elle serait chez elle, écartée comme un rebut. C'était ce qu'elle était, une marchandise usagée bonne à jeter. Mais il n'avait pas utilisé Peg de cette façon.

— Je vais attendre dehors, déclara-t-il.

— Oh, oui, avec Kate ! Est-ce à elle que vous avez demandé ces habits ?

Elle était furieuse.

— De fait, je les ai achetés, répondit-il avec soin.

— Mais les habits de Kate m'auraient si bien convenu ! Parce que je ne suis pas différente d'elle, n'est-ce pas ?

Je ne suis pas différente d'une soubrette, d...
ou d'une fille de ferme. Je ne suis pas différent...
catin.

Il devint blanc.

— Pour l'amour du ciel, ne faites pas cela, dit-il avec raideur.

— Pas faire quoi ? Remarquer que vous m'avez traitée comme vous traitiez toutes les filles que vous entraîniez aux écuries quand nous grandissions ?

Des larmes de rage lui emplirent les yeux.

— Comment avez-vous osé brûler mes culottes ?

Il inspira rudement.

— Je suis désolé. Je suis désolé pour tout. Vous n'êtes pas une fille de ferme, ni une catin. Je sais que vous m'aimez… Je suis un butor. Je me suis servi de vous et je n'ai pas d'excuse.

Il se tourna pour sortir.

Elle se glissa hors du lit, le drap et la couverture enroulés autour d'elle.

— Je ne vous aime pas !

Il vacilla, se raidit et lui refit face.

— Vous étiez un libertin quand j'étais enfant, et je le sais de première main. Vous restez un libertin — et un goujat ! Vous êtes un *tricheur,* Sean, un *menteur,* un *tricheur* et un *misérable goujat !*

Il ne bougea pas. Il ne parla pas. Il était si immobile qu'il aurait pu être sculpté dans de la pierre, magnifique statue virile.

— Défendez-vous ! cria-t-elle, tremblant de rage.

Il secoua la tête.

Eleanor n'hésita pas. Elle le gifla de toutes ses forces, sa main claquant sur son beau visage livide.

Il tressaillit, mais resta rigide et droit.

— Et juste pour qu'il n'y ait pas de malentendu, je vous hais, maintenant !

Il hocha la tête et sortit.

Eleanor abaissa son bonnet à large bord en suivant Sean jusqu'au quai, cachant sa tête et son visage. Il s'était déguisé avec une perruque poudrée semblable à celles que portaient quelques hommes âgés et démodés, comme si le roi précédent vivait encore. Le cœur d'Eleanor n'avait jamais été plus lourd, mais c'était ce qu'elle voulait maintenant : rentrer chez elle. Sean avait dit que Cliff l'emmènerait à Limerick. Le trajet par terre était beaucoup plus court, mais elle avait souhaité éviter toute conversation avec Sean. Il semblait le souhaiter aussi, et ils n'avaient pas échangé plus de quelques phrases au sujet de leurs plans depuis leur précédente dispute. Sean paraissait pressé. Elle ne pouvait s'empêcher de se demander ce que cela signifiait. Les autorités étaient-elles sur ses traces ?

Les jetées étaient en vue, avec de nombreux bateaux de toutes les tailles et de toutes les formes qui se balançaient. Elle vit immédiatement le *Fair Lady,* ancré à quelque distance de là. Elle vit également le navire de la Marine royale et, à la vue de son pavillon, elle frémit. Quelques marins en uniforme rouge se trouvaient sur les ponts, mais autrement le bateau était silencieux et paraissait déserté.

Elle croisa les bras, habitée par une nouvelle tension provoquée par la vue des marins.

— Pourquoi Cliff me ramènerait-il à la maison quand il pourrait vous éloigner ? Vous avez clairement conspiré, tous les deux.

Elle refusa de croiser le regard de Sean.

— Cliff va vous reconduire. Lui et moi somm… cord, déclara-t-il fermement.

Il s'avérait si difficile de tenir une conversation avec l'homme qu'elle avait aimé si totalement, autrefois. Tout ce qu'elle souhaitait était de lui échapper et de ne plus jamais le revoir, mais il ne méritait pas d'être pendu.

— Ne vous méprenez pas, dit-elle d'un ton bref, les yeux fixés sur le port. Je veux rentrer immédiatement. Je ne désire rien plus vivement. Toutefois, j'ai décidé que je préfère rentrer par les terres. Cliff peut vous emmener.

Elle le regarda enfin en face.

— Dès que vous embarquerez, j'achèterai un billet… sur un autre bateau, dit-il.

Il parlait doucement, mais sa voix n'avait jamais été plus intense. L'implorait-il ?

Elle se sentit rougir.

— Je ne me soucie pas de ce que vous faites, déclara-t-elle en le pensant, à partir du moment où vous quittez le pays. Il y a des soldats, ici. Je voyagerai en voiture.

Il la scrutait du regard, aussi garda-t-elle les yeux baissés.

— Nous n'avons pas le temps de discuter, objecta-t-il. Les plans sont faits. Et Cliff vous gardera en sûreté.

Les mots échappèrent à Eleanor avant qu'elle puisse les retenir.

— Et qui vous gardera en sûreté, Sean ?

Son ton était hostile.

— Mais vous me haïssez, dit-il lentement.

Un long silence tendu s'ensuivit.

— Je vous hais… mais je ne souhaite pas vous voir mort, précisa-t-elle enfin.

Alors, brusquement, il l'interrogea.

— Vous ne me pardonnerez jamais, n'est-ce pas ?

Elle dut rencontrer ses yeux angoissés. En tremblant, elle se raidit contre lui.

— Non.

— Je le pensais.

Eleanor était assise seule à l'arrière du cabriolet, enroulée dans une douce cape de drap qui appartenait à la femme de Connelly. Il y avait eu trop de soldats sur les quais pour qu'elle puisse embarquer sur le bateau de Cliff, et finalement elle rentrait chez elle par la route. La voiture était ouverte, tirée par un seul cheval, et même si le soleil brillait, c'était un jour froid et âpre. Elle frémit, mais la froideur de sa peau n'était rien à côté de la glace qui enserrait son cœur. Connelly avait offert de la raccompagner à Adare. Elle essayait de ne pas penser ou sentir, mais c'était si difficile. Elle ne reverrait plus jamais Sean O'Neill.

Comment sa vie en était-elle arrivée à ce point précis ?

Les souvenirs que Sean et elle avaient construits durant toute une vie étaient ses seuls compagnons, maintenant. Mais ces évocations étaient très douloureuses, même celles des moments agréables et heureux, parce que tout espoir avait disparu.

Leurs deux vies avaient divergé longtemps auparavant, quand il avait choisi de partir vers le nord, loin d'Askeaton, pour vivre avec une autre femme. Comme il était étrange qu'un simple tour du destin les ait brièvement réunis. Maintenant, à chaque inspiration qu'elle prenait, leurs pas divergeaient de nouveau, mais cette fois plus largement. Il n'y aurait plus d'intervention miraculeuse du destin. Leurs chemins ne se recroiseraient plus. Cela n'aurait pas dû la faire souffrir, pas après tout ce qu'il avait fait. Mais, par le ciel, elle souffrait.

Elle frissonna, emplie de chagrin. L'adage prétendait que le temps guérissait toutes les blessures, mais elle savait que les siennes ne guériraient jamais. La haine était un refuge, néanmoins elle ne pouvait véritablement haïr Sean. Elle se raccrocherait à sa colère aussi longtemps qu'elle le pourrait, cependant son cœur savait que c'était une feinte.

Il y avait tant de regrets.

Soudain, Connelly regarda par-dessus son épaule, le visage crispé par la tension.

Eleanor fut parcourue d'un frisson de terreur. Elle se tourna aussi.

Un nuage de poussière emplissait l'air, signalant de nombreux cavaliers derrière eux, qui approchaient rapidement.

— Nous avons de la compagnie, milady, annonça le fermier. Probablement une voiture de louage, mais on ne sait jamais. Cela pourrait être des bandits — ou pire.

Le pire, bien sûr, signifiait des soldats. Pour la première fois depuis qu'elle s'était enfuie avec Sean, Eleanor commença à comprendre dans quelle situation elle se trouvait. D'une façon, elle avait été la complice de la fuite de Sean. Toutefois, elle demeurait certaine qu'aucun officier ne la condamnerait pour ce qu'elle avait fait. Après tout, elle était la fille du comte d'Adare.

Elle s'agrippa à la portière. Connelly ralentit le cabriolet. Le nuage de poussière fut remplacé par une demi-douzaine de soldats, tous sauf un portant l'uniforme bleu d'un régiment de dragons. Et l'officier en rouge n'était nul autre que le capitaine Thomas Brawley.

Aussitôt, Eleanor eut peur pour Sean — et fut considérablement soulagée de ne pas connaître ses plans précis.

En tremblant, elle s'avisa qu'elle devait convaincre les soldats qu'il avait quitté le pays depuis des jours, qu'il se trouvait déjà loin en mer. Et en cet instant elle n'éprouva pas de haine, mais seulement un désir farouche et loyal de protéger l'homme qu'elle avait connu et aimé toute sa vie. Abaissant la voix, elle dit :

— Nous n'avons *rien* fait de mal.

Connelly était blanc.

— Ils me pendront si je suis découvert.

L'esprit d'Eleanor s'emballa, cherchant des excuses et des explications. Elle n'avait pas vu Sean depuis des jours — il avait quitté le pays immédiatement, et elle avait été malade et bloquée à Cork.

— Laissez-moi parler, dit-elle d'un ton crispé au fermier.

Brawley s'avança à sa hauteur.

— Lady de Warenne ! s'écria-t-il avec un soulagement évident.

Elle parvint à sourire.

— Capitaine.

Il démonta aussitôt. Son regard la parcourut rapidement, en une inspection détachée, pas outrageante.

— Allez-vous bien ?

Eleanor nota son inquiétude, toutefois elle était préoccupée maintenant par la traîtrise qui, elle le suspectait, avait conduit les troupes à elle. Elle jeta un coup d'œil à Connelly, mais il était pâle de frayeur et elle fut certaine qu'il n'était pas le traître — s'il y en avait réellement un parmi eux. Elle devait faire appel à toutes ses ressources, à présent, pensa-t-elle farouchement, et si Brawley était inquiet pour elle, elle allait s'en servir.

Elle lui tendit la main. Malheureusement, elle tremblait.

— J'ai traversé une épreuve, dit-elle doucement, en

laissant des larmes lui monter aux yeux. Grâce au ciel, vous êtes ici.

— Que vous est-il arrivé ?

Il l'aida à descendre du cabriolet, la prit par le bras et l'entraîna un peu plus loin, afin qu'ils puissent parler en privé.

— Où est O'Neill ?

— Il est parti.

Elle laissa couler d'autres larmes.

— Il m'a abandonnée en ville il y a des jours, sir, et j'étais seule et perdue. Après avoir erré dans les rues sous la pluie, je suis tombée gravement malade, avec de la fièvre. Je me suis réveillée dans une ferme et cet aimable fermier m'a non seulement soignée, mais m'a offert de me reconduire chez moi quand j'ai été remise.

Le regard de Brawley glissa sur son visage.

— Vous ne paraissez toujours pas bien, lady Eleanor. Je suis navré que vous ayez enduré une telle épreuve, mais je dois vous poser une autre question : savez-vous où Sean O'Neill est parti ?

— Je sais seulement qu'il a pris un bateau, j'ignore pour quelle destination.

Elle dévisagea le capitaine avec attention, guettant sa réaction à son histoire en retenant son souffle.

— Vous a-t-il dit le nom du bateau ?

Elle secoua la tête, soulagée, car Brawley semblait la croire. Et pour continuer sa comédie, elle demanda :

— Comment va mon fiancé ?

Elle pleura de plus belle.

— Il ne me pardonnera jamais ce que j'ai fait.

Brawley sortit un mouchoir immaculé et le lui tendit.

— Il était très inquiet la dernière fois que je l'ai vu, lady Eleanor. Je suis certain qu'il vous pardonnera, une fois que vous vous expliquerez. O'Neill vous a forcée à partir avec lui, n'est-ce pas ?

Elle accepta le mouchoir et se tamponna les yeux. Comment Brawley pouvait-il penser cela, quand la moitié du comté l'avait vue poursuivre Sean dans sa robe de mariée ?

— J'étais tourmentée pour lui, comme vous le savez. Je voulais le retenir, et quand il a refusé de s'arrêter j'ai pris la décision d'aller avec lui pour apprendre la vérité. Une fois que nous avons fui Adare, il n'y avait pas de retour en arrière possible. Il m'a dit dès le début qu'il me quitterait au moment où nous arriverions à Cork.

— Il est déraisonnable, déclara Brawley d'un air sombre.

Eleanor essaya de réfléchir. Brawley allait insister pour l'escorter chez elle. Elle ne semblait pouvoir l'éviter.

— Je dois rentrer chez moi et j'ai promis une forte somme à O'Brien pour m'avoir si gentiment ramenée.

Elle ne voulait pas révéler le vrai nom de Connelly.

— Si vous voulez bien nous permettre de continuer notre chemin ? Je suis fort impatiente de rassurer ma famille, et Peter me manque terriblement.

— Lady Eleanor, je comprends que vous soyez impatiente de rentrer à Adare. Je serais ravi de vous escorter, déclara fermement Brawley.

— Ce n'est pas nécessaire. Je ne veux pas vous détourner de vos devoirs militaires et, comme vous le voyez, j'ai une voiture et un cocher.

Elle lui sourit.

Il paraissait raide et mal à l'aise, maintenant. Il tira brièvement sur son col haut.

— Je crains d'avoir des ordres différents, dit-il.

Elle se tendit.

— Des ordres ? Quels ordres ?

Brawley humecta ses lèvres.

— Je vous demande bien pardon, lady Eleanor. Mais je dois vous conduire à Kilraven Hill.

Eleanor fut anéantie. *Vous devez rentrer, Eleanor, retrouver Adare et Sinclair. Il peut vous protéger, Ellie. Je ne veux pas que vous risquiez votre liberté, votre vie !*

En se rappelant les paroles de Sean, des paroles qu'elle n'avait pas été capable de comprendre à l'époque, elle fut saisie de frayeur.

— Pourquoi devriez-vous me conduire au fort ? demanda-t-elle lentement.

— Mon commandant souhaite vous parler.

Il essaya de lui sourire d'un air rassurant et n'y parvint pas.

— Je n'ai pas le choix. Je suis désolé, mais nous devons nous rendre à la garnison.

Sean avait insisté sur le fait qu'elle pourrait être accusée de divers crimes à cause de lui. Elle ne l'avait pas cru. Elle prenait peur, à présent. Son père ne laisserait sûrement jamais quelque chose lui arriver.

— Suis-je prisonnière, sir ?

Le capitaine rougit.

— Bien sûr que non ! Le colonel Reed veut simplement vous parler. Je serai enchanté de vous escorter chez vous dès que l'entretien sera terminé.

Eleanor glissa d'une voix incertaine :

— Mais je vous ai dit tout ce que je sais, sir.

— Lady Eleanor, il se peut que vous déteniez sans le savoir d'autres indices sur la destination d'O'Neill. Il se peut que vous puissiez identifier les traîtres avec qui il a été associé. Le colonel Reed veut juste vous poser quelques questions. Je sais que vous êtes fatiguée et bouleversée et que ceci est à déplorer. En son nom, je vous fais des excuses, mais je dois vous conduire à Kilraven.

Il était clair qu'elle ne pouvait manipuler Brawley comme elle le voulait, en cet instant. Toutefois, il serait peut-être plus coulant un peu plus tard. Elle hocha la tête, rassemblant toute la grâce et la dignité dont elle disposait.

— Je comprends que vous ne faites que votre devoir, sir. Je ne résisterai pas.

— J'espère que vous comprenez, lady Eleanor, déclara le capitaine avec ferveur. Je regrette infiniment de vous causer des inconvénients en ce moment difficile.

Eleanor réussit à sourire.

16

Devlin O'Neill entra dans la grand-salle d'Askeaton d'un pas long et décidé, et remit son manteau à son valet.

— Où est ma femme, Hughes ? demanda-t-il.

Il n'eut pas à attendre la réponse. Les deux solides portes en chêne qui donnaient sur un grand salon s'ouvrirent et Virginia apparut, poussant un cri. Elle se précipita sur les dalles en pierre et se jeta dans ses bras.

— Devlin !

Il l'étreignit fortement, puis la ramena prestement dans le salon.

— Hughes.

Il parla comme s'il commandait encore un bateau de guerre.

— Qu'on ne nous dérange pas.

— Oui, capitaine.

Le valet referma les portes derrière eux.

Devlin rencontra les yeux effrayés de sa femme et son cœur se retourna. Jadis, sa vie avait été un puits noir voué à l'obsession ; Virginia avait eu la malchance d'être la nièce de son pire ennemi et il l'avait cruellement et impitoyablement utilisée comme instrument de vengeance. Il n'était pas sûr du moment où il était tombé amoureux d'elle, mais il pensait qu'il l'avait aimée au premier coup d'œil, alors qu'elle se tenait sur le pont d'un navire de commerce américain, en haute mer, et le visait avec un pistolet. Il avait été décidé à opérer des ravages, mais, tandis qu'il abordait le navire ennemi, il avait admiré son audace et son courage, sans oublier sa beauté peu courante.

Elle était devenue sa maîtresse, puis sa femme. Elle était tout pour lui, maintenant — sa plus chère amie, son amante inlassable, la mère de ses deux enfants, la lumière qui le guidait. Elle était son cœur.

— Chérie, tu n'as pas à t'inquiéter autant.

— Je n'ai pas à m'inquiéter ! répéta-t-elle, incrédule et blanche comme un linge.

Elle secoua la tête.

— Je n'étais pas sûre de te revoir un jour ! Je pensais que tu étais à Cobh !

Il prit sa petite main dans la sienne. Même après des années de mariage, il demeurait surpris par sa délicatesse et son aspect menu.

— Avant de quitter le comté, j'ai appris qu'il y avait à Limerick un schooner qui venait d'arriver. J'ai acheté la *Gazelle*. Elle est petite, mais rapide et maniable et elle répondra bien à nos besoins.

Virginia lui fit face, ses deux petites mains posées sur son large torse.

— Je dois venir avec toi, Devlin. Je suis terrifiée à l'idée que nous ne nous revoyions plus jamais.

Il fut déconcerté.

— J'ai bien l'intention de te revenir. Et qu'en est-il des enfants ?

Une larme coula sur la joue de Virginia.

— Tu sais que je ne puis les laisser. Mais ils pourraient venir avec nous. Quoi qu'il arrive, nous serions ensemble, une famille.

— Absolument pas.

— La *Gazelle* est-elle vraiment petite ? Combien de canons possède-t-elle ? Combien de marins ?

Malheureusement, sa femme avait appris à s'y connaître en bateaux et batailles navales. Il hésita.

— Devlin ! s'écria-t-elle.

— Chérie, elle n'a que neuf canons.

Il vit la panique envahir ses yeux.

— Virginia, je ne vais pas affronter les Anglais. Elle est très rapide. Et ils poursuivront Cliff, lui rappela-t-il.

Pour alléger son humeur, il sourit.

— Cliff a l'intention de les entraîner dans une belle course ! Son arrogance ne connaît pas de bornes. Il savoure sa mission et je suis certain qu'il pense leur faire traverser l'océan Atlantique avant qu'ils comprennent qu'ils ont été dupés.

Virginia essuya ses larmes.

— Si votre plan fonctionne, comment rentreras-tu ?

— Je ne tiens pas à ce que tu connaisses les détails, car mon absence finira par être remarquée. J'ai organisé une piste vers la France — tu déclareras que je traite des affaires à Paris. Mais quand je reviendrai, je ne serai pas sur la *Gazelle*. Ne crains rien, Virginia. Je rentrerai.

Il ne l'avait jamais vue aussi effrayée depuis ce jour terrible, en Amérique, où elle l'avait cru mort au combat pendant la guerre entre leurs pays.

— Chérie, je dois aider Sean.

— Je sais. Tu restes l'homme le plus courageux que j'ai rencontré — et le plus déterminé, murmura-t-elle.

— Ce ne seront que quelques mois, dit-il, laissant enfin son émotion percer dans sa voix.

Sa vie avait changé. Autrefois, il fuyait la terre ferme comme la peste, ne passant jamais plus de quelques jours dans un port. A présent, il évitait tout autant les voyages. S'il n'avait pas vu sa femme et ses enfants pendant trois jours, cela lui semblait trois ans. Il détestait les quitter maintenant, mais il devait sauver son frère de la potence.

— Nous t'attendrons, Devlin, dit Virginia en se forçant à sourire. Je suis désolée de me montrer si peu courageuse. Je suis si contente que tu aies pu revenir, ne fût-ce que pour quelques heures.

Elle le connaissait si bien.

— Je dois mettre les voiles avant l'aube et conduire rapidement la *Gazelle* à Cobh, Virginia.

Il rencontra ses yeux violets.

— Je ne veux pas perdre de temps.

Elle leva son visage vers lui.

— Moi non plus.

Il l'écrasa dans ses bras, s'emparant de sa bouche avec la même faim que lorsqu'il l'avait vue pour la première fois sur le pont de ce bateau, six ans plus tôt.

Kilraven Hill était une ancienne garnison, établie des siècles auparavant pendant la dernière partie du règne d'Elisabeth. Certains des murs de pierre d'origine s'élevaient encore. A cinq heures environ de Limerick et d'Adare, le fort était certainement assez proche pour être familier à Eleanor, mais elle ne l'avait jamais visité. A présent, tandis que son cabriolet franchissait les palissades de bois, Connelly assis à côté d'elle avec des menottes, elle frissonna. Brawley avait déclaré qu'elle n'était pas prisonnière, mais en cet instant elle avait bien l'impression de l'être.

Connelly n'était plus pâle. Il avait passé les dernières heures en silence, et de temps à autre elle l'avait entendu prier. Eleanor avait essayé de le rassurer, puis avait abandonné. C'était un homme du commun, un Irlandais et un catholique, et il avait soutenu l'évasion d'un traître. S'il avait de la chance, il serait déporté, pas pendu.

— Milady, dit-il soudain en lui faisant face. J'ai prié pour vous, aussi.

Le cœur d'Eleanor tressauta d'anxiété.

— Monsieur Connelly, vous avez pris de grands risques pour me ramener chez moi. Dès que j'arriverai, je ferai de mon mieux pour m'assurer que vous soyez libéré.

Il secoua la tête.

— J'ai une femme et deux enfants. J'ai peur pour eux, aussi.

Eleanor lui toucha le bras.

— Je prendrai soin d'eux, affirma-t-elle. C'est une promesse.

Le soulagement adoucit les yeux du fermier.

La voiture s'arrêta devant un grand bâtiment en pierre et Brawley ouvrit aussitôt la portière.

— Lady Eleanor ?

Il lui sourit d'un air rassurant.

— Nous sommes au quartier général de la garnison. Je vous en prie.

— Que va-t-il arriver à O'Brien ? demanda-t-elle en descendant du cabriolet, aidée par le capitaine.

— Il sera emprisonné jusqu'à son procès.

— Ainsi il a déjà été accusé ? s'écria-t-elle.

Brawley s'empourpra.

— Pas à ma connaissance.

— Y a-t-il une justice dans ce monde ? lança-t-elle sombrement. Ne vous est-il pas venu à l'idée qu'il peut être innocent des crimes dont vous l'accusez ?

Brawley baissa les yeux.

— Lady Eleanor, nous avons posté des espions à Cork durant des jours et Connelly a été identifié par nos hommes, presque immédiatement, comme un Bleu. Nous avons un témoin qui certifiera qu'il a aidé Sean O'Neill dès l'instant où celui-ci est arrivé en ville. Mais vous avez raison. Il peut s'agir d'un malentendu et j'ai peut-être été trop prompt à juger.

— Merci, parvint à dire Eleanor, avec raideur.

Elle était atterrée que Brawley connaisse la véritable identité de Connelly. Le fait qu'elle ait voulu le couvrir lui donnait l'air d'être sa complice.

Mais Brawley ne fit aucun commentaire. Il l'invita à entrer, le visage grave. Des employés et des sergents étaient assis à des bureaux dans une grande pièce, vaquant à leurs tâches. A l'autre bout de la salle, Eleanor aperçut une porte ouverte et un autre bureau, dominé par une grande table. Brawley lui fit signe de le précéder jusque-là.

Son cœur battait follement. Elle avait eu plusieurs heures pour réfléchir dans la voiture et elle savait ce qu'elle devait faire. D'une façon terrible et ironique à la fois, le destin était intervenu de nouveau, la plaçant en situation de pouvoir aider Sean à échapper aux autorités. Elle ne le reverrait peut-être plus jamais, mais elle avait la possibilité d'égarer ses poursuivants dans leurs recherches en leur fournissant de fausses informations.

Eleanor pénétra dans le bureau. Aussitôt, elle vit le portrait de Sean affiché sur le mur blanc derrière le bureau et elle blêmit. L'affiche était trop loin pour qu'elle puisse la lire, mais elle savait qu'elle offrait une récompense pour la capture de Sean. Son estomac se contracta.

Brawley lui décocha un sourire rassurant.

— Je vais faire apporter du thé et des biscuits. Le colonel a été prévenu. Il sera là sous peu.

Elle fixait l'affiche, entendant à peine le capitaine. Elle lutta pour garder son contrôle, alors qu'elle désirait s'emparer du portrait, le lire et le déchirer en mille morceaux.

A la place, elle inspira profondément. Puis elle leva les yeux vers le jeune officier et lui sourit.

— Vous avez été très aimable. Merci d'avoir rendu cette épreuve à peu près supportable, capitaine.

— J'aimerais qu'il n'y ait pas d'épreuve du tout, lady Eleanor.

Elle lui sourit de nouveau.

— Pouvez-vous faire prévenir mon père que je suis ici ?

Il sursauta.

— Le comte est à Londres, s'efforçant d'obtenir un pardon pour votre beau-frère.

L'espoir bondit dans le cœur d'Eleanor, mais elle ne modifia pas son expression. Brawley s'inclina et sortit, fermant la porte derrière lui avec fermeté. Eleanor fut tout à coup très excitée. Son père disposait d'un grand pouvoir et d'une grande fortune, et quand il était déterminé à réussir, il n'échouait jamais. Il obtiendrait sûrement le pardon de Sean et ce cauchemar s'achèverait !

Elle n'osa pas songer à ce que la fin de son statut de fugitif signifierait pour elle. Elle n'avait pas le temps de se perdre en conjectures. Elle alla au bureau et passa derrière. Elle contempla le portrait, sa conviction se renforçant. L'affiche déclarait que Sean était armé et dangereux, un convict échappé et un traître. Il devait être appréhendé par tous les moyens nécessaires, mort ou vif. Une récompense de dix livres était offerte.

Elle tendit la main vers la feuille, en rage, prête à l'arracher du mur. Une voix à l'accent anglais l'arrêta.

— Vous pouvez l'avoir comme souvenir, si c'est ce que vous désirez.

Elle laissa retomber sa main et se raidit. Puis elle se composa une expression éperdue, s'arrangeant pour avoir les yeux humides, et se tourna.

Une paire d'yeux incroyablement intenses et terriblement froids rencontra les siens. Alors que le colonel arborait un sourire aimable sur son pâle visage ovale, cette expression n'atteignait pas son regard. Eleanor se tendit.

Il s'inclina.

— Lady Eleanor de Warenne, je présume ?

Le cœur d'Eleanor battait à se rompre. Elle se rappela qu'elle n'avait nulle raison de craindre cet homme. C'était un officier et un gentleman.

— Oui. Colonel Reed ?

Il l'étudiait avec des yeux si brillants que son alarme s'accrut. Puis son regard la balaya de la tête aux pieds, lentement et avec soin, comme pour ne manquer aucun détail. Elle se raidit. Cet examen était grossier et irrespectueux. Il l'évaluait comme un fermier évalue un cheval qu'il compte acheter. Elle resserra sa cape brune autour d'elle, la tenant fermée sur sa poitrine.

— Aimeriez-vous le portrait de votre beau-frère ?

Il haussa ses sourcils pâles. Son intonation restait beaucoup trop neutre.

— Je n'ai pas vraiment envie d'un souvenir de la terrible épreuve que j'ai endurée.

— Je suis sûr que votre mésaventure a été éprouvante, dit-il d'un ton traînant.

Aucune lueur ne s'alluma dans ses yeux.

— Asseyez-vous, je vous prie. Vous êtes visiblement épuisée. Vous devez tout me dire à ce sujet.

Eleanor hésita. Le bureau formait une large barrière physique entre eux et elle était étrangement réticente à le contourner. N'ayant pas le choix, elle le fit. Comme si Reed comprenait qu'elle ne voulait pas s'approcher trop près de lui, il lui prit fermement le bras. Elle tressaillit. Cet homme la rendait insupportablement nerveuse, et elle était irritée contre elle-même de réagir si vivement à son rang et à son uniforme. Elle avait un plan à mener, un plan qui libérerait Sean. Elle se força à le laisser la guider jusqu'à une chaise.

Puis Reed passa derrière son bureau et s'assit face à elle.

— Vous allez tout me dire, n'est-ce pas, lady de Warenne ?

Elle demeura rigide.

— Bien sûr, dit-elle dans un souffle.

Elle tamponna de fausses larmes.

— Je suis si sotte, sir. Quand j'ai aperçu mon frère après tant d'années de séparation, j'ai été transportée ! J'avais appris récemment qu'il était un fugitif, mais je savais qu'il ne pouvait être coupable d'aucun crime. Je suis allée avec lui parce qu'il fallait que je découvre la vérité. Je n'ai pas mesuré qu'une fois que nous quitterions Adare nous serions poursuivis et que je ne pourrais pas faire marche arrière.

Elle se risqua à le regarder, pour voir s'il croyait son histoire comme l'avait fait Brawley.

Il souriait. De fait, il était *amusé*. Et, en cet instant, elle s'avisa qu'elle ne pourrait pas manipuler cet officier comme le jeune capitaine.

— Passons-nous à la poursuite, lady Eleanor ?

Elle était raide. Brawley avait le droit de l'appeler de cette manière familière, car il avait été reçu chez elle, invité par son père. Cet homme était un étranger. Il n'avait pas de tels droits.

— Je vous demande pardon ?

— Je dois retrouver votre beau-frère, et je suis un homme impatient. Alors, allons-nous en finir avec ces sornettes ?

Le cœur d'Eleanor battit plus fort.

— C'est lady de Warenne, colonel.

Il osait lui parler avec une telle audace et d'une façon si vulgaire ? Elle était stupéfaite.

Il rit, d'un rire sans gaieté.

— Si vous voulez, lady de Warenne. Où est O'Neill ?

— Il est en route pour la Sicile, sir.

— La Sicile ? Je croyais que vous ne connaissiez pas ses plans.

Ainsi, il avait pris le temps de parler avec Brawley.

— J'ai raconté une histoire, colonel. Sean m'a priée de garder ses plans pour moi, mais j'ai froid, je suis fatiguée et je veux rentrer chez moi, aussi ai-je décidé de tout vous dire.

Elle afficha un sourire apaisant.

— Je vais vous dire la vérité, pour que vous me laissiez partir au plus tôt. N'avons-nous pas des forces navales en Méditerranée ? Je suis sûre que vous retrouverez Sean si vous essayez.

Reed s'adossa à son fauteuil et se contenta de la fixer, jusqu'à ce qu'elle se sente rougir. Puis il reprit la parole.

— Et soudain vous voulez voir votre *beau-frère* appréhendé ?

Il avait insisté sur le mot d'un ton railleur. Eleanor trembla et espéra qu'il ne le remarquerait pas. Mais elle devait jouer la sotte, à présent.

— Mon beau-frère est un gentleman, sir, pas un bandit ou un hors-la-loi. Je sais que cela est une terrible erreur et que, lorsqu'il sera face aux autorités, toute l'affaire sera réglée. Je n'ai jamais été plus certaine de quelque chose et je souhaite qu'il rentre à la maison ! J'ai essayé de le raisonner, mais il n'a pas voulu m'écouter.

Elle soupira.

— Sean est ainsi. Il est si déraisonnable, parfois.

Reed gardait son vague sourire.

— Et sur quel bateau est-il parti ? Quand a-t-il embarqué ?

— J'ignore quel bateau il a pris. Mais il m'a laissée à Cork le matin où nous sommes arrivés, il y a quatre jours — le lendemain du jour où j'aurais dû me marier.

Elle s'efforça de paraître irritée et contrariée.

— Il m'a simplement laissée là, seule et perdue ! Je ne le lui pardonnerai jamais, sir !

— Comme c'est outrageant, commenta Reed avec une fausse sympathie évidente. Ainsi vous avez passé trois jours seule à Cork et aujourd'hui seulement, le quatrième jour, vous avez soudain décidé de rentrer chez vous ?

— J'étais très malade ! s'exclama-t-elle.

Elle apprécia de pouvoir dire une partie de la vérité.

— J'ai erré toute la nuit sous la pluie. J'ai sombré dans l'inconscience. Je ne puis vous dire à quel point j'étais souffrante — j'ai dormi dans le renfoncement d'une porte, sir ! Il a fallu plusieurs jours avant que je recouvre assez de forces pour demander de l'aide, comme une âme en peine, et cet aimable fermier a eu la gentillesse de m'offrir de me ramener chez moi. Bien sûr, je le rembourserai de ses efforts.

Reed émit un petit son sceptique.

— Bien sûr. Cet aimable fermier est un Bleu et vous le savez. C'est un traître à la Couronne, partisan de la révolution et de l'anarchie. Et cela même avant qu'il vienne en aide à votre hors-la-loi de *beau-frère*.

Eleanor battit des cils, car il avait parlé d'un ton échauffé et coléreux. Il abaissa son regard sur le corselet de sa robe blanche bon marché. Quand il reprit la parole, sa voix était redevenue impassible.

— Alors, vous avez passé tout votre temps à Cork à

errer dans les rues et à vous réfugier dans le renfoncement d'une porte ?

Elle savait que son histoire était douteuse.

— J'ai déliré pendant deux jours, colonel. Puis j'ai marché jusqu'à une ferme, où je suis revenue à moi. Doutez-vous de ma parole ? se récria-t-elle avec indignation, s'empressant de refermer sa cape pour couvrir son corps.

Souriant poliment, il se leva.

Eleanor devint si tendue qu'elle avait du mal à respirer.

— Je pense que vous êtes une menteuse.

Elle poussa un cri.

Il la fixa, son sourire disparu, les yeux brillants de ferveur, et la pièce devint terriblement, insupportablement silencieuse.

Elle se leva à son tour.

— Comment osez-vous ? parvint-elle à dire, choquée.

Aucun homme — ni aucune femme — ne lui avait jamais parlé avec un tel manque de respect.

— Asseyez-vous.

C'était un ordre.

Elle l'ignora.

— Je ne pense pas ! De fait, je vais rentrer chez moi. Vous n'êtes pas un gentleman, sir, et vous aurez des nouvelles de mon père, le comte d'Adare.

Elle était livide, à présent.

Et le colonel se mit à rire d'elle.

Elle en resta incrédule. Puis elle commença à avoir vraiment peur. Car Reed contournait maintenant son bureau pour venir à elle.

— Votre père, ma chère, n'est pas dans ce pays.

— Sir, ce n'est pas une conduite appropriée, protesta-t-elle.

Il sourit.

— Les mensonges éhontés ne sont pas de mon goût… Eleanor.

Et à cet instant, quand il se permit de prononcer son nom de manière aussi irrespectueuse, elle sut qu'elle était en danger. Soudain, elle se rappela la peur de Sean pour sa sécurité. Soudain, elle commença à comprendre pourquoi il avait été effrayé pour elle. Elle recula pour s'écarter du colonel jusqu'à ce qu'elle heurte le mur.

— C'est lady de Warenne.

Il continua à avancer.

Elle se raidit, choquée, tandis qu'il s'approchait d'elle, car il ne s'arrêta qu'à un pouce d'elle.

— Me prenez-vous vraiment pour un sot ? Pour un idiot ? demanda-t-il doucement.

— Ecartez-vous ! commanda-t-elle désespérément, en sentant son souffle sur son visage.

— C'est moi qui donne les ordres, ici, lui rappela-t-il. Vous pouvez coopérer et vous serez renvoyée chez vous, relativement indemne. Ou vous pouvez mentir — et en payer les conséquences. Elles seront redoutables.

Eleanor essaya de respirer.

— Comment osez-vous me traiter comme si j'étais une femme du commun, sir ! Je suis une dame, et…

— Je crois que nous savons tous les deux que vous n'êtes pas une dame.

Elle étouffa une exclamation.

Il se pencha, tout près. Sa bouche effleura la joue d'Eleanor quand il parla.

— Je reconnais une catin quand j'en vois une.

Elle réagit d'instinct, levant la main pour le gifler ; il saisit son poignet avec une telle force qu'elle crut qu'il allait le briser.

Elle inspira vivement, souffrant, pendant que la pièce

devenait floue. Des ondes brûlantes traversaient son poignet et les murs gris virèrent au noir. Puis, soudain, la pression cessa et des sels furent placés sous son nez, alors que tout ce qu'elle voulait était s'évanouir pour échapper à Reed.

— Non ! supplia-t-elle, s'écartant de l'odeur désagréable.

— Vous allez me donner ce que je veux, lança-t-il durement. Et je ne vous laisserai certainement pas vous pâmer.

— Non, protesta-t-elle dans un souffle.

Mais il tint les sels sous ses narines et le monde cessa de tourner. La douleur insupportable devint un lancement aigu, mais qu'elle pouvait supporter. Elle ouvrit les yeux et rencontra le regard le plus impitoyable qu'elle avait jamais vu. Elle ne pensait pas que son poignet était cassé, mais elle devinait qu'il aurait joui de lui infliger une douleur plus grande encore s'il l'avait pu.

Jamais encore elle n'avait eu aussi peur.

— O'Neill est votre amant et vous n'êtes rien d'autre qu'une traîtresse, pas moins que lui, assena Reed avec sauvagerie.

Il passa un bras autour d'elle.

Eleanor se débattit inutilement, jusqu'à ce qu'elle se rende compte qu'il la forçait juste à s'asseoir. Elle s'affala sur la chaise et prit son poignet dans sa main. Elle tenta de respirer et de réfléchir, mais elle était trop apeurée pour ourdir des plans, maintenant.

— Comme il est regrettable que vous soyez tombée dans l'escalier, dit-il. La prochaine chute sera encore pire. J'imagine qu'un membre cassé pourrait en résulter.

Elle se figea.

— Oui, Eleanor, je vous briserai en morceaux pour obtenir ce que je veux. Je veux votre amant. Il aurait dû être pendu il y a deux ans pour la mort de mes hommes. Cette fois, il paiera pour ses crimes.

— Vous êtes fou, lâcha-t-elle dans un souffle, et elle comprit encore mieux les craintes de Sean.

Elle était en grave danger, un danger mortel.

— Mon père, mes frères…

— Ils ne sauront jamais ce qui vous est arrivé ! Si vous me forcez à abuser de vous, je m'assurerai que vous disparaissiez sans traces.

Il se saisit soudain de son visage, lui relevant le menton.

— Alors ne me poussez pas à vous blesser, *lady* de Warenne. Si vous tenez à la vie, vous allez me dire où est O'Neill. Et je vous épargnerai même l'infamie d'un châtiment pour votre implication avec un traître.

Eleanor était immobile. Cet homme était dérangé. Il venait de la menacer de s'en prendre à sa vie et elle l'en croyait capable. Pire, il était si arrogant qu'il ne craignait pas sa famille. Il avait peut-être même raison — si elle disparaissait tout simplement, qui soupçonnerait un officier de son meurtre ?

En cet instant, elle mesura qu'elle était impuissante.

Elle fut brièvement incapable de penser, de raisonner. Toute sa vie, elle avait été la fille chérie du comte d'Adare. Elle avait toujours été traitée avec déférence et respect. Toute sa vie, Sean avait été là pour la défendre et la protéger, si nécessaire, et avec lui ses trois frères et son beau-frère Devlin. Il lui était quasiment impossible d'admettre qu'elle était entre les mains d'un fou qui ne redoutait pas sa famille et pour qui son rang, son éducation et sa position ne signifiaient rien.

Mais comment pouvait-elle trahir Sean ?

— Nous savons tous les deux qu'O'Neill est à Cork.

J'y ai placé des espions — sinon comment vous aurais-je retrouvée sur la route ?

La voix de Reed s'immisça dans ses pensées horrifiées.

Eleanor ne parla pas. Elle tremblait comme une feuille, de terreur.

Il émit un son dur.

— Dites-moi où il est !

Eleanor dut rassembler ses idées. Elle courait un grave danger, mais elle ne trahirait jamais Sean. Et elle ne souhaitait pas mourir, non plus. Cela signifiait qu'elle devait échapper aux griffes de Reed.

— Je ne le sais pas.

Il parut surpris. Eleanor s'attendit à une horreur inévitable — elle pensa qu'il allait lui casser le poignet, cette fois.

Mais, lorsqu'il se retourna, il tenait un mince ouvre-lettres en argent avec une poignée en corne superbement sculptée.

Son cœur sombra, puis repartit à toute allure. La lame était aussi fine que celle d'un stylet.

Il sourit et souleva une mèche de ses cheveux.

— Tenez-vous à vous-même, Eleanor ?

Elle était soulagée — il avait l'intention de lui couper les cheveux. Elle se remit à respirer, se moquant qu'il la rende chauve — cela repousserait. Puis il lui causa un choc en tranchant les liens de sa cape, qui tomba par terre.

Elle voulut bondir sur ses pieds, mais il pressa la main sur sa gorge nue, la forçant à se rasseoir. Il rencontra son regard atterré et sourit.

— Ceci peut être long et pénible, ou bref et rapide. Où est O'Neill ?

— Je ne sais pas, répondit-elle, atrocement consciente de sa main sur son corps.

De l'ouvre-lettres, il souleva l'ourlet de son corselet. Il la regarda dans les yeux et attendit qu'elle comprenne ce qu'il comptait faire. Elle ne réussit même pas à déglutir quand elle s'avisa qu'il allait couper sa robe pour la lui ôter, comme il l'avait fait avec la cape.

— Non, dit-elle dans un souffle.

— De la modestie de la part d'une catin irlandaise ? Comme c'est étrange.

Elle était si terrifiée qu'elle sentait de l'humidité entre ses cuisses.

— Où est votre amant ?

Eleanor ferma les yeux. Elle avait trop peur pour prier.

Et, alors qu'elle refusait de parler, elle sentit et entendit l'étoffe de son corselet se déchirer. Elle retint un cri, rouvrant brusquement les paupières, tandis qu'il tranchait calmement la première couche de coton blanc, faisant glisser la lame entre ses seins, le long de son buste et jusqu'à sa taille. Là, il écarta les deux pans, exposant son corps dans sa camisole transparente.

Aussitôt, Eleanor referma les yeux et essaya de réfléchir. Elle était sans défense, impuissante, et maintenant molestée d'une façon qu'elle n'aurait jamais pu imaginer. Mais elle ne pouvait pas donner Sean. Que comptait faire Reed ? La dévêtir complètement ? Elle survivrait à cette cruelle humiliation. Allait-il la violer ? Elle mourrait plutôt que de subir son contact et ses assauts.

— Regardez-moi, ordonna-t-il.

Elle ouvrit les paupières et rencontra son regard froid et brillant.

— Qu'allez-vous faire ?

Avec une grande dignité, elle rassembla sa robe déchirée et la serra devant elle.

Il sourit, amusé.

— Je vais continuer jusqu'à ce que vous me disiez ce que je dois entendre. Ne m'obligez pas à agir ainsi, Eleanor.

— Je ne vous oblige à rien du tout, parvint-elle à rétorquer. Vous n'avez pas à en venir à de telles extrémités, pour quoi ? Pour venger vos hommes ? Sean n'a pas conduit la révolte !

— Dieu, vous êtes tous des bandits et des sauvages, et cela ne change pas !

Il posa l'ouvre-lettres et lui prit le menton.

— Savez-vous que ma mère était une catin irlandaise ? Et, à la fin, elle a tué mon père. Vous me la rappelez. Pas d'apparence, mais de tempérament.

— Ne me blâmez pas pour ce que votre mère a fait à votre père !

Il marcha lentement autour de sa chaise.

— J'ai consacré ma vie à apporter la justice dans ce pays païen, mais c'est une tâche ingrate et impossible.

Il abaissa les yeux sur elle.

— Peut-être ne savez-vous pas où il est maintenant. Dites-moi où vous vous êtes cachés, à Cork.

— Vos espions l'ont sûrement découvert.

Il la gifla durement et s'éloigna.

Eleanor pleura en silence, jusqu'à ce que la brûlure de sa joue droite diminue et s'apaise. Combien d'abus encore pouvait-elle supporter ? Elle allait être torturée et violée, parce que Reed avait une vendetta personnelle contre tout ce qui était irlandais, et qu'il ne craignait personne. Elle devait repousser cet entretien ; elle devait gagner du temps, parce que si elle avait du temps, elle trouverait un moyen d'échapper à ce calvaire.

Reed était assis à présent sur le bord de son bureau, et la regardait d'un air sceptique.

— Etes-vous amoureuse de lui ?

Il rit.

— Tant de loyauté, et pour quoi ? Le viol, la torture, une mort infâme au fond de la mer ? Et est-ce qu'il vous aime en retour ? J'en doute, ajouta-t-il.

Eleanor n'hésita pas, tandis que la douloureuse réalité du mariage de Sean avec une autre femme s'estompait.

— Je l'aime, dit-elle, et je ne renoncerai jamais à lui.

Il la jaugea et parla avec délice.

— Je me demande s'il vous a accordé une pensée pendant qu'il était au lit avec sa jolie petite femme rousse, nuit après nuit.

Eleanor s'étrangla, mortifiée, poignardée par cette blessure. Reed avait raison — Sean n'avait pas pensé à elle quand il était marié avec Peg, elle en était certaine.

— Ah, ainsi il vous a déjà blessée. Il a épousé Peg Boyle, pas lady Eleanor ! Moi, je vous aurais choisie — vos attributs sont bien plus plaisants, et bien plus conséquents.

Il sourit, dirigeant son regard sur ses seins.

Il était plus que répugnant. Eleanor refusa de s'exprimer.

— Oh, allons. Abordons la vie conjugale d'O'Neill. Voulez-vous que je vous parle de Peg Boyle ?

Eleanor dut le regarder. Elle se sentait toujours malade, mais elle l'écouterait, maintenant, parce qu'elle était au désespoir d'apprendre quelque chose sur l'autre femme, même si elle se rendait compte qu'il la manipulait.

— Elle était très jolie, avec des cheveux flamboyants et une peau parfaite. Elle était petite — adorablement petite. Vous savez qu'un homme apprécie une petite femme bien étroite ? Elle était très féminine, très charmeuse.

Eleanor se mordit la lèvre pour s'empêcher d'émettre un son.

— Mais je n'ai jamais eu la chance de goûter ses charmes. Ce sont mes hommes qui s'en sont chargés.

Eleanor fut ahurie.

— Je prie que vous mentiez !

— Je vous dis la vérité. Je ne pouvais pas le capturer, lui, et je me suis assuré qu'elle paye pour ses crimes. Etes-vous prête à donner votre vie pour lui, aussi ?

Eleanor se força à rencontrer son regard.

— Je suis prête à mourir.

Il la fixa, son sourire disparaissant. Sa voix s'abaissa en un murmure soyeux.

— Elle ne voulait pas mourir — elle a lutté jusqu'au bout. Si la mort ne vous effraie pas, je devrai trouver un sort beaucoup plus cruel. Bien sûr, il vous suffit de vous confier à moi, et d'autres offenses vous seront épargnées.

Elle se tendit tandis qu'il s'approchait.

— Même si je vous disais où Sean se trouve maintenant, vous ne pourriez pas me laisser partir. Je dirais à mes frères ce que vous avez fait et vous paieriez un terrible prix.

Il se pencha sur elle.

— Vous ne pouvez triompher de moi. Vous ne voulez pas voir vos frères attaquer un officier anglais, si ?

Eleanor s'avisa qu'elle était piégée. Même si elle s'échappait, Reed ne paierait jamais pour ce qu'il lui faisait, parce qu'il avait raison — elle ne voulait pas que ses frères se vengent d'un officier anglais.

— O'Neill est un homme mort, avec ou sans votre aide. A présent, je vous suggère de penser à ce que ce sera d'être livrée à une prison entière de félons, de coupe-jarrets, de meurtriers et de voleurs, car c'est ce que je vais faire — je vais vous enfermer là où vous ne serez jamais retrouvée et je vous jetterai à la lie de l'humanité. Réfléchissez.

Soudain, il sortit.

Eleanor s'effondra sur la chaise, tremblant violemment. Elle le croyait. Elle doutait tout à coup de sa capacité à résister à ses menaces. La folie de cet homme ne connaissait pas de bornes. Elle s'essuya les yeux et se leva en chancelant, prise de tournis, puis elle alla à la fenêtre.

Le crépuscule tombait, mais le fort restait bien visible. Brawley pouvait peut-être l'aider. S'il savait comment elle avait été traitée, elle ne doutait pas qu'il protesterait avec vigueur. Aucun gentleman ne laisserait une telle cruauté être infligée à une femme. Mais les deux soldats qui se tenaient devant le bâtiment n'étaient pas familiers et un noir désespoir s'empara d'elle.

Reed la terrifiait.

Et elle savait maintenant qu'il allait la briser.

17

Brawley faisait les cent pas devant le bureau où Reed s'entretenait avec lady Eleanor. C'était tout simplement incroyable, mais Reed l'avait évincé de l'entretien, tout comme il avait refusé qu'il offre des rafraîchissements à la dame. Eleanor de Warenne était visiblement épuisée, son visage était pâle et tiré. Elle avait enduré une rude épreuve et il était profondément ému par sa détresse. Il souhaitait lui faciliter les choses, mais Reed ne le laissait pas faire.

Il n'avait plus confiance dans son supérieur. L'entretien avait duré trop longtemps, et c'était un *entretien* — pas un interrogatoire. Juste comme il formulait cette pensée désagréable, un cri résonna — un cri d'effroi.

Il se tourna vers le sergent de garde.

— Avez-vous entendu cela ? demanda-t-il, car le bureau derrière la porte fermée était maintenant horriblement silencieux.

Le sergent Mackenzie rencontra son regard.

— Oui, sir. J'ai entendu.

Brawley espérait qu'il avait imaginé ce cri. Il avait envie de faire irruption dans la pièce. Au nom du ciel, que se passait-il là-dedans ? Il se rappela qu'Eleanor de Warenne était très affligée, et il serait naturel qu'elle verse des larmes sur son beau-frère. Mais Reed se retirerait sûrement du bureau, avec politesse, pour lui laisser le temps de se reprendre. Lorsqu'il le ferait, Brawley avait l'intention d'insister pour apporter un verre d'eau à la jeune femme.

Mais Reed ne sortit pas.

Brawley savait que Reed n'était pas un gentleman. C'était un officier de carrière — son père avait été le fils d'un boucher et s'était élevé dans la hiérarchie, terminant capitaine. Cet homme était un homme du commun avec assez de tempérament pour se hisser d'un rang à l'autre, comme son père l'avait fait avant lui.

Dix minutes passèrent encore. Durant ce laps de temps, Brawley tendit l'oreille pour écouter, mais seul le silence venait de derrière la porte fermée. Puis le colonel Reed apparut.

Brawley se raidit. Reed ne s'arrêta pas. Il fit signe au capitaine de le suivre tandis qu'il traversait l'antichambre et sortait dans la nuit.

Il parla rapidement.

— Vous pouvez apporter son thé à lady de Warenne, maintenant. Vous allez compatir avec elle, totalement. Ensuite, vous l'aiderez à s'échapper.

Brawley était abasourdi. Il ne comprenait pas.

— Je vous demande pardon ?

— Ne soyez pas sot, déclara Reed avec son impatience coutumière. Je veux que vous l'aidiez à s'échapper ce soir. Vous devinez, bien sûr, qu'elle nous conduira à O'Neill — s'il est encore dans le pays.

Brawley n'était pas de cet avis.

— Sir, je crois qu'elle retournera à Adare, puisque c'est sa destination.

Reed le regarda comme s'il était un idiot fini.

— Je ne me soucie pas de ce que vous pensez ou

croyez, Brawley. Je m'attends à ce que vous suiviez mes ordres. Vous projetez une évasion avec elle — une évasion crédible —, et nous la suivrons telle une renarde jusqu'à son terrier.

Le capitaine transpirait.

— Sir, lady Eleanor est-elle prisonnière ?

Sinon, pourquoi devrait-elle s'échapper ?

— Elle a menti au sujet d'O'Neill. Elle n'est pas libre de ses mouvements. Je sais que vous avez un faible pour elle, mais c'est une traîtresse, comme O'Neill.

S'il n'avait pas été en uniforme, Brawley aurait tiré son épée et exigé un duel. A la place, il resta là, pensant à la lettre qu'il avait écrite au major Wilkes. Avant de quitter Kilraven Hill pour intercepter lady Eleanor, il avait envoyé la missive par un courrier. Il avait eu des doutes sur cette initiative ; à présent, il était farouchement soulagé.

Reed émit un son dégoûté et secoua la tête.

— Apportez-lui son thé, planifiez l'évasion et venez me faire votre rapport, ordonna-t-il.

Il s'éloigna d'un pas raide dans la nuit, glissant la main dans la poche intérieure de sa veste.

Brawley le vit déplier l'affiche avertissant le public de l'évasion d'O'Neill et indiquant la récompense pour sa capture. Il se sentit plein de répugnance.

Et maintenant, apparemment, Eleanor de Warenne était prisonnière, ou elle le pensait. Mais il allait l'aider à s'échapper. Rien ne le rendrait plus heureux, d'autant qu'il était certain qu'elle rentrerait chez elle, où elle serait en sécurité.

Brawley prit un moment pour sortir un mouchoir et se tamponner le front, puis il retourna dans le bâtiment. Il ordonna à un aide de camp d'apporter le plateau en argent avec la théière, une tasse et une soucoupe et des biscuits, puis de le suivre dans la pièce. Avant d'entrer, il frappa.

Il n'eut pas de réponse.

Il poussa la porte. Le bureau était dans l'ombre, car aucune lampe n'avait été allumée, mais il vit tout de suite Eleanor. Elle se tenait debout près de la fenêtre, aussi immobile qu'une statue, fixant la porte par laquelle il venait d'entrer. Dans l'obscurité, avec sa robe blanche et ses longs cheveux défaits, elle était sans nul doute la plus belle femme qu'il avait jamais contemplée.

— Capitaine, dit-elle d'une voix enrouée.

Il sourit et se tourna vers l'aide de camp.

— Allumez les lampes, s'il vous plaît.

Il alla à la cheminée, s'agenouilla et se mit à faire du feu, car il était certain que lady Eleanor avait froid. Pendant ce temps, les deux lampes furent allumées derrière lui. Il s'assura que la flambée avait bien pris, puis l'aide de camp se retira en silence, fermant la porte sur lui. Alors, Brawley se leva et fit face à lady Eleanor.

Elle restait près de la fenêtre, les yeux agrandis et sombres dans son visage, qui était terriblement pâle à l'exception de deux taches rose vif sur ses joues. A ce moment-là, le capitaine s'avisa qu'elle se tenait bizarrement — et se rendit compte qu'elle serrait le devant de sa robe.

Choqué, il s'aperçut qu'il avait été déchiré.

— Mon Dieu ! Que s'est-il passé ?

Il essaya de se dire qu'elle avait accroché sa robe à un objet pointu.

— Cela n'a pas d'importance.

— Bien sûr que si !

Brawley sentit ses joues s'enflammer et il releva brusquement les yeux — les articulations de ses doigts étaient blanches. Puis il fit remonter son regard jusqu'à son visage. Et là, il vit une marque sur sa joue, une vive trace rouge.

Il n'était plus atterré. Il se sentait malade.

Il s'élança en avant.

— Je vous en prie, laissez-moi vous aider, dit-il d'une voix étranglée.

Reed avait fait cela ? Reed l'avait frappée ? Avait déchiré sa robe ? Qu'avait-il fait d'autre ?

Des larmes emplirent les yeux d'Eleanor, mais ne coulèrent pas. Elle garda la tête haute.

— Merci… merci, capitaine.

Il lui toucha le coude, lui indiquant de s'asseoir sur la plus proche des deux chaises. Elle s'affala sur le siège.

— Je vais appeler le médecin de la garnison, dit-il.

Elle secoua la tête.

— Aidez-moi… S'il vous plaît, Thomas.

Il se figea et leurs regards se soutinrent. Elle ne l'avait jamais appelé par son prénom auparavant, et il ne savait même pas qu'elle le connaissait. Il était anéanti — par son angoisse, par l'épreuve qu'elle venait de traverser et par la grande dame qu'elle était.

— Bien sûr que je vais vous aider, affirma-t-il. Mais d'abord, il faut que vous voyiez un médecin.

— Mon visage va enfler. Peu m'importe. En revanche, j'aimerais que vous bandiez mon poignet. Il est inutilisable, et j'ai l'intention de m'en servir.

Elle était la femme la plus courageuse et la plus digne qu'il avait jamais rencontrée. Il remarqua son poignet meurtri. Il était trop gentleman pour demander ce que Reed avait fait d'autre, mais il craignait le pire. Le colonel était visiblement fou.

— Je vais revenir tout de suite, déclara-t-il.

— Non !

Elle bondit sur ses pieds et lui saisit les mains, sa robe déchirée s'écartant.

— Ne me laissez pas seule ! Il peut revenir ! Envoyez quelqu'un chercher des bandages, je vous en supplie !

Il lui tourna le dos et se mit à déboutonner sa veste, conscient que ses mains tremblaient. Comment cela avait-il pu se produire ? Oublierait-il jamais la vue de cette jeune femme, molestée et terrifiée ? Il lui tendit sa veste sans la regarder et attendit d'entendre qu'elle l'enfile. Lorsqu'il lui jeta un coup d'œil, elle l'avait passée. Il savait qu'il était rouge. Il alla à la porte, demanda que son aide de camp apporte des bandages et referma.

— Merci, dit-elle dans un souffle, soulagée.

— Je vais vous faire sortir d'ici ce soir, annonça-t-il.

L'espoir brilla dans les yeux d'Eleanor.

— Y a-t-il un moyen ? Un moyen que nous quittions ce fort et échappions à ce fou ?

— Il y en a un et je le trouverai, déclara-t-il fermement.

Elle ferma les yeux, respirant avec force. Quand elle le regarda de nouveau, elle sourit.

Eleanor ignorait quelle heure il était, mais ils chevauchaient sur un chemin, sous la pleine lune. Elle pensa qu'il devait être près de minuit. Ils s'étaient faufilés hors du fort quelques minutes auparavant, à pied, Brawley s'étant arrangé pour que deux chevaux les attendent dans les bois. Elle portait la chemise de quelqu'un et sa cape — elle supposait que la chemise appartenait au capitaine. Ils semblaient être seuls, sans poursuivants. Cela avait été trop facile et Eleanor était méfiante.

Devant eux, la route se partagea. Une branche allait vers le sud, vers Cork, et l'autre vers le nord-est, vers Adare et Limerick.

Eleanor arrêta sa monture, faisant face à Brawley. Elle était terrifiée par le colonel Reed. Une part d'elle-même souhaitait rentrer à Adare, où elle serait aussi en sécurité qu'une princesse dans une tour fortifiée, mais son désir d'avertir Sean qu'un fou était sur ses traces était plus fort que sa lâcheté.

— Nous devrions être dans les bois, dit-elle, le souffle court. Il va découvrir que je suis partie et nous poursuivre.

— Cela n'a pas d'importance, répondit Brawley, le regard direct. Il nous suit déjà.

Elle poussa un cri et se mit à éperonner son cheval pour se tourner et s'enfuir, mais il saisit sa bride.

— Lady Eleanor ! Je vous suis entièrement loyal ! Vous devez m'écouter.

Eleanor avait si peur qu'elle le comprenait à peine. Mais elle lui devait la vie et en était venue à lui faire confiance.

— Qu'y a-t-il ?

— Il m'a demandé de vous aider à vous échapper. Il croit — à tort, bien sûr — que vous allez retourner à Cork auprès de votre beau-frère. Il espère que vous le conduirez à O'Neill. Mais vous allez à Adare, et je vous y emmènerai en toute sécurité.

Eleanor le fixa. Il l'aidait à fuir Reed, il trahissait son commandant pour elle. Brawley était un homme honorable, sur qui tout officier devrait prendre exemple. Toutefois, la vie de Sean était en danger. Elle rapprocha son cheval du sien et tendit la main vers lui.

— Lady Eleanor ? demanda-t-il.

Elle se pencha plus près.

— Je vous dois plus que ce que je pourrai jamais vous rendre, murmura-t-elle.

Puis elle toucha le fourreau qu'il portait à l'épaule, dégageant son fusil. Elle le retourna promptement et ôta le cran de sûreté, même si elle ne le visait pas tout à fait avec le canon.

Il la regarda, stupéfait.

— Thomas ! s'écria-t-elle. Je suis désolée, mais je vais à Cork, pas à Adare ! Reed est un fou et je dois m'assurer que Sean a quitté le pays. Si Reed m'a traitée avec un tel dédain, que fera-t-il à Sean ?

Brawley était livide.

— Il assurait que vous iriez le rejoindre, mais j'ai refusé de le croire. Je pensais que vous rentreriez chez vous, où vous serez en sécurité ! Ma chère lady Eleanor, réfléchissez, je vous en prie. Vous avez raison — Reed est fou. Toutefois, j'ai déjà envoyé une lettre au major Wilkes. On nè le laissera pas continuer dans cette voie.

— J'espère que vous dites vrai. Mais je dois prévenir Sean.

— Alors, laissez-moi vous escorter à Cork. Je vous en prie. Je suis un gentleman. Je ne puis vous autoriser à suivre cette route de nuit, seule.

Eleanor ne souhaitait pas l'impliquer dans son plan.

— Si vous m'escortez à Cork, nous pourrons dire que je vous ai échappé en arrivant et que vous m'avez poursuivie jusqu'aux limites de la ville, dit-elle lentement.

— Oui.

Il comprenait qu'elle ne conduirait personne, pas même lui, à la cachette de Sean. Il hocha la tête et tendit la main.

— S'il vous plaît ?

Elle lui rendit son fusil. Un nuage s'écarta et la lune éclaira la route. Eperonnant leur monture, ils s'élancèrent dans la nuit.

Il avait réservé un passage non vers l'Amérique, mais vers la France. Depuis la Normandie, il partirait pour les Etats-Unis. Son bateau, un petit schooner français, mettrait les voiles le lendemain. Sean avait l'impression de se trouver dans un cauchemar surréaliste.

Il coupait du bois pour le fermier O'Riley, car il pensait qu'il devait faire quelque chose pour l'homme qui le cachait si généreusement. Mais ses gestes étaient mécaniques. Il n'avait ni pensée ni sentiment. Il était engourdi et avait vaguement de la peine ; il y avait des regrets sans nom, qu'il ne pouvait identifier.

Mais Ellie était en sûreté à Adare, à cette heure. Elle avait dû arriver tard la veille. Il était incapable de se réjouir, néanmoins il était soulagé.

Il abattit la hache et fendit une bûche dure. Bien que le ciel gris soit menaçant, annonçant de la pluie, il n'avait pas froid et avait ôté sa chemise. Le seul frisson glacé qu'il ressentait était dans son âme. L'avenir l'attendait, et il était devenu aussi noir que le trou où il avait été enfermé les deux dernières années.

Sean souhaitait pouvoir revenir en arrière. Il ne savait plus qui il était, ni ce qu'il était. Avant de quitter Askeaton d'une façon si intrépide, il était entier. Et brièvement, au cours des derniers jours, il avait commencé à se sentir de nouveau comme cet homme, avec un cœur et une âme, un passé et un avenir. Mais cette étrange sensation avait disparu. Ellie l'avait emportée avec elle.

Il entendit approcher un cavalier et se raidit. Il était dans la cour derrière la maison, pas loin de la petite grange de bois où O'Riley gardait sa précieuse truie. Il regagna vivement la maison, se pressant contre le mur, sa hache à la main. Puis il jeta un coup d'œil au-delà du coin.

Son cœur s'arrêta.

Eleanor sautait d'un cheval de cavalerie, vêtue de la robe blanche qu'il lui avait achetée, d'une chemise d'homme et de sa cape brune. Elle se mit à courir vers la porte d'entrée, mais il savait qu'il n'y avait personne à la maison. Il se montra.

— Ellie.

Elle s'immobilisa et pirouetta sur elle-même.

— Vous n'êtes pas parti ! s'écria-t-elle.

Le cœur de Sean était revenu à la vie. Il battait violemment, follement, de plaisir et de joie. Il avait eu besoin de la revoir une fois encore. Du crachin tombait, mais la cour lui semblait inondée de soleil. Il s'aperçut qu'il souriait.

Et, lui souriant en retour, elle se précipita vers lui.

Quand il tendit les mains vers elle, il vit la meurtrissure sur son visage, qui virait au gris, au bleu et au vert. Elle se jeta dans ses bras.

— Ce n'est rien, dit-elle. Kate m'a dit où vous trouver. Sean, il y a du nouveau !

Un terrible sentiment de peur et d'alarme s'était emparé de lui. Il parvint à détacher son regard de sa joue et plongea les yeux dans les siens. Une terreur sans fond s'y reflétait.

— Que s'est-il passé ? demanda-t-il calmement, en lui saisissant les mains et en les ôtant de ses épaules.

Elle tressaillit.

— Il y a un espion parmi les Bleus, Sean. Vous n'êtes pas en sécurité ici. Connelly et moi avons été arrêtés sur la route par des troupes.

Il fixa son poignet bandé. Le sang bourdonnait dans sa tête, dans ses oreilles, l'assourdissant. Soudain, l'image brouillée de Peg surgit dans son esprit. Il écarta les yeux de son poignet et la regarda en face.

— Je suis tombée de cheval, dit-elle précipitamment.

Il n'avait jamais entendu un mensonge aussi manifeste.

— Il a fait un écart, tenta-t-elle d'expliquer.

— Etes-vous gravement blessée ? demanda-t-il, un besoin sombre et dangereux l'envahissant.

— Non.

Elle eut un bref sourire, tendu.

— Sean, je dois vous avertir — le colonel Reed est à Kilraven Hill et il a reconnu le meurtre de votre femme !

Le choc paralysa Sean. Pendant un instant, même son esprit se figea.

— Il est fou, murmura-t-elle, et des larmes lui montèrent aux yeux. Il est à votre recherche, Sean. Je devais revenir pour vous prévenir !

Reed lui avait fait cela, il le savait. Il le savait comme il savait qu'il était sur le point de pleuvoir à verse.

— Vous devez tout me dire, Eleanor, dit-il, son ton si dur qu'il le reconnut à peine.

Elle s'écarta brusquement de lui.

— Sean ! Il n'y a rien d'autre à dire, sauf qu'il a lancé ses troupes à dessein sur votre pauvre femme. J'ai très peur de lui et vous devriez en avoir peur, vous aussi.

Le cœur de Sean battait lentement et sourdement, à présent. Le calme était revenu.

— Ainsi, un espion nous a dénoncés. Vous avez été arrêtée par des soldats et conduite à Reed… à Kilraven Hill.

Elle le fixait, les yeux élargis. Son visage était très pâle, ce qui faisait ressortir crûment sa meurtrissure.

— Il ne s'est rien passé, affirma-t-elle.

Il sentit une convulsion le parcourir.

— Comment êtes-vous arrivée ici ?

Elle déglutit.

— Le capitaine Brawley m'a aidée à m'échapper.

Il lui souleva le menton. Elle eut les larmes aux yeux.

— Ne me mentez pas, la prévint-il.

— Je vais bien.

— Il vous a frappée, n'est-ce pas ? Vous a-t-il touchée, aussi ?

Dans son esprit, Reed devint tout rouge et explosa en flammes.

Elle commença à secouer la tête, puis l'émotion la submergea, devenant une confirmation. Elle se mit à pleurer, deux grosses larmes glissant lentement sur ses joues.

Il allait tuer le colonel Robert Reed.

— Tout va bien, l'apaisa-t-il en la prenant par les bras. Ellie, je suis ici, maintenant, et je ne le laisserai jamais vous toucher de nouveau.

Elle hocha la tête, les yeux rivés sur les siens.

— J'ai eu si peur.

— Qu'a-t-il fait ? demanda-t-il, surpris par le calme de sa voix, alors qu'il était en rage.

Elle eut du mal à parler.

Il se pencha et effleura doucement ses lèvres des siennes.

— Dites-moi, Ellie.

Elle acquiesça d'un geste.

— Il a été si brutal, Sean. Et il ne craint personne, ni père ni Ty, personne ! Nul ne m'a jamais traitée comme il l'a fait, encore moins…

Elle s'interrompit, versant d'autres larmes.

Il l'attira à lui et la tint dans ses bras. Elle enfouit son visage contre son torse, angoissée. Il la serra plus fort. Il fallait qu'il sache.

— Vous a-t-il violée ?

— Non.

Il la dévisagea et elle le fixa à son tour.

— Alors, pourquoi portez-vous une chemise d'homme sur votre robe ?

La bouche d'Eleanor trembla.

Sean défit les liens de sa cape et la jeta par terre, dans la boue. Il se saisit de la chemise et vit que ses mains tremblaient, trahissant sa fureur et son angoisse. Il commença à la déboutonner. Ellie essaya de l'arrêter, mais il l'ignora, et à chaque bouton défait la déchirure de son corselet devenait plus visible. Il ouvrit la chemise. Deux épingles retenaient le devant de sa robe.

Il se sentit soudain malade de dégoût.

— Ne me mentez pas.

— Il n'a pas fait… ce que vous avez demandé. Il s'est servi d'une lame — un ouvre-lettres — pour couper ma robe.

Elle détourna les yeux et les ferma, livide.

Elle avait été chérie, respectée et protégée toute sa vie. Les pires craintes de Sean s'étaient réalisées. Reed avait reparu dans sa vie et avait posé les mains sur Eleanor. Il ne voyait pas de différence entre la cruauté et le viol.

Il la reprit contre lui. Elle s'accrocha à lui. Il lui caressa le dos, les cheveux.

— Où est Reed, à présent ?

— Je ne sais pas, murmura-t-elle contre son torse. Brawley a reçu l'ordre de m'aider à m'échapper — Reed avait l'intention de nous suivre, pensant à juste titre que je vous rejoindrais. Sean, si vous saviez ce qu'il m'a dit !

Il rencontra son regard angoissé et lui caressa de nouveau les cheveux.

— Lorsque vous serez en sûreté à Adare, vous commencerez à oublier… que quelqu'un a pu vous traiter aussi outrageusement. Où est Brawley ?

— Je l'ai quitté il y a des heures. Nous étions d'accord

pour qu'il ne connaisse pas vos mouvements. Je pense que nous avons évité les troupes, mais de toute évidence Reed doit être tapi quelque part à Cork.

Il hocha la tête. Il ne serait pas difficile de faire sortir Reed de son trou. Et il commença à savourer la perspective de l'affronter et de nouer ses mains nues sur sa gorge, pour l'étrangler lentement.

Eleanor comprit ce qu'il pensait, car elle dit :

— Vous ne pouvez attaquer un autre officier. Je ne vous laisserai pas faire.

Il toucha sa joue gauche.

— Je suis navré, Ellie, mais Reed va payer pour ses manières criminelles.

— Il va vous tuer.

Sean pensait que c'était probable. Il mentit et le nia.

— Je lui tomberai dessus quand il s'y attendra le moins, dans le noir, comme un lâche. Il ne saura jamais ce qui l'a frappé et ce sera fini, Ellie. Vous pourrez de nouveau dormir.

Elle secoua farouchement la tête.

— Ce n'est pas moi qui ai des cauchemars ! Ce n'est pas moi qui ne peux pas dormir en paix à cause de ce que Reed a fait à Peg et Michael ! Ne cherchez pas à me venger, Sean. Je vais bien.

Elle inspira.

— Je vous en prie, ne vous en prenez pas à Reed. Père est en train de négocier votre pardon à Londres, en ce moment même. Il n'y aura pas de pardon, jamais, si vous assaillez Reed !

— Je ne pourrai pas vivre avec moi-même si je le laisse partir après ce qu'il vous a fait ! s'écria-t-il.

— Je vais bien ! insista-t-elle en pleurant. Mais je n'ai jamais vu une telle expression dans vos yeux. Rien de ce que je dis ne vous fera changer d'avis, n'est-ce pas ?

Vous allez chercher à me venger et nous savons tous les deux que ce sera votre mort !

— Ne pleurez pas pour moi, dit-il, souhaitant lui avoir épargné cela. Venez ici.

Il la reprit contre lui.

Elle ne posa pas sa joue sur son torse ; elle se dressa, cherchant sa bouche, les lèvres avides. Et il traversa l'esprit de Sean que c'était la fin pour eux. Il allait s'éloigner d'Ellie pour la venger, puis il serait pendu — si les troupes de Reed ne le massacraient pas sur place. En cet instant, son corps se raidit d'une faim énorme, désespérée, qui le consumait.

Elle sentit le changement qui s'était produit en lui. Elle détacha sa bouche de la sienne et rencontra son regard, les yeux élargis et surpris.

Il lui prit la main.

— Venez.

Il l'entraîna derrière la maison, la prit dans ses bras et l'allongea par terre. Elle poussa un cri, sa réponse emplie du même besoin désespéré.

Leurs bouches se joignirent et leurs corps aussi. Enfonçant profondément sa langue dans la bouche d'Eleanor, il écarta ses jupes, cherchant à l'atteindre. Elle étouffa un cri de plaisir, posant les mains sur les boutons de ses culottes. Il hésita, transporté, tandis que ses doigts effleuraient son sexe durci. Et ses dernières idées de vengeance disparurent.

Il était allongé sur le dos, essayant de respirer, et elle ouvrit ses culottes. Ses longs cheveux tombaient sur lui, l'enveloppant. Il ne pouvait en supporter davantage et se préparait à la supplier, mais il n'eut pas à le faire. Elle fit glisser sa langue sur lui et il prit son visage, le tenant, murmurant son nom.

— Ellie.

Puis il bougea, renversant leur position, et leurs regards se rencontrèrent un instant. Aussitôt, il s'immisça entre ses jambes et s'enfonça profondément en elle.

Elle jeta ses bras autour de lui, s'accrochant à lui, tandis qu'il la prenait d'assaut.

— Ne me laissez pas partir, dit-il. Jamais.

Pendant un moment, Eleanor resta dans les bras de Sean, s'avisant qu'elle demeurait aussi profondément amoureuse de lui que jamais. Elle avait si peur, maintenant, pas seulement de Reed, mais de ce que Sean projetait. Encore hors d'haleine, elle s'assit, arrangeant ses jupes.

— Nous devons partir. Sean, le bateau de Cliff est-il à proximité ? Même s'il est surveillé, le *Fair Lady* est notre meilleure chance de nous échapper.

— Je vous veux à bord de ce bateau, déclara-t-il d'un ton décidé. Vous avez raison. Il faut partir.

Il se leva, lui tournant le dos et rattachant vivement ses culottes.

Elle bondit sur ses pieds, comprenant ce qu'il voulait.

— Sapristi ! Vous pensez me laisser avec Cliff pendant que vous commettrez un suicide ?

Elle se mit à supplier, désespérément.

— Ne faites pas cela, Sean. Si vous insistez pour que je rentre à Adare — auprès de Sinclair — je le ferai. Vous pouvez aller en Amérique et je rentrerai chez moi.

Il lui fit face, de la tristesse dans les yeux.

— Il est trop tard pour des négociations. Allons-y. Nous monterons à deux.

Elle résista.

— Non. Je ne vous laisserai pas pour que vous vous détruisiez et détruisiez votre vie.

Il la fixa, l'expression de la froideur de la pierre.

— Ne m'obligez pas à vous faire monter de force sur ce cheval.

Eleanor n'avait jamais vu quelqu'un d'aussi déterminé, mais elle ne pouvait abandonner.

— Si vous m'aimez un peu, vous allez choisir de vivre — pas de pourchasser le colonel Reed.

Il se raidit. De l'angoisse brilla dans ses yeux.

— Ce n'est pas juste.

— Rien n'est juste !

Elle avait crié d'une façon hystérique.

Il secoua la tête, le visage assombri par la colère, et se dirigea vers l'autre côté de la maison où elle avait laissé le cheval de cavalerie. C'est alors qu'elle entendit les cavaliers.

Sean les entendit aussi. Il tournoya, les yeux élargis.

— Rentrez dans la maison, dit-il d'un ton crispé. Il y a une trappe près du lit. Utilisez-la.

Elle n'avait qu'un instant pour se décider.

— Je ne vous quitte pas. Vous n'êtes même pas armé !

— J'ai mes mains, rétorqua-t-il en lui décochant un regard furieux.

Il contourna la maison. Eleanor courut derrière lui, s'attendant à voir Reed et ses hommes entrer dans la cour. Se représentant l'attaque du colonel par Sean et ses conséquences, elle imagina son corps sans vie sur le sol. Mais Sean s'arrêta et elle heurta son dos. Alors, elle aperçut Devlin, Tyrell et Rex.

Ils avaient arrêté leurs chevaux à l'autre bout de la cour. Pendant un moment, les hommes se fixèrent. Un grand silence était tombé, puis Eleanor vit ses trois frères la regarder.

Elle ne se souciait pas de savoir si leur récente étreinte était évidente. Elle passa en courant devant Sean.

— Il faut que vous l'arrêtiez !

Elle se tourna vers Devlin, parce qu'il était le frère aîné de Sean et que Sean l'avait toujours respecté.

— Il veut tuer le colonel Reed !

Devlin sauta à bas de sa monture, ainsi que Tyrell. Rex resta en selle, excellent cavalier malgré son handicap. Devlin atteignit Eleanor le premier. Il promena les yeux sur son visage, puis il alla à Sean. Tandis que Rex et Tyrell les regardaient, il jura.

— Satané fou !

Puis il étreignit son frère comme s'il était un enfant, le tenant un long moment contre lui.

Eleanor ne s'était jamais sentie aussi soulagée. Elle fit face à Tyrell, tandis que Rex boitait vers eux, appuyé sur sa béquille.

— Tu dois l'arrêter, Ty.

— J'ai l'intention de faire de mon mieux. Tu es blessée.

— A peine.

Il lui souleva le menton et la regarda dans les yeux.

— Tu as un choix à faire, Eleanor. Tu dois choisir entre Sean, qui ne survivra peut-être pas à ces événements, et Sinclair, qui attend ton retour à Adare. Et il y a peu de temps.

Eleanor se tourna pour regarder Sean.

Devlin l'avait lâché et il la fixait, le regard intense.

— Il n'y a pas de choix à faire, murmura-t-elle.

Rien n'avait changé. Sean était sa vie.

Sean était sombre quand il s'approcha d'eux.

— Elle choisit Sinclair, dit-il.

Eleanor poussa un cri. Et elle vit des larmes se former dans ses yeux gris.

Tyrell demanda, avec le poids de l'autorité et du danger :

— Veux-tu t'expliquer vis-à-vis d'Eleanor ?

Sean ne le regarda même pas.

— Ellie.

Il s'arrêta comme s'il ne pouvait parler.

Elle pleurait et elle secoua la tête, le suppliant une dernière fois en silence de changer d'avis.

Il avait pâli.

— Je dois faire cela. Je ne pourrais jamais supporter le fardeau de ce qui s'est passé… si je laissais Reed s'en tirer après ce qu'il a fait.

— Je vais bien, chuchota-t-elle, ce mensonge maintenant bien ancré dans son esprit.

— Vous n'allez pas bien ! Et il paiera pour ses actions monstrueuses ! Nous savons tous les deux… que je ne survivrai pas à ce jour.

Elle alla à lui. Elle sanglotait, à présent, et ne pouvait articuler un seul mot.

Mais il lui sourit.

— Si les choses étaient différentes, si je pouvais reprendre ma vie au début, je ne quitterais pas Askeaton comme je l'ai fait il y a quatre ans. Si je n'étais pas un fugitif… je vous épouserais. Ellie, je vous aime.

Eleanor perdit l'équilibre. Ce fut Tyrell qui la rattrapa.

— Je vais te conduire à Cliff, dit-il doucement. Rex et Devlin resteront avec Sean.

Elle secoua la tête, voulant lui dire qu'elle resterait jusqu'au bout. Elle ne quitterait pas Sean maintenant.

Des sabots résonnèrent dans un bruit de tonnerre.

Eleanor sut que c'était Reed et ses troupes. Elle se redressa en chancelant et se retourna, Tyrell gardant un bras autour d'elle tandis qu'une douzaine de soldats entraient au galop dans la cour, leur uniforme bleu et leur baudrier blanc étincelants. Les cavaliers s'arrêtèrent, Reed à leur tête.

Un terrible silence tomba, rompu seulement par les renâclements des chevaux et le tintement des harnais.

Sean souriait.

Eleanor, malade de peur, ne pouvait détourner les yeux.

Il jeta un coup d'œil à Devlin. Devlin dégaina son arme, le long sabre qu'il portait comme capitaine dans la Marine royale, et le lui lança. Eleanor sentit son cœur se contracter de terreur quand Sean l'attrapa aisément par la poignée. Il ramena les yeux sur Reed.

Ce dernier sourit.

— Un nid de vipères — ou devrais-je corriger mes mots ?

Son sabre tinta lorsqu'il apparut dans sa main.

Sean ne répondit pas. Il dépassa Eleanor et Tyrell, dépassa Rex, se dirigeant sur Reed.

Le colonel fit avancer son cheval.

— Tout un nid de traîtres irlandais, murmura-t-il, l'air satisfait. O'Neill, vous êtes en état d'arrestation.

— Démontez.

Sean parla doucement, si doucement que ses paroles étaient presque inaudibles ; néanmoins, tout le monde dans la cour savait exactement ce qu'il voulait.

— Arrêtez-le, ordonna Reed, faisant danser son cheval juste hors de portée de Sean.

— Lâche.

Le froid sourire de Sean ne vacilla pas. Celui de Reed disparut. Il sauta prestement à bas de sa monture, se montrant bien trop agile. Le désarroi d'Eleanor s'accrut.

Les deux hommes se firent face tels des maîtres d'escrime, leur sabre haut levé pour frapper. Les yeux de Sean luisaient — ceux de Reed aussi.

— En garde, murmura Reed.

Et Sean assena un coup, mais Reed le para.

Eleanor savait que tous ses frères étaient d'excellents escrimeurs, mais Sean n'avait pas tenu une épée depuis deux ans, sinon plus. Il était terriblement désavantagé. Son cœur battit avec force tandis qu'elle observait les deux hommes qui s'engageaient rapidement. Leurs sabres sonnaient et se heurtaient, coup après coup, à égalité. Sean avançait, Reed reculait. Reed avançait, Sean reculait. Les secondes devinrent des minutes éprouvantes. Le visage de Sean luisait de sueur. Celui de Reed était mouillé aussi, mais les deux hommes étaient farouchement concentrés et déterminés. Quelqu'un allait mourir ce jour-là. Leurs lames continuaient à se frapper.

Sean fit une feinte et fondit en avant — et soudain la pointe de son arme fut dans la veste bleue de Reed, dans son épaule. Il la retira ; elle était rouge de sang.

En grognant, Reed attaqua à son tour et les deux sabres s'immobilisèrent l'un contre l'autre.

Eleanor commença à espérer.

Sean porta de nouveau un coup perfide et, incrédule, Eleanor vit le sabre de Reed tomber à terre. Le colonel se figea, et Sean aussi. Puis il plaça la pointe de son sabre sur le cœur de Reed. Il sourit.

— Non ! hurla Eleanor. Sean, ne faites pas cela !

Il se raidit.

— Arrêtez-le, commanda Reed.

Une douzaine d'épées sifflèrent. Une douzaine de soldats les entourèrent et une douzaine de lames furent aussitôt pointées sur la tête et le corps de Sean, à quelques pouces de sa chair.

Eleanor sut que c'était fini. Elle pouvait sentir Sean

avec elle, maintenant, en elle, une part de son être, et elle pouvait deviner chacune de ses pensées, éprouver chacun de ses sentiments. Il voulait tuer. Il était prêt à tuer. Et les soldats l'abattraient en retour.

Un coup de feu retentit.

Le sabre de Sean fut soufflé hors de sa main.

Stupéfaite, Eleanor vit Rex debout en position de tir, tout son poids appuyé sur sa béquille et sa jambe gauche, son pistolet directement pointé sur Sean et Reed.

La cour s'anima. Avant même que Reed parle, Sean fut saisi par plusieurs soldats.

— Mettez-lui les fers, cracha Reed.

— Non ! cria Eleanor.

Sean fut tiré vers le groupe de chevaux et de soldats.

Eleanor commença à s'écarter de Tyrell.

— Eleanor !

Il la rattrapa durement, l'empêchant de suivre Sean. Et elle le détesta.

— Laisse-moi y aller ! cria-t-elle. Laisse-moi lui dire adieu ! Ty, lâche-moi !

Il l'attira à lui.

— Non.

— En selle et en route, lança Reed d'un ton coupant, déjà sur son cheval.

Il se dirigea vers eux.

— Je n'ai pas de motif de querelle, surtout pas avec vous, capitaine, dit-il en regardant Devlin, ou avec vous, major, ajouta-t-il en portant les yeux sur Rex.

Il fit volter l'étalon bai, leva le bras et donna le signal du départ à ses troupes.

Sean se trouvait au milieu des soldats, à cheval, les mains menottées devant lui.

Eleanor se débattit contre Tyrell. Elle lui donna des coups de pied, le griffa, et soudain il la lâcha.

— Eleanor, non.

Mais elle releva ses jupes et courut vers le groupe de cavaliers. Elle dépassa un énorme cheval, puis un autre, et se faufila entre les bêtes.

— Sean ! Sean !

Elle atteignit le flanc de sa monture et lui saisit la jambe.

Il regardait droit devant lui, comme s'il ne l'entendait pas.

— Sean !

Il serrait les mâchoires, ses tempes le lançaient. Il refusait de tenir compte d'elle, d'aucune façon.

Elle ne put plus se maintenir à la hauteur des chevaux qui trottaient. Ses pas se ralentirent. De chaque côté, les chevaux la dépassaient. Elle chancela, se moquant de tomber et d'être piétinée. Puis les derniers soldats défilèrent et elle les fixa tandis qu'ils disparaissaient à un tournant de la route.

Quelqu'un s'arrêta à côté d'elle ; c'était Tyrell.

— Viens, Eleanor, il est temps de rentrer à la maison.

18

Il pleuvait fortement quand Eleanor arriva à Adare. Elle était rentrée de Cork avec Rex, son cheval attaché derrière leur voiture. Elle était malade de peur, au point qu'elle ne pouvait respirer normalement. Des images de Sean capturé par les Anglais la hantaient. Elle n'oublierait jamais son expression stoïque lorsqu'il avait été emmené, refusant de la regarder ou même de lui prêter attention. Maintenant, il était à Kilraven Hill, emprisonné dans le fort.

Il avait fini par admettre qu'il l'aimait. Elle aurait dû éprouver de la joie dans son cœur, pas ce terrible désespoir. Elle avait mis en pièces le beau mouchoir de toile qu'un de ses frères lui avait donné. Le serrant toujours entre ses doigts, elle regarda Rex, qui était resté silencieux durant la majeure partie du trajet, visiblement aussi plongé dans ses pensées qu'elle l'était.

— Reed est un maniaque, dit-elle soudain. Il peut faire du mal à Sean juste pour le plaisir — ou, pire, le faire pendre avant qu'il y ait du nouveau à Londres.

Rex tendit la main vers elle.

— C'est pourquoi Tyrell s'est rendu directement à la garnison, pour répéter avec insistance au colonel qu'il doit attendre des ordres ou subir de graves conséquences.

— Ty n'a aucune idée de l'individu avec qui il traite ! s'écria Eleanor.

Ils avaient remonté la longue allée de gravier et la maison était apparue, imposante et grise, ses murs de pierre luisant sous la pluie.

— Reed n'a pas peur de lui, ni de père ni de personne d'autre dans cette famille.

— Devlin est avec Tyrell.

Rex parlait très calmement. Sa bouche s'incurva en un léger sourire.

— Je ne puis imaginer aucun homme les affrontant tous les deux sans quelque frayeur. Si Reed t'a persuadée qu'il ne craint personne, je pense qu'il s'agit d'une feinte. C'est un petit chef, Eleanor, cela est évident. Les petits chefs sont toujours peureux.

Brièvement, Eleanor ressentit une étincelle d'espoir.

— Il ne m'a pas paru peureux.

L'expression de Rex se raidit.

— Tu es une jeune femme sans défense. C'est un tyran et un couard et il paiera pour sa conduite envers toi.

Eleanor savait que Rex envisageait un sort terrible pour Reed, mais elle ne pouvait y penser maintenant. Misérablement, elle contempla la maison tandis que leur voiture s'arrêtait.

— Nous devrions peut-être aller à Londres pour découvrir ce que père a réussi à faire, dit-elle. Mais, d'un autre côté, je ne veux pas quitter Sean. Rex, il faut que je le voie.

Rex lui prit la main et la pressa fortement.

— Eleanor, Peter est resté à Adare.

Là, il obtint toute son attention. Incrédule, elle lui fit face.

— Peter est ici ? Il m'attend ?

Elle était déroutée.

— J'en ai peur. Je pense que tu dois exercer un grand contrôle sur toi-même et sauver la face. Il ne servira à rien de laisser Peter comprendre que tu es follement amoureuse de Sean.

Eleanor était stupéfaite que Peter soit encore là, mais, après tout, il ne s'était même pas écoulé une semaine depuis le jour tragique de leur mariage. Son esprit s'efforçait d'admettre la notion qu'elle allait le revoir.

— Je ne pourrai jamais y arriver. Pas maintenant, alors que je suis malade de peur pour Sean.

— Il faut que tu y arrives, déclara fermement Rex. Mais il comprendra sûrement que tu doives aller directement dans ta chambre.

Il l'encouragea d'un signe de tête.

Elle jouirait d'un certain répit, alors, au moins jusqu'au lendemain. Mais Peter souhaiterait une explication.

— Je dois le quitter, murmura-t-elle. Et je n'ai pas le cœur à tenter de m'excuser ou à trouver un moyen plaisant de le faire.

— Je dois te conseiller de ne pas être franche avec Sinclair. Eleanor, si Sean n'est pas gracié, tu pourrais encore être en danger toi-même.

Eleanor mesurait qu'elle avait conspiré à la fuite de Sean, et Reed et ses troupes l'avaient vue avec lui lorsqu'ils l'avaient arrêté.

— Je suis coupable de trahison, aussi. Je ne puis le nier et je ne veux pas le faire. Peut-être est-ce pour le mieux. Si Sean est pendu, je le serai avec lui.

Elle pensait chacun de ses mots.

— Ne dis pas cela ! protesta Rex. Il n'est pas Roméo et tu n'es pas Juliette ! Je vais te dire que faire et, pour une fois dans ta vie, tu vas écouter — et obéir ! Tu ne donneras d'explications à personne, Eleanor, sauf à Sinclair, et tu lui raconteras l'histoire que tu as racontée à Reed. Ton beau-frère te manquait et, convaincue de son innocence, tu voulais entendre la vérité de lui. Dans l'excitation du moment, tu as quitté Adare avec Sean. Tu ne l'as pas aidé volontairement dans une autre évasion, mais une fois que tu es partie avec lui, tu ne pouvais revenir en arrière. Il t'a abandonnée en arrivant à Cork — et tu es revenue le mettre en garde contre Reed après ton arrestation. C'est le *beau-frère* que tu aimes tendrement, Eleanor, conclut-il d'un ton dur. *Rien* de plus.

Eleanor serra ses bras autour d'elle.

— Une douzaine de témoins savent que j'ai fui la garnison pour aller retrouver Sean. Quelle sœur se comporte de cette manière ?

— Une sœur tentant de prévenir son frère qu'un fou est sur ses traces ! assena Rex d'un ton coupant. Avant que cela soit terminé, un mariage avec Sinclair est sans doute la meilleure solution. C'est ta seule solution.

Eleanor étouffa une exclamation. Puis elle trembla de fureur lorsqu'elle comprit quelle position adoptait Rex.

— Jamais ! Je ne peux pas l'épouser — j'aime Sean ! Et pour le cas où tu ne l'aurais pas entendu, il m'aime aussi.

— J'ai entendu. Mais c'est trop tard. Sean sera peut-être pendu, mais je serai damné si tu passes le reste de tes jours à la Tour.

Elle secoua la tête, ses larmes coulant.

— J'aime Sean. Je suis son *amante !* Et je ne le nierai pas.

Rex prit un air furieux.

— Si Sean survit, il me répondra de cela ! Ainsi, tu veux tout dire à Peter ? Il t'aime, Eleanor, et il a toujours été honorable envers toi. Il est à Adare, malade de frayeur pour toi ! Et tu veux le blesser en lui disant la vérité ?

Eleanor s'immobilisa. Peter méritait tellement plus que ce qu'elle pouvait lui donner.

— Bien sûr que je ne dirai pas la vérité à Peter. Je l'ai blessé alors qu'il ne le méritait pas et je ne veux pas le blesser davantage. Mais je ne peux pas l'épouser, Rex. Je suis amoureuse de Sean.

— Sean lui-même souhaite que tu épouses Sinclair, observa Rex, ses yeux sombres étincelant.

Eleanor lui tourna le dos, regardant par la portière avec un surcroît de désarroi et de peur. Sean avait tout le temps insisté pour qu'elle épouse Sinclair. Il avait insisté pour qu'elle le fasse tout en lui avouant finalement son amour pour elle. Elle jeta un coup d'œil à Rex.

— D'une certaine façon, tu as raison. Je dirai à Peter ce que j'ai dit à Reed, étant donné que c'est une version plus amène des événements.

Rex soupira.

— Eleanor, je ne cherche pas à être dur ou cruel. J'essaie seulement de te protéger, pour le cas où cette situation deviendrait encore pire que ce qu'elle n'est déjà.

— Je le comprends. Mais pourquoi n'oublions-nous pas mon sort, qui n'est pas en jeu en ce moment.

— Nous en reparlerons demain, dit Rex avec plus de douceur, quand Tyrell sera rentré.

Eleanor fut saisie d'une terrible appréhension.

— Tu ne songes sûrement pas à me conduire de force à l'autel quand Ty reviendra ?

Il lui sourit d'un air sombre tandis que des serviteurs apparaissaient, se précipitant hors de la maison sous la pluie, et ne lui répondit pas.

Horrifiée, Eleanor s'avisa que c'était ce qu'il envisageait. Mais elle n'eut pas l'occasion d'insister, car on ouvrit sa portière. La comtesse sortit de la maison pour se tenir au-dessus d'elle sur les larges marches de pierre, puis Peter apparut à son tour.

Eleanor chancela, le cœur se retournant, tandis qu'elle descendait de la voiture, aidée par un valet. Son regard passa de sa mère, qui était pâle mais souriait faiblement, à Peter Sinclair. Il était pâle aussi, mais ne souriait pas, et ses yeux la scrutaient. Elle fut submergée un instant par la nervosité et la peur.

Peter était un gentleman. Comme Rex l'avait observé, il n'avait rien fait que de l'aimer, l'honorer et la respecter. En cet instant, chaque moment qu'elle avait passé avec Sean durant les derniers jours lui revint à l'esprit, y compris les moments de passion. Elle sentit ses joues s'enflammer et son cœur s'accéléra.

— Mère, murmura-t-elle, détachant les yeux du visage rigide de Peter.

Rex lui prit fermement le bras et, avec sa béquille, se mit à boiter vers l'escalier. Là, il la lâcha, et Eleanor le précéda jusqu'à la porte d'entrée. Elle coula une autre œillade vers Peter, qui ne semblait pouvoir cesser de la fixer. La comtesse poussa un cri, luttant contre ses larmes, et Eleanor se jeta dans ses bras.

— Je vais bien, dit-elle.

— Et Sean ? demanda Mary qui lui tenait les mains, ses yeux bleus larges et effrayés.

Eleanor s'efforça de se dominer.

— Il a été arrêté, mère.

Quand la comtesse se mit à chavirer, elle cria :

— Mais il est vivant et indemne !

Cette précision ne servit à rien. La comtesse s'évanouit et Peter la rattrapa. En la soulevant dans ses bras, il lança un coup d'œil à Eleanor.

— Allez-vous bien ?

Elle hocha la tête, emplie de culpabilité.

Il porta prestement la comtesse à l'intérieur, suivi d'Eleanor et de Rex. Lorsqu'il la déposa sur une banquette capitonnée de l'entrée, elle battit des paupières. Peter s'écarta pendant qu'Eleanor s'agenouillait près de Mary, prenant ses mains froides dans les siennes.

— Mère ?

La comtesse rencontra son regard, les yeux embués de larmes.

— Vous n'avez vraiment pas de mal ?

Eleanor secoua la tête.

— Je suis sale et affamée, mais c'est tout.

C'était le premier mensonge qu'elle disait à sa belle-mère.

La comtesse l'étudia et hésita. Eleanor savait qu'elle doutait de la véracité de son affirmation.

— J'ai eu si peur pour vous, et pour Sean. Où l'ont-ils emmené ?

— A Kilraven Hill, répondit Eleanor.

Elle devinait que sa mère avait une centaine de questions à poser, mais qu'elle n'osait pas.

Mary s'assit.

— Chérie, vous avez besoin de vous reposer. Je vais commander un bain chaud et vous faire servir à dîner dans votre chambre. Bien sûr, je m'occuperai de vous moi-même.

Eleanor comprit. Sa mère voulait l'éloigner et la mettre en sûreté.

— J'ai besoin de me reposer, en effet. Je suis épuisée, dit-elle.

Puis, le cœur battant, elle se releva lentement et se tourna vers Peter. Elle eut conscience qu'elle tremblait et sentit son visage s'enflammer.

Il y eut un silence interminable, empreint de tension. Mais

Eleanor vit à la fois du soulagement et de l'angoisse dans les yeux de Peter. Que devinait-il ? se demanda-t-elle.

— Sinclair, dit Rex en rompant le silence. J'aimerais vous dire un mot.

Le regard de Peter restait fixé sur Eleanor.

— Puis-je d'abord parler à ma fiancée ?

Le cœur d'Eleanor sombra dans sa poitrine. Comment pouvait-il encore songer à l'épouser ? Ou ses paroles étaient-elles simplement formelles, du fait qu'il n'y avait pas eu de rupture officielle du contrat ?

— Eleanor a subi une terrible épreuve, déclara fermement Rex. Une épreuve qui a compris son arrestation et son interrogatoire par les Anglais, alors qu'elle est innocente de toute faute. Elle doit se retirer dans sa chambre.

Peter blêmit.

— Eleanor, vous a-t-on fait du mal ? demanda-t-il.

Son regard se porta sur sa joue meurtrie.

Elle secoua la tête, osant s'approcher de lui.

— J'ai vécu des choses terribles, parvint-elle à répondre. Peter, je suis désolée pour tout.

Il lui prit les mains, contemplant toujours sa joue.

— Je remercie le ciel que vous me soyez revenue, murmura-t-il.

Eleanor ne savait que faire. Elle désirait lui retirer ses mains, mais elle n'osait pas.

— Etes-vous certaine que vous êtes indemne ? insista-t-il, l'air bouleversé.

— Oui. Je vous dois une explication, commença-t-elle, mais il l'interrompit.

— Votre mère et votre frère ont raison. Vous devez vous retirer dans votre chambre. Il vous faut du repos et je vais appeler votre médecin de famille. Dès que vous vous sentirez mieux, nous pourrons parler.

Avait-elle vraiment oublié à quel point cet homme était aimable et attentionné ?

— Merci, dit-elle.

Il lui sourit légèrement.

La cellule avait de la lumière et de l'air. Sean le vit lorsqu'il fut poussé à l'intérieur par un soldat. Ce fait ne parvint pas à apaiser sa panique croissante. Parce que le jour gris qui filtrait par l'unique fenêtre ne semblait pas pouvoir dissiper l'obscurité soudaine de la cellule, et qu'il ne réussissait pas à respirer. Il entendit la porte en fer se refermer derrière lui ; il entendit la clé tourner dans la serrure. Il se mit à étouffer de peur. S'il avait été allongé dans un trou, de la terre jetée sur lui, il n'aurait pu ressentir plus de terreur.

Reed rit doucement.

— Pleure-t-on, maintenant, O'Neill ? Comme un enfant ? Une fille ?

Sean avait entendu le sanglot, lui aussi, et il venait de sa propre poitrine. Il s'appuya contre le mur, le visage face aux pierres. Il n'était pas enterré vivant et il n'était pas oublié ; ce n'était pas comme la première fois. Ce n'était pas une éternité de désespoir, en enfer. C'était le prélude à une mort rapide et certaine.

Il pensa à Eleanor, qu'il aimait. Sûrement, lorsqu'il serait pendu, son rôle dans sa trahison serait ignoré. Le sort de Peg lui serait épargné. Il l'espérait.

Il ne pouvait plus respirer, à présent. Il n'y avait que des barreaux à la fenêtre, pas de vitre, mais ses poumons ne semblaient pas le comprendre. Son cœur battait violemment, de la sueur ruisselait sur son corps et il tremblait sans pouvoir se contrôler, enfonçant les ongles dans la pierre.

— Ne vous inquiétez pas, dit Reed d'une voix suave. Votre séjour ici ne sera pas long. Vous serez pendu dans quelques jours, O'Neill, car j'ai l'intention de faire appliquer la justice.

La pierre qui lui éraflait le front lui faisait mal, mais il s'en moquait. Il grattait le mur et luttait pour respirer et garder sa raison, toutefois le calme le fuyait.

— Eleanor ? demanda-t-il dans un souffle.

— Votre maîtresse est sans aucun doute au sein de sa famille, répondit Reed sur le même ton.

— Elle est innocente ! s'écria Sean. C'est ma belle-sœur !

Reed rit de nouveau.

— Elle est votre catin irlandaise et nous le savons tous les deux. Si charmante, si douce, je suis navré de n'avoir pu terminer ce que j'ai commencé avec elle.

Sean poussa un cri et se retourna.

— Je vais vous tuer, scélérat !

Reed s'esclaffa.

— Comment ? Avec des mots ? Vous auriez dû voir la terreur dans ses yeux quand j'ai coupé sa robe, O'Neill. Oh, c'est une femme très bien.

Sean se rua sur Reed, mais ce dernier se trouvait de l'autre côté des barreaux et recula hors de sa portée.

— Vous paierez pour ce que vous avez fait, gronda-t-il.

— Peut-être est-ce elle qui paiera pour ce que vous avez fait ? rétorqua le colonel.

L'image meurtrie et brisée de Peg vint à l'esprit de Sean, cette fois si vivace qu'il vit chacun de ses traits et tout le sang. Elle restait grise, mais le sang était rouge vif. Alors, Sean fut déterminé à tuer Reed avant d'être pendu, même s'il était derrière des barreaux. Comment l'attirer dans sa cellule, afin de lui tordre le cou ?

— Mais en fait, reprit Reed, comme elle est aussi coupable que vous et que le monde ne tardera pas à l'apprendre, elle pourra payer pour sa propre conspiration. Je pense que cela me satisfera beaucoup plus que son viol ou sa mort. Elle passera le reste de sa vie dans la pauvreté, emprisonnée et seule, une femme oubliée, une femme sans importance.

Sean agrippa les barreaux, contrôlant son envie de se jeter de nouveau sur son geôlier. Il luttait pour respirer et pour dominer sa fureur.

— Justice sera faite, sur tous les points, déclara froidement Reed.

— Je suis heureux de voir que vous avez l'intention de servir la justice, colonel, dit Tyrell d'un ton plat, surprenant Sean par son arrivée dans le couloir en compagnie de Devlin. Elle devrait être beaucoup plus facile à obtenir si nous œuvrons tous pour la même fin honorable.

Sean inspira enfin l'air dont il avait si désespérément besoin. *Tyrell et Devlin étaient là. Bien qu'il ne puisse probablement pas échapper à son sort, ils ne laisseraient jamais du mal arriver à Eleanor.*

— La justice exige qu'O'Neill soit pendu et vous le savez, lança Reed.

— Non. Ce serait une autre injustice, et je vous rappelle que mon beau-frère a déjà subi la pire injustice aux mains des militaires — entre vos mains. Il a été incarcéré dans une prison anglaise pendant deux ans. Il a été condamné à tort. Le comte d'Adare est à Londres pendant que nous parlons. Il va y avoir une enquête approfondie sur les événements de cette nuit à Kilvore, ainsi que sur l'arrestation de Sean, son emprisonnement et sa condamnation.

Sean éprouva de la surprise, car il n'avait pas envisagé la possibilité d'une enquête. Tant d'autorité perçait dans la voix et l'attitude de Tyrell qu'il en fut réconforté.

Reed eut un sourire crispé.

— Voulez-vous prouver quelque chose ? Si oui, milord, je ne vois pas quoi.

— Il y a eu un témoin de ces événements, colonel, et mon frère va l'amener à Londres. Sean n'a jamais commis de trahison et, lorsque ce sera prouvé, il sera gracié. Je vous préviens de le conserver en vie — et indemne — jusqu'à ce que ce jour arrive, déclara froidement Tyrell.

Reed répondit avec moins d'assurance qu'auparavant.

— Il n'y a pas de témoin. Tous les hommes de ce village ont pris les armes et tous ont été tués — sauf O'Neill.

— Vous vous trompez. Il y a un témoin et son témoignage innocentera Sean, assura platement Tyrell. Mais cela ne suffira pas. Vos actions seront passées au crible comme si vous étiez un rat disséqué sous un microscope de laboratoire.

Reed le fixa, puis se mit à rire.

— Quelle vantardise ! Qui vous a permis d'entrer ?

— Brawley. Et si vous pensez m'empêcher de voir mon frère, après deux ans de détention abusive, vous devriez y réfléchir à deux fois.

Les yeux de Reed étincelèrent.

— Il n'y a pas de témoin ! Je n'ai rien fait de mal !

Tyrell esquissa un sourire dangereux.

— *Vous avez porté la main sur ma sœur.*

Sean se tendit. Que savait exactement Tyrell ?

Reed mit un moment avant de parler.

— Je l'ai interrogée — en lui montrant tout le respect qui lui était dû. Apparemment, elle a trébuché et est tombée quand elle a été conduite au fort. Je ne porterais jamais la main sur une dame.

Tyrell se pencha vers lui.

— Votre carrière touche à sa fin, colonel.

Reed sursauta, puis lança d'un ton mauvais :

— Ne me menacez pas !

Il s'en alla d'un pas raide.

Sean s'adossa au mur. Sa haine s'était dissipée, ainsi que sa panique. Il se sentait étrangement calme.

— Ty, ne fais pas ça. Ne le provoque pas — il est trop dangereux. Il se peut qu'il s'en prenne à Ellie quand il en aura fini avec moi.

— Je n'ai pas peur de lui, Sean. De fait, j'ai l'intention de le détruire.

— Alors, tu devras attendre ton tour, dit Sean.

Tyrell haussa les sourcils.

— Tu en as fait assez, je pense, aussi je te suggère de me laisser Reed.

Devlin passa devant Tyrell et agrippa les barreaux de la cellule.

— Tu es malade, déclara-t-il d'un ton brusque.

Sean faillit rire.

— Je suis au-delà de la maladie.

Mais il essuya la sueur qui lui coulait sur le front.

— Comment puis-je t'aider *maintenant ?* demanda Devlin d'un air sombre.

Son frère devinait qu'être de nouveau dans une cellule, pour lui, était comme être enterré vivant. Il secoua la tête, se forçant à respirer à fond pour se calmer. Il ferma brièvement les yeux, puis les rouvrit.

— Il n'y a pas assez d'air, ici, dit-il avec difficulté. Mais je sais que c'est dans ma tête.

— As-tu de la fièvre ?

Sean fit signe que non.

— Non — mais je suis fou. J'ai fini par perdre l'esprit.

Il s'assit par terre, les yeux rivés sur le sol. Aucun de ses frères ne parla.

— Je ne me soucie pas de moi, reprit-il. Je suis prêt à être pendu… cela a été mon destin depuis le début et je ne peux plus l'éviter. Mais Ellie…

Il leva les yeux.

— Vous devez protéger Eleanor. Trouve un moyen, Devlin, pour l'écarter de toute implication avec moi. Reed l'a menacée.

— Reed va se retrouver sur un bateau de condamnés en partance pour l'Australie, déclara Tyrell. Sapristi ! Eleanor est impliquée et une douzaine de soldats le savent. Es-tu revenu à dessein le jour de son mariage pour saboter son avenir, sa vie ?

Sean se rappela Eleanor debout devant sa psyché dans sa robe de mariée, belle à couper le souffle. Son cœur se serra. Il avait voulu lui dire adieu, pas enlever la mariée.

— Il en a assez supporté et nous perdons du temps avec ces récriminations, dit froidement Devlin.

Sean parla avec lenteur.

— Il doit y avoir un moyen… peut-être échanger sa liberté contre ma vie.

— Non ! coupa Devlin.

— Tu ne comprends pas.

Sean le regarda.

— Je serai volontiers pendu si elle peut vivre jusqu'à un âge avancé avec tout le confort qu'elle mérite.

— Je comprends. Je comprends que tu aimes Eleanor ! Il n'y aura pas de tel marché. Les choses prioritaires d'abord.

Devlin avait pris un ton autoritaire.

— Des enquêteurs cherchent Flynn. Cliff est en route pour Kilvore — s'il n'y est pas déjà. Ils le retrouveront, Sean. Tu seras blanchi de toutes ces accusations, d'une manière ou d'une autre.

— Comment peux-tu en être aussi certain ?

Sean reconnaissait cet éclat dur dans les yeux de son frère aîné. C'était une lueur impitoyable qu'il avait pensé ne plus jamais revoir.

Devlin eut un sourire sans joie.

— Il se peut que tu ne reconnaisses pas Flynn quand tu le reverras, dit-il.

Ils feraient appel à un imposteur si Flynn n'était pas retrouvé. L'espoir surgit — mais il était trop dangereux de l'entretenir.

— Des soldats sont morts cette nuit-là. A la fin, j'ai pris les armes, moi aussi.

— Tu as essayé d'arrêter les rebelles ! s'exclama Tyrell. Et tu es un noble, pas un paysan. Il faut corriger les choses. En outre, il y a le cas de ta femme et de son fils. Ils méritent justice, eux aussi.

La culpabilité qui s'était estompée les derniers jours rejaillit soudain, agrippant Sean.

— Comment ? Comment savez-vous… pour eux ?

De la sympathie se peignit dans les yeux de Devlin.

— Eleanor nous l'a dit, Sean. Je suis désolé.

— Alors, il faut que vous sachiez toute l'histoire, déclara durement Sean. Ils ont payé… pour mes crimes. Reed s'en est assuré.

— Dans ce cas, une enquête peut conduire à son emprisonnement, observa Tyrell.

Sean se releva lentement. Il y avait de nouveau de l'espoir — et, avec lui, la merveilleuse image d'Eleanor, les yeux pleins d'amour et de confiance. Puis Peg apparut, dansant sans qu'il puisse rien y faire dans son esprit, avec une telle précision qu'elle aurait pu être mourante dans ses bras. Son cœur se retourna de frayeur. Peg avait été brutalement torturée et assassinée à cause de lui, et seul Dieu savait ce qui était arrivé à Michael. Comment osait-il espérer quoi que ce soit, encore moins un avenir avec Eleanor ?

Il était impuissant, à présent, une fois de plus, et il ne devait pas l'oublier. Il n'y avait pas d'espoir. Sa vie était terminée et seul un miracle pouvait changer cela. Il ne s'en souciait plus. Toutefois, il se souciait de la vie d'Eleanor, comme il l'avait toujours fait.

Il avait beau détester l'idée qu'elle épouse Sinclair, qu'elle réchauffe son lit, qu'elle tienne sa maison et porte ses enfants, cet homme l'aimait. Il était puissant, riche, titré et anglais, et il lui donnerait une bonne et longue vie.

Il fit face à son frère et à son beau-frère.

— Vous vous trompez tous les deux, dit-il. Il n'y a pas de justice en Irlande et il n'y en a jamais eu. Reed va échapper librement à ses fautes et je serai pendu pour les miennes. Et même si ce n'est pas le cas, je partirai pour l'Amérique — seul. Quant à Eleanor… je ne l'aime pas comme elle le souhaite.

Il vit sursauter Tyrell.

— Elle s'est jetée à ma tête. C'est une très belle femme, et je ne suis plus l'homme que vous avez connu. Faut-il que je sois plus clair ?

Tyrell avait un teint cendreux.

— Si c'est une plaisanterie, elle est malheureuse.

— Tu sais que j'ai toujours été un libertin.

Sean haussa les épaules.

— Deux ans seul dans un trou, puis Eleanor m'a offert quelque chose que je n'avais pas envie de refuser.

Il ne prit pas la peine de continuer.

Tyrell était si furieux qu'il ne trouvait pas ses mots. Il fixait Sean comme s'il voyait un monstre qu'il ne connaissait pas.

Sean attendit ; Tyrell le maudit et s'en alla en trombe.

Devlin le regarda.

— C'était très convaincant. Pourquoi, Sean ? Je vais m'assurer que tu sois libéré.

Sean secoua la tête. Il eut du mal à parler.

— Je veux qu'elle soit en sûreté. Fais en sorte qu'elle épouse Sinclair, dit-il d'un ton âpre. Je veux… ta parole.

Devlin le contempla, et répondit :

— Je ne te la donne pas.

19

Eleanor s'arrêta sur le seuil du salon doré, tremblante. Peter était seul dans la pièce, assis devant la cheminée, contemplant les flammes. Il était visiblement absorbé dans ses pensées.

C'était la fin de l'après-midi. Eleanor hésita. Elle avait eu l'intention de rester dans sa chambre le plus longtemps possible, prétendument pour se reposer, en vérité pour éviter Peter. Mais elle n'avait pu se reposer, pas quand Sean était emprisonné à quelques heures d'Adare, sa vie dans la balance. Pour aggraver les choses, elle avait vivement conscience de la présence de Peter sous son toit et de la façon injuste dont elle l'avait traité.

Elle lui devait plus qu'une explication — elle lui devait des excuses. Elle avait commencé une lettre à cet effet, puis s'était rapidement avisée que c'était lâche. Elle devait mettre fin à leur engagement, une fois pour toutes.

— Peter ?

Il bondit sur ses pieds, stupéfait de la voir.

Elle aurait voulu sourire, mais elle ne le put pas. Elle avait l'intention d'entrer dans la pièce, mais ses pieds refusaient de lui obéir et ses jambes ne bougeaient pas.

Peter se précipita vers elle.

— Eleanor ! Pourquoi n'êtes-vous pas en haut, à vous

reposer ? Au moins en attendant que le docteur arrive et vous examine ?

Elle se mordit la lèvre.

— Je ne peux pas me reposer.

Elle hésita encore, souhaitant qu'il ne soit pas aussi aimable et attentionné, puis elle passa devant lui.

— Il faut que nous parlions, Peter.

Il resta figé près de la porte.

Elle se tourna lentement vers lui, posant une main sur le dossier d'une chaise capitonnée.

— Je ne puis vous dire combien je suis désolée de ce que j'ai fait le jour de notre mariage.

Il était pâle. Il ferma la porte.

— Je comprends, Eleanor, dit-il d'un ton rauque.

Elle fut surprise.

— Comment pouvez-vous comprendre ? Puis-je m'expliquer ?

Il s'avança, les joues rose vif.

— Je comprends que Sean est votre beau-frère. J'ai entendu dire que vous l'adoriez quand vous étiez enfant. J'ai appris également qu'il a été emprisonné pendant deux ans et que nul dans votre famille ne savait s'il était mort ou vivant. Comme cela a dû être terrible pour vous tous !

Eleanor ne parvenait pas à croire qu'il soit si compatissant.

— Ma famille en a conclu qu'il était mort, mais je ne l'ai jamais vraiment cru, murmura-t-elle.

— Je suis si heureux qu'il ne soit pas mort, assura Peter.

Eleanor dut s'asseoir. Elle se sentait faiblir. Il prit place sur un pouf en face d'elle.

— Je connais votre caractère, déclara-t-il farouchement. Je sais que vous feriez n'importe quoi pour aider ceux que vous aimez et chérissez.

Eleanor ne put que hocher la tête. Quand allait-il l'accuser d'infidélité, de déloyauté, de duperie ? N'exigerait-il pas une explication de sa conduite ?

— Votre famille soutient qu'il est innocent. Je ferai bientôt partie de cette famille, Eleanor, et je désire m'allier à vous tous.

Elle restait médusée par sa réaction. Elle l'étudia, essayant de trouver une accusation dans ses yeux. Il n'y en avait pas. Voulait-il dire qu'il avait toujours l'intention de l'épouser ? Elle ne lui dirait pas d'autres mensonges.

— Quand Sean est apparu, Peter, j'ai été transportée. Jusqu'à ce qu'il me dise la vérité, je n'avais aucune idée qu'il avait été convaincu de trahison et emprisonné. Quand j'ai compris que les autorités le poursuivaient pour le pendre, il a fallu que j'aille avec lui. Sottement, peut-être, j'étais déterminée à l'aider à fuir le pays comme je le pourrais.

— Je comprends, dit-il simplement. Mais les autorités ne doivent jamais le savoir.

— Comment pouvez-vous comprendre ? s'écria-t-elle en bondissant sur ses pieds. Pourquoi ne me haïssez-vous pas ? Je vous ai abandonné à l'autel ! Je vous ai *laissé tomber,* Peter, ou du moins c'est ce qu'il semble. Et ce n'était pas mon intention !

Il lui prit les mains.

— Je comprends parce que je vous aime, déclara-t-il.

Eleanor se figea. Quand elle put respirer de nouveau, elle demanda :

— Comment pouvez-vous m'aimer maintenant ?

— Comment ne le puis-je pas ? rétorqua-t-il calmement.

Elle lui retira ses mains et se détourna. La colère de Peter et ses accusations lui auraient rendu la tâche plus facile. Elle ne savait que faire face à tant de loyauté et de confiance — une loyauté et une confiance qu'elle ne méritait pas. Elle se rendit compte qu'elle allait être obligée de lui dire toute la vérité.

— J'aime Sean, dit-elle lentement.

Il la contourna aussitôt pour lui faire face.

— Eleanor ! Je sais que vous aimez tous vos frères ! Je sais que vous aimez Sean ! Et j'ai envoyé mon père à Londres pour aider votre père à obtenir son pardon complet.

Pendant un instant, l'esprit d'Eleanor ne put saisir une telle générosité.

— Lord Henredon est un cousin du Premier ministre, dit-elle.

— Oui, il l'est.

Peter lui reprit les mains.

— Mon père fera tout ce qui est en son pouvoir pour s'assurer que Sean soit gracié. Il a de puissantes relations et je suis optimiste.

Eleanor dut s'asseoir. Elle regarda Peter, essayant de comprendre.

— Pourquoi faites-vous cela ?

Il ne sourit pas tout à fait.

— Vous serez bientôt ma femme. Vos tracas sont les miens. Si Sean est votre frère, il est aussi le mien. Quand comprendrez-vous que je ferais n'importe quoi pour vous ? *N'importe quoi ?*

Des larmes montèrent aux yeux d'Eleanor.

— Vous voulez encore m'épouser, alors que je vous ai abandonné à l'autel ?

— Vous m'avez quitté pour une noble cause ! s'écria-t-il, le visage échauffé.

Il s'agenouilla devant elle, lui reprenant les mains.

— Vous êtes une femme d'honneur, Eleanor, et d'une

grande loyauté, et j'admire cela chez vous comme tout le reste. J'ai confiance en vous. Comment ne le pourrais-je pas ? Et je ferai *tout* pour que vous soyez ma femme.

Eleanor sentit ses joues s'enflammer de culpabilité, tandis qu'elle s'interrogeait sur ses paroles et sur sa ferveur.

— Peter, commença-t-elle calmement, toujours décidée à tout lui dire. Vous ne devriez pas…

Il l'interrompit en se relevant d'un bond.

— Quand nous recevrons la nouvelle du pardon de Sean, nous nous marierons immédiatement, mais cette fois sans démonstrations spectaculaires.

Le cœur d'Eleanor ralentit et se mit à battre sourdement. Elle dévisagea Peter. Elle ne doutait pas qu'il l'aimait, mais elle se demandait s'il connaissait la vérité sur son amour pour Sean. Il y avait quelque chose de farouche et de peu naturel dans son désir de lui faire confiance et de croire en elle.

— Sean sera pardonné, Eleanor. Mon père ne se voit jamais rien refuser dans ce genre d'affaire. Je suis sûr que nous apprendrons bientôt son pardon, et alors nous célébrerons notre union.

Eleanor resta immobile. La pièce était devenue silencieuse, et le message de Peter y résonnait soudain. Il avait envoyé son puissant père à Londres pour aider Edward à obtenir l'amnistie de Sean, et il comptait l'épouser dès qu'elle serait obtenue. A ce moment-là, elle se sentit piégée et manipulée. Mais était-ce son intention ?

Lui offrait-il un marché ? Peter demandait-il sa main en échange de la liberté et de la vie de Sean ?

Que ferait-il si elle lui disait qu'elle ne l'épouserait pas ? Rappellerait-il lord Henredon ?

— Eleanor, je pensais que vous seriez heureuse de ces nouvelles, dit-il avec raideur.

Elle se leva et parvint à sourire. Elle était bel et bien

piégée, mais c'était un faible prix à payer pour la liberté de Sean.

— Je suis très contente. Merci, Peter. Merci de tout ce que vous avez fait pour le compte de mon beau-frère.

Il sourit.

— Vous n'avez pas à me remercier, Eleanor. Vous devez simplement me promettre que, cette fois, vous ne m'abandonnerez pas à l'autel.

Elle pensa qu'il plaisantait, néanmoins elle envisagea qu'il soit sérieux.

— Bien sûr que non, assura-t-elle. Il vous suffit de fixer une nouvelle date, et votre fiancée sera là.

Il rayonna, et elle vit du soulagement dans ses yeux.

— Alors, allons partager ces bonnes nouvelles avec votre famille.

Eleanor hocha la tête. Il semblait satisfait et elle savait que leur entente tacite était scellée.

Eleanor dut se rappeler, sans cesse, que ce revirement était aussi fortuné que possible. Sean allait retrouver la liberté et tout ce qu'elle avait à faire en échange était d'épouser un noble qui l'aimait. Ils trouvèrent la comtesse dans le salon de musique, assise au piano, les doigts sur les touches mais ne faisant aucun effort pour jouer. Elle leva les yeux, le regard morne, et esquissa un sourire fatigué.

— Il y a de l'espoir, dit doucement Eleanor en quittant le côté de Peter.

Elle alla à sa mère et s'assit près d'elle sur la banquette capitonnée.

— Le père de Peter est à Londres et il travaille aussi à obtenir le pardon de Sean. Il y a un grand espoir.

La comtesse l'entoura de son bras.

— Je suis trop effrayée pour espérer.

Eleanor se mordit la lèvre. Puis elle jeta un coup d'œil vers le seuil de la pièce, où Peter se tenait.

— Peter et moi nous marierons dès que nous recevrons la nouvelle du pardon.

Mary sursauta et porta son regard sur Peter. Il lui sourit et s'inclina.

— Avec votre permission, bien sûr, milady.

La comtesse tourna des yeux désorientés vers Eleanor.

— Chérie ?

Eleanor lui sourit, son expression forcée.

— Je voulais partager cette nouvelle avec vous, en premier.

Elle embrassa la joue froide de sa mère et se leva.

— Je vais retourner me reposer dans ma chambre.

Mary hocha la tête, apparemment muette.

Dans le couloir, Eleanor allait prendre congé de Peter quand elle entendit du vacarme dans le vestibule. La voix autoritaire de Tyrell retentit — et son cœur bondit. Peter lui prit le bras.

— Vu l'absence de votre père, peut-être devrions-nous aviser votre frère de ce que nous projetons ?

Eleanor l'entendit à peine. Sean allait-il bien ? Tyrell l'avait-il vu et avait-il parlé avec lui ? Et qu'en était-il de Reed ? Elle parvint à hocher la tête tandis qu'ils s'empressaient de rejoindre le vestibule.

Tyrell disparaissait dans la bibliothèque lorsqu'ils entrèrent.

— Ty !

Eleanor lui courut après.

Il se retourna. Il avait ôté sa redingote, et ses bottes et ses culottes étaient boueuses et mouillées. Même sa chemise blanche était tachée de boue et de pluie. Son regard alla d'Eleanor à son fiancé.

— Pourquoi n'es-tu pas dans ta chambre, à te reposer ?

Le moral d'Eleanor sombra. Il avait l'air si lugubre.

— Je ne puis me reposer. Je suis trop excitée.

Elle produisit un large sourire.

— Peter m'a pardonné ma conduite inqualifiable et nous nous marierons bientôt.

L'expression de Tyrell ne changea pas. Il soutint son regard et elle sut qu'il devinait tout.

— J'en suis content, dit-il prudemment. Peter, je serai plus qu'heureux de prendre un verre avec vous pour célébrer cette nouvelle. Eleanor, veux-tu nous excuser ?

Elle campa sur ses positions.

— Ty, il y a certaines choses dont nous devons parler.

Son cœur menaçait de sortir de sa poitrine.

Le regard de Tyrell devint inexpressif.

— Bien sûr. Peter ? J'aimerais un bref instant avec ma sœur.

Peter s'inclina.

— Prenez tout le temps qu'il vous faudra.

Il quitta la pièce.

Eleanor n'hésita pas — elle courut à la double porte en chêne et la ferma. Le souffle court, elle fit face à Tyrell.

— Que s'est-il passé ? Comment va Sean ? L'as-tu vu ? s'écria-t-elle.

— Voilà qui est parler comme une vraie fiancée, commenta-t-il sombrement.

Il se tourna et se servit un grand whisky irlandais.

Elle courut l'affronter.

— Ne t'avise pas de me blâmer pour le seul amour

vrai de mon cœur ! Je suis désolée de ne pas aimer Peter, sincèrement ! Sean va-t-il bien ?

— Il va aussi bien que l'on peut s'y attendre, je pense, répondit platement Tyrell. Par tous les diables, que lui est-il arrivé, Eleanor ?

Elle comprit tous les aspects de sa question.

— Il a été enfermé dans une petite cellule noire, Tyrell, et pendant deux ans il n'a vu personne, ni parlé à personne. C'était comme s'il était enterré vivant. Avant cela, on l'a torturé — il a été flagellé. Et avant encore ? Je t'ai déjà dit que sa femme a été violée et assassinée par les hommes de Reed et que son beau-fils est mort dans l'incendie allumé par ces soldats. Tout cela pour payer pour ses crimes supposés. Il est ravagé de culpabilité.

— Il est presque méconnaissable, dit lentement Tyrell, l'air peiné.

Eleanor s'étrangla.

— Tu aurais dû le voir il y a une semaine, quand il pouvait à peine prononcer une phrase. Tu aurais dû voir les cicatrices de son dos et ses yeux — noirs, ternes et sans espoir.

Tyrell la fixa. Au bout d'un moment, il dit :

— Tu fais bien d'épouser Sinclair.

Elle lutta contre les larmes.

— Je n'ai pas le choix. J'ai conclu le marché du diable — épouser un homme que je n'aime pas pour sauver l'homme que j'aime.

Tyrell posa son verre vide et la prit par l'épaule.

— Il a changé, et pas pour le mieux. J'aimerai toujours mon beau-frère, mais il n'est pas un homme pour toi, Eleanor. Il ne peut qu'apporter de la souffrance à une femme — et je ne pense pas qu'il soit capable du grand amour que tu souhaites.

Eleanor craignait que Tyrell ait raison. Mais elle secoua la tête et laissa parler son cœur.

— Juste avant qu'il soit capturé, Sean commençait à se retrouver. Il commençait à sourire. Il s'est mis à parler du passé — et à partager ses démons avec moi. Je sais que si j'avais la chance de rester avec lui, je pourrais l'aider à retrouver son chemin vers nous tous. Mais je n'ai pas cette chance. Je vais épouser Peter et le père de Peter va obtenir ce pardon. Et Sean sera seul avec ses cicatrices et ses blessures.

Elle réprima un sanglot. Qui serait là pour lui, maintenant ?

— Il ne sera pas seul, dit Tyrell d'un ton bourru. Devlin et Virginia le soutiendront. Nous le soutiendrons tous.

Non, pensa-t-elle avec une tristesse infinie, ils ne le soutiendraient pas tous, car elle serait à Chatton, épouse loyale et aimante d'un autre homme. Elle se détourna pour cacher la profondeur de sa détresse à son frère.

Tyrell reprit la parole, derrière elle.

— C'est pour le mieux, Eleanor. J'aurais peur pour toi si tu restais avec l'homme qu'il est devenu.

Elle tournoya sur elle-même.

— Tu te trompes ! Sean m'aime, et il donnerait toujours sa vie pour me protéger.

— Une vie avec lui serait si sombre et si sinistre qu'il te blesserait plus qu'autre chose. Tu dois me faire confiance.

Elle ne lui dit pas qu'elle donnerait n'importe quoi pour partager cette vie sombre et sinistre avec Sean, même s'il la blessait.

— Est-il traité correctement ?

Tyrell hocha la tête.

— Mais il vaudrait mieux qu'il ne reste pas emprisonné trop longtemps. Je ne pense pas qu'il puisse supporter mentalement n'importe quelle incarcération, maintenant.

Elle frissonna de crainte.

— Il faut que je le voie.

— Non.

— Je ne te demande pas ta permission. Je te dis que j'irai le voir, même si je dois y aller seule et sans escorte au creux de la nuit !

Elle le fusilla du regard.

— Et comme j'ai déjà souffert de manière insupportable entre les mains du colonel Reed, c'est ton devoir de t'assurer que je puisse rendre visite à Sean en toute sécurité.

— Tu vas mettre en danger ton avenir avec Sinclair ! s'exclama Tyrell.

— Non. J'ai assez menti, et je dirai à Peter que je dois aller voir Sean.

Tyrell capitula.

— Bien. Je t'emmènerai demain matin après le petit déjeuner.

Eleanor avait demandé à Tyrell de l'attendre dehors. Lorsqu'un aide de camp la conduisit à la cellule de Sean, elle était aussi impatiente de le voir qu'effrayée de ce qu'elle pourrait trouver. En s'approchant, elle vit qu'il était couché sur une palette, par terre, et pendant un moment, même si c'était le milieu de la matinée, elle pensa qu'il dormait. Mais il faisait un beau temps ensoleillé, ce jour-là, comme pour compenser l'abondante pluie de la veille, et la lumière entrait à flots dans la cellule. Elle s'aperçut alors qu'il avait les yeux ouverts et fixait le plafond, le souffle court. Elle cria :

— Sean !

Il la regarda subitement et bondit sur ses pieds.

— Ellie ! lança-t-il dans un souffle.

Aussitôt, Eleanor vit des coupures sur son front et son visage.

— Laissez-moi entrer, je vous prie, demanda-t-elle à l'aide de camp, s'efforçant de combattre sa peur.

— Désolé, personne n'entre, répondit le soldat.

— Il est blessé ! s'écria-t-elle avec fureur. Il est malade !

— Il est fou, déclara le militaire. Fou à lier.

Il s'éloigna, son trousseau de clés tintant, et retourna dans la pièce de devant. La porte claqua derrière lui.

— Il a raison, dit Sean d'un ton dur. Vous ne devriez pas être ici.

Eleanor agrippa les barreaux, lui faisant face. Elle comprenait sa panique et espérait le calmer.

— Sean, tout va aller bien. Tyrell est dehors, et dans un jour ou deux vous serez libéré.

Ses yeux lui indiquèrent qu'il ne la croyait pas.

— Vous n'auriez pas dû venir, déclara-t-il. Avez-vous vu Reed ?

— Non. C'est Brawley qui nous a fait entrer.

Elle passa une main entre les barreaux pour toucher sa joue humide du bout des doigts.

— J'ai de bonnes nouvelles.

Il gardait son regard rivé sur le sien.

— Quelles nouvelles pouvez-vous avoir ?

Elle s'efforça de sourire.

— Le père de Peter est un parent du Premier ministre. Il est aussi à Londres, pour obtenir votre pardon. Nous sommes tous optimistes, Sean.

Sean la fixa, le visage dur. En cet instant, elle sut qu'il comprenait ce qu'elle avait fait.

Elle essaya de ne pas pleurer.

— Je n'ai pas le choix, murmura-t-elle. C'est un pacte,

un pacte tacite, mais un pacte quand même. Son père se bat pour votre pardon et, quand il l'obtiendra, nous nous marierons.

— Bien, dit-il d'une voix âpre.

Son souffle redevint difficile.

— Non ! Inspirez à fond, Sean ! s'écria-t-elle. Je vous aime tant — je ferais n'importe quoi pour vous voir libre.

Il leva la main. Elle tremblait.

— C'est *bien*. C'est *ce que je veux*. Vous ne finirez jamais… comme Peg.

Elle ne put plus supporter de le voir se blâmer de la mort de sa femme.

— Vous ne l'avez pas tuée. Vous l'avez épousée, ce qui est bien différent. C'est *Reed* qui a ordonné à ses hommes de la violenter. C'est *Reed* qui l'a assassinée.

Il jeta les poings en avant, à l'aveuglette, frappant les barreaux en fer. Ils tintèrent.

— C'est ma faute. Quand le comprendrez-vous ? Si je ne l'avais pas épousée… elle n'aurait pas eu à payer pour ce que j'ai fait. J'étais censé la protéger… j'étais censé l'aimer ! Je n'ai fait ni l'un ni l'autre !

— Vous l'auriez protégée si vous aviez été là cette nuit-là, je le sais, parce que je vous connais, s'écria Eleanor.

Il recula.

— Je ne peux même plus voir son visage. Je ne me rappelle même plus comment elle était.

En cet instant, elle perçut sa souffrance brûlante et ses remords rageurs.

— Oh, Sean. Vous devez la laisser partir. Si elle vous aimait vraiment, elle ne vous blâmerait pas de ce qui s'est passé, et je suis certaine qu'elle vous aimait beaucoup.

Sean la regardait fixement, et finalement ses larmes

coulèrent. Eleanor ne savait pas que faire, car elle n'avait jamais vu un homme pleurer ainsi. Alors, elle attendit.

Quand il parla, sa voix était rauque.

— Elle avait coutume de me regarder avec un tel désarroi. Elle n'avait pas besoin de demander, je savais… Elle ne comprenait pas pourquoi je ne l'aimais pas.

Eleanor ne savait pas que dire.

— Elle a eu tant de chance d'être votre femme. Je suis sûre que c'est ce qu'elle ressentait.

Il couvrit son visage de ses mains, mais ne parvint pas à cacher un sanglot.

— Peut-être puis-je oublier ce que j'ai fait à Peg… mais je ne pourrai jamais oublier Michael. Bon Dieu, Ellie !

Eleanor se raidit. Il n'avait parlé de Michael qu'une fois auparavant. Soudain, elle comprit qu'il avait été incapable de parler du petit garçon. Son instinct lui dit que l'enfant était une clé de ses tourments.

— Quel âge avait-il ?

Il rencontra son regard.

— Six ans.

— De quelle couleur étaient ses cheveux ?

— Rouges. Rouge vif, comme le coucher du soleil.

D'autres larmes coulèrent, mais il sourit.

— C'était un vrai diable, Ellie… Toujours à faire des bêtises… mais je savais qu'il recherchait juste mon attention.

Elle sourit et s'essuya les yeux.

— Il vous adorait, n'est-ce pas ?

Sean hocha la tête, incapable de parler.

Eleanor passa de nouveau la main entre les barreaux.

— Vous pouvez me le dire, Sean. Dites-moi ce qui lui est arrivé.

Il la regarda d'un air inexpressif. Le désarroi et l'angoisse envahirent son visage.

— Je ne sais pas... Personne ne le sait. Un petit enfant innocent... Il est probablement mort dans ce feu en me suppliant de venir, en me suppliant de le sauver... en attendant que j'arrive... Je ne suis pas venu.

Il se rapprocha des barreaux et leurs paumes se joignirent, se serrèrent. Puis il s'appuya contre elle, les barreaux entre eux, pleurant de chagrin, ces bruits terribles ne montant pas de sa poitrine, mais de son âme meurtrie. Eleanor réussit à passer les bras entre les barreaux et l'enlaça.

— Je suis désolée.

Il n'y avait rien d'autre à dire.

Sean pleurait et elle le tenait.

Et quand ses larmes s'asséchèrent enfin, il resta immobile. Il la laissa le tenir maladroitement pendant un moment, puis il inspira d'une façon hachée et recula. Leurs regards se rencontrèrent.

— C'était un bon garçon. Je désirais être son père.

— Je sais.

Eleanor l'examinait avec attention. Elle pensait qu'il avait épuisé son chagrin et, si oui, une bonne chose était sortie de cette journée.

Il inspira encore.

— Je les ai laissés tomber tous les deux, Peg et Michael.

— Vous n'avez laissé tomber personne. Vous avez essayé d'arrêter la révolte, vous avez emmené votre famille loin de Kilvore, vous ne pouviez pas savoir que les soldats se vengeraient sur les vôtres dans une ville voisine.

Il soupira.

— Je ne cesse de me dire « si seulement ». Si seulement je n'avais pas été à l'auberge ce jour-là, si seulement je n'avais pas épousé Peg, si seulement j'avais empêché les villageois d'attaquer la propriété de Darby… Ellie… Je suis fatigué de penser à ce qui aurait pu arriver, je suis si las de penser aux quatre dernières années.

Elle fut soulagée.

— C'est normal. Sean, je sais que vous espériez vous punir, et vous y êtes parvenu. Vous ne pouvez revenir en arrière pour changer les choses. Vous êtes un homme si bien. Pourquoi croyez-vous que Peg vous aimait ? Que Michael désirait être votre fils ? Parce qu'ils savaient tous les deux combien vous êtes noble.

Sean émit un grognement.

— Je ne pensais jamais l'épouser, Ellie. Elle m'a dit qu'elle attendait un enfant quelques jours après le massacre. J'étais en tel état de choc, elle avait perdu son père, et soudain nous nous sommes retrouvés en train d'échanger nos vœux.

— Je comprends.

Il l'étudia calmement.

— Vraiment ? Vous comprenez ? M'avez-vous pardonné, Ellie ?

Elle lui sourit, se rappelant la douleur que sa trahison lui avait causée.

— Je comprends. Je comprends complètement parce que je vous connais bien — c'est pourquoi je vous ai pardonné.

Il sourit, du soulagement dans les yeux.

— J'ai pensé à vous, ce jour-là. J'étais si mal à l'aise. Il y avait tant de souvenirs. Vous étiez une enfant si impossible. Juste avant de quitter Askeaton, je ne suis pas parvenu à réconcilier cette enfant avec la femme que vous étiez devenue. Vous souvenez-vous du petit matin où je suis parti ?

Eleanor était transportée.

— Je ne l'oublierai jamais. J'ai essayé de vous embrasser et vous avez été horrifié.

Elle rougit.

— J'avais peur, déclara-t-il d'un ton détaché.

— Cela n'a pas d'importance.

Mais à présent elle commençait vraiment à comprendre ce qui leur était arrivé, lorsqu'elle était passée d'une enfant à une femme.

— Vraiment ?

— Nous sommes d'accord, on ne peut revenir en arrière.

— Mais je vous ai laissée tomber, non ? Vous me faisiez confiance et je vous ai quittée — j'ai failli envers vous.

— Vous ne pouviez me laisser tomber, murmura-t-elle, le pensant de tout son cœur. Vous m'aviez promis que vous reviendriez et vous l'avez fait. Et je vous ferai toujours confiance, Sean.

Il soutint son regard, sans ciller.

— Cette promesse n'avait pas le même sens pour chacun de nous.

Elle se tendit, devinant qu'elle n'aimerait pas ce qu'il allait dire.

— Je suis heureux que vous épousiez Sinclair.

Elle n'avait jamais voulu entendre ces mots-là.

— *Ne dites pas cela.*

— Il prendra soin de vous et il vous aime. Autrefois, c'était mon devoir et ma responsabilité. Maintenant, ce seront les siens.

— A vous entendre, on croirait que tout est fini entre nous ! s'écria-t-elle farouchement. Nous serons toujours des amis ! Cela ne changera jamais !

Il lui jeta un regard étrange.

— Je ne pense pas que l'amitié soit encore possible.

Elle poussa un cri, atterrée.

— Je serai peut-être la femme de Sinclair, mais je vous aimerai toujours comme je vous aime maintenant. Vous serez toujours mon meilleur ami — celui vers qui je me tournerai en cas de besoin !

Elle combattit son envie de pleurer.

— Vous êtes mon cœur, mon âme !

La bouche de Sean s'abaissa, formant une ligne dure. Un moment terriblement intense s'installa. Après la vie entière qu'ils avaient partagée, après la douleur et la passion, Eleanor voulait savoir s'il pensait aussi que leur amour survivrait à tout, même à son mariage avec Peter.

Il dit finalement :

— Vous devez aller de l'avant.

Elle secoua la tête.

— Et m'éloigner de vous ? Jamais.

Puis, comme s'il n'était pas sur le point d'exploser, elle demanda :

— Que ferez-vous quand vous serez libéré ?

— Si je suis libéré, j'irai en Amérique.

Elle fut anéantie.

— Vous rentrerez chez vous. Vous devez rentrer à Askeaton — c'est votre place.

— Avec vous et votre mari à quelques milles de là, à Adare ? Non, ce n'est plus ma place, maintenant.

Elle se sentit envahie par la peur.

— Bien sûr que si ! Nous n'avons jamais terminé les chambres ! Je pourrai venir vous aider, de temps en temps, quand Peter et moi viendrons à Adare en été !

— Vous ne pouvez l'épouser et m'avoir moi, aussi.

— Vous êtes mon *meilleur ami !* Bien sûr que je le peux !

— Ellie, arrêtez ! Tout va changer. Vous allez être la femme d'un autre homme. Vous aurez ses enfants. Et peu importera où je serai ou ce que je ferai, car vous serez heureuse — vous oublierez ceci. Nous.

Elle était horrifiée.

— Comment pouvez-vous penser une chose pareille ? Nous oublier ? répéta-t-elle. Je n'oublierai jamais rien, ni vous ni nous ! Sean, promettez-moi que lorsque vous serez libéré…

Il l'interrompit.

— Non ! cria-t-il. *Non !*

Elle le fixa, abasourdie.

— Ne me demandez pas de vous laisser partir, supplia-t-elle, désespérée.

— Ne pleurez pas !

Il tendit la main à travers les barreaux.

— S'il vous plaît, c'est pour le mieux.

Elle lutta pour se dominer.

— Il vaut mieux que je tienne ma promesse envers Peter et que je l'épouse. Je me suis engagée. Mais il vaut mieux aussi que vous viviez chez vous, là où vous êtes aimé, là où vous êtes à votre place — et nous resterons de bons amis.

Il rit avec amertume et secoua la tête.

— Ce débat est absurde, car je serai probablement pendu. Vous feriez bien de partir.

Il traversa l'esprit d'Eleanor que c'était la fin pour eux, donc, puisqu'il ne voyait pas de possibilité de poursuivre leur relation. Il était si déterminé. Elle ne bougea pas, la panique la consumant. Elle ne pourrait supporter de perdre Sean de cette manière.

— Je ne peux pas m'en aller — pas maintenant, pas comme cela !

Il releva lentement les yeux vers elle.

— Je suis heureux pour vous… Eleanor.

— Non ! C'est Ellie ! Ce sera toujours Ellie !

Il inspira profondément.

— Vous allez avoir une bonne vie. Il y aura des enfants — peut-être même une petite fille impudente, comme vous étiez autrefois. Je suis très heureux pour vous.

Elle secoua la tête.

— Je ne pars pas, pas encore. Quand vous reverrai-je ?

Il la fixa.

— Vous savez que ce n'est pas une bonne idée. Vous savez que c'est un adieu.

Elle cria, s'accrochant aux barreaux.

Et Sean se détourna, appelant le garde.

20

— Chérie ?

Eleanor était dans la serre de sa mère, portant d'épais gants de cuir, une pelle à la main. Bien qu'il fasse très froid et très humide dehors, ici il faisait chaud. Elle portait un léger châle en laine sur sa robe en coton et rempotait des plantes, de rares espèces de roses. Eleanor n'avait jamais eu la moindre inclination pour le jardinage avant le mois précédent, mais la serre de sa mère était devenue son refuge — l'endroit où elle pouvait s'activer dans l'atmosphère chaude et humide, isolée, avec pour seul compagnon son cœur engourdi.

— Chérie ?

Peter fit une autre tentative, la voix emplie d'hésitation.

Eleanor resta immobile, sans se tourner vers lui, consciente qu'il se tenait à l'entrée de la serre. Trente-deux jours et six heures avaient passé depuis qu'elle était allée voir Sean à Kilraven Hill. Pendant ce temps, son fiancé l'avait traitée avec le plus grand respect et encore plus de prudence, comme s'il craignait qu'elle puisse se briser s'il utilisait le mot ou le ton qui ne convenaient pas. Eleanor passait le plus clair de son temps dans la serre, mais, quand le temps le permettait, elle enfilait la chemise de Sean et ses culottes et galopait dans les collines sur son étalon, seule. Elle se levait tard et se couchait tôt. Elle dormait avec la chemise de Sean dans ses bras. Il n'y avait pas de nouvelles de son père, ni de lord Henredon.

Eleanor inspira, afficha un sourire ferme et résolu, et posa sa pelle. Elle fit face à Peter.

— Bonjour ! lança-t-elle d'un ton enjoué. Ai-je oublié l'heure, encore ?

Elle savait quelle heure il était. Elle portait une petite montre épinglée dans son corselet, et de fait cela faisait trente-deux jours, six heures et vingt minutes qu'elle avait quitté la cellule de Sean.

Elle n'ignorait pas qu'elle n'aurait pas dû prêter attention au passage du temps. Après tout, c'était fini, Sean avait été très clair : il ne changerait pas de position. Si elle avait osé se remémorer leur dernière conversation — ce qu'elle ne se permettait pas — elle se serait ruée dehors et aurait demandé un cheval, n'importe lequel, afin de galoper jusqu'au fort, de le voir une autre fois et de le supplier d'accepter une autre solution pour eux.

Peter sourit et s'approcha, fermant la porte de la serre derrière lui. De la sueur apparut aussitôt sur son front et sur ses joues.

— Je vais à Limerick avec Rex. Vous faut-il quelque chose ?

— De la lecture serait très agréable, mentit-elle.

Elle n'avait jamais eu la patience de lire auparavant, pas plus qu'elle n'avait eu la patience de jardiner, mais, comme elle s'enfermait dans sa chambre des heures d'affilée, elle soutenait qu'elle était plongée dans la lecture d'un nouveau roman. Il y avait une pile de livres près de son lit, tous intouchés. Rex le savait. Il était arrivé à l'improviste dans sa chambre, un matin où elle était censée lire, et l'avait trouvée regardant fixement par la fenêtre, dans le brouillard. Il avait compris aussitôt que, de la demi-douzaine d'ouvrages posés sur sa table de nuit, aucun n'avait été ouvert. Il n'avait pas dit un mot. A la place, il lui avait demandé conseil pour des problèmes domestiques — il lui fallait apparemment une gouvernante.

Eleanor savait qu'il cherchait à la distraire ; il était définitivement devenu son frère préféré.

Peter hocha la tête, le regard scrutateur.

— Je pensais que vous aviez peut-être besoin d'un nouveau livre, déclara-t-il avec un effort évident pour paraître de bonne humeur. Comment vont les plantations ?

— Très bien, répondit Eleanor en désignant les pots derrière elle.

Lire lui était impossible, car cela demandait de la concentration. Planter ne réclamait que des gestes répétitifs et elle réussissait bien.

— Prenez votre temps, Peter. Distrayez-vous en ville, ajouta-t-elle.

— Nous nous arrêterons pour un léger déjeuner.

Il hésita, puis prit sa main gantée comme s'il voulait la porter à ses lèvres. Eleanor se crispa et se commanda de se détendre ; il ne pouvait lui baiser la main, son gant était couvert de terre.

Peter la regarda dans les yeux et se pencha en avant, lui effleurant la joue de ses lèvres. Son regard s'était assombri.

— Eleanor, je suis affligé de vous voir si morose ! s'écria-t-il avec ferveur. S'attarder ici pendant que nous attendons des nouvelles sur le sort de votre beau-frère n'est peut-être pas la meilleure idée. Nous devrions peut-être prendre un bateau pour Chatton. Je suis sûr que Cliff ne verrait pas d'inconvénient à nous conduire en Angleterre.

Cliff était resté dans le pays, le *Fair Lady* ancré maintenant à Limerick. Eleanor était certaine qu'il ne partirait pas avant que Sean soit amnistié, comme elle ne doutait pas qu'il avait l'intention de sortir Sean de prison et de l'emmener loin d'Irlande si son pardon était refusé. De fait, il avait passé plusieurs soirs à Askeaton avec Devlin et Rex, et elle savait qu'ils avaient fomenté une conspiration pour répondre au pire scénario. En outre, Devlin était parti peu après la capture de Sean. Il se trouvait lui aussi à Londres, cherchant des soutiens pour le pardon de Sean à l'Amirauté.

— Je ne puis m'en aller, déclara fermement Eleanor.

Elle n'essaya pas de sourire, cette fois.

— Si votre frère était en péril comme l'est Sean, vous ne l'abandonneriez pas.

Peter arborait une mine sombre.

— Vous avez raison, bien sûr. Mais cela prend tellement de temps. Nous n'avons eu qu'une brève missive de votre père, disant simplement qu'il espérait le meilleur. Je commence à m'inquiéter, chérie.

Eleanor lui retira sa main et s'entoura de ses bras, sans se soucier de la terre.

— Votre père et le mien agissant ensemble ne peuvent échouer, dit-elle farouchement.

C'était un refrain auquel elle croyait de tout son cœur, ne voulant pas laisser de place au doute.

— Et maintenant Devlin est à Londres, aussi, et il reste un héros de la Marine.

— Je sais que vous essayez d'être courageuse, rétorqua Peter d'un air sérieux, mais cela me brise le cœur de vous voir si attristée, Eleanor.

Il ne pouvait connaître la véritable cause de son chagrin.

— Nous aurons bientôt des nouvelles, insista-t-elle. Très bientôt, j'en suis sûre.

— Vous êtes si brave ! s'exclama Peter. Au moins, Cliff et les enquêteurs ont retrouvé Flynn. Il est le témoin des événements de cette horrible nuit.

Eleanor s'écarta de lui. Flynn avait été amené à Adare deux semaines et demie plus tôt par un Cliff triomphant. Le comte avait été prévenu aussitôt.

— Je suis certaine que père reviendra à tout moment avec de bonnes nouvelles, assura-t-elle.

Peter la prit par l'épaule et elle fut forcée de lui faire face. Il soutint son regard.

— Je désire vous réjouir, dit-il au bout d'un moment. Comment puis-je le faire ?

— Apportez-moi un nouveau roman, répondit-elle en souriant. Vous savez que cela me réconfortera grandement.

Il se détourna, mais elle eut le temps de distinguer de la tristesse dans ses yeux. Et elle s'inquiéta. Peter soupçonnait-il la vérité ? Qu'elle se tourmentait frénétiquement pour le sort de Sean et déplorait la perte de leur amitié ? Elle avait pris si grand soin de se montrer sociable et charmante, de choisir les bons mots, les réponses convenables. Ses sourires, bien qu'artificiels, étaient parfaitement étudiés. Et si Peter faisait une plaisanterie, elle était prompte à en rire — elle était toujours la première à le faire.

— Je vous verrai au dîner, donc, dit calmement Peter.

Eleanor hésita, puis elle courut à lui, impulsivement.

— Peter !

Surpris, il lui fit face.

— Merci pour votre gentillesse et votre compréhension, dit-elle, sincère. Je suis désolée de ne pas me montrer plus amusante.

Il l'attira dans ses bras. Etonnée, Eleanor se raidit,

car ils n'avaient pas partagé une étreinte intime depuis son retour.

— Je ne veux pas que vous jouiez la comédie pour me rendre heureux, déclara-t-il gravement. Je souhaite seulement voir vos yeux briller de nouveau de rire et de joie.

Eleanor resta tendue, mais un peu moins.

— Je redeviendrai moi-même, je vous le promets. J'ai juste besoin de savoir que Sean va sortir libre de tout cela.

Il la scruta, et Eleanor reconnut aussitôt le désir dans ses yeux. Son cœur s'emballa, alarmé.

— Je n'imagine pas que nos pères puissent échouer, déclara-t-il tranquillement. Eleanor ?

C'était inévitable, se dit-elle. Après tout, dès qu'ils seraient informés de l'amnistie, ils se marieraient à la fin de la semaine. C'était prévu. Et cette nuit-là elle partagerait le lit de Peter. Elle avait l'intention de lui donner toute la passion qu'elle pourrait rassembler — il méritait beaucoup plus et c'était le moins qu'elle pouvait faire. Elle espérait vaguement qu'avec le temps elle serait capable de lui offrir plus que de l'amitié, de la loyauté et du respect. Mais cela n'importait pas. Elle serait l'épouse parfaite ; elle y était décidée. Et puis, brusquement, son esprit la trahit et elle pensa : *Un jour, peut-être, Sean reviendrait à Askeaton et ils recueilleraient les fragments épars de leur vie ; lorsqu'ils seraient plus vieux, peut-être, les tempes grises, ils redeviendraient les meilleurs amis l'un de l'autre.*

Les lèvres de Peter effleurèrent les siennes, la ramenant en sursaut au présent. Elle se rappela aussitôt qu'elle ne devait pas souhaiter un avenir qui, selon toute probabilité, ne se réaliserait jamais. Elle parvint à sourire et rendit à Peter son baiser tendre et incertain.

— Je ne sais pas si je devrais me montrer aussi direct, murmura-t-il.

— Si vous voulez être direct, c'est votre droit. Nous sommes fiancés, décréta-t-elle fermement.

Elle ferma les yeux et attendit un autre baiser. Cette fois, elle y répondit avec plus de ferveur.

Peter finit par s'écarter, l'air ému et conquis. Il lui toucha la joue.

— Vous êtes très belle, même quand vous êtes dans la terre jusqu'aux coudes. A ce soir.

Eleanor hocha la tête, souriant toujours. Il pirouetta sur lui-même et quitta la serre à grands pas.

Eleanor se mit à trembler. Elle s'assit vivement sur un banc de pierre, une migraine lui perforant les tempes, les genoux faibles. Autrefois, longtemps auparavant, les baisers amoureux de Peter l'avaient émue. A présent, elle pouvait à peine s'imposer de les supporter. D'une manière ou d'une autre, pensa-t-elle sombrement, il faudrait qu'elle change cela.

Puis elle entendit un léger bruit, pas du voisinage de la porte, mais à quelque distance derrière elle. Elle pivota, les yeux élargis.

Cliff se tenait derrière un grand palmier et la fixait. Elle se demanda comment il était entré sans que Peter ou elle l'entendent ; il avait dû passer par la porte du fond.

Il s'avança vers elle. Il portait une belle redingote bleu marine sur un gilet argenté et des culottes beiges ; il fournissait un effort pour s'habiller à la mode quand il était à la maison. Mais cela ne changeait rien. Malgré ses tentatives, il gardait l'air dangereux, ressemblant plus à un boucanier prétendant être un gentleman qu'à un vrai gentleman. La dague qu'il portait sous sa veste était visible et n'arrangeait pas l'impression qu'il donnait. Pas plus que ses grands éperons dorés.

Eleanor bondit sur ses pieds. Chaque jour, quelqu'un de la famille se rendait à Kilraven Hill pour voir Sean, à l'exception d'elle-même, qui ne pouvait y aller et ne serait pas la bienvenue si elle le faisait. Tous ses frères avaient la gentillesse de lui dire honnêtement comment Sean se portait quand elle le leur demandait. Bien sûr, cela ne se passait qu'en privé.

Elle se tordit les mains.

— Comment va-t-il ?

— Est-ce que tu vas bien ? demanda-t-il en retour, haussant ses sourcils cendrés.

— Ne viens-tu pas de voir Sean ?

— Non. La comtesse y est allée avec Lizzie, aujourd'hui, et elles ne sont pas encore rentrées.

Eleanor fut déçue. Néanmoins, il n'y avait jamais rien de nouveau. Sean continuait à souffrir d'une certaine anxiété et parfois d'accès de claustrophobie, mais apparemment il parvenait mieux à dominer ces moments. Ses frères soutenaient qu'il avait bon moral. Eleanor, elle, était sûre qu'ils mentaient et qu'il était résigné à être pendu.

Cliff posa une main sur son épaule.

— Si tu ne peux embrasser ton fiancé, comment porteras-tu ses enfants ?

Son ton était gentil.

Elle se sentit rougir.

— Je crois que cela se fait tout le temps.

— Ainsi, tu es une femme expérimentée, maintenant ?

— Il me semble que tout le monde s'en doute.

Cliff s'empourpra, car la nature de sa relation avec Sean avait été soigneusement ignorée par tous, mais ses yeux se foncèrent.

— Il m'a avoué la vérité, Eleanor. Je l'ai presque étranglé.

Elle se tendit, alarmée.

— Je n'ai pas besoin d'être défendue. C'est Sean qui en a besoin.

— Ton honneur doit être défendu, tu le sais aussi bien que moi. Ce n'était pas le sujet dont j'étais venu discuter, mais, à la réflexion, il n'y aura peut-être pas de meilleur moment.

Elle était encore plus inquiète maintenant. Elle jeta un coup d'œil à la porte de la serre, mais elle était fermée. Peter était sûrement parti depuis longtemps ; toutefois, elle baissa la voix.

— Je n'ai aucun regret. J'ai donné mon cœur à Sean il y a longtemps et je ne le reprendrai jamais. Je sais que tu désapprouves ce qui s'est passé à Cork, mais je ne m'en soucie pas. Si je pouvais revenir en arrière, je ne changerais rien.

Cliff croisa les bras sur son large torse.

— Attends-tu un enfant ?

Le cœur d'Eleanor tressauta.

— Je ne crois pas.

Il haussa les sourcils.

— Cette conversation est trop intime ! protesta-t-elle.

La vérité était qu'elle n'avait pas encore eu ses menstrues. Elle n'avait pas osé envisager la possibilité qu'elle puisse porter l'enfant de Sean. S'inquiéter de son sort était une croix suffisante.

Cliff la fixa.

Elle se sentit rougir. Elle se détourna, mais il la prit par le bras.

— Y a-t-il une chance que tu puisses attendre son enfant ?

Sa rougeur s'accrut tandis qu'elle rencontrait son regard qui ne cillait pas.

Il devina sa réponse et ses yeux s'élargirent.

— As-tu réfléchi le moins du monde ? demanda-t-il d'un ton incrédule.

Elle s'écarta.

— Je ne puis y penser maintenant, répondit-elle, la voix mal assurée.

Mais elle n'avait pas besoin d'y songer consciemment. Elle savait qu'elle serait transportée de mettre au monde l'enfant de Sean. Toutefois, elle savait aussi que, si elle était enceinte, elle devrait dire la vérité à Peter. Elle n'avait aucune idée de ce qui se passerait alors. Elle doutait que Peter serait capable de lui pardonner un tel écart. Il ne voudrait sûrement pas élever l'enfant d'un autre homme comme le sien. D'un autre côté, Peter l'aimait et il possédait la nature la plus généreuse qu'elle avait jamais rencontrée chez quelqu'un. Quant à Sean, il avait été clair : s'il était libéré, il partirait ; s'il y avait un enfant, il voulait qu'il soit élevé par Peter.

— Tu ferais bien de commencer à y penser, déclara Cliff d'un ton acéré.

Et, soudain, Eleanor sut qu'il y avait du nouveau. Elle saisit sa manche.

— Qu'y a-t-il ? Pourquoi es-tu ici ? Qu'es-tu venu me dire ?

Elle était terrifiée.

Il passa un bras autour d'elle pour la soutenir.

— J'ai des nouvelles, Eleanor, dit-il en souriant.

L'espoir s'alluma dans les yeux d'Eleanor.

— Le bateau de Devlin a été aperçu au large de la côte et son pavillon a été hissé. Le comte est avec lui — et ils ont le pardon de Sean.

*
**

Sean ne redoutait plus le sommeil. Depuis qu'il avait été de nouveau emprisonné, il était devenu un allié, car brusquement il était profond et la plupart du temps sans rêves. Et lorsqu'il rêvait quand même, il était emporté dans le passé vers des lieux chaleureux et accueillants — des lieux où il désirait être. Il y avait de chaudes journées d'été où il poursuivait une jeune Ellie aux pieds nus à travers les pelouses d'Adare, des journées emplies de rire et d'espoir. Il y avait des soirées passées à Askeaton, au temps où le manoir était encore en ruines, quand Ellie et lui étaient trop harassés pour faire autre chose que de prendre une rapide collation et tomber dans leurs lits séparés. Il y avait de folles chevauchées et des courses plus folles encore, des après-midi à se baigner dans le lac. Il y avait des dîners lorsqu'elle était revenue de sa première saison. Dans ses rêves, il s'émerveillait de sa beauté et se demandait comment il avait pu y être aveugle et indifférent si longtemps. Il y avait aussi les moments où ils faisaient l'amour pendant leur séjour à Cork, des moments sauvages, brûlants, intenses…

— O'Neill !

Sean entendit son nom mais refusa de répondre, parce qu'il était à Askeaton avec Ellie alors qu'elle devenait une femme, avant qu'ils aient fait l'amour. Elle avait de la chaux sur le nez, l'amour brillait dans ses yeux et il ne comprenait pas pourquoi il avait été un tel sot. Même à quinze ans, elle avait été si adorable et si merveilleuse. Il ne pouvait répondre à l'officier qui l'appelait, car elle avait les mains à vif après l'avoir aidé toute la journée et il voulait les lui bander avant de la quitter de nouveau. Car, même dans son sommeil, il savait que sa vie était bientôt finie. Sa famille avait été emplie d'espoir ce dernier mois, mais il avait refusé de s'accorder un tel luxe. Il avait peur que, s'il se réveillait, on ne lui laissât plus un moment pour dormir, rêver et revivre ce qui aurait dû être.

— O'Neill.

Sean céda. Il s'assit, abandonnant Ellie et sa maison loin derrière lui, et il fit face au capitaine Brawley qui était entré dans sa cellule avec Devlin. Il n'avait pas vu son frère depuis un mois, car il était allé à Londres afin de plaider pour sa vie. Lugubre, Sean se leva, se disant que le sable du temps avait fini par s'écouler. Il fixa Devlin, qui lui sourit largement.

Oh, Dieu, était-il possible qu'il soit épargné ?

— Vous avez été pardonné, annonça Brawley.

Sean était dans la plus pure incrédulité.

— C'est officiel, vous êtes un homme libre, ajouta le jeune officier en lui serrant la main.

Abasourdi, Sean regarda Devlin.

— C'est vrai, confirma ce dernier qui l'étreignit fortement. Félicitations.

Il était libre. Le large sourire de Devlin et l'expression satisfaite de Brawley commencèrent à s'immiscer en lui. *Il était libre. Il ne serait pas pendu.* Mon Dieu, il allait *vivre.*

Il fallait qu'il le dise à Ellie !

— Tout le monde est dehors, ajouta Devlin en le prenant par l'épaule. Nous fêterons cela ce soir !

Sean demeurait incrédule et stupéfait. Soudain, il quitta sa cellule avec son frère, qui gardait une main sur lui comme s'il savait qu'il était trop choqué pour se frayer seul un chemin vers l'extérieur. Au moment où il entra dans la salle qui donnait sur la prison, il vit sa mère et le comte, qui rayonnaient et pleuraient à la fois. Puis il vit Tyrell et Lizzie, souriants, Virginia, Rex et Cliff. Ils riaient et arboraient de larges sourires. Et en cet instant, il s'avisa qu'Ellie n'était pas là.

Elle n'était pas venue.

Mary poussa un cri et l'enlaça, versant des larmes de soulagement. Il la tint contre lui, anéanti par le fait qu'Ellie était absente, mais son choc s'estompa, laissant la place à la froide réalité. Bien sûr qu'elle n'était pas venue. C'était fini. Elle était avec Sinclair. L'avait-elle déjà épousé ? Il avait pris soin le mois dernier de ne pas demander de ses nouvelles.

— Sean, j'ai prié pour ce jour, dit la comtesse en prenant son visage entre ses mains. Tu es si maigre ! Vas-tu venir à la maison, à Adare ? S'il te plaît ?

Le cœur de Sean se retourna et lui fit mal. Il tendit la main au comte, mais son beau-père l'attira à lui et l'étreignit.

— Bienvenue à la maison, fils, déclara-t-il, le regard humide.

— Merci, père. Merci pour ce que vous avez fait.

Le comte lui serra la main et la garda dans la sienne.

— Vous êtes mon fils. Je donnerais ma vie pour vous, Sean. Mais je n'aurais pas réussi sans Henredon. Mes supplications se sont heurtées à des murs, au début.

Il soutint le regard de Sean.

Celui-ci comprit. Le père de Peter avait été un rouage essentiel dans sa libération. Bien sûr ; et maintenant Eleanor allait remplir sa part du marché. Le comte semblait cerner la situation dans toute sa complexité, mais paraissait peu sûr des intentions de Sean vis-à-vis de sa fille.

— Alors, je lui dois la vie — ainsi qu'à Sinclair.

— Oui, confirma le comte, le regard direct. Mais vous vous devez aussi un avenir plein de joie.

Sean se tendit. Il n'y aurait pas de joie, pas sans Ellie. Toutefois, c'était ainsi qu'il devait en être, non ? Il se détourna pour faire face à l'aîné de ses beaux-frères.

Tyrell s'avança.

— Nous avons eu assez de drames dans cette famille pour une vie entière. Et je suis d'avis qu'une grande célébration s'impose.

Il sourit.

— Nous pouvons prévoir de fêter cela jusqu'à Noël, et au-delà.

Rex s'approcha en boitant.

— Heureux retour parmi nous.

Il l'enlaça de son bras libre.

Cliff lui tapa sur l'épaule.

— Tu es pardonné, murmura-t-il.

Surpris, Sean croisa son regard.

— Mais il faut que tu revoies Eleanor, ajouta Cliff d'une voix basse et ferme, ne s'adressant qu'à lui seul.

Sean était ébranlé, ne sachant ce que signifiait cette directive. Puis Virginia vint le saluer et il fit la connaissance de la femme de Tyrell.

Il leur sourit à tous et jeta un coup d'œil à Devlin. Son frère déclara calmement :

— Je pense que Sean aurait besoin d'une nuit tranquille à Askeaton. Et j'organiserai certainement une fête dans quelques jours pour célébrer son retour. Mère ? Pourquoi ne venez-vous pas avec nous ? Edward ? Vous pourriez peut-être passer un jour ou deux chez moi ?

— Rien ne me ferait plus plaisir, répondit Mary en souriant.

Elle glissa sa main dans celle de son mari, qui approuva d'un signe de tête.

Sean était étrangement soulagé. Il aurait dû avoir envie de célébrer sa libération, mais ce n'était pas le cas. Il regarda au-delà de sa famille, vers une fenêtre ouverte. Dehors, c'était un jour pâle et gris de novembre et quelques soldats passaient dans la cour. Mais Ellie n'était pas là pour l'attendre. Bien sûr, il ne s'était pas vraiment attendu à la voir. Elle était restée avec Sinclair — et c'était ce qu'il voulait.

Il se demanda combien de temps il pourrait se mentir de cette façon.

Il y avait eu une célébration, finalement. De nombreuses bouteilles de bon vin de Bourgogne avaient été consommées, suivies par du cognac, mais à présent il était bien plus de minuit et le comte et la comtesse, ainsi que Devlin et Virginia, s'étaient retirés. Sean était assis seul dans le salon, devant un feu crépitant, et contemplait les flammes.

Il commençait enfin à croire qu'il était vraiment libre et que l'horreur des deux dernières années était terminée. Mais il ne pouvait éprouver de la joie, ni du soulagement. Il n'y avait que ce profond et sombre chagrin et des regrets tout aussi terribles. Il avait besoin de voir Ellie une dernière fois — mais, s'il le faisait, il craignait ce qui pourrait arriver.

Elle devait le mariage à Sinclair ; et lui, Sean, le lui devait aussi.

Il passa une main sur son visage. Sinclair et Henredon lui avaient sauvé la vie. Il ne pouvait pas aller trouver Ellie maintenant et lui dire combien elle lui manquait, combien il l'aimait. Il avait entendu dire qu'ils se marieraient dans quelques jours, à la fin de la semaine, et il savait qu'il devait quitter le pays avant. Il n'y aurait donc même pas un adieu.

Mais ils s'étaient déjà dit adieu un mois plus tôt, dans sa cellule.

Je ne vous oublierai jamais !

Vous resterez toujours mon meilleur ami… Vous êtes mon cœur, mon âme !

L'image dévastée d'Ellie emplit son esprit. Il souhaitait désespérément la réconforter, et il avait tant de choses à lui dire maintenant. Il désirait la voir une fois encore. Cette fois, il lui dirait beaucoup plus qu'adieu — il lui dirait qu'elle était son autre moitié, la meilleure moitié de lui-même, qu'il l'aimait et l'avait toujours aimée, que sa vie allait rester vide et morne sans elle.

Il se leva, saisit la bouteille de cognac et la lança contre le mur. Il ne pouvait aller la voir, car il ne se fiait pas à lui-même pour ne pas l'enlever une seconde fois. Et, sapristi, il était un homme honorable et ferait ce qu'il devait.

Il allait quitter Askeaton et l'Irlande pour qu'elle puisse être libre. Avec le temps, Sinclair la rendrait heureuse ; avec le temps, elle finirait par l'oublier, quoi qu'elle dise.

— Sean ?

Il se retourna avec raideur en entendant la voix de son frère. Les yeux gris de Devlin le scrutaient.

— Je ne peux pas dormir.

Devlin pénétra dans la pièce sans ignorer un détail, comme d'habitude, son regard allant de la bouteille brisée à Sean.

— Tu es un homme libre, à présent. Il est évident que tu aimes Eleanor. Pourquoi fais-tu cela ?

Sean émit un son âpre.

— Elle a passé un pacte avec Sinclair. Leur mariage contre ma vie.

Et tandis qu'il fixait Devlin, il pensa : *il a raison. Pourquoi est-ce que je fais cela ?* Il ne pouvait supporter l'idée d'Eleanor épousant cet homme. Il était le héros d'Ellie — personne d'autre n'avait ce droit.

— Brise-le, dit doucement Devlin.

Sean ne l'entendit pas ; il marchait déjà vers la porte. Il était temps que Sinclair et lui aient une conversation. Il était en dette envers Peter, mais il ne pouvait renoncer à l'amour de sa vie. Il avait un avenir, à présent, et il voulait qu'Ellie soit cet avenir.

— Prends une voiture ! cria Devlin derrière lui. Les routes sont mouillées.

Sean ne répondit pas — il était déjà parti.

21

Sean avait toujours été libre de ses allées et venues à Adare, entrant et sortant à sa guise. Après avoir chevauché tel un fou à travers la nuit, il pénétra dans la maison comme s'il y vivait toujours. Un bref échange avec le portier lui indiqua où Sinclair était logé. L'adrénaline le parcourait tout entier lorsqu'il traversa les vestibules de la maison endormie. La conversation qu'il voulait avoir avec Sinclair ne pouvait attendre le lendemain. Il gagna rapidement l'aile est et frappa à la porte du jeune homme.

Un bref moment s'écoula, puis la porte s'ouvrit. Peter lui apparut en chemise et bonnet de nuit, l'air complètement ahuri. Ils ne s'étaient jamais rencontrés et Sinclair se réveilla instantanément.

— Je vous demande pardon ? Y a-t-il un feu ?

Sean savait qu'il ne devait pas mépriser son rival et, de fait, il ne le méprisait pas. Mais il était jaloux et éprouvait cette jalousie jusque dans la moelle de ses os.

— Sinclair, ceci ne peut attendre. Il faut que nous parlions.

Les yeux bleus de Peter se durcirent. Il le fixa et mit un moment avant de parler.

— O'Neill ?

Sean hocha la tête.

— Oui.

— Cinq minutes, dit Peter, rentrant dans sa chambre pour s'habiller.

Sean attendit dans le couloir, faisant nerveusement les cent pas, les poings serrés, vivement conscient que sa vie avec Ellie était en jeu. La porte de Sinclair se rouvrit et il se montra vêtu d'une robe de chambre et d'un pantalon. Leurs regards se heurtèrent violemment.

Sean se rappela que cet homme et son père lui avaient sauvé la vie.

— Je vous dois énormément, à votre père et à vous, dit-il sans préambule. Je ne pourrai jamais vous rendre ce que vous avez fait.

Sinclair le regarda et enfonça les mains dans les poches de sa robe de chambre.

— Je ferais n'importe quoi pour ma fiancée, déclara-t-il fermement. Aucune compensation n'est nécessaire.

Son regard résolu se riva sur celui de Sean.

— Vraiment ? releva Sean. Pourquoi ?

— Nous serons bientôt frères, expliqua Sinclair. C'est ainsi que je vois les choses. Il est naturel que j'essaie de sauver mon frère de la pendaison.

Ses mots parurent fort déplaisants à Sean.

— Et, étant frères par mariage, nous serons également des amis ?

Le regard de Sinclair ne fléchit pas, mais il parut déconcerté.

— Bien sûr. Vous n'aviez pas besoin de venir cette nuit, O'Neill. Si vous vouliez me remercier de mes efforts pour votre compte, cela aurait pu attendre demain.

Et Sean comprit que cet homme n'était pas sot. Conscient qu'ils étaient des adversaires, à présent, il choisit ses mots avec soin.

— Je suis venu vous remercier, mais il y a autre chose.

Il vit tressaillir le jeune homme.

— Tout le monde a une haute opinion de vous, Sinclair. J'ai été informé que vous êtes un gentleman et un bon parti pour Ellie. Je sais que vous l'aimez. Je sais que vous pouvez lui donner tout le confort qu'elle mérite, sans oublier un titre. J'ai soutenu cette union. Je vous tiens en haute estime, moi aussi.

Sinclair était rigide.

— Vous *avez* soutenu cette union ? Vous parlez au passé ? demanda-t-il lentement.

Sean se rendit compte qu'il rougissait.

— J'ai connu Ellie quand elle marchait à peine et tombait plus souvent qu'à son tour, une petite fille précoce et gâtée de deux ans.

Il sourit, se remémorant sa nature exigeante et la façon dont il la portait sur ses épaules.

— Depuis ce jour-là, j'ai passé ma vie à veiller sur elle. C'est ma nature de la protéger, mon penchant de vouloir le meilleur pour elle. C'est pourquoi j'ai approuvé votre futur mariage.

Sinclair s'empourpra.

— J'ai eu vent des histoires de famille. J'ai compris que vous étiez très proches. Pourquoi, sinon, aurait-elle été si bouleversée ces dernières semaines, au regard de votre situation vis-à-vis des autorités ?

Sinon ? pensa sombrement Sean. Il était las de danser autour de Sinclair, à présent.

— Je pense que vous connaissez la réponse.

Sinclair sursauta.

— Eleanor est extrêmement loyale. Elle adore sa famille — et vous en particulier, son beau-frère, son héros.

Que soupçonnait-il ? Que savait-il ? Et que devrait faire Sean pour l'amener à céder ?

— Elle est très loyale, sur ce point vous avez raison. Néanmoins, Sinclair, il y a plus que cela. Mais vous le savez déjà, n'est-ce pas ?

Sinclair parut terriblement déconfit.

— Pour l'amour du ciel, mon père, à ma demande, a remué des montagnes pour vous sauver la vie, O'Neill.

— Est-ce ce que vous voulez vraiment ? Un mariage fondé sur la gratitude, le remboursement d'une dette ?

Peter respirait avec difficulté.

— J'échoue à vous comprendre, O'Neill.

D'une certaine façon, Sean se sentait désolé pour lui.

— J'ai grandi en considérant Ellie comme ma belle-sœur. Je ne la vois plus de cette façon.

Les yeux de Sinclair s'élargirent.

— Je vous demande pardon ?

— J'ai toujours aimé Ellie. Je l'aime encore plus profondément maintenant, comme la femme avec qui je veux partager ma vie.

Sinclair secoua la tête.

— Sapristi ! Ne faites pas cela, O'Neill ! Je l'adore ! J'ai fait l'impossible pour obtenir votre liberté, afin qu'elle ne soit pas ravagée ! Vous avez une dette envers moi !

— Je sais que vous l'aimez, dit Sean d'un air sombre. Et je vous dois la vie, en effet. Mais je ne puis vous rembourser avec la femme que j'aime. Je suis venu chercher ma future épouse.

Sinclair parut dévasté. Il se détourna en tremblant, puis refit volte-face.

— Elle vous aime aussi, n'est-ce pas ?

— Oui.

Il émit un son âpre.

— J'ai essayé très fort de prétendre que votre amour n'existait pas. Bien sûr, j'ai entendu les murmures, les rumeurs ! Que dites-vous réellement ? Avez-vous enlevé ma fiancée à dessein, pour ruiner notre mariage ?

— Ce n'était pas prévu, déclara Sean, éprouvant beaucoup trop de sympathie pour son adversaire. Et je n'ai pris conscience de mes sentiments pour Ellie que lorsque les soldats m'ont capturé à Cork.

— Me demandez-vous de renoncer à ma fiancée ?

— Oui.

Un moment interminable s'écoula.

— Sûrement pas ! s'écria Peter. Elle tient à moi, et vous n'avez rien à lui offrir sinon une vie d'épreuves et de difficultés. Vous êtes sans le sou et en disgrâce ! Je peux m'occuper d'elle comme si elle était une reine ! Si vous l'aimez, c'est *vous* qui la laisserez partir. Vous voudrez qu'elle ait la vie que je peux lui donner.

Sean était furieux, parce que Sinclair avait raison. Il ne parla pas avant un bon moment, et quand il le fit ce fut d'un ton calme.

— Vous l'épouseriez en sachant qu'elle aime quelqu'un d'autre ?

Peter sembla incapable de parler, lui aussi. Sean comprit qu'il luttait contre la complexité de ses émotions. Mais c'était également son cas.

Il mesura en outre que Sinclair était aussi profondément amoureux que lui.

— Peter, dit-il doucement. Que feriez-vous… si elle attendait mon enfant ?

Son intention n'était pas de détruire son rival ; il fallait simplement qu'il sache.

Peter blêmit, les yeux exorbités.

Sean pria, conscient que ses prières ne seraient pas exaucées.

Peter secoua la tête et inspira fortement.

— Maudit soyez-vous ! C'est ainsi que je suis récompensé !

Il inspira encore.

— Je ne peux pas plus cesser d'aimer Eleanor que commander à mon cœur de s'arrêter de battre. Si elle attend un enfant, qu'il en soit ainsi. Je l'élèverai comme le mien. Je l'honorerai et le chérirai. Il faut que vous partiez, O'Neill. Et je vous suggère de partir très loin, car nous nous marions dans deux jours.

Sean était dépassé. Non seulement Sinclair aimait Ellie, mais il élèverait leur enfant comme le sien. Il pouvait tout donner à une femme, à un enfant, et pour sa part il lui devait la vie. Il n'y avait qu'une solution possible — honorer sa dette envers cet homme.

Alors, Sean accomplit l'acte le plus lourd de sa vie — il s'inclina. Puis il tourna les talons et s'en alla.

Eleanor contemplait son reflet pâle et troublé dans le miroir au-dessus de sa coiffeuse, consciente que ses yeux trahissaient ses turbulentes émotions. Sean était à présent un homme libre — et il ne se trouvait qu'à une heure de cheval de là. Mais dans deux jours elle allait épouser Peter Sinclair. Elle était perdue. Il était si dur de s'accrocher à sa fierté et à sa raison ; il était si dur de rester à Adare.

On frappa à sa porte.

Eleanor fut déroutée — il était 8 heures du matin. Elle pensa que c'était un de ses frères, car aucune femme de chambre ne la dérangerait avant qu'elle sorte de chez elle. Elle se leva, alla ouvrir et fut stupéfaite de découvrir Peter sur le seuil. Il avait les yeux rouges, comme s'il n'avait pas dormi — ou comme s'il avait pleuré.

Elle se tendit.

— Peter ?

— Nous devons parler, dit-il.

De la façon la plus surprenante chez lui, il passa devant elle et pénétra dans son salon, apparemment indifférent au fait qu'aucun homme ne devait être seul avec elle dans cette pièce.

Consciente qu'il avait quelque chose d'une importance capitale à révéler ou à déclarer, Eleanor ferma la porte, se moquant également de l'inconvenance de la situation.

— Peter, vous semblez bouleversé.

Il lui fit face, agitant les mains, incapable de parler.

Eleanor fut certaine qu'il avait pleuré. Elle se sentit soudain fort alarmée.

— Oh, Dieu, n'apportez pas de mauvaises nouvelles, je vous en prie !

Il secoua la tête.

— Ce sont de bonnes nouvelles, je pense.

— Alors, pourquoi avez-vous cet air, comme si quelqu'un était mort ? s'écria-t-elle.

— Personne n'est mort.

Il prit ses mains dans les siennes.

— Je vous aime de tout mon cœur, Eleanor. Je vous ai aimée dès notre première rencontre, et je vous aimerai toujours.

Eleanor fut encore plus alarmée. Ayant à l'esprit la liberté de Sean, elle eut l'impression qu'un cercueil était refermé sur elle, l'enterrant vivante. Elle hésita.

— Je tiens beaucoup à vous. Vous le savez, n'est-ce pas ?

— Chut, dit-il, une larme roulant sur sa joue.

Il l'attira à lui et l'embrassa doucement.

— Je suis venu vous dire adieu.

Elle avait dû mal entendre.

— Quoi ?

Il l'attira encore plus près.

— Je suis un gentleman, Eleanor. S'il y a une chose qui me définit, c'est celle-là. Comment puis-je vous forcer au mariage quand je vois si clairement combien vous aimez quelqu'un d'autre ?

Elle poussa un cri, et sentit ses joues s'enflammer de culpabilité.

— Voulez-vous l'admettre ? Vous aimez Sean O'Neill. Vous tenez beaucoup à moi, ainsi que vous venez de le dire, mais c'est tout. Vous avez donné votre cœur à O'Neill il y a des années — et je vous connais assez bien maintenant pour savoir que vous ne le reprendrez jamais ou ne le placerez pas ailleurs, avec moi.

Eleanor chancela.

— Peter, vous avez été si bon. Je suis prête à vous épouser samedi, comme prévu. Je suis prête à être une bonne épouse — une épouse parfaite, si je puis y parvenir. Vous avez sauvé la vie de Sean ! Et je *suis* très attachée à vous.

Il s'essuya les yeux d'un revers de main.

— Vous êtes *prête* à vous marier, vous voulez *parvenir* à la perfection pour moi…

— Je pense chacun de ces mots, affirma-t-elle, encore sous le choc.

— Parce que vous me devez la vie de Sean ?

Elle ne sut comment répondre.

— Oui, murmura-t-elle.

— Je vous aime assez pour vous laisser partir. Il ne peut vous donner la même vie que moi, mais vous êtes une femme de passion et je sais, même si je préférerais le contraire, que vous ne serez pas heureuse avec une fortune, pas si l'homme que vous aimez n'est pas à vos côtés. Je romps avec vous, Eleanor, pour que vous puissiez rejoindre Sean.

Eleanor était bouleversée.

— Peter ! s'exclama-t-elle en portant une main à son visage. Je ne vous abandonnerai pas, pas si vous me dites que vous souhaitez encore m'épouser. Je vous suis redevable. Sean et moi vous sommes redevables. J'essaierai de vous rendre heureux !

Il secoua la tête.

— Je pensais pouvoir vous épouser de cette façon, en remboursement d'une dette, mais je ne le peux pas. Je pensais pouvoir ignorer votre amour pour un autre homme, mais j'en suis incapable. Je vous aime assez pour souhaiter votre bonheur, même si cela signifie vous remettre à O'Neill.

Eleanor se mit à pleurer.

— Je n'ai jamais rencontré personne d'aussi généreux et altruiste que vous.

— Je n'ai jamais rencontré personne d'aussi passionné et courageux que vous, répondit-il d'une voix mal assurée. O'Neill était ici cette nuit. Maintenant, il doit être chez lui. Vous feriez bien d'aller le voir, parce qu'il était fort dévasté quand il est parti.

Eleanor hocha la tête, prête à se tourner pour partir. A la place, elle jeta les bras autour de Peter et l'étreignit fortement, pour la dernière fois. Puis elle s'enfuit en courant.

Tandis qu'elle galopait entre Adare et Askeaton, elle pensait à la détermination que Sean avait montrée pour qu'elle épouse Sinclair. Puis elle songea à la nuit où il l'avait quittée quatre ans plus tôt, indifférent à ses supplications. Elle avait peur qu'il la rejette. Deux ans en prison et la perte de Peg et Michael avaient fait de lui un homme si sombre, si blessé, si compliqué. Mais elle ne renoncerait jamais à leur avenir.

Son étalon était en nage et renâclait fortement quand elle se jeta à bas de sa selle devant Askeaton Hall. Elle courut vers la porte d'entrée quand celle-ci s'ouvrit. Sean apparut et descendit les marches. Il portait une sacoche — une impression de déjà-vu.

Eleanor s'arrêta, hors d'haleine.

Son regard se riva sur le maudit sac. Puis elle en détacha les yeux et les leva vers son visage crispé.

— Où allez-vous ? demanda-t-elle dans un souffle.

Il s'avança.

— Je vous l'ai dit, je quitte le pays. Que faites-vous ici ?

Comment cette terrible nuit pouvait-elle se reproduire ?

— Vous ne pouvez pas partir — vous ne pouvez pas me laisser !

Elle se mit à trembler.

— Je ne peux pas rester. Je ne me fais pas confiance pour rester, déclara-t-il sombrement.

— Qu'est-ce que cela signifie ? s'écria-t-elle, prenant sa main.

A sa surprise, il serra si durement la sienne qu'il lui fit mal. C'était comme s'il ne voulait pas la lâcher, jamais.

— J'ai enlevé la mariée il y a un mois — je ne pense pas qu'il serait sage de mettre ma résolution à l'épreuve une autre fois, dit-il d'un ton crispé.

Elle secoua la tête.

— Je n'épouse pas Peter.

— Nous avons tous les deux une dette envers lui,

rétorqua-t-il farouchement. Et je pars pour pouvoir être un homme d'honneur.

Leurs regards se soutinrent. Et Eleanor commença à percevoir que Sean désirait l'enlever de nouveau.

— Sean, il a rompu avec moi.

L'expression de Sean refléta sa confusion.

— Quoi ? Je lui ai parlé tout à l'heure — nous avons réglé cette affaire. Puisque la justice est de son côté, c'est moi qui dois partir et vous laisser à votre avenir.

— Non.

Eleanor parvint à sourire, comprenant que Sean était allé trouver Peter pour se battre pour elle et leur amour.

— Peter a rompu notre engagement parce qu'il est noble et altruiste, et parce qu'il sait que je vous aime.

Sean la fixa, incrédule.

Durant le moment qui suivit, elle retint son souffle.

— Il vous quitte — à cause de moi, de nous ?

Elle réussit à hocher la tête. Il commençait à sourire, mais il paraissait ahuri.

— Que lui avez-vous dit ? demanda-t-elle.

— Je lui ai dit que je vous aimais. Pas comme une belle-sœur, mais comme la femme qui est toute ma vie — et tout mon avenir.

Les yeux gris de Sean s'adoucirent.

— Ellie, je vous aime. Je ne peux pas vivre sans vous.

Eleanor se mit à pleurer. Elle tendit une main vers lui et il passa les bras autour d'elle.

— Quand vous avez déclaré votre amour à Cork au moment de votre arrestation, c'était comme un rêve — et c'était trop tard. J'avais tellement attendu de vous entendre prononcer ces mots librement, en les pensant ! s'écria-t-elle, riant à travers ses larmes. J'ai attendu une vie entière que vous m'avouiez votre amour pour moi, Sean !

Elle était ivre de joie, tandis que toute la noirceur et les tourments disparaissaient.

Il prit son visage entre ses mains.

— Et j'ai été un sot de ne pas voir ce que j'avais sous les yeux — durant les vingt dernières années.

— Comment pouviez-vous savoir qu'une petite fille de deux ans était votre destin ? le taquina-t-elle.

Il devint très sérieux, le regard scrutateur.

— Peut-être le savais-je — peut-être était-ce pour cela que je passais ma vie à veiller sur vous. J'ai toujours besoin de prendre soin de vous, Ellie, bien que vous soyez pleine de ressources. Je veux passer le reste de ma vie à vous protéger.

Sa voix s'était abaissée en un murmure et il avait penché la tête ; Eleanor ferma les yeux quand leurs bouches se rapprochèrent l'une de l'autre. Elle soupira. En elle, ses nerfs s'enflammaient, son sang s'accélérait. Elle parvenait à peine à croire que cela arrivait vraiment — que l'avenir leur appartenait.

— Puis-je ? murmura-t-il, frottant ses lèvres sur les siennes.

Elle s'agrippa à sa chemise et répondit :

— Seulement si vous faites de moi une très honnête femme.

Il haussa les sourcils en feignant l'étonnement.

— Mais vous êtes une femme terriblement honnête !

Elle tira sur l'étoffe pour le mettre en garde.

— Je suis sérieuse ! Allez-vous m'épouser, Sean ? Enfin ?

Il sourit, et la lumière de ce sourire emplit ses yeux.

— Sapristi, Ellie ! Ne me laisserez-vous pas prendre l'initiative ? Les dames ne proposent pas le mariage !

— Moi, si ! cria-t-elle, le cœur tambourinant dans sa poitrine tandis qu'elle attendait la réponse.

Sean mit un genou en terre.

— Voulez-vous me faire le grand honneur, un honneur que je ne mérite pas, de devenir ma femme ? Voulez-vous me permettre de vous chérir, de vous honorer, de vous protéger et de vous aimer durant le reste de ma vie ? Voulez-vous porter mes enfants, mener ma maison ? Voulez-vous me pardonner de ne pas avoir pris conscience de tout cela plus tôt ?

Elle hocha la tête, muette, tandis qu'il se relevait. La réalité finit par la pénétrer — Sean l'aimait. Il lui rendait son amour, et ils étaient sur le point d'embarquer pour le voyage le plus merveilleux de leur vie, leur avenir ensemble.

— Sean, cela me semble un rêve. Je vous ai attendu si longtemps.

Il l'attira à lui.

— Je sais. J'ignorais juste qu'il pouvait en être ainsi entre nous. Il a été si difficile de vous voir devenir une femme. Pendant très longtemps, je ne suis pas parvenu à croire que vous grandissiez. Ellie, j'ai besoin de vous. J'ai besoin de votre sourire, de votre rire, de votre espoir. Je veux rester à l'écart de ce lieu d'obscurité et de culpabilité. Je ne veux plus y retourner. Avec vous, j'ai trouvé la lumière et la paix.

— Vous ne retournerez plus jamais à ces ombres, Sean, murmura-t-elle. Je m'en assurerai.

— Alors, venez avec moi dans l'avenir — notre avenir.

Il lui sourit tendrement.

— Vous ne pourriez pas m'en empêcher si vous essayiez !

Elle sourit à son tour, follement heureuse, et il mit ses bras autour d'elle.

— Sottement, j'ai essayé, dit-il avec regret. Ellie, pourriez-vous attendre un enfant ?

— Cela semble plus probable à chaque jour qui passe, répondit-elle en scrutant son regard. Je désire votre enfant, Sean, autant que je désire notre avenir.

Sean pensa à Peg. Soudain, il se la rappela en détail, en couleurs, et, à sa surprise, il n'y avait ni culpabilité ni regrets, juste une vague tristesse. Puis il songea à Michael.

— Si c'est un garçon, nous pourrons l'appeler Michael, murmura Ellie.

Il sursauta.

— Cela me plairait.

Eleanor toucha son visage.

— J'irai où vous voulez aller, dit-elle doucement, en l'embrassant. Et je sais que vous ne me croirez pas, mais je vous suivrai, je ne prendrai pas la tête.

Sean eut envie de rire, car il ne le croyait pas un instant. Mais le corps ferme et chaud d'Ellie réveillait en lui maints souvenirs récents, et il marqua une pause avant de lui rendre son baiser.

— Il me plaît que vous preniez la tête, déclara-t-il, à partir du moment où je suis là pour vous suivre — et ramasser les morceaux que vous laissez derrière vous.

Impatiente, Eleanor l'embrassa encore, longuement, lentement, intimement.

— Je prends définitivement la tête, à présent.

Un long moment passa avant que Sean puisse parler.

— Bien, chuchota-t-il. Maintenant, allons annoncer nos nouvelles.

Se tenant par le bras, ils se mirent en quête du comte et de la comtesse d'Adare pour partager leur joie et leurs projets.

Épilogue

Kilvore, Irlande, février 1819

La journée était grise et âpre, le vent soufflait. Eleanor était assise à côté de Sean à l'arrière d'un beau coupé tiré par quatre chevaux. Sean était devenu silencieux en entrant dans le village tranquille, mais parce qu'elle tenait sa main, Eleanor savait qu'il n'était pas tendu. Elle plaça la main de Sean sur son ventre rond, car leur enfant donnait des coups de pied, et il lui sourit avec chaleur.

— Vas-tu bien ? demanda-t-elle doucement.

Il contemplait la rue bordée de cottages aux murs blancs et au toit de chaume. De temps à autre, un piéton passait d'un pas pressé, luttant contre le vent et le froid.

— Je vais bien. Je sais que je devrais être triste, mais je ne le suis pas. Je suis empli d'impatience, Ellie.

Elle sourit, soulagée.

— C'est normal, dit-elle.

Ses démons avaient enfin cessé de le hanter.

Ils s'étaient mariés le samedi où elle aurait dû épouser Peter. La cérémonie avait été intime, avec juste la famille proche. Le comte l'avait accompagnée à l'autel, bien sûr — lorsqu'ils étaient allés lui annoncer leurs intentions, il avait aussitôt approuvé le mariage. Lord Henredon avait été furieux, et s'était expliqué avec Edward. Peter Sinclair n'avait pas seulement quitté l'Irlande, il avait quitté la Grande-Bretagne. Eleanor avait entendu dire qu'il était parti pour l'Amérique, dans l'Ouest — comme il n'avait pas besoin d'une fortune, il était devenu un aventurier.

Elle lui avait brisé le cœur et il n'était pas resté pour le mariage, mais ils s'étaient dit un dernier adieu. Eleanor avait eu l'occasion de le remercier de nouveau de son geste magnifique et de lui dire combien il comptait pour elle. Peter lui avait souhaité une vie de bonheur.

Leur voiture s'arrêta. Sean descendit, un valet lui ouvrant la portière. Il aida Eleanor à descendre. Elle tenait un bouquet de fleurs à la main et elle promena les yeux sur le cimetière du village, un doux chagrin s'emparant d'elle. Elle ne haïssait plus Peg et souhaitait qu'elle ait pu connaître un autre sort. Sean lui prit la main et ils pénétrèrent dans le cimetière, sans parler.

Il fallut quelques instants avant que Sean trouve la tombe de Peg. La petite pierre avait été dressée dessus par les villageois de Kilraddick. Elle était gravée et portait la mention suivante :

Margaret Boyle O'Neill
Epouse et mère bien-aimée
1790-1816

Eleanor déposa le bouquet au pied de la pierre grise et regarda Sean. La même tristesse que celle qu'elle ressentait se reflétait sur son visage et dans ses yeux, mais elle était très loin de la douleur et de la culpabilité qui le consumaient autrefois. Puis il apparut troublé.

— Où est la tombe de Michael ? Pourquoi n'est-il pas enterré à côté de sa mère ?

Même si l'on n'avait jamais retrouvé son corps, il aurait dû y avoir une tombe près de celle de Peg. Avant qu'Eleanor puisse répondre, elle entendit un cri et se retourna. Un petit homme maigre se tenait à la grille, près de leur voiture, et elle reconnut aussitôt Jamie Flynn.

Il y avait eu une enquête approfondie sur les événements de Kilvore et Kilraddick. Etonnamment, d'autres témoins avaient été trouvés et avaient comparu avec Flynn. Le colonel Reed était passé en cour martiale et avait été déchu de son rang dans le déshonneur, mais, avant qu'il puisse être jugé pour le meurtre de Peg et de son fils, il avait disparu. La rumeur disait qu'il était parti pour les Indes occidentales, un refuge pour les militaires devenus pirates.

Flynn s'approcha, rayonnant.

— Je me demandais si vous finiriez par revenir, milord.

— Flynn !

Sean sourit largement et étreignit le petit homme.

— C'est M. O'Neill, vous le savez fort bien. Je ne suis pas titré.

— Vous êtes un lord pour moi, rétorqua Flynn avec entêtement. Vous aviez dit que vous reviendriez en février, et vous l'avez fait.

Il avait quitté Limerick deux mois plus tôt, après avoir témoigné.

— Oui, je suis revenu — avec ma femme. Et nous sommes ici pour rester.

Flynn fut enchanté.

— Je croyais que vous reviendriez en visite !

— Nous avons d'autres projets, dit doucement Sean en souriant à Eleanor et en l'attirant près de lui.

— Vous avez sûrement entendu dire que nous avons un nouveau lord au manoir. Mais personne ne l'a encore vu.

Sean échangea un coup d'œil avec Eleanor. Elle sourit quand il parla.

— Je sais. Les temps ont changé, Flynn. C'est un nouveau jour, une nouvelle époque. Il n'y aura plus jamais de tyrannie ici.

Flynn parut troublé.

— Milord, je veux dire sir, comment le savez-vous ? Connaissez-vous le nouveau lord ? Se peut-il que ce soit un homme juste ?

Sean souriait toujours.

— Je suis le nouveau lord, Flynn. J'ai acheté la propriété de Darby.

De fait, c'était le comte qui leur avait acheté le domaine en cadeau de mariage. Flynn se montra stupéfait, bouche bée, les larmes lui montant aux yeux.

— Milord, c'est un grand jour, vraiment ! Je vais le dire à tout le monde !

Il s'essuya les yeux d'un revers de main.

— Et, milord, c'est un grand jour pour vous aussi.

— Que voulez-vous dire ? demanda Sean, perplexe.

— Regardez par là, murmura Flynn en souriant jusqu'aux oreilles.

Eleanor se tourna pour regarder dans la direction qu'il indiquait. Un petit garçon se tenait devant les grilles du cimetière. Il était engoncé dans un épais manteau d'hiver et un bonnet de laine, et il les fixait tandis que Flynn lui faisait signe d'avancer. Il hésita, puis se mit à marcher vers eux.

— Il faut que j'aille prévenir tout le monde ! s'écria Flynn en passant près de l'enfant pour quitter le cimetière.

— Oh, mon Dieu, murmura soudain Sean, ses yeux s'élargissant.

Eleanor fut alarmée.

— Qu'y a-t-il ?

Mais il ne l'entendit pas.

— Michael ? cria-t-il en allant vers l'enfant. Michael Boyle O'Neill, c'est bien toi ?

Il se mit à courir.

Eleanor poussa un cri, incrédule.

Le petit garçon hocha la tête, les yeux immenses.

— Je suis Michael Boyle O'Neill, murmura-t-il. *Papa ?* Vous êtes vraiment revenu ?

Sean cria à son tour et jeta les bras autour de son fils. Michael, bien qu'il n'ait que huit ans et n'ait pas vu Sean depuis deux ans, se laissa étreindre sans protester. S'avisant soudain de ce que la séparation avait pu faire, Sean le relâcha.

— Tu sais qui je suis ? Tu te souviens de moi ? demanda-t-il en mettant un genou à terre.

Michael hocha la tête avec sérieux.

— Vous avez épousé ma maman. Vous étiez mon papa. Flynn me l'a dit, mais je m'en souvenais.

— Je suis toujours ton papa, dit Sean en lui prenant la joue. Je pensais que tu étais mort dans l'incendie ! Que s'est-il passé, Michael ? Où es-tu resté ?

— La famille O'Rourke m'a recueilli après le feu et est partie pour Raharney, où ils avaient des parents, répondit Michael en commençant à sourire. Mais nous sommes revenus ici à l'automne. Flynn m'a vu quand il est rentré du tribunal. Il a dit que vous reviendriez, et vous l'avez fait. Est-ce que vous le pensez vraiment ? Vous êtes toujours mon papa ? Mme O'Rourke dit qu'il est difficile de tous nous nourrir — elle a cinq enfants à elle.

Sean se leva, des larmes roulant lentement sur ses joues, et il hocha la tête en s'essuyant le visage. Puis il mit la main dans sa poche et en sortit le petit bateau sculpté. Les yeux de Michael s'élargirent. Sean le prit par l'épaule.

— Tu te souviens de cela ? C'est à toi.

Michael acquiesça, muet.

— Je l'ai gardé dans ma poche depuis l'incendie. Tu le veux ?

Michael fit signe que oui. Il prit le bateau et le serra sur sa poitrine. Sean se saisit de la petite main de son fils et se tourna vers Eleanor.

— Ellie, dit-il d'une voix rauque. Voici Michael, mon fils.

Le cœur d'Eleanor tambourinait dans sa poitrine. Parfois, pensa-t-elle, encore médusée, la vie pouvait être bonne. Parfois, il y avait de la justice dans ce monde. Elle regarda le petit garçon et éprouva de la joie et de l'amour. Elle remercia le ciel d'un tel miracle.

— Bonjour.

Elle s'avança.

— Je suis Eleanor. Je suis si heureuse de te rencontrer, Michael.

Elle n'avait jamais été aussi sincère.

Michael la regarda, regarda Sean, puis ramena les yeux sur elle.

— Est-ce que vous allez vivre avec mon papa et moi ? demanda-t-il avec curiosité.

— J'aimerais beaucoup — si cela ne t'ennuie pas.

Michael rougit.

— Cela ne m'ennuie pas.

Il regarda de nouveau Sean.

— Elle est *grande,* dit-il, faisant rire son père. Et jolie.

— Elle est très grande et très jolie, accorda Sean en le reprenant par la main. Et elle est ma femme, à présent, Michael. Cela t'ennuie ?

Le petit garçon se mordit la lèvre, rougissant de nouveau.

— Non, dit-il lentement. Cela ne m'ennuie pas.

Sean lui tapota le dos.

— Allons voir notre nouvelle maison.

Il se tourna vers Eleanor.

— Merci.

Elle lui laissa prendre sa main.

— Tu n'as à me remercier de rien, dit-elle doucement.

— J'ai à te remercier de tout, corrigea-t-il sur le même ton. Marchons-nous ?

Se tenant par le bras, ils s'engagèrent dans la rue, Michael dansant devant eux et désignant toutes les maisons et toutes les personnes qu'ils dépassaient. Ce cottage appartenait aux O'Brien, qui étaient cordonniers, et cet autre au boulanger, John O'Dare. Des villageois sortaient de leurs échoppes et de leurs maisons pour les saluer, souriant et soulevant leur bonnet, et les femmes faisaient la révérence. Ils appelaient Sean et Eleanor « milord » et « milady », bien que Sean ne cesse de les corriger. Un vendeur édenté leur mit des marrons chauds dans les mains et le boucher leur offrit un gigot d'agneau enveloppé dans du papier. Une femme s'avança pour tendre à Eleanor un foulard de soie. Eleanor la remercia chaleureusement. D'autres présents suivirent — des tasses de thé brûlant, une bouteille de whisky, des biscuits tout juste sortis du four — et ils mettaient tout dans leur coupé qui les suivait lentement.

Puis ils laissèrent le dernier cottage derrière eux. Devant eux se dressaient deux hauts murs de pierre et des grilles en fer forgé ; sur la butte au-delà de l'enceinte était érigé le manoir. Il demeurait noirci par le feu qui l'avait détruit, mais les pierres sombres et les fenêtres éventrées étaient étrangement accueillantes. Eleanor jeta un coup d'œil à Sean et leurs regards se joignirent. Il faudrait de nombreux mois pour restaurer la propriété, mais elle était impatiente de se mettre au travail avec lui, même s'il ne lui laissait pas faire grand-chose dans son état. Lorsqu'ils auraient fini, leur maison serait aussi magnifique qu'Askeaton, elle n'en doutait pas. Elle imagina leur enfant trottant dans les couloirs — et Michael le poursuivant pour l'empêcher de tomber.

Et, pour la première fois, Eleanor eut la certitude qu'elle attendait une fille.

— Elle est brûlée, dit Michael d'une voix craintive. Et les gens disent qu'il y a des fantômes !

— Je ne pense pas qu'il y en ait, répondit Sean en souriant. Nous allons rebâtir cette maison, Michael, pièce par pièce, tous les trois. Nous aideras-tu, Ellie et moi ?

Michael hocha la tête avec ferveur.

Et tandis qu'ils franchissaient les grilles, Eleanor jeta un coup d'œil à la plaque en cuivre qu'elle avait fait poser sur un pilier. La propriété avait été rebaptisée en l'honneur de Peter. Elle s'appelait désormais Sinclair Hall.

REMERCIEMENTS

Je tiens à remercier de nouveau Lucy Childs de lire tout ce que j'écris et de se montrer toujours si enthousiaste et si encourageante, tout en m'apportant ses précieuses critiques. Je veux remercier mon éditrice, Miranda Stecyk, pour son enthousiasme, son soutien, son talent d'éditeur (continuez à couper mes textes, Miranda !) et aussi sa détermination à respecter un calendrier insensé. Je veux aussi remercier Cissy Hartley pour son aide, sa patience, sa grande diplomatie, et le formidable travail qu'elle accomplit sur mes sites Web. Je veux remercier Theresa Myers pour son enthousiasme, son talent et son indulgence envers moi quand je lui remets mon texte à la dernière minute ! Et, enfin, je veux souhaiter la bienvenue aux deux nouveaux membres de mon équipe, qui ont conçu les sites *dewarennedynastie.com* et *mastersoft-timebooks.com* ! Merci, Laurel Letherby et Dorie Hensley, pour votre merveilleux soutien, votre enthousiasme et votre créativité indéfectibles !

Best-Sellers n°341 • thriller

Le cercle écarlate - M.J. Rose

Des hommes nus, aux pieds marqués d'un chiffre rouge : c'est la troisième fois que la journaliste Betsy Young reçoit des clichés de cette mise en scène macabre. La police n'a aucune piste. Seule le Dr Morgan Snow est capable d'établir un lien entre les victimes, car elle reçoit des patientes liées à Scarlet, une société secrète de femmes qui asservissent les hommes à leurs désirs. Morgan, tenue par le secret médical, ne peut révéler cette information à la police. Pas même à l'inspecteur Noah Jordain, qui, sans elle, ne remontera jamais la piste du tueur…

Best-Sellers n°342 • suspense

Les fiancées du Mississippi - Carolyn Haines

Après la mort d'Annabelle, sa fille de 9 ans, dans un incendie criminel, Carson Lynch a connu la descente aux enfers : elle a quitté son mari, son métier de journaliste, et s'est réfugiée dans l'alcool. Deux ans ont passé. A Biloxi, Mississippi, où le patron du *Morning Sun* a recruté Carson, la découverte de cinq jeunes femmes assassinées 24 ans auparavant fait l'effet d'un coup de tonnerre. A peine sont-elles identifiées que la série noire recommence, avec deux nouvelles victimes. Toutes ont l'annulaire gauche sectionné et portent un voile de mariée. S'agit-il du même tueur ? Pour le savoir, Carson Lynch est prête à tout. Car elle a des raisons très personnelles de vouloir retrouver le criminel…

Best-Sellers n°343 • suspense

Dangereuse vision - Heather Graham

Chargés de retrouver le *Marie Josephine*, galion espagnol naufragé au XVIIIe siècle, Genevieve Wallace et Thor Thompson ne vont pas seulement devoir apprendre à explorer ensemble les superbes récifs et les eaux cristallines des tropiques au large de Key West. Car Genevieve, confrontée pour la première fois de sa vie à des visions effrayantes qui les guident dans leurs recherches, va, en levant peu à peu le voile sur le mystérieux naufrage, mettre sa vie et celle de Thor en danger…

Best-Sellers n°344 • roman

Le voile des illusions - Jackie Collins

Trois femmes extraordinaires. Trois carrières prometteuses. Trois divorces imminents.

Dans le monde impitoyable d'Hollywood, où les paparazzi font et défont les stars, Shelby l'étoile montante du cinéma, Lola la bombe latino, et Cat la réalisatrice rebelle, découvrent quelles illusions se cachent derrière le voile du succès. Sous les paillettes éclatent les scandales, les jalousies, les trahisons. Difficile alors, de rester fidèle à soi-même… si ce n'est aux autres.

Best-Sellers n°345 • roman

Retour au lac des saules - Susan Wiggs

A présent que sa fille a quitté la maison, Nina Romano s'apprête à réaliser son rêve de toujours : racheter et rouvrir l'auberge du lac de Saules. Aussi est-elle furieuse d'apprendre que la propriété vient d'être vendue… à Greg Bellamy, le fils de riches qu'adolescente, elle aimait en secret. De retour après son divorce, il a encore trouvé le moyen de se mettre en travers de sa route ! Mais quand il lui propose de s'associer avec lui, elle hésite, déchirée entre sa méfiance envers ce rival déloyal, et son attirance pour un Greg encore plus séduisant qu'autrefois…

Best-Sellers n°346 • historique

Une passion irlandaise - Brenda Joyce

Irlande, 1818.

Après le mariage de leurs parents respectifs, Eleanor et Sean grandissent ensemble. Mais, au fil des ans, Eleanor tombe amoureuse de Sean qui, lui, la considère comme sa petite sœur et ne rêve que de partir à l'aventure. Eleanor essaie en vain de le retenir. Quatre ans s'écoulent sans qu'il donne signe de vie, et la jeune fille, refusant de céder au chagrin, se fiance à un autre. Mais, à la veille de son mariage, Sean réapparaît. Eleanor, bouleversée, apprend qu'il s'est enrôlé dans la rébellion irlandaise et est recherché par les troupes du roi. Alors, elle n'hésite pas : peu importe le scandale, elle suivra Sean n'importe où, fût-ce au péril de sa propre vie. Sean l'enlève le jour de ses noces…

Best-Sellers n°347 • suspense

Les mains du diable - Gwen Hunter

Médecin dans le comté de Dawkins, en Caroline du sud, le Dr Rhea Lynch se trouve confrontée à une série d'étranges événements : tandis que les cas de malaises respiratoires se multiplient de manière inquiétante aux urgences, une jeune accidentée dont le corps porte la trace de sévices atroces se livre à des rituels de magie noire au sein de l'hôpital…
Ce roman est le troisième volet de la série consacrée au Dr Rhea Lynch.

Best-Sellers n°348 • roman

Le testament des Gerritsen - Emilie Richards

La Nouvelle-Orléans, 1965.

Aurore Gerritsen vient de rendre son dernier souffle. Respectant ses instructions, son avocat réunit les proches de la vieille dame, à qui il ne lira le testament qu'au bout de quatre jours, toute personne partant avant ce délai perdant son droit à l'héritage. Un héritage considérable, qui suscite tensions et convoitises. En huis clos dans le pavillon d'été de Grand Isle, les uns et les autres, à travers à travers les journaux intimes, les secrets de famille enfouis depuis des années, et la lecture du testament, vont alors découvrir le lien secret qui les unit à Aurore Gerritsen …

Best-Sellers n°349 • suspense

Spirale meurtrière - Meg O'Brien

Agent littéraire à Los Angeles, Mary Beth Conahan se trouve soudain confrontée aux meurtres de son ex-mari et de deux de ses auteurs. Coïncidence ? Au même moment, l'une de ses anciennes amies, dont elle était sans nouvelles depuis des années, frappe soudain à sa porte pour lui demander de l'aide…
Un récit haletant dans lequel secrets et trahisons s'entremêlent pour mieux nourrir le suspense jusqu'au coup de théâtre final.

Composé et édité par les
éditions Harlequin
Achevé d'imprimer en août 2008

BUSSIÈRE
GROUPE CPI

à Saint-Amand-Montrond (Cher)
Dépôt légal : septembre 2008
N° d'imprimeur : 81207 — N° d'éditeur : 13773

Imprimé en France